U0946821

中华国学文库

建安七子集

俞绍初 辑校

中华书局

图书在版编目(CIP)数据

建安七子集/俞绍初辑校. —北京:中华书局,2017.7(2024.7重印)
(中华国学文库)
ISBN 978-7-101-12539-9

Ⅰ.建… Ⅱ.俞… Ⅲ.中国文学-古典文学-作品综合集-三国时代 Ⅳ.I213.51

中国版本图书馆 CIP 数据核字(2017)第068788号

书　　名　建安七子集
辑 校 者　俞绍初
丛 书 名　中华国学文库
责任编辑　马　婧
责任印制　陈丽娜
出版发行　中华书局
(北京市丰台区太平桥西里38号　100073)
http://www.zhbc.com.cn
E-mail:zhbc@zhbc.com.cn
印　　刷　河北新华第一印刷有限责任公司
版　　次　2017年7月第1版
2024年7月第4次印刷
规　　格　开本/880×1230毫米　1/32
印张$12\frac{5}{8}$　插页2　字数358千字
印　　数　11501-13500册
国际书号　ISBN 978-7-101-12539-9
定　　价　58.00元

中华国学文库出版缘起

《中华国学文库》的出版缘起，要从九十年前说起。

1920年，中华书局在创办人陆费伯鸿先生的主持下，开始编纂《四部备要》。这套汇集三百三十六种典籍的大型丛书，精选经史子集的"最要之书"，校订成"通行善本"，以精雅的仿宋体铅字排印。一经推出，《四部备要》即以其选目实用、文字准确、品相精美、价格低廉的鲜明特点，最大限度地满足了国人研治学问、阅读典籍的需要，广受欢迎。丛书中的许多品种，至今仍为常用之书。

中华人民共和国成立之后，党和国家倡导系统整理中国传统文献典籍。六十馀年来，在新的学术理念和新的整理方法的指导下，数千种古籍得到了系统整理，并涌现出许多精校精注整理本，已成为超越前代的新善本，为学界所必备。

同时，随着中华民族以前所未有的自信快速发展，全社会对中国固有的学术文化——国学，也表现出前所未有的关注和重视。让中华文化的优秀成果得到继承和创新，并在世界范围内进行传播和弘扬，普惠全人类，已经成为中华民族的历史使命。当此之时，推出符合当代国民阅读需要的权威的国学经典读本，实为当务之急。于是，《中华国学文库》应运而生。

《中华国学文库》是我们追慕前贤、服务当代的产物，因此，它自当具备以下三个基本特点：

一、《文库》所选均为中国学术文化的“最要之书”。举凡哲学、历史、文学、宗教、科学、艺术等各类基本典籍，只要是公认的国学经典，皆在此列。

二、《文库》所选均为代表当代学术水平的“最善之本”，即经过精校精注的整理本。其中既有传统旧注本的点校整理本，如朱熹《四书章句集注》，也有获得学界定评的新校新注本，如余嘉锡《世说新语笺疏》。总之，不以新旧为别，惟以善本是求。

三、《文库》所选均以新式标点、简体横排刊印。中国古籍向以繁体竖排为标准样式。时至当代，繁体竖排的标准古籍整理方式仍通行于学术界，但绝大多数国人早已习惯于现代通行的简体横排的图书样式。《文库》作为服务当代公众的国学读本，标准简体字横排本自当是恰当的选择。

中华书局自 1912 年成立，至今已近百岁。我们将《中华国学文库》当作向中华书局百年诞辰敬献的一份贺礼，更是向致力于中华民族和平崛起、实现复兴大业的全国人民敬献的一份厚礼。我们自当努力，让《中华国学文库》当得起这份重任，这份荣誉。

中华书局编辑部

2010 年 12 月

目　录

建安七子集卷二　陈琳集

文

建安七子集卷四　徐干集

诗

赋

文

建安七子集卷五　阮瑀集

诗

赋

文

建安七子集卷六　应玚集

诗

建安七子集卷七　刘桢集

诗

赋

文

附录

前　言

建安时期，在我国古代文学史上是一个创作繁荣、成就突出的重要时期。这一时期的著名作家，除"三曹"（曹操、曹丕、曹植）以外，当推曹丕在典论论文中提出的"七子"，即孔融、陈琳、王粲、徐干、阮瑀、应玚、刘桢等七人，世称"建安七子"。

建安七子的生活年代，从汉桓帝永兴元年（公元一五三）孔融出生，至汉献帝建安二十三年（公元二一八）徐干最后去世，前后共六十馀年，正处于汉末社会动乱的时期。东汉王朝自桓帝时起，宦官和外戚互相倾轧，轮流把持政权，政治日益腐败黑暗，加以他们对人民进行残酷的压迫掠夺，激起了灵帝中平元年（公元一八四）的黄巾大起义。这次起义虽在地主阶级联合武装力量的血腥镇压下失败，但东汉王朝也因此而一蹶不振，气息奄奄了。随之而出现的便是持续近二十年的军阀大混战，严重地破坏了社会经济，给人民带来了深重的苦难。在军阀混战中，曹操表现了出色的才干。他于建安元年（公元一九六）迎献帝都许，挟天子以令诸侯，控制了朝政，成为实际上的统治者。他又"外定武功，内兴文学"（魏志荀彧传注引彧别传），举凡在军事、政治、经济等方面都取得了显著成绩，终于削平了大小军阀的割据，统一了北方，至建安二十五年（公元二二〇）与刘备、孙权各据一方，形成三国鼎立的局面。建安七子出身各不相同，但他们无一例外地都亲身经历了汉末的动乱，建安元年以后又相继从各地投奔曹操，成了他手下的著名文士。随着东汉王朝的崩溃，儒家思想失去了支配地位，渐趋衰微，这为文学的发展提供了有利的条件。特别是由于曹氏父子对文学的喜爱和倡导，吸引了大量文士聚集于周围积极从事文学创作，因此，在曹操统治的地区内文学取代了传统的经术，得到了空前的繁荣。锺嵘诗品序说："降及建安，曹公父子，笃好斯文；平原兄弟，郁为文栋；刘桢、王粲，为其羽翼；次有攀龙托凤，自致于属车者，盖将百计，彬彬之盛，大备于时矣。"可见当时盛况。在为数众多的作家中，七子表现得十分活跃，也最引起时人的瞩目。他们除孔融一人外，都是曹操所支持的邺下文人集团的重要成员，常与曹氏兄弟诗赋酬酢，迭相唱和，写出了大量的作品。建安文学繁荣局面的形成，主要是他们与曹氏父子共同努力的结果。

在七子中，孔融的情况与其馀六人颇有不同，他不是曹氏父子的僚属，也未及参与邺下文人集团的活动。孔融（公元一五三—二〇八）字文举，鲁国（今山东曲阜县）人，是孔子的二十世孙。他年轻时以"逸才宏博"而名震远近，灵帝光和、中平年间先后为司徒杨赐和大将军何进所辟。董卓专政时，以忤卓旨出为北海太守。及至建安元年，因与曹操"有旧"（见通鉴卷六二汉纪五四），被征召入许，任将作大匠，后迁少府。建安十三年，拜太中大夫，被曹操借故杀害，死时五十六岁。综观孔融的一生，在政治上缺乏远见，无所建树。他恪守儒家的所谓"君臣大义"，抱着"济危靖难"的雄心，企图挽社稷于将倾，竭力维护东汉王朝的统治。正因为如此，他在建安之初把曹操看作"勤王将领"而表示衷心拥戴，但到晚年一旦发现曹操"雄诈渐著"，便"数不能堪"（后汉书本传），事事加以反对，从而造成一生的悲剧。孔融为人傲诞任性，不拘小节，是汉末清议之士向魏晋名士转变的代表人物。他又具有不畏权势、爱才敬贤的品质，这正是他常为后世士大夫所称道、敬仰之处。

孔融是七子中唯一没有赋作传世的作家。他今存诗七首，其中离合作郡姓名字诗不过是“以文字示其巧”（叶梦得石林诗话卷中）的文字游戏，严格来说不能算文学作品。杂诗二首，或感慨身世，或悼念亡子，都写得慷慨激昂，凄楚动人，在建安诗作中也堪称上乘，但真伪莫辨。六言诗三首，在艺术上无甚可取，不过诗中反映了汉末的现实，以及孔融初入许时对曹操的态度，是研究他生平思想的重要材料。临终诗则是绝命之笔，痛叙自己忠而见谗，情辞愤切。总的说来，孔融的诗歌成就不高，胡应麟诗薮说：“北海不长于诗。”是符合实际的评价。

孔融的文学成就主要表现在散文方面。他在北海时写给僚属的教令，被史书称为“辞气温雅，可玩而诵”（魏志崔琰传注引司马彪九州春秋），看来是深受当时欣赏的。从现在保存下来的教令来看，大多以礼贤爱士为其内容，显得高雅隽永，确实别具一格。如缮治郑公宅教、教高密令等都寥寥数语，便把那种渴慕贤才、急人所难的心情表露无遗，令人想见其气度风采。一些与友人的书信，也写得典丽温婉而又富有情趣，字里行间洋溢着热烈诚挚的感情，同教令一样可以见出他为人“宽容少忌”、坦率可亲的一面。在孔融的散文中，最为人所称道的是那些带有论辩性的文章，如与曹公论盛孝章书、荐祢衡表、难曹公禁酒书、汝颍优劣论等。这类文章，无论是陈述己见，还是驳难论敌，都感情充沛，锋芒毕露，令人感到有一股强烈的气势流贯其间，大有不可阻遏之感。曹丕典论论文说：“孔融体气高妙，有过人者。”文心雕龙风骨篇说：“公干亦云：孔氏卓卓，信含异气，笔墨之性，殆不可胜。”才略篇又说：“孔融气盛于为笔。”都说明了这些文章的风格特色。这种特色的形成，与孔融高迈刚毅的性格密切有关，此外在语言上骈散结合，排比句式的反复运用，因而取得音情顿挫，劲挺有力的效果，也是重要的因素。曹丕在肯定孔融文章的同时也指出了它的不足："然不能持论，理不胜辞，以至乎杂以嘲戏。"这确实是孔融某些论说文的弱点。如刘勰在文心雕龙论说篇中曾举出他的孝廉论，说"但谈嘲戏"、"言不持正"就是一例。再如难曹公禁酒书，文中把酒的功用夸说到无所不及的程度，而且其所举的事例又多是不根之谈，就难免给人有持论不够严谨，近乎戏谑的感觉。尽管如此，他的散文感情浓烈，文字典雅流畅，具有鲜明的个性色彩，与东汉那些平板呆滞的散文相比，显得生气勃勃，是使人耳目一新的。

七子中以散文著称的还有陈琳和阮瑀。陈琳（公元一五五？—二一七）字孔璋，广陵射阳（在今江苏宝应县东）人。他知名颇早，中平年间为大将军何进主簿。何进被杀后，他便避难冀州，在袁绍手下任职。建安十年，袁氏败亡，他才归降曹操。阮瑀（公元一五九？—二一二）字元瑜，陈留尉氏（今河南尉氏县）人。年轻时受学于著名学者蔡邕，深得其赏识。建安初年，他为曹操所招，任司空军谋祭酒，后与陈琳共掌记室，当时曹操的军国文书，大多出自他俩的手笔。阮瑀于建安十七年病亡，陈琳则在建安二十二年与刘桢、应玚同得疫疠而死。

陈琳、阮瑀二人的章表书檄闻名当时，典论论文称："琳、瑀之章表书记，今之隽也。"文心雕龙才略篇也说："琳、瑀以符檄擅声。"但他们的章表之作已悉数亡佚，现在所能见到的仅是数篇书檄，其中以陈琳的为袁绍檄豫州、为曹洪与魏文帝书，以及阮瑀的为曹公作书与孙权最有影响。这些文章引古论今，陈说利害，都写得洋洋洒洒，具有很大的鼓动性。尤其是陈琳的为袁绍檄豫州，历数曹操的罪恶，夸说袁绍的军威，酣畅淋漓，一气呵成，是广泛传诵的名作。比较而言,陈琳的文章更多地接受了战国纵横家的影响,善于铺张,气势奔放,但有时也存在着说事过当、语辞繁冗的缺点;阮瑀的文章则得力于蔡邕,显得稳健沉着,然其才情笔力似不及陈琳。他们二人都好用典隶事,讲究对偶辞藻,文章中已经明显地表现出骈化的迹象。

在诗歌方面,陈琳的饮马长城窟行、阮瑀的驾出北郭门行都是借用乐府旧题来揭露社会问题的篇什,十分引人注目。饮马长城窟行写封建统治者修筑长城的劳役,给人民带来深重的苦难。这在战争频繁、世道离乱的建安时期是具有深刻的现实意义的。在形式上,此诗成功地运用对话揭示劳役制度的罪恶,展现了人物的内心世界,构思新奇,别具匠心,即使放在汉乐府中也并不逊色。驾出北郭门行描述孤儿受继母虐待的悲苦,从一个侧面反映了封建社会家庭关系的冷酷无情,很容易使人联想起汉乐府中的孤儿行。此外,他们二人还写了一些抒情诗。如阮瑀的七哀诗、怨诗等抒发羁旅漂零、人生无常的感慨,较多地接受了古诗十九首消极方面的影响,情调不免过于伤感衰颓,但多少可以看出当时动乱现实所造成的人们心灵上的创伤。在这方面陈琳的人生态度要比阮瑀积极向上,如其游览诗之二:"骋哉日月逝,年命将西倾。建功不及时,钟鼎何所铭?收念还房寝,慷慨咏坟经。庶几及君在,立德垂功名。"在慨叹人生易过的同时,热切希望及时建功立业,这种思想情绪在建安文人中很有代表性。

徐干、刘桢、应玚三人年岁比较接近,都曾当过曹丕、曹植兄弟的文学侍从。徐干(公元一七一—二一八)字伟长,北海剧(在今山东寿光县)人。他年轻时就博览群书,"言则成章,操翰成文"(中论序),具有很高的文学修养。董卓乱起,便隐居不仕,以读书自娱。约在建安十三年前不久,应曹操之命,出任司空军谋祭酒,历五官将文学、临菑侯文学，于建安二十三年病亡。徐干为人淡泊少欲，晚年更托病居家，一心从事著述，有中论二十馀篇传世。

徐干的辞赋曾得到曹丕的推崇，认为可与王粲匹敌，而上追张（衡）、蔡（邕）（见典论论文），但流传至今的仅有数篇经过后人删节的残文，已无法窥见其全貌。又据文心雕龙才略篇说“徐干以赋论标美”，可知他的论说文与辞赋同样是受前人重视的。从曹丕答吴质书极赞徐干之中论推测，刘勰所说的“论”，可能是指中论。其实中论是一部“能考六艺，推仲尼、孟子之旨”（曾巩中论目录序）的学术著作，并非文学作品。徐干在文学创作上表现出特色，且对后世产生影响的是其诗歌。他今存诗四首，以叙闺情为主要内容。如室思诗描写女子对所爱之人的思念，表现她期望对方回到自己身边，而又害怕他中途变心的复杂心理，显得缠绵悱恻，情意真挚。其中特别是第三章“自君之出矣，明镜暗不治。思君如流水，何有穷已时”四句，用浅近自然的语言倾吐至情，尤见出色，自刘宋以后模拟者代不乏人，“自君之出矣”也便成了专写闺情的一个诗题。

刘桢（公元一七五？—二一七）字公干，东平宁阳（在今山东宁阳县南）人，父梁以文才著称于世，为汉宗室子孙。刘桢于建安初年应曹操之召入许，后曾随军北征袁绍，又参与赤壁之役。建安十六年，由丞相掾属转为五官中郎将文学，以其聪敏多才而深得曹氏兄弟赏爱。他性格傲岸倔强，因在宴席上平视甄夫人激怒了曹操，以不敬被刑，刑满复职，终为临菑侯庶子。

刘桢的五言诗向负盛誉，曹丕在与吴质书中说：“公干有逸气，但未遒耳。其五言诗之善者，妙绝时人。”锺嵘诗品把刘桢列在上品，称他的诗“仗气爱奇，动多振绝，真骨凌霜，高风跨俗”。又说“自陈思已下，桢称独步”。可见在当时评价很高。从刘桢现存的十几首五言诗来看，其取材的广度及语言的丰富性比不上曹植和王粲,但也仍有他的特色。赠从弟三首采用比兴手法,借物喻人。诗中通过对苹藻、松柏、凤凰的描写,表现诗人对于身处贫苦而心怀大志、不畏外界压力而傲然挺立的美好品质的追求,确有如锺嵘所说的“真骨凌霜,高风跨俗”的气概。后世左思、鲍照等那些表现睥睨世俗、孤高不群的诗都从这里汲取过营养。刘桢的诗还善于描景状物。如公宴诗写月下的园林、泉流、花鸟、凉风,鲜明细腻,给人以清新秀丽之感。赠徐干一诗,大约作于“不敬被刑”之际,主要抒发内心的苦闷,其中“步出北寺门,遥望西苑园。细柳夹道生,方塘含清源。轻叶随风转,飞鸟何翻翻”,把自然界写得生机盎然,有力地衬托出他当时失意落寞的心境,取得了很好的艺术效果。他如斗鸡诗,刻画斗鸡的姿态情状也生动逼真,与应玚的同题诗相比自要高出一筹。在散文方面,他的笺记之作曾被刘勰称为“丽而规益”,说是“有美于为诗矣”(文心雕龙书记篇)。谏曹植书、答曹丕借廓落带书等,文字简约优美,往往通过精巧的比喻来点破事理,深刻而又形象,颇能发人深思,大概就是刘勰所指的作品。

应玚(公元一七五?一二一七)字德琏,汝南南顿(在今河南项城县西)人。祖父奉为司隶校尉,伯父劭官泰山太守,都是知识渊博的学者。他早年因战乱曾漂泊他乡,归依曹操后,历任丞相掾、平原侯庶子、五官将文学等职。应玚有二十多篇作品流传今世。别诗二首描写羁旅行役的悲苦,情意真切;弈势以历史上著名战役来比喻围棋的各种局势,虽有班固弈旨、马融围棋赋先例可循,但写来别出心裁,也可见出作者学识宏富。他其馀作品大都平平无足可观。曹丕评论七子创作,于其他几家多所肯定,而独对应玚只说“和而不壮”,别无赞词,看来他的作品不甚为当时所重。

七子中数王粲年辈最晚,而文学成就最高。王粲(公元一七七一二一七)字仲宣,山阳高平(在今山东邹县西南)人,出身于豪族官僚家庭。曾祖父龚、祖父畅都位至汉三公,父谦为大将军何进长史,后曾在朝廷执掌机密,又出任郡太守。王粲十四岁时,遇董卓之乱,由洛阳徙居长安,深得当时著名学者蔡邕的赏誉,称他"有异才"。初平三年,董卓馀党李傕、郭汜作乱长安,王粲流寓荆州,依附同郡刘表,在荆州十六年,始终不受重用。建安十三年,归降曹操,任丞相掾,受爵关内侯。魏国建立后,以军谋祭酒拜侍中,曾参与制订曹魏政权的典章制度。建安二十二年,随曹操东征孙权,道中病亡,时年四十一岁。

王粲擅长诗赋,被刘勰称为"七子之冠冕"(文心雕龙才略篇)。他早年处于社会大动乱的时期,面对现实,不时发出深沉慨叹:"天降丧乱,靡国不夷"(赠士孙文始),"悠悠世路,乱离多阻"(赠蔡子笃)。他对于军阀混战给人民带来的苦难也表示深切同情。如七哀诗第一首,为初离长安避乱荆州时所作,诗中先通过沿途所见所闻,生动深刻地描绘了大浩劫中的人间惨象,接着在篇末沉痛地唱出:"南登霸陵岸,回首望长安。悟彼下泉人,喟然伤心肝!"悯时伤世、忧国忧民之情溢于纸上,读来觉得沉郁悲凉,感人至深。由于王粲长期遭遇离乱,又痛感胸怀大志而无所施展,所以他在荆州后期的作品常常流露出身世不遇、有家难归的苦闷,七哀诗第二首、登楼赋就是反映这方面内容的代表作。尤其是登楼赋,抒写作者登上当阳麦城城楼四望时所引起的乡关之思、离乱之感,同时又表现了他渴望国家统一的理想和建功立业的愿望,见出作者积极进取的人生态度。通篇结构完整,造语精炼而又明白晓畅,具有很高的艺术成就,不愧为魏晋抒情小赋的杰作。归附曹操后,王粲的政治地位起了变化,他常与邺下文人诗赋唱和,写出了不少公宴、游览、述征、赠答一类的作品。这些作品,就其现实意义和艺术表现而言,比不上前期的深刻有力,但仍保持着前期那种积极进取的精神。

其中从军诗五首记述他跟随曹操出征的经历和心情，较有代表性。诗中热烈歌颂曹操的统一事业，表示“不能效沮溺，相随把锄犁”，愿为曹魏政权“输力竭忠贞”，流露出积极入世、奋发有为的激昂情绪。尽管这种情绪多半出于报答曹操的知遇之恩，但曹操所从事的统一事业符合历史发展的趋势，反映了当时人民的普遍愿望，理所当然应加以充分的肯定，王粲的这种情绪也就无可非议了。总的来说，王粲的诗赋感情深厚，境界阔大，语言也清朗简净又富于文采，因而无论是反映现实，还是抒写怀抱，往往显得才情横溢而文质兼俱，沈约宋书谢灵运传论说：“子建、仲宣以气质为体，并标能擅美，独映当时。”说明了他在建安文学中的地位。

王粲的散文传世不多，却也自有其特色。其为刘表与袁尚书及为刘表谏袁谭书，从正反两方面陈述利害，劝袁氏兄弟息兵修好，共同对付曹操，写得有情有理，委婉恳切。有些文章针对时弊，提出自己的政治见解，也颇有见地。如务本论，强调发展农业生产必须奖勤罚惰；爵论则主张应不失时机地论功赐爵，使“慕进者逐之不倦”。这些见解自然是从巩固封建统治出发的，但即使在今天也不无可供借鉴之处。王粲的散文骈散结合，简明流畅，在七子中可与孔融媲美。

如上所述，建安七子的文学创作成就不一，各有特色，但在创作风格上存在着共同之处也是显而易见的。七子身处乱世，曾目击军阀混战给人民带来的灾难，各自也有过一段颠沛流离的生活经历，对现实的苦难有着强烈而深刻的感受；加上他们大多出身于儒宦世家，受儒家“经世济民”的思想影响较深，在政治上都有一定的抱负，不同程度表现出昂扬奋发、积极向上的进取精神。因此，他们的作品，不论是反映社会的动乱和民生的疾苦，还是抒写自己身世不遇的感慨，以及对建功立业的追求，莫不充溢着慷慨激昂之情。刘勰在谈到建安文学的时代特征及其形成原因时指出："观其时文，雅好慷慨，良由世积乱离，风衰俗怨，并志深而笔长，故梗概而多气也。"（文心雕龙时序篇）"慷慨多气"也正是七子创作的共同风格，说明他们对建安文风的形成是作出了贡献的。

七子在文学史上的贡献，还在于通过他们的创作，促进了各体文学的发展。就诗歌而言，七子的成就主要在五言诗方面。五言诗起源于西汉，东汉时虽也产生了像古诗十九首这样比较成熟的作品，但这种新兴的诗歌样式不为当时文人所重，创作者甚少。到了建安时代，由于建安文人大量写作，才打破沉寂的局面，把五言诗推向繁荣。文心雕龙明诗篇在论述建安诗歌创作时曾经说："暨建安之初，五言腾踊。文帝、陈思，纵辔以骋节；王、徐、应、刘，望路而争驱；并怜风月，狎池苑，述恩荣，叙酣宴；慷慨以任气，磊落以使才。造怀指事，不求纤密之巧；驱辞逐貌，惟取昭晢之能，此其所同也。"由此可以见出，这时五言诗的蓬勃发展是与七子和曹氏兄弟等人的共同努力分不开的。七子的五言诗，在古诗的基础上继承了汉乐府民歌"感于哀乐，缘事而发"的传统，又吸取了汉赋善于铺叙状物的特点，在反映现实、抒写怀抱及描摹景物上一般都能做到曲尽其意，质朴而不乏文彩，表现出强烈而深厚的感情。五言诗在七子和三曹手中，已经完全成熟，此后成为我国古典诗歌的一种主要形式。

在建安时代辞赋也发生了转折性的变化，以抒情咏物为主要内容的小赋，取代了两汉时期"铺采摛文"的大赋，占据了赋坛的主要地位。就七子现存的作品看，陈琳的大荒赋，宋人吴棫曾见过全文，称其"几三千言"（韵补书目），又刘桢的鲁都赋、徐干的齐都赋似模范班固、张衡的"两都"、"二京"，当均属于大赋，其馀则几乎都是抒情小赋。这些抒情小赋或言志述怀，或纪行咏物，较之以往张衡、蔡邕的同类作品，题材范围有所扩大，并且描写细致生动，文字清丽流畅，取得了长足的进步。值得注意的是，这时的诗赋互为影响，二者除句式不同，在题材内容和表现手法上已无甚区别。这种诗赋合流的倾向，在七子的创作中有着明显的反映，极大地提高了辞赋的艺术表现力，为后来六朝抒情小赋的进一步发展提供了有利的条件。至于七子的散文，都好用典隶事，句式多用排比对偶，已经明显骈化，他们在两汉散文向六朝骈文的发展过程中起着承前启后的作用，是大家公认的事实。总之，建安七子同三曹等建安文人一起，对于建安文风的形成、各类文体的发展，作出了努力，取得了成绩。韩愈在荐士诗中说："建安能者七，卓荦变风操。"对他们勇于变革的精神，以及在文学史上作出的贡献，无疑是应加以充分肯定的。

建安七子诸家诗文集，隋书经籍志皆有著录，大约到宋代便先后亡佚，现在所能见到的是明清人从唐宋类书、总集及史乘中撮钞而成的辑本。其中以明杨德周汇刻建安七子集本（有曹植而无孔融）、张溥汉魏六朝百三家集本（缺徐干），以及清杨逢辰建安七子集本、丁福保汉魏六朝名家集本等较有代表性。此外，明冯惟讷古诗纪和清严可均全上古三代秦汉三国六朝文也分别辑存有七子的诗和文。以上各家为当时客观条件所限，不同程度存在着蒐罗未备、勘理欠精等缺失，但是，他们为保存七子的诗文，并使之广为流布，付出了辛勤的劳动，成绩斐然，功不可没。现在的建安七子集，就是在前人辑本的基础上，参稽群书，搜采轶逸，辨伪订讹，重新整理而成的。

本书所收七子诗文，人各一卷，合为七卷。一卷之中，孔融无赋除外，按诗、赋、文分类编排，每类下的篇目则大体上依丁福保汉魏六朝名家集编次。每篇诗文都一一注明出处，首列的出处即为辑录底本，其馀各书及冯惟讷古诗纪、张溥百三家集（简称“张辑本”）、严可均全后汉文（简称“严辑本”）则为校本。散见于诸书的佚文，凡确与底本上下文字相衔接者，则径为搭接，并用方括号标示，同时在校记中说明出处，无法搭接者则另立一条。在辑校时用作底本的有：

文选　中华书局影印胡刻本
玉台新咏　世界书局排印吴兆宜注本
文馆词林　适园丛书本
乐府诗集　中华书局校点本
章樵注古文苑　四部丛刊影宋本
玉烛宝典　丛书集成本
编珠　影印四库全书珍本
北堂书钞　清光绪孔广陶校刊本
艺文类聚　上海古籍出版社排印本
初学记　中华书局排印本
太平御览　中华书局影宋本
事类赋　明嘉靖无锡崇正书院刊本
海录碎事　明万历卓显卿刊本
韵补　清光绪渭南严式诲校刊本
文镜秘府论　人民文学出版社排印本
太平广记　中华书局排印本
太平寰宇记　清光绪金陵书局刊本
九家集注杜诗　中华书局影宋本
分门集注杜工部诗　四部丛刊影宋本
后汉书　中华书局标点本
三国志　中华书局标点本

晋书　中华书局标点本

宋书　中华书局标点本

旧唐书　中华书局标点本

后汉纪　四部丛刊影明本

通典　“九通”合刻本

七子今存诗文，除文选、玉台新咏、乐府诗集等所载各篇较为完整外，其馀在前人辗转引录过程中多经删节，脱、误、衍、倒的情况相当严重，这给校勘工作带来不少困难。我们在校勘中，除明显版本错讹，迳改不出校外，凡遇有重要异文，一概出校；可以断定底本有讹误的字句，迳行改正，并酌情在校记中说明理由；采用前人的校勘成果，也在校记中说明。

另外，本书附有建安七子佚文存目考、建安七子杂著汇编、建安七子著作考，以及建安七子年谱，意在为进一步研究七子生平和著作提供较为完备的材料。建安七子杂著汇编收有王粲英雄记、徐干中论和刘桢毛诗义问共三种。其中英雄记以清黄奭黄氏逸书考本作底本，凡属后汉书、三国志两书注文所引的文字，均从中华书局标点本勘正，又增补了几则遗文。中论以清钱培名小万卷楼丛书本为底本，又校以四部丛刊影明本、龙溪精舍本及郝经续后汉书所引中论之文，并吸取钱培名、俞樾、孙诒让诸家校勘成果，写成校勘记分别置于各篇之末。毛诗义问则采用清马国翰玉函山房辑佚书本作底本，其所载各条已与原引之书对勘一过。

本书整理过程中，曾得到中华书局编辑部同志的热情指导和帮助，谨此致谢。限于水平，书中疏误在所难免，敬请读者批评指正。

俞绍初

一九八五年五月撰

二〇一六年修訂

建安七子集卷一　孔融集

诗

离合作郡姓名字诗[一]

渔父屈节，水潜匿方。离"鱼"字。与時进止，出寺施张[二]。离"日"字。"鱼"、"日"合成"鲁"。吕公矶钓，阖口渭旁。离"口"字。九域有圣，无土不王。离"或"字。"口"、"或"合成"國"。好是正直，女回于匡[三]。离"子"字。海外有截[四]，隼逝鹰扬。当离"乙"字。恐古文与今文不同，合成"孔"也。六翮将奋[五]，羽仪未彰。离"鬲"字。虵龙之蛰，俾也可忘。离"虫"字。合成"融"。玟璇隐曜[六]，美玉韬光。去"玉"成"文"，不须合。无名无誉，放言深藏。离"舆"字。按辔安行，谁谓路长。离"扌(手)"字。合成"舉"。章樵注本古文苑八。韩元吉本四。艺文类聚五六。石林诗话卷中引文类。

【校勘记】

〔一〕类聚引作"离合诗郡姓名诗"。

〔二〕"出寺"，章注本古文苑原作"出行"，据石林诗话改。"施"，石林诗话作"弛"。

〔三〕"回于",类聚作"固予"。

〔四〕"外",章注本古文苑原误作"内",据韩元吉本、类聚、石林诗话改。此句出诗商颂长发。又钱熙祚古文苑校勘记引顾千里说,谓隶体"截"作"戠",见洪释度尚碑。

〔五〕"将",类聚作"不"。

〔六〕"隐",章注本古文苑原作"阴",今从韩元吉本、类聚、石林诗话。

杂诗二首

岩岩锺山首,赫赫炎天路。高明曜云门,远景灼寒素。昂昂累世士,结根在所固。吕望老匹夫,苟为因世故。管仲小囚臣,独能建功祚。人生有何常?但患年岁暮。幸托不肖躯〔一〕,且当猛虎步。安能苦一身?与世同举厝。由不慎小节,庸夫笑我度。吕望尚不希,夷齐何足慕!章樵注本古文苑八。韩元吉本四。

远送新行客,岁暮乃来归。入门望爱子,妻妾向人悲。闻子不可见,日已潜光辉。孤坟在西北,常念君来迟。褰裳上墟丘,但见蒿与薇。白骨归黄泉,肌体乘尘飞〔二〕。生时不识父,死后知我谁。孤魂游穷暮,飘飖安所依?人生图嗣息,尔死我念追。俛仰内伤心,不觉泪沾衣。人生自有命,但恨生日希。同上

【校勘记】

〔一〕"幸托不肖躯"二句,文选三四曹植七启、四三孙楚为石仲容与孙皓书、四四陈琳为袁绍檄豫州、五三陆机辨亡论李善注,皆作李陵诗,与古文苑不同,未知孰是。

〔二〕"体",韩元吉本作"骨"。"乘",古诗纪一三作"成"。

临终诗〔一〕

言多令事败,器漏苦不密〔二〕。河溃蚁孔端〔三〕,山坏由猿穴〔四〕。涓

涓江汉流〔五〕，天窗通冥室。谗邪害公正，浮云翳白日〔六〕。靡辞无忠诚，华繁竟不实。人有两三心，安能合为一？三人成市虎，浸渍解胶漆。生存多所虑，长寝万事毕〔七〕。章樵注本古文苑八。韩元吉本四。北堂书钞一五八略引。文选二九古诗十九首李善注引"谗邪"二句。

【校勘记】

〔一〕书钞引题作"折杨柳行"。

〔二〕"器"，书钞作"语"。又"苦"作"坐"。

〔三〕"蚁孔端"，书钞作"从蚁孔"。

〔四〕"山"，书钞作"墙"。又"猿"作"郄"。

〔五〕"江"，古诗纪一三作"河"。

〔六〕"翳"，文选注作"蔽"。

〔七〕"万"，古文苑章注："一作方。"

六言诗三首

汉家中叶道微，董卓作乱乘衰，僭上虐下专威。万官惶怖莫违，百姓惨惨心悲。章樵注本古文苑八。韩元吉本四。

郭李分争为非，迁都长安思归。瞻望关东可哀，梦想曹公归来。同上

从洛到许巍巍〔一〕，曹公辅国无私〔二〕。减去厨膳甘肥，群僚率从祁祁。虽得俸禄常饥，念我苦寒心悲。同上

【校勘记】

〔一〕"洛"，章注："光武改'洛'为'雒'，东汉人不用此'洛'字，魏初下诏去'隹'加'水'。"则融诗自当作"雒"，盖魏人撰融集者改为"洛"字。

〔二〕"辅"，韩元吉本作"忧"。

文

上书荐谢该

臣闻：高祖创业，韩、彭之将征讨暴乱，陆贾、叔孙通进说诗书；光武中兴，吴、耿佐命，范升、卫宏修述旧业，故能文武并用，成长久之计。陛下圣德钦明，同符二祖，劳谦厄运，三年乃欢。今尚父鹰扬，方叔翰飞，王师电鸷，群凶破殄，始有櫜弓卧鼓之次，宜得名儒，典综礼纪。窃见故公车司马令谢该，体曾、史之淑性，兼商、偃之文学，博通群艺，周览古今，物来有应，事至不惑，清白异行，敦悦道训。求之远近，少有畴匹。若乃巨骨出吴，隼集陈庭，黄能入寝，亥有二首，非夫洽闻者，莫识其端也。隽不疑定北阙之前，夏侯胜辨常阴之验，然后朝士益重儒术。今该实卓然，比迹前列。间以父母老疾，弃官欲归，道路险塞，无由自致。猥使良才抱璞而逃〔一〕，踰越山河，沈沦荆楚，所谓往而不反者也。后日当更馈乐以钓由余，克像以求傅说，岂不烦哉？臣愚以为可推录所在，召该令还。楚人止孙卿之去国，汉朝追匡衡于平原，尊儒贵学，惜失贤也。后汉书谢该传。

【校勘记】

〔一〕璞，原作「樸」，今据韩非子和氏校改。

上书荐赵台卿〔一〕

赵岐博古。北堂书钞三三。

【校勘记】

〔一〕书钞所引但作"孔融荐赵台卿"。后汉书赵岐传,岐字台卿,"曹操时为司空,举以自代。光禄勋桓典、少府孔融上书荐之"。此篇盖即孔融荐赵岐所上之书,据补"上书"二字。

上书请准古王畿制

臣闻先王分九圻〔一〕,以远及近。春秋内诸夏而外夷狄。诗云:"封畿千里,惟民所止。"故曰天子之居,必以众大言之。周室既衰,六国力征授赂,割裂诸夏。镐京之制,商邑之度,历载弥久,遂以暗昧。秦兼天下,政不遵旧,革铲五等,扫灭侯甸,筑城万里,滨海立门,欲以六合为一区,五服为一家〔二〕,关卫不要,遂使陈、项作难,家庭临海〔三〕,击柝不救。圣汉因循,未之匡改,犹依古法。颍川、南阳、陈留、上党、三河近郡,不封爵诸侯。臣愚以为千里国内,可略从周官六乡六遂之文,分比北郡〔四〕,皆令属司隶校尉,以正王赋〔五〕,以崇帝室。役自近以宽远〔六〕,繇华贡献,外薄四海。揆文奋武,各有典书。袁宏后汉纪二九。

【校勘记】

〔一〕"王",后汉纪原脱此字,据严辑本补。

〔二〕"一家",后汉纪原作"羌"字,今从严辑本。

〔三〕"家庭临海",陈璞两汉纪校记云此四字疑讹。今按,"海"似当作"渊"。诗小雅小旻"如临深渊",盖后人避唐讳改"渊"为"海"。

〔四〕"比",后汉纪原作"取",据严辑本改。

〔五〕"以正",后汉纪原作"正以",据严辑本改。

〔六〕"役",后汉纪原作"投",据严辑本改。

上　书

先帝褒厚老臣，惧其殒越，是故扶接，助其气力。三公刺掖，近为忧之，非警戒也。云备大臣，非其类也。太平御览三六九引孔融上书。严辑本"孔融上书"四字作"东观汉记"，非。按东观汉记成书在孔融之前，其必不得引述融文。检御览此上引有"东观汉记曰江革"条，严氏盖因连累及此条，以为亦属东观汉记文耳。

上三府所辟称故吏事

三府所辟，州郡所辟，其不谒署不得称故吏。臣惟古典，春秋"女在其国称女，在途称妇"，然则在途之臣应与为比。谷梁传曰："天子之宰，通于四海。"三公之吏，不得以未至为差。狐突曰："策名委质，二乃辟也。"奉命承教〔一〕，策名也。昔公孙婴齐卒于狸蜃〔二〕，时未入国，鲁公以大夫之礼加焉。传曰："吾固许之，返为大夫。"延陵季子解剑带徐君之墓，以明心许之信，况受三公之招，修拜辱之辞，有资父事君之志耶？臣愚以礼宜从重，三公所召，虽未就职，系为故吏。通典六八。

【校勘记】

〔一〕"命"，九通本通典原作"今"，据四库本及严辑本改。

〔二〕"狸蜃"，鲁地名，公羊传成公十七年作"狸轸"。

荐祢衡表

臣闻洪水横流，帝思俾乂，旁求四方，以招贤俊。昔世宗继统〔一〕，将弘祖业，畴咨熙载，群士响臻。陛下睿圣，纂承基绪，遭遇厄运，劳谦日仄。维岳降神，异人并出〔二〕。

窃见处士平原祢衡〔三〕，年二十四，字正平，淑质贞亮，英才卓跡[四]。初涉艺文，升堂睹奥，目所一见，辄诵于口，耳所暂闻，不忘于心，性与道合，思若有神。弘羊潜计[五]，安世默识，以衡准之，诚不足怪。忠果正直，志怀霜雪，见善若惊，疾恶如雠。任座抗行，史鱼厉节，殆无以过也。鸷鸟累百，不如一鹗，使衡立朝，必有可观。飞辩骋辞，溢气坌涌，解疑释结，临敌有馀。

昔贾谊求试属国，诡系单于；终军欲以长缨，牵致劲越：弱冠慷慨，前世美之[六]。近日路粹、严象，亦用异才，擢拜台郎，衡宜与为比。如得龙跃天衢，振翼云汉[七]，扬声紫微，垂光虹蜺，足以昭近署之多士，增四门之穆穆。钧天广乐，必有奇丽之观；帝室皇居，必蓄非常之宝。若衡等辈，不可多得。激楚、阳阿，至妙之容，掌技者之所贪；飞兔、騕褭，绝足奔放，良、乐之所急。臣等区区，敢不以闻！

陛下笃慎取士，必须效试，乞令衡以褐衣召见。无可观采[八]，臣等受面欺之罪。文选三七。后汉书祢衡传。魏志荀彧传注引平原祢衡传。北堂书钞三三。艺文类聚五三。初学记二〇。太平御览六三二。

【校勘记】

〔一〕"世宗"，后汉书祢衡传作"孝武"。按，汉孝武帝庙号世宗，疑李贤避唐太宗讳改为"孝武"。

〔二〕"并"，五臣本文选作"间"。

〔三〕"窃"，书钞、初学记、御览皆作"伏"。

〔四〕"跡"，魏志注、类聚、初学记皆作"荦"。

〔五〕"潜"，魏志荀彧传注引平原祢衡传作"心"。

〔六〕"世"，原作"代"。作"代"者，盖后人所改。今据五臣本文选、后汉书、类聚改回。

〔七〕"振翼"，书钞、御览并作"奋翼"，初学记作"凤奋"。

〔八〕"无"，五臣本文选上有"必"字。

崇国防疏

窃闻领荆州牧刘表桀逆放恣，所为不轨，至乃郊祭天地，拟仪社稷。虽昏僭恶极，罪不容诛，至于国体，宜且讳之。何者？万乘至重，天王至尊，身为圣躬，国为神器，陛级县远，禄位限绝，犹天之不可阶，日月之不可踰也。每有一竖臣，辄云图之，若形之四方，非所以杜塞邪萌。愚谓虽有重戾，必宜隐忍。贾谊所谓"掷鼠忌器"，盖谓此也。是以齐兵次楚，唯责包茅；王师败绩，不书晋人。前以露袁术之罪，今复下刘表之事，是使跛牂欲窥高岸，天险可得而登也。案表跋扈，擅诛列侯，遏绝诏命，断盗贡篚，招呼元恶，以自营卫，专为群逆，主萃渊薮。郜鼎在庙，章孰甚焉！桑落瓦解，其势可见。臣愚以为宜隐郊祀之事，以崇国防。后汉书孔融传。

马日磾不宜加礼议

日磾以上公之尊，秉髦节之使〔一〕，衔命直指，宁辑东夏。而曲媚奸臣〔二〕，为所牵率，章表署用，辄使首名，附下罔上，奸以事君。昔国佐当晋军而不挠，宜僚临白刃而正色，王室大臣，岂得以见胁为辞〔三〕！又袁术僭逆，非一朝一夕，日磾随从，周旋历岁。汉律与罪人交关三日已上，皆应知情。春秋鲁叔孙得臣卒，以不发扬襄仲之罪，贬不书日。郑人讨幽公之乱，斫子家之棺。圣上哀矜旧臣，未忍追案，不宜加礼。后汉书孔融传。袁宏后汉纪二九。

【校勘记】

〔一〕"髦"，后汉纪作"旄"。

〔二〕"奸"，后汉纪作"贼"。

〔三〕"岂"，后汉纪作"不"，又"得"下无"以"字。

肉刑议

古者敦庬，善否区别〔一〕，吏端刑清，政无过失〔二〕。百姓有罪，皆自取之〔三〕。末世陵迟，风化坏乱〔四〕，政挠其俗〔五〕，法害其民〔六〕。故曰"上失其道，民散久矣"。而欲绳之以古刑，投之以残弃，非所谓与时消息者也。纣斮朝涉之胫，天下谓为无道。夫九牧之地，千八百君，若各刖一人，是天下常有千八百纣也〔七〕。求世休和〔八〕，弗可得已〔九〕。且被刑之人，虑不念生〔一〇〕，志在思死〔一一〕，类多趋恶，莫复归正。夙沙乱齐，伊戾祸宋，赵高、英布，为世大患。不能止人遂为非也〔一二〕，适足绝人还为善耳。虽忠如鬻拳，信如卞和，智如孙膑，冤如巷伯，才如史迁，达如子政，一离刀锯，没世不齿。是太甲之思庸，穆公之霸秦，南睢之骨立，卫武之初筵，陈汤之都赖，魏尚之守边〔一三〕，无所复施也〔一四〕。汉开改恶之路，凡为此也。故明德之君，远度深惟，弃短就长，不苟革其政者也。后汉书孔融传。袁宏后汉纪三〇。晋书刑法志。艺文类聚五四。通典一六八。太平御览六四八引续汉书。

杀人无所，斫人有小疮，故刖趾不可以报施，而髡不足以偿伤。伤人一寸而断人支体，为罚已重，不厌众心也。通典一六八夏侯太初答李胜肉刑议引。

【校勘记】

〔一〕"区"，后汉书原作"不"，晋书刑法志、类聚、通典、御览引续汉书皆作"区"。按后汉书酷吏传论曰："古者敦庬，善恶易分。"据此，则以作"区"为是，因改。

〔二〕"政"，后汉纪、类聚并作"治"。"政"下晋书刑法志有"简一"二字，则"政简"二字当属上句，读作"吏端刑清政简"，下句则读作"一无过失"。"失"，后汉纪作"差"。

〔三〕"自取之"，后汉纪作"不之滥"。

〔四〕“化”，类聚作“俗”。

〔五〕“其俗”，类聚作“俗替”。

〔六〕“害”，后汉纪作“侮”。“民”，后汉书李贤原避唐讳改作“人”，今据后汉纪、类聚、御览引续汉书改回。晋书刑法志、通典作“教”，盖亦避唐讳改之。

〔七〕“天下”，后汉书原无“天”字，据后汉纪、晋书刑法志、通典补。

〔八〕“世”，后汉书李贤避唐讳作“俗”，据后汉纪、类聚、晋书刑法志改回。

〔九〕“弗”，后汉纪作“不”，又“已”作“也”。

〔一〇〕“念”，后汉纪、通典皆作“全”。

〔一一〕“思”，通典作“必”。

〔一二〕“止人”，御览引续汉书作“正人”，类聚作“止其源”三字。“遂”，通典作“不”。

〔一三〕“守边”，后汉纪作“边功”，晋书刑法志作“临边”。

〔一四〕“无所复施”，后汉纪作“无复悔”三字。

南阳王冯东海王祇祭礼对

圣恩敦睦，感时增思，悼二王之灵，发哀愍之诏，稽度前典，以正礼制。窃观故事，前梁怀王、临江愍王、齐哀王、临淮怀王并薨无后〔一〕，同产昆弟，即景、武、昭、明四帝是也，未闻前朝修立祭祀。若临时所施，则不列传纪。臣愚以为诸在冲龀，圣慈哀悼，礼同成人，加以号谥者，宜称上恩，祭祀礼毕，而后绝之。至于一岁之限，不合礼意，又违先帝已然之法，所未敢处。后汉书孔融传。

【校勘记】

〔一〕后汉书李贤注：“臣贤案：齐哀王，悼惠王之子，高帝之孙，非昭帝兄弟，当为怀王，作‘哀’者误也。临淮公衡，明帝弟，建武十五年立，未及进爵为王而薨。融家传及本传皆作‘公’，此为‘王’者，亦误也。”

告高密县立郑公乡教

昔齐置“士乡”，越有“君子军”，皆异贤之意也。郑君好学，实怀明德。昔太史公、廷尉吴公、谒者仆射邓公，皆汉之名臣。又南山四皓有园公、夏黄公，潜光隐耀，世嘉其高，皆悉称公。然则，公者仁德之正号〔一〕，不必三事大夫也。今郑君乡宜曰“郑公乡”。昔东海于公仅有一节，犹或戒乡人侈其门闾。矧乃郑公之德，而无驷牡之路！可广开门衢〔二〕，令容高车，号为“通德门”。后汉书郑玄传。太平御览一五七引郑玄别传。

【校勘记】

〔一〕“仁”，御览引郑玄别传作“人”。

〔二〕“可广开门衢”三句，艺文类聚六三引范晔后汉书作“郑君里门，四方所由观礼，其广令容高车结驷，名为‘通德门’”，御览一八二引同，唯“通德门”作“通德之门”。

教高密令

高密侯国笺言：郑公增门之崇〔一〕，令容高车结驷之路，出麦五斛，以酬执事者之劳。太平御览八三八。

【校勘记】

〔一〕“公”，御览原作“国”，据严辑本改。按，严辑本置此条于告高密县立郑公乡教文后，合为一篇。

失题教

高密县有一衔〔一〕，今欲为郑玄后专造一乡，名曰“宗学”也。北堂书钞八三引“孔融教”。

【校勘记】

〔一〕“衕”，疑“衖”之讹。衖，里中道也，通“巷”。

缮治郑公宅教

郑公久游南夏，今艰难稍平，傥有归来之思，无寓人于室，毁伤其藩垣林木，必缮治墙宇，以俟还。太平广记一六四引商芸小说。按，商芸，本作殷芸。宋人避太祖父弘殷偏讳改。下同。

告僚属教

昔周人尊师，谓之“尚父”，今可咸曰“郑君”，不得称名也。太平广记一六四引商芸小说。

又教高密令

志士邓子然告困〔一〕，焉得爱釜庾之间，以伤烈士之心？今与豆三斛，后乏复言。太平御览八四一。

【校勘记】

〔一〕“邓”，疑当作“甄”。按，甄子然，北海高密人。后汉纪三〇称融“使甄子然配食县社”，即其人也。王先谦后汉书集解引惠栋说，谓此令“当是恤子然之后也”。

告昌安县教

邑人高幼，自言辟得井中鼎。夫鼎久潜于井〔一〕，得之休明，虽小，重也。黄耳金铉，利贞之象。国遭凶荒，彝器出，或者明以飨人。初学记七。

【校勘记】

〔一〕“夫鼎”，安刻本初学记作“失所”。

答王修教

原之贤也，吾已知之矣。昔高阳氏有才子八人，尧不能用，舜实举之。原可谓不患无位之士。以遗后贤，不亦可乎！魏志王修传注引融集。

重答王修

掾清身絜己，历试诸难，谋而鲜过，惠训不倦。余嘉乃勋，应乃懿德，用升尔于王庭，其可辞乎！魏志王修传注引融集。

喻邴原书

修性保贞，清虚守高，危邦不入，久潜乐土。王室多难，西迁镐京。圣朝劳谦，畴咨隽乂。我徂求定，策命恳恻。国之将陨，嫠不恤纬，家之将亡，缇萦跋涉，彼匹妇也，犹执此义。实望根矩，仁为己任，授手援溺，振民于难。乃或晏晏居息，莫我肯顾，谓之君子，固如此乎！根矩，根矩，可以来矣！魏志邴原传注引原别传。

与邴原书

随会在秦，贾季在翟，谘仰靡所，叹息增怀。顷知来至，近在三山。诗不云乎？“来归自镐，我行永久。”今遣五官掾，奉问榜人舟楫之劳，祸福动静告慰。乱阶未已，阻兵之雄，若棋弈争枭。魏志邴原传注引原别传。

与王朗书

世路隔塞，情问断绝，感怀增思。前见章表，知寻汤武罪己之迹，自投东裔同鲧之罚，览省未周，涕陨潸然。主上宽仁，贵德宥过。曹公辅政，思贤并立。策书屡下，殷勤款至。知棹舟浮海，息驾广陵，不意黄熊突出羽渊也。谈笑有期，勉行自爱！魏志王朗传注。

遗张纮书

闻大军西征，足下留镇。不有居者，谁守社稷？深固折冲，亦大勋也。无乃李广之气，仓发益怒〔一〕，乐一当单于，以尽馀愤乎？南北并定，世将无事，叔孙投戈〔二〕，绛灌俎豆，亦在今日。但用离析，无缘会面，为愁叹耳。道直途清，相见岂复难哉？吴志张纮传注引吴书。

【校勘记】

〔一〕"仓发"，张辑本作"循发"。按，汉书李广传附李陵传云："陵墨不应，孰视而自循其发。"师古曰："循谓摩顺也。"张氏盖据以改之。然陵之事，不当用于李广。吴金华易氏三国志补注今证谓，"仓"、"苍"二字古通用。是苍者，灰白色也。"仓发益怒"，言身虽老而气弥壮，则自当作"仓发"。

〔二〕"叔孙"，吴志引吴书原作"孙叔"，非。按，扬雄解嘲曰："叔孙通起于枹鼓之间，解甲投戈，遂作君臣之仪。"字当作"叔孙"，今正之。

又遗张纮书

前劳手笔，多篆书。每举篇见字，欣然独笑，如复睹其人也。吴志张纮传注引吴书。

答虞仲翔书

示所著易传，自商瞿以来，舛错多矣。去圣弥远，众说骋辞。曩闻延陵之理乐，今睹吾子之治易〔一〕，乃知东南之美者，非但会稽之竹箭焉。又观象云物，察应寒温，原其祸福〔二〕，与神会契〔三〕，可谓探赜穷道者已〔四〕。方世清，圣上求贤者，梁丘以卦筮宁世，刘向以洪范昭名，想当来翔，追踪前烈。相见乃尽，不复多陈。艺文类聚五五。吴志虞翻传。太平御览六〇九引后汉书。

【校勘记】

〔一〕"吾子"，类聚原作"吾君"，御览引后汉书同，今从吴志虞翻传。

〔二〕"原其"，类聚原作一"本"字，当有脱文，御览引后汉书作"原本"，张辑本作"推本"，今从吴志虞翻传。

〔三〕"会"，吴志虞翻传作"合"。

〔四〕"道"，吴志虞翻传作"通"。又"已"作"也"。

与韦休甫书〔一〕

使君足下：怀远垂勋，西戎即叙。前别意恨，甚多不悉。辛从事至，承获所讯，喜而起居不恙而到也。云便结驷，径至旧治。西土之人，宗服令德，解仇崇好，以顺风化，万里雍穆，如乐之和。虽为国家威灵感应，亦实士毅堪事之效也。昔伯安由幽都而登上司，子琰以豫州而取宰相，近事未远，当勉功业，以丰此庆耳。闲僻疾动〔二〕，不得复与足下岸帻广坐，举杯相于〔三〕，以为邑邑。前日元将来，〔渊才亮茂〕〔四〕，雅度弘毅，伟〔世〕之器也〔五〕。昨日仲将复来，〔懿性贞实〕〔六〕，文敏志笃〔七〕，诚保家之主也。不意双珠近出老蚌，甚珍贵之。遗书通心。艺文类聚五三。魏志荀彧传注引三辅决录注。太平御览五一八引三辅要录、又九四一引魏志。

【校勘记】

〔一〕“休甫”，类聚原误作“林甫”。按，凉州刺史韦康字元将，康弟诞字仲将，皆韦端之子。端字休甫，与同郡金元休、第五文休俱著名，号为“三休”。见魏志吕布传注引典略。严辑本已改作“休甫”，今从改。

〔二〕“闲”，类聚原作“闻”，今从张、严二辑本改。

〔三〕“于”，汪绍楹校曰：“冯校本作扢。”按，焦延寿易林：“良友相于。”曹植当来日大难：“广情故，心相于。”“相于”为汉魏时习语，有相亲、相得之意。

〔四〕渊才亮茂，类聚原无此四字，据魏志荀彧传注引三辅决录注、御览引三辅要录补。

〔五〕“伟”，类聚原下脱“世”字，据魏志荀彧传注引三辅决录注、御览引三辅要录补。

〔六〕懿性贞实，类聚原无此四字，据魏志荀彧传注引三辅决录注、御览引三辅要录补。

〔七〕“志笃”，类聚原脱“志”字，据魏志荀彧传注引三辅决录注、御览引三辅要录补。

与宗从弟书〔一〕

同源派流，人易世疏，越在异域，情爱分隔。文镜秘府论西卷文二十八种病。

知晚节豫学，既美大弟困而能寤〔二〕，又合先君加我之义。岂唯仁弟实专承之，凡我宗族，犹或赖焉。艺文类聚五五。

【校勘记】

〔一〕文镜秘府论引题作“与族弟书”，此题从类聚。按，二书所引盖同属一文。

〔二〕“困”，类聚原作“因”，从张辑本改。

与诸卿书

郑康成多臆说，人见其名学，谓有所出也。证案大较，要在五经、四部书〔一〕。如非此文，近为妄矣。若子所执，以为郊天鼓必当麒麟之皮，写孝经本当曾子家策乎？太平御览六〇八。

先日多惠胡桃，深知笃意。太平御览九七一。艺文类聚八七。

【校勘记】

〔一〕“五经四部书”，或以为群书分四部，自魏郑默中经簿始，故疑融此书为后世伪托。按，曹丕亦有“五经四部”之言，其典论自叙云：“余是以少诵诗、论，及长而备历五经、四部，史汉、诸子百家之言，靡不毕览。”所谓“四部书”，盖指汉书艺文志六艺略中五经除外，包括乐、论语、孝经、小学等四类书。则“五经四部”为汉末时人之习语，非误也。

与许博士书

今足下远以彝器金石并志〔一〕，为国家格来仪之瑞，亦丈夫之大勋。北堂书钞一〇五。

【校勘记】

〔一〕“志”，陈禹谟本书钞作“至”。

与曹公书荐边让

边让为九州之被则不足[一]，为单衣襜褕则有馀。北堂书钞一三四、又一二九引边让别传。太平御览六九一、又六九三引边让别传。

【校勘记】

〔一〕"之"，御览六九三作"衣"。"被"，书钞一二九作"牧"。

与曹公论盛孝章书[一]

岁月不居，时节如流。五十之年，忽焉已至，公为始满，融又过二。海内知识，零落殆尽，惟会稽盛孝章尚存[二]。其人困于孙氏，妻孥湮没，单孑独立，孤危愁苦。若使忧能伤人，此子不得复永年矣。

春秋传曰："诸侯有相灭亡者，桓公不能救，则桓公耻之。"今孝章实丈夫之雄也，天下谭士依以扬声[三]，而身不免于幽执[四]，命不期于旦夕。是吾祖不当复论损益之友，而朱穆所以绝交也。公诚能驰一介之使，加咫尺之书，则孝章可致，友道可弘也[五]。

今之少年，喜谤前辈，或能讥平孝章[六]；孝章要为有天下大名，九牧之民所共称叹。燕君市骏马之骨，非欲以骋道里，乃当以招绝足也。惟公匡复汉室，宗社将绝，又能正之。正之之术，实须得贤。珠玉无胫而自至者，以人好之也，况贤者之有足乎？昭王筑台以尊郭隗，隗虽小才，而逢大遇，竟能发明主之至心，故乐毅自魏往，剧辛自赵往，邹衍自齐往。向使郭隗倒县而王不解[七]，临溺而王不拯[八]，则士亦将高翔远引，莫有北首燕路者矣。凡所称引，自公所知，而复有云者[九]，欲公崇笃斯义也。因表不悉。吴志孙韶传注引会稽典录。文选四一。

【校勘记】

〔一〕此题文选作“论盛孝章书”，据会稽典录所叙补“与曹公”三字。

〔二〕“惟”下，胡刻本文选下有“有”字。“存”，五臣本文选作“在”。

〔三〕“谭”，胡刻本文选作“谈”。

〔四〕“执”，胡刻本文选作“絷”。

〔五〕“也”，胡刻本文选作“矣”。

〔六〕“平”，胡刻本文选作“评”。

〔七〕“县”，文选作“悬”。

〔八〕“溺”，胡刻本文选作“难”。

〔九〕“复”，吴志孙韶传注引会稽典录原无此字，据文选补。

嘲曹公为子纳甄氏书

武王伐纣，以妲己赐周公。后汉书孔融传。魏志崔琰传注引魏氏春秋。

嘲曹公讨乌桓书

大将军远征，萧条海外。昔肃慎不贡楛矢，丁零盗苏武牛羊，可并案也。后汉书孔融传。

难曹公禁酒书

〔公当初来〔一〕，邦人咸抃舞踊跃，以望我后。亦既至止，酒禁施行。〕酒之为德久矣。古先哲王，类帝禋宗，和神定人，以济万国，非酒莫以也。故天垂酒星之耀〔二〕，地列酒泉之郡〔三〕，人著旨酒之德〔四〕。尧不千锺〔五〕，无以建太平。孔非百觚，无以堪上圣。樊哙解厄鸿门，非豕肩锺酒〔六〕，无以奋其怒。赵之厮养，东迎其王，非引卮酒，无以激其气。高祖非醉斩白蛇，无以畅其灵〔七〕。景帝非醉幸唐姬，无以开中兴。袁盎非醇醪之力，无以脱其命。定国非酣饮一斛[八]，无以决其法[九]。故郦生以高阳酒徒，著功于汉；屈原不餔糟歠醨，取困于楚。由是观之，酒何负于治者哉[一〇]！后汉书孔融传注引融集。魏志崔琰传注引张璠汉纪。北堂书钞一四八引孔融别传。艺文类聚七二。事类赋二七注引九州春秋。

【校勘记】

〔一〕“公当初来”五句，据类聚补。“当初”，类聚原作“初当”，从严辑本改。

〔二〕“天垂酒星之燿”，类聚作“天垂酒旗之曜”，魏志崔琰传注引张璠汉纪、书钞引孔融别传、事类赋注引九州春秋皆作“天有酒旗之星”。

〔三〕“列”，书钞引孔融别传作“有”。

〔四〕“著”，魏志崔琰传注引张璠汉纪、书钞引孔融别传、类聚、及事类赋注引九州春秋皆作“有”。

〔五〕“不”，类聚作“非”。魏志崔琰传注引张璠汉纪、书钞引孔融别传“不”下皆有“饮”字。

〔六〕“锺”，类聚作“巵”。又“豕”作“彘”。

〔七〕“畅”，类聚作“扬”。

〔八〕“非”，后汉书孔融传注引融集原作“不”，类聚作“非”，据以上各句文例，以作“非”为长，今据改。

〔九〕“其法”，类聚作“法令”。

〔一〇〕“治”，后汉书孔融传注引融集原作“政”，今据类聚改。按，盖李贤避高宗讳改“治”为“政”。

又书

昨承训答，陈二代之祸，及众人之败，以酒亡者，实如来诲。虽然，徐偃王行仁义而亡，今令不绝仁义；燕哙以让失社稷，今令不禁谦退；鲁因儒而损，今令不弃文学；夏、商亦以妇人失天下〔一〕，今令不断婚姻。而将酒独急者，疑但惜谷耳，非以亡王为戒也。后汉书孔融传注引融集。魏志崔琰传注引张璠汉纪。事类赋一七注引九州春秋。

【校勘记】

〔一〕"夏商"二句，魏志崔琰传注引张璠汉纪、事类赋注引九州春秋皆作"且桀、纣以色亡国，今令不废婚姻"。

报曹公书

猥惠书教，告所不逮。融与鸿豫州里比郡，知之最早。虽尝陈其功美，欲以厚于见私，信于为国，不求其覆过掩恶，有罪望不坐也。前者黜退，欢欣受之。昔赵宣子朝登韩厥，夕被其戮，喜而求贺。况无彼人之功，而敢枉当官之平哉！忠非三闾，智非鼂错，窃位为过，免罪为幸。乃使馀论远闻，所以惭惧也。朱、彭、寇、贾〔一〕，为世壮士，爱恶相攻，能为国忧。至于轻弱薄劣〔二〕，犹昆虫之相啮〔三〕，适足还害其身〔四〕，诚无所至也。晋侯嘉其臣所争者大，而师旷以为不如心竞。性既迟缓，与人无伤，虽出胯下之负，榆次之辱，不知贬毁之于己，犹蚊虻之一过也。子产谓人心不相似，或矜势者欲以取胜为荣，不念宋人待四海之客，大炉不欲令酒酸也。至于屈谷巨瓠，坚而无窍，当以无用罪之耳。它者奉尊严教，不敢失坠。郗为故吏，融所推进。赵衰之拔郤縠，不轻公叔之升臣也。知同其爱，训诲发中〔五〕，虽懿伯之忌，犹不得念，况恃旧交，而欲自外于贤吏哉！辄布腹心，修好如初。苦言至意，终身诵之。后汉书孔融传。太平御览九三四引"朱、彭、寇、贾"至"诚无所至"数语作"孔融答路粹书"。严辑本注云："案范书以此为报曹公。据文选注，则曹公书乃路粹所作，御览题为答路粹，盖融集如此。"

【校勘记】

〔一〕“贾”，御览下有“之徒”二字。

〔二〕“轻弱薄劣”，御览作“轻薄力弱者”五字。

〔三〕“昆虫”，御览作“两虺”。

〔四〕“害”，御览作“灾”。

〔五〕“训诲发中”，文选三七羊祜让开府表李善注上有“来书恳切”四字。

失题书

附此短章，聊申我素心。分门集注杜工部诗二毒热寄简崔评事十六弟王洙注。

周武王汉高祖论

武王从后稷以来，至其身，相承积五十世，俱有鱼鸟之瑞。至高祖，一身修德，瑞有四〔一〕：吕公望形而荐女；吕后见云知其处；白蛇分，神妪哭〔二〕；西入关，五星聚。又武王伐纣，斩而刺之，高祖入秦，赦子婴而遣之〔三〕，是宽裕又不如高祖也。艺文类聚一二。

【校勘记】

〔一〕“瑞”，张辑本下有“遽”字。

〔二〕“妪”，类聚原作“武”，张、严二辑本并作“母”。明梅鼎祚东汉文纪作“妪”，与史记、汉书高帝纪所载文合，今据改。

〔三〕“遣”，类聚原作“遗”，从张、严二辑本改。

圣人优劣论〔一〕

荀愔等以为圣人俱受乾坤之醇灵，禀造化之和气，该百行之高善，备九德之淑懿，极鸿源之深闾，穷品物之情类。旷荡出于无外，沉微沦于无内。器不是周，不充圣极。荀以为孔子称："大哉……尧之为君也，唯天为大，唯尧则之。"是为覆盖众圣，最优之明文也。孔以尧作天子九十馀年，政化洽于民心，雅颂流于众听，是以声德发闻，遂为称首[二]。则易所谓"圣人久于其道，而天下化成"，百年然后胜残去杀，必世而后仁者也。故曰"大哉，尧之为君也"。尧之为圣也，明其圣与诸圣同，但以人见称为君尔。艺文类聚二〇。初学记一七引两条。

金之优者，名曰紫磨，犹人之有圣也。太平御览八一一。

马之骏者，名曰骐骥；犬之骏者，名曰韩卢。犬之有韩卢，马之有骐骥，人之圣也[三]，名号等设。使骐骥与韩卢并走，宁能头尾相当，八脚如一，无有先后之觉矣[四]？太平御览八九七。事类赋二〇注。

【校勘记】

〔一〕魏志荀攸传注引荀氏家传云："（荀）愔与孔融论圣人优劣，并在融集。"

〔二〕"为称首"，初学记作"称为首"。

〔三〕"人之圣"，严辑本"人"上有"犹"字，"圣"上有"有"字。疑是。

〔四〕"矣"，事类赋注作"或"，当"哉"之误。作"哉"字稍长。

汝颍优劣论

融以为汝南士胜颍川士，陈长文难[一]，融答之曰：

汝南戴子高，亲止千乘万骑，与光武皇帝共〔揖〕于道中[二]；颍川士虽抗节，未有能颉颃天子者也。汝南许子伯，与其友人共说世俗将坏，因夜〔起〕[三]，举声号哭；颍川〔士〕虽〔颇〕忧时[四]，未有能哭世者也。汝南府许掾，教太守邓晨图开稻陂，〔灌〕数万顷[五]，累世获其功，夜有火光之瑞；韩元长虽好地理，未有成功见效如许掾者也。汝南张元伯，身死之后见梦范巨卿；颍川士虽有奇异，未有能神而灵者也〔六〕。汝南应世叔，读书五行俱下；颍川士虽多聪明，未有能离娄并照者也。汝南李洪为太尉掾〔七〕，弟煞人当死，洪自劾诣阁〔八〕，乞代弟命，便饮酖而死，弟用得全；颍川〔士〕虽尚节义〔九〕，未有能煞身成仁如洪者也。汝南翟文仲为东郡太守〔一〇〕，始举义兵以讨王莽；颍川士虽疾恶，未有能破家为国者也。汝南袁公著为甲科郎〔中〕〔一一〕，上书欲治梁冀；颍川士虽慕忠谠〔一二〕，未有能投命直言者也〔一三〕。艺文类聚二二。太平御览四四七略引。

【校勘记】

〔一〕"陈长文难"，难，谓陈群论难之。按，文选四〇任昉到大司马记室笺李善注引孔融汝颍优劣论："陈群曰：颇有芜菁，唐突人生也。"可见孔融论中转述有陈群论难之文。陈群字长文，颍川许昌人，魏志荀彧传注引荀氏家传亦谓群"与孔融论汝、颍人物"。

〔二〕"揖"，类聚原脱此字，据御览补。

〔三〕"起"，类聚原脱此字，据御览补。

〔四〕"士"、"颇"，类聚原缺此二字，据御览补。

〔五〕"灌"，类聚原脱此字，据御览补。

〔六〕"能神而灵"，御览作"鬼神能灵"。

〔七〕"李洪"，御览作"李鸿"。

〔八〕"自劾诣阁"，御览作"自缚诣门"。

〔九〕"士"，类聚原脱此字，据御览补。

〔一〇〕"翟文仲"，类聚原作"翟子威"。御览同。考史，翟子威名方进，未为东郡太守，亦无讨王莽事。以东郡太守起兵讨莽者，翟义也。义字文仲。严辑本已改作"翟文仲"，今从之。

〔一一〕"中"，类聚原脱此字，据御览补。

〔一二〕“慕”，御览作“务”。

〔一三〕“投”，御览作“没”。

肉刑论〔一〕

今之洛阳道桥作徒，困于斯役〔二〕，十死一生。故国家尝遣三府赍诏〔三〕，月一案行。又置南甄官使者，主养病徒，仅能存之。语所谓洛阳豪徒韩伯密，加笞三百不中一，髡头至耳发诣膝。此自为刑，非国法之意。太平御览六四二。

古圣作犀兕革铠，今有盆领铁铠，云绝圣人甚远也。北堂书钞一二一。太平御览三五六引“置刑论”，当“肉刑论”之误。

贤者所制，或踰圣人，水碓之巧，胜于断木掘地〔四〕。太平御览七六二。广韵去声一八。

【校勘记】

〔一〕魏志荀攸传注引荀氏家传云：“（荀）祈与孔融论肉刑，……并在融集。”

〔二〕“困”，影宋本御览原作“因”，从严辑本改。

〔三〕“赍”，御览原作“请”，从严辑本改。

〔四〕“胜于”，广韵引孔融论下有“圣人之”三字。

同岁论

记吏、孝廉无装帛也。北堂书钞七九。

弊箪径尺，不足以救盐池之咸。太平御览七五七。

阿胶径寸，不能止黄河之浊。太平御览七六六。

仪凤屯集，狂鸟秽之。太平御览九二八引“周岁论”，“周”当“同”之误。

卫尉张俭碑铭

其先张仲〔一〕，实以孝友，左右周室。晋主夏盟，而张老延君誉于四方。君禀乾纲之正性〔二〕，蹈高世之殊轨，冰絜渊清，介然特立，虽史鱼之励操，叔向之正色，未足比焉。中常侍同郡侯览，专权王命，豺虎肆虐，威震天下。君以西部督邮〔三〕，上览祸乱凶国之罪，鞠没赋奸〔四〕，以巨万计。俄而制书案验部党，君为览所陷，亦章名捕逐。当世英雄，受命殒身，以籍济君厄者，盖数十人，故克免斯艰。旋宅旧宇，众庶怀其德，王公慕其声，州宰争命，辟大将军幕府，公车特就家拜少府，皆不就也。复以卫尉征，明诏严切，敕州郡，乃不得已而就之。〔惜乎不登泰阶〔五〕，以尹天下，致皇代于隆熙。〕铭曰：

桓桓我君，应天淑灵。皓素其质，允迪忠贞。肆志直道，进不为荣。赴戟骄臣，发如震霆。凌刚摧坚，视危如宁。〔圣王克亮〔六〕，命作喉唇。〕艺文类聚四九。文选五八王俭褚渊碑文李善注。又五九沈约齐故安陆昭王碑文李善注。

【校勘记】

〔一〕“其先”，疑上有阙文，当据后汉书张俭传补：“君讳俭，字元节，山阳高平人也。”

〔二〕“纲”，严辑本作“刚”。

〔三〕“西部”，类聚原作“西都”，据严辑本改。按，张俭传作“东部”，与“西部”未知孰正。

〔四〕“赋”，敛也。张辑本作“赃”，亦通。

〔五〕“惜乎不登泰阶”三句，据文选褚渊碑文注补。

〔六〕“圣王克亮”二句，据文选齐故安陆昭王碑文注补。严辑本“王”作“主”，“亮”作“爱”。

失题文 三则

晋有献武之议，尊卑之序，以讳为首也。北堂书钞九四引孔融集。

在家永有攸讳，齐犹五皓，鲁有卿对也[一]。同上

蚩尤，少昊之末九黎君名。尚书吕刑释文引孔融曰。

【校勘记】

〔一〕孔广陶北堂书钞校注云："此条有误。"

建安七子集卷二　陈琳集

诗

游览诗二首〔一〕

高会时不娱，羁客难为心。殷怀从中发，悲感激清音。投觞罢欢坐，逍遥步长林。萧萧山谷风〔二〕，黯黯天路阴〔三〕。惆怅忘旋反，歔欷涕沾襟〔四〕。艺文类聚二八。

节运时气舒，秋风凉且清。闲居心不娱，驾言从友生。翱翔戏长流〔五〕，逍遥登高城。东望看畴野，回顾览园庭。嘉木凋绿叶，芳草纤红荣〔六〕。骋哉日月逝，年命将西倾。建功不及时，钟鼎何所铭？收念还房寝，慷慨咏坟经。庶几及君在，立德垂功名。同上。

【校勘记】

〔一〕类聚人部游览类引此，并无题。古诗纪二六题作“游览”，盖据类聚类目而补，今从之。

〔二〕“萧萧”，古诗纪二六作“肃肃”。

〔三〕“黯黯”，古诗纪二六作“默默”。

〔四〕"襟",古诗纪二六注:"一作巾。"

〔五〕"翱翔",古诗纪二六作"翱翱"。

〔六〕"纤",疑当作"歼"。

宴会诗

凯风飘阴云,白日扬素晖。良友招我游,高会宴中闱。玄鹤浮清泉,绮树焕青蕤。艺文类聚三九。

饮马长城窟行

饮马长城窟,水寒伤马骨。往谓长城吏:"慎莫稽留太原卒!""官作自有程,举筑谐汝声!"男儿宁当格斗死,何能怫郁筑长城!长城何连连,连连三千里。边城多健少,内舍多寡妇。作书与内舍:"便嫁莫留住。善事新姑章〔一〕,时时念我故夫子。"报书往边地〔二〕:"君今出语一何鄙!""身在祸难中,何为稽留他家子?生男慎莫举,生女哺用脯〔三〕。君独不见长城下,死人骸骨相撑拄。""结发行事君,慊慊心意关〔四〕。〔明知〕边地苦〔五〕,贱妾何能久自全〔六〕!"玉台新咏一。乐府诗集三八。

【校勘记】

〔一〕"事",古诗纪二六、张辑本作"侍"。

〔二〕"往",古诗纪二六注:"一作与。"

〔三〕"用",玉台新咏吴注:"一作其。"

〔四〕"关",古诗纪二六注:"一作间。"

〔五〕"明知",据古诗纪二六补。

〔六〕"久",徐仁甫古诗别解云当"终"字之误,"终"古文作"冬",与"久"形近易混。

失题诗 五则

春天润九野，卉木涣油油。红华纷晔晔，发秀曜中衢。韵补二“衢”字注。

沈沦众庶间，与世无有殊。纡郁怀伤结，舒展有何由。韵补二“殊”字注。

轗轲固宜然，卑陋何所羞。援兹自抑慰，研精于道腴。韵补二“腴”字注。

仲尼以圣德，行聘遍周流。遭斥厄陈蔡，归之命也夫。韵补二“夫”字注。

二年江剑外。九家集注杜诗二一建都十二韵师尹注。

赋

大暑赋〔一〕

土润溽以歊烝〔二〕，时溴涊以溷浊。温风郁其彤彤，譬炎火之烛烛〔三〕。初学记三。

料救药之千百兮，只累热而增烦。燿灵管之匪念兮，将损性而伤神。韵补一“烦”字注。

乐以忘忧，气变志迁。爰速嘉宾，式燕且殷。韵补一“迁”字注。

【校勘记】

〔一〕按，此篇及下神女赋、迷迭赋、玛瑙勒赋、车渠椀赋、柳赋、鹦鹉赋等篇，邺下文士多有同题赋，谅一时唱和之作。详见王粲集各篇题注。

〔二〕"歊",排印本初学记原作"敲",据严可均、陆心源校宋本初学记改。歊,热气出貌。

〔三〕"烛烛",排印本初学记原作"陶烛",据严可均、陆心源校宋本初学记改。

止欲赋

媛哉逸女,在余东滨。色曜春华,艳过硕人。乃遂古其寡俦,固当世之无邻。允宜国而宁家,实君子之攸嫔。伊余情之是悦,志荒溢而倾移。宵炯炯以不寐,昼舍食而忘饥。叹北风之好我〔一〕,美携手之同归。忽日月之徐迈,庶枯杨之生稊。〔欲语言于玄鸟〔二〕,玄鸟逝以差池。〕道悠长而路阻,河广瀁而无梁。虽企予而欲往,非一苇之可航。展余辔以言归,含憯瘁而就床。忽假瞑其若寐,梦所欢之来征。魂翩翩以遥怀,若交好而通灵。艺文类聚一八。

惟今夕之何夕兮,我独无此良媒。云汉倬以昭回兮,天水混而光流。韵补二"媒"字注。

拂穹岫之萧索兮,飞沙砾之蒙蒙。玄龙战于幽野兮,昆虫蛰而不藏。韵补二"蒙"字注。

【校勘记】

〔一〕"北风",张辑本作"此风",非。按,此二句化用诗邶风北风"北风其喈,雨雪其霏。惠我同好,携手同归"。

〔二〕"欲语言于玄鸟"二句,据文选三一江淹杂体诗三十首李善注补。"语言",唐钞集注本文选"语"作"诰"。疑是。说文:"诰,告也。"

武军赋〔一〕并序

回天军,〔震雷霆之威〕〔二〕,于易水之阳,以讨瓒焉。鸿沟参周，鹿箛十里[三]，荐之以棘。乃建修橹，干青霄，竄深隧，下三泉。飞梯、云冲、神钩之具，〔瑰异谲诡之奇〕[四]，不在吴、孙之篇，三略、六韬之术者，凡数十事，秘莫得闻也。乃作武军赋曰：太平御览三三六。北堂书钞一二四、一二六。

赫赫哉！烈烈矣！于此武军。当天符之佐运，承斗刚而曜震。汉季世之不辟，青龙纪乎大荒，熊狼竞以拏攫，神宝播乎镐京。于是武臣赫然，扬炎天之隆怒，叫诸夏而号八荒。尔乃拟北落而树表，睎垒壁以结营[五]。百校罗峙[六]，千部列陈。弥方城，掩平原，〔耿目耶眇[七]，不同乎一边。〕于是启明戒旦，长庚告昏，火烈具举，鼓角并震。千徒从唱[八]，亿夫求和，声訇隐而动山[九]，光赫奕以烛夜。其刃也则楚金越冶[一〇]，棠谿名工。清坚皓锷[一一]，修刺锐锋[一二]。陆陷玄犀[一三]，水截轻鸿。铠则东胡、阙巩，百炼精刚。函师振椎[一四]，韦人制缝。〔玄羽缥甲[一五]，灼爚流光。〕弩则幽都筋角[一六]，恒山檿干。通肌畅骨，崇缊曲烟[一七]。〔大黄沉紫[一八]，朱绣别缘。客机庭臂，直矢轻弦。〕〔当锋摧决[一九]，贯遐洞坚。〕其弓则乌号、越棘[二〇]，繁弱角端。象弭绣质，晰弣文身[二一]。矢则申息、肃慎，箘簬空流[二二]。焦铜毒铁，〔簳镞鸣鍭[二三]。〕丽毂挞辀。马则飞云绝景，直髻騆骝。〔走骏惊飚[二四]，步象云浮。敛鞚则止[二五]，受衔斯游。〕驳龙紫鹿，文的瞯鱼[二六]。若乃清道整列，按节徐行。龙姿凤峙，灼有遗英。艺文类聚五九。北堂书钞一一七、一二一、一二二引三条、一二五。初学记二二引三条。太平御览三四七、三四八、三五〇、三五六、三五八。事类赋一三引两条。韵补四"夜"字注。

怅俨其特起[二七]，旌钺裴以焜。矫矫虎旅，执戟抚弓。北堂书钞一一七。

金春作[二八]，箫管起，灵鼓发，〔雷鼓奏〕[二九]，骇轰嘈嚖，荡心惧耳。野夷慑而陵触[三〇]，前后不相须候。北堂书钞一一七、一二一。

整行案律，决敌中原。八部方置，山布星陈。□□法劲，旆勇殿坚。北堂书钞一一七两引。

鱼丽纳舒，鹅鹤翼分〔三一〕。裔裔骁骑，卫角守偏。北堂书钞一一七。

元戎先驰，甲骑踵继。雷师震激，虎夷电蹄〔三二〕。烨若扬炎，燂燂九蔽〔三三〕。哧咤彭燬，不可当御。北堂书钞一一七。

犹猛虎之驱群羊，冲风之飞枯叶〔三四〕。北堂书钞一一七。

绿沉之枪〔三五〕。分门集注杜工部诗一〇重过何氏五首之四薛梦符注。

钩车轈辐，九牛转牵，雷响电激〔三六〕，折橹倒垣。其攻也，则飞梯行临，云阁虚构〔三七〕。上通紫霓〔三八〕，下过三垆〔三九〕。〔隆蕴既备〔四〇〕，越有神钩。排雷冲则高炉略，掣炬然则顿名楼。〕太平御览三三六。北堂书钞一一八、一二六。

冲钩竞进，熊虎争先。隳垣百叠，弊楼数千。崇京魁而独处，表完壑而殒颠。北堂书钞一一八。

于是炎燧四举，元戎齐登。探封蛇于穷穴，枭鲸桀而取巨。北堂书钞一一八。

南辕反旆，爰振其旅。胡马骈足，戎车齐轨。百队方置〔四一〕，天行地止。干戈森其若林，牙旗翻以容裔〔四二〕。北堂书钞一一七。

【校勘记】

〔一〕此题初学记、文选注、事类赋注引皆作“武库赋”，书钞、类聚、韵补注引并作“武军赋”，而御览同书所引又或作“武军”，或作“武库”，颇不相一。吴志张纮传注引吴书曰：“纮见陈琳作武库赋、应机论，与琳书深叹美之。”抱朴子钧世篇称：“出车、六月之作，又何如陈琳武军之壮乎？”则此赋之题在魏晋间已存歧异。按，左传昭公十二年：“君盍筑武军。”杜预注：“筑军营以章武功。”武军，盖本此。今从类聚所引题作“武军赋”。

〔二〕此句据书钞一二六补。

〔三〕“篐”，御览原作“菇”，据严辑本改。

〔四〕此句据书钞一二四补。

〔五〕"睎",类聚原作"晞",据张辑本改。广雅释诂:"睎,视也。"

〔六〕"校",书钞一一七作"将"。"峙",类聚原误作"时",今据书钞一一七改。

〔七〕"耿目耶眇"二句,据书钞一一七补。

〔八〕"从",韵补注作"纵"。宋本韵补则同类聚作"从"。从,读作"纵"。

〔九〕"山",五百家注昌黎文集四丰陵行韩醇注作"天"。

〔一〇〕"刃",孔本书钞一二二同。陈本书钞作"剑"。按,急就章三颜师古注:"刃,总言诸兵刃也。"

〔一一〕"坚",书钞一二二作"泾"。又"锷",陈本书钞作"刃"。

〔一二〕"修刺",书钞一二二作"苗山"。

〔一三〕"玄",类聚原作"蕊",据书钞一二二改。

〔一四〕"椎",类聚原误作"旅",书钞一二一作"锥",似亦未得。初学记二二作"椎",今据改。又御览三五六作"推",当是"椎"之讹。

〔一五〕"玄羽缥甲"二句,据初学记二二、御览三五六补。

〔一六〕"筋角",类聚原作"筋骨",今据书钞一二五、御览三四八改。尔雅释地云:"北方之美者有幽都之筋角焉。"

〔一七〕"崇组曲烟",书钞一二五作"起崇曲弹"。

〔一八〕"大黄沉紫"四句,据书钞一二五补。

〔一九〕"当锋摧决"二句,据御览三四八补。

〔二〇〕"越棘",类聚原作"越耗",据初学记二二、事类赋一三改。礼记明堂位:"越棘大弓,天子之戎器也。"疏:"越棘,是越国所有之棘。"

〔二一〕"晰弣",类聚原"哲拊",据初学记二二改。释名释兵:"弓中央曰弣。弣,抚也。"

〔二二〕"流",类聚原作"疏",书钞一二五、初学记二二、御览三五〇、事类赋一三皆作“流”，与下句“鏃”韵协，今从之。

〔二三〕此句据书钞一二五、初学记二二、御览三五〇补。句上下疑有脱文。

〔二四〕“走骏惊飚”四句，据御览三五八补。

〔二五〕“敛鞚则止”二句，御览原上下互置，张、严二辑本据韵乙转，今从之。

〔二六〕“瞷”，张、严二辑本作“躙”。

〔二七〕“怅俩其特起”四句，陈本书钞引作“武军赋序”。又“焜”下似脱“煌”字。焜煌，光辉明盛貌。

〔二八〕“舂”，疑当作“钲”。

〔二九〕“雷鼓奏”，书钞一一七原无此三字，书钞一二一有“雷鼓”二字而无“奏”字。“奏”字，盖书钞一一七错简而误入下文“野夷慑”句，以改“夷”字而作“野奏摄”，今据意复置“奏”字于“雷鼓”下，并补此三字。

〔三〇〕“夷”，书钞一一七原误作“奏”，书钞一二一作“事”，而其标目作“夷”，“事”当“夷”之讹，今从标目改。又“慑”，书钞一一七误作“摄”，今从书钞一二一改。

〔三一〕“鹤”，疑当作“鹳”。文选张衡东京赋“鹅鹳鱼丽，箕张翼舒”。薛综注：“鹅鹳、鱼丽，并阵名也。”

〔三二〕“虎夷电蹄”，陈本书钞作“霜仞犇利”。

〔三三〕“熛熛九蔽”，陈本书钞作“闪如云蔽”。

〔三四〕“犹猛虎之驱群羊”二句，疑在上条“虎夷电蹄”句下。

〔三五〕“绿沉之枪”，薛注引题仅作“武库赋”，当陈琳之赋。

〔三六〕“响”，御览原作“晌”，又下脱一“电”字，今据严辑本改补。

〔三七〕“云阁虚构”，书钞一一八“云”与上句末字“临”字互易，又“虚”作“灵”。

〔三八〕“霓”，书钞一二六作“电”。

〔三九〕“过”,书钞一二六作“追”,又“垆”作“埵”。

〔四〇〕“隆蕴既备”四句,据书钞一一八补。

〔四一〕“百队方置”二句,陈本书钞引作“百部方置,山布星陈”,张、严二辑本同,是则与“整行按律”条相混。

〔四二〕“容裔”,陈本书钞作“如绘”。

神武赋 并序

建安十有二年,大司空、武平侯曹公东征乌丸。六军被介,云辎万乘,治兵易水,次于北平,可谓神武奕奕,有征无战者已。〔夫窥巢穴者〔一〕,未可与论六合之广,游潢污者,又焉知沧海之深?大人之量,固非说者之所可识也〔二〕。〕艺文类聚五九脱“序”字。北堂书钞一五八引陈琳神武赋序。

伫盘桓以淹次,乃申命而后征。觐狄民之故土,追大晋之遐踪。恶先縠之惩寇,善魏绛之和戎。受金石而弗伐,盖礼乐而思终。陵九城而上跻〔三〕,起齐轨乎玉绳。车轩辚于雷室,骑浮厉乎云宫。晖曜连乎白日,旂旐继于电光。旆既轶乎白狼,殿未出乎卢龙。威凌天地,势括十冲。单鼓未伐,虏已溃崩。克俊馘首〔四〕,枭其魁雄。尔乃总辑瑰珍,茵毡幕幄。攘璎带佩,不饰雕琢。华当玉瑶,金麟互琢。文贝紫瑛,缥碧玄绿。黼锦缋组,罽毦皮服。艺文类聚五九。韵补一“绳”字注。

【校勘记】

〔一〕“夫窥巢穴者”六句,据书钞补。

〔二〕“所可”,书钞原作“可所”,从严辑本乙转。

〔三〕“跻”,类聚原作“济”,据韵补注改。

〔四〕“克俊”,类聚原下有“折”字,从张、严二辑本删。

神女赋

汉三七之建安〔一〕，荆野蠢而作仇。赞皇师以南假，济汉川之清流。感诗人之攸叹，想神女之来游。仪营魄于髣髴，托嘉梦以通精。望阳侯而瀇滉，睹玄丽之轶灵。文绛虬之奕奕，鸣玉鸾之嘤嘤。〔纡玄灵之鬓髢兮〔二〕，珥明月之双瑱。结金铄之婀娜兮，飞羽袿之翩翩。〕答玉质于苕华，拟艳姿于蕣荣。〔深灵根而固蒂兮〔三〕，精气育而命长。〕感仲春之和节，叹鸣雁之噰噰。申握椒以贻予，请同宴乎奥房。苟好乐之嘉合，永绝世而独昌。既叹尔以艳采，又悦我之长期。顺乾坤以成性，夫何若而有辞。艺文类聚七九。文选一六潘岳寡妇赋李善注。韵补二“噰”字、又“瑱”字注。

【校勘记】

〔一〕“三七”，乃术数家之言，即所谓“汉有三七之厄”者也。见汉书路温舒传、王莽传。搜神记卷六云：“古志有曰：‘赤厄三七。’三七者，经二百一十载。”又云：“自高祖建业，至于平帝之末，二百一十年，而王莽篡。”又云：“自光武中兴，至黄巾之起，未盈二百一十年，而天下大乱，汉祚废绝，方应三七之运。”然则，三七实为汉处末世之谓。陈琳武军赋有“汉季世之不辟”之言，蔡琰悲愤诗亦云：“汉季失权柄，董卓乱天常。”季世，即末世。可见建安时人已然称建安为汉之末世也。

〔二〕“纡玄灵之鬓髢兮”四句，据韵补“瑱”字注补。

〔三〕“深灵根而固蒂兮”二句，据韵补“噰”字注补。灵，宋本韵补作“虚”。

大荒赋〔一〕

钟鼓协于肆夏兮，步骤应乎采荠。声啾鎗以儵忽兮，入南端之紫闱。韵补一"荠"字注。

华盖建杠，招摇树旆。摄提运杓，文昌承魁。韵补一"旆"字注。

建皇极以连衡兮〔二〕，布辰机而结纽。阳榦曜于乾门兮〔三〕，阴气服于地户。韵补三"纽"字注。

考律历于凤鸟兮，问民事于五鸠。伤典坟之圮坠兮，关大圣之显符。韵补二"符"字注。

览六五之咎休兮，乃贫尼而富虎。嗣反覆其若兹兮，岂云行之臧否？韵补三"否"字注。

廓寂寥而无人兮，虽独存兮何补？追邃古之遐迹兮，唯德音兮为不朽。韵补三"朽"字注。

仰阆风之城楼兮，县圃邈以隆崇。垂若华之景曜兮，天门阅以高躟。韵补二"崇"字注。

帝告我以至赜兮，重讯我以童蒙。义混合于宣尼兮，理齐归于文王。韵补二"蒙"字注。

越洪宁之荡荡兮，追玄漠之造化。跨五三其无偶兮，邈卓立而独奇。韵补一"化"字注。

假龟筮以贞吉，问神谂以休祥。初学记二〇。

惧蓍兆之有惑兮，退齐思乎兰房。魂营营与神遇兮，又诊余以嘉梦〔四〕。韵补二"梦"字注。

过不死之灵域兮，仍羽人之丹丘。惟民生之每每兮〔五〕，伫盘桓以踌躇。韵补一"丘"字注。

曰延年其可留兮，何勤远以苦躬。纷吾情之骀荡兮，嗟有愿而弗遑。韵补二"躬"字注。

虽游目于西极兮，大道卷而未舒。仍皇灵之攸舒兮，爰稽余之所求。韵补一"求"字注。

懿淳燿之明德兮，愿请间于一隅。温风翕以阳烈兮，赤水汩以涌溥。韵补一“溥”字注。

天伣芒其无色兮，地溃坼而裂崩。心殷勤以伊感兮，愵永思以增伤。怅太息而揽涕兮，乃挥雹而泪冰。韵补二“崩”字及“冰”字注。

王父皤焉白首兮，坐清零之爽堂。块独处而无畴兮，愿揖子以为朋[六]。韵补二“朋”字注。

【校勘记】

〔一〕陆云与兄平原书云：“闲视大荒传，欲作大荒赋，既自难工，又是大赋，恐交自困绝异。”又云：“陈琳大荒甚极，自云作必过之，想终能自果耳。”是则陈琳大荒赋为大赋，在魏晋间传诵于世。宋人吴棫韵补书目曰：“（陈琳）在建安诸子中字学最深。大荒赋几三千言，用韵极奇古，尤为难知。”据吴氏所言，大荒赋今之所存者，十不及二矣。

〔二〕“连”，宋本韵补作“运”。

〔三〕“幹”，宋本韵补作“榦”。

〔四〕“诊”，宋本韵补作“诉”。

〔五〕“每每”，宋本韵补作“每在”。

〔六〕“子”，宋本韵补作“予”。

迷迭赋[一]

立碧茎之婀娜，铺彩条之蜿蟺[二]。下扶疏以布濩，上绮错而交纷。匪荀方之可乐，实来仪之丽闲。动容饰而微发[三]，穆斐斐以承颜。艺文类聚八一。太平御览九八二。

竭欢庆于夙夜兮，虽幽翳而弥彰。事罔隆而不杀兮，亦无始而不终。韵补二“终”字注。

馨香难久，终必歇兮。弃彼华英，收厥实兮。韵补五“歇”字注。

【校勘记】

〔一〕此题韵补作“迷迭香赋”；御览作“迷送香赋”，“送”当“迭”之讹。

〔二〕“彩”，御览作“绿”，又“蜿蟺”作“蟺蜿”。

〔三〕“微发”，严辑本作“发微”。

马脑勒赋〔一〕并序

五官将得马脑以为宝勒，美其英彩之光艳也〔二〕，使琳赋之〔三〕。太平御览三五八、北堂书钞一二六。

托瑶溪之宝岸，临赤水之珠波〔四〕。太平御览八〇八。

帝道匪康，皇鉴元辅。顾以多福，康以硕宝。韵补三“宝”字注。

四宾之管〔五〕，播以淳夏。色奋丹乌，明照烈火。韵补三“夏”字注。

尔乃他山为错，荆和为理，制为宝勒，以御君子。太平御览三五八。

督以钩绳，规模度拟。雕琢其章，爰发绚彩。韵补三“彩”字注。

瑰姿玮质，纷葩艳逸。英华内照，景流外越。韵补五“越”字注。

令月吉日，天气晏阳。公子命驾，敖宴从容。韵补二“容”字注。

太上去华，尚素朴兮。所贵在人，匪金玉兮。初伤勿用，俟庆云兮。遭时显价，冠世珍兮。君子穷达，亦时然兮。韵补五“朴”字。又二“云”字、又“珍”字注。

【校勘记】

〔一〕曹丕马瑙勒赋序：“马瑙，玉属，出自西域，文理交错，有似马脑，故其方人因以名之；或以系颈，或以饰勒。余有斯勒，美而赋之，命陈琳、王粲并作。”粲赋见本集。

〔二〕“英彩”，书钞作“华采”。

〔三〕“赋之”，书钞作“为之赋”三字。

〔四〕“珠波”，张辑本“珠”作“朱”。严辑本作“朱陂”。

〔五〕“管”，宋本韵补作“筸”。

车渠椀赋

廉而不刿，婉而成章。德兼圣哲，行应中庸。韵补二“庸”字注。

玉爵不挥，欲厥珍兮。岂若陶梓，为用便兮。指今弃宝〔一〕，与齐民兮。韵补一“便”字注。

【校勘记】

〔一〕“指”，宋本韵补作“惜”。疑是。

柳　赋

天机之运旋，夫何逝之速也〔一〕！文选二三潘岳悼亡诗李善注。

伟姿逸态，英艳妙奇。绿条缥叶，杂遝纤丽。初学记二八。

龙鳞凤翼，绮错交施。蔚昙昙其杳蔼，象翠盖之葳蕤。初学记二八。

有孤子之细柳，独幺枰而剽殊。随枯木于爨侧，将并置于土灰。韵补一“灰”字注。

救斯民之绝命，挤山岳之陨颠。匪神武之勤恪，几踣毙之不振。韵补二“振”字注。

文武方作，大小率从。旟旐蔼蔼，干戈戚扬。韵补二“从”字注。

重曰：穆穆天子，亶圣聪兮。德音允塞，民所望兮。宜尔嘉树，配甘棠兮。韵补二“聪”字注。

【校勘记】

〔一〕此二句疑为赋序。

悼龟赋[一]

探赜索隐，无幽不阐。下方太祇[二]，上配清纯。韵补一“阐”字注。

山节藻棁，既椟且韫。参千镒而不贾兮，岂十朋之所云？通生死以为量兮，夫何人之足怨？韵补一“韫”字、又“怨”字注。

【校勘记】

〔一〕按，曹植集中有神龟赋，为伤龟死而作，则自不得谓神龟也。陈琳答东阿王笺：“并示龟赋，披览粲然。”所谓龟赋即悼龟赋之省文。盖植、琳二赋为同题倡和之作，植赋题之“神”字，当与“悼”形近而讹，可据琳此赋订曹植集之误。

〔二〕“祇”，宋本韵补作“祭”。

鹦鹉赋

咨乾坤之兆物，万品错而殊形。有逸姿之令鸟，含嘉淑之哀声。抱振鹭之素质，被翠羽之缥精。艺文类聚九一。

文

谏何进召外兵

易称“即鹿无虞”，谚有“掩目捕雀”。夫微物尚不可欺以得志，况国之大事，其可以诈立乎？今将军总皇威，握兵要，龙骧虎步，高下在心，以此行事，无异于鼓洪炉以燎毛发[一]。但当速发雷霆，行权立断。违经合道[二]，天人顺之[三]，而反释其利器[四]，更征于他[五]。大兵合聚[六]，强者为雄，所谓倒持干戈，授人以柄，功必不成，只为乱阶。魏志王粲传。后汉书何进传。

【校勘记】

〔一〕此句，后汉书何进传作"此犹鼓洪炉燎毛发耳"。

〔二〕"违"，后汉书何进传上有"夫"字。

〔三〕"顺之"，后汉书何进传作"所顺"。

〔四〕"释其"，后汉书何进传作"委释"。

〔五〕"于他"，后汉书何进传作"外助"。

〔六〕"合聚"，后汉书何进传作"聚会"。

答东阿王笺〔一〕

琳死罪、死罪！昨加恩辱命，并示龟赋，披览粲然。君侯体高世之才，秉青萍、干将之器，拂钟无声，应机立断，此乃天然异禀，非钻仰者所庶几也。音义既远，清辞妙句，焱绝焕炳〔二〕，譬犹飞兔流星，超山越海，龙骥所不敢追，况于驽马可得齐足〔三〕？夫听白雪之音，观绿水之节，然后东野巴人蚩鄙益著。载欢载笑，欲罢不能，谨韫椟玩耽，以为吟颂。琳死罪、死罪！文选四〇。初学记二一。

【校勘记】

〔一〕按，据魏志，曹植于太和三年始封东阿王，时琳卒已十有馀年，且笺中称植为"君侯"，明其在建安未封王时，此题当后世追改。

〔二〕"炳"，初学记作"景"，盖唐人避世祖李昺嫌名而改。

〔三〕"齐足"，初学记下有"哉"字。

易公孙瓒与子书

昔周末丧乱，僵尸蔽地，以意而推，犹为否也。不图今日亲当其锋。袁氏之攻,状若鬼神,梯冲舞吾楼上,鼓角鸣于地中。日穷月急,不遑启处。鸟厄归人,滀水陵高,汝当碎首于张燕,驰骤以告急。父子天性,不言而动。且厉五千铁骑于北隰之中,起火为应,吾当自内出,奋扬威武,决命于斯。不然,吾亡之后,天下虽广,不容汝足矣〔一〕。后汉书公孙瓒传。

【校勘记】

〔一〕后汉书李贤注曰:"献帝春秋'侯者得书,(袁)绍使陈琳易其词',即此书。"按,魏志公孙瓒传注引献帝春秋及典略亦载此书,文与后汉书多有不同,难以悉校,今移录于后,以资参比:"盖闻在昔衰周之世,僵尸流血,以为不然,岂意今日身当其冲。"(以上见献帝春秋引。)"袁氏之攻,似若鬼神,鼓角鸣于地中,梯冲舞吾楼上。日穷月蹙,无所聊赖。汝当碎首于张燕,速致轻骑,到者当起烽火于北,吾当从内出。不然,吾亡之后,天下虽广,汝欲求安足之地,其可得乎?"(以上见典略引。)

答张纮书

自仆在河北,与天下隔,此间率少于文章,易为雄伯,故使仆受此过差之谭,非其实也。今景兴在此,足下与子布在彼〔一〕,所谓小巫见大巫,神气尽矣。吴志张纮传注引吴书。

【校勘记】

〔一〕"景兴",王朗字。"子布",张昭字。

为曹洪与魏文帝书〔一〕

十一月五日洪白:前初破贼,情奓意奢,说事颇过其实。得九月二十日书，读之喜笑，把玩无厌。亦欲令陈琳作报，琳顷多事，不能得为。念欲远以为欢，故自竭老夫之思，辞多不可一一[二]，粗举大纲，以当谈笑。

汉中地形，实有险固，四岳、三涂，皆不及也。彼有精甲数万，临高守要，一人挥戟[三]，万夫不得进，而我军过之，若骇鲸之决细网[四]，奔兕之触鲁缟，未足以喻其易。虽云王者之师，有征无战，不义而强，古人常有[五]。故唐虞之世，蛮夷猾夏，周宣之盛，亦雠大邦，诗书叹载，言其难也。斯皆凭阻恃远，故使其然。是以察兹地势，谓为中才处之，殆难仓卒。来命陈彼妖惑之罪，叙王师旷荡之德，岂不信然！是夏、殷所以丧，苗、扈所以毙，我之所以克，彼之所以败也。不然，商、周何以不敌哉？昔鬼方聋昧，崇虎谗凶[六]，殷辛暴虐，三者皆下科也。然高宗有三年之征，文王有退修之军，盟津有再驾之役，然后殪戎胜殷，有此武功焉[七]。未有星流景集，飙奋霆击[八]，长驱山河，朝至暮捷，若今者也。由此观之，彼固不逮下愚，则中才之守，不然明矣。在中才则谓不然，而来示乃以为彼之恶稔，虽有孙、田、墨、氂，犹无所救，窃又疑焉。何者？古之用兵，敌国虽乱，尚有贤人则不伐也。是故三仁未去，武王还师；宫奇在虞，晋不加戎；季梁犹在，强楚挫谋。暨至众贤奔绌，三国为墟。明其无道有人，犹可救也。且夫墨子之守，萦带为垣，高不可登；折箸为械，坚不可入。若乃距阳平，据石门，摅八阵之列，骋奔牛之权，焉肯土崩鱼烂哉？设令守无巧拙，皆可攀附，则公输已陵宋城，乐毅已拔即墨矣！墨翟之术何称？田单之智何贵？老夫不敏，未之前闻。

盖闻过高唐者效王豹之讴，游睢涣者学藻缋之彩。间自入益部，仰司马、杨、王遗风[九]，有子胜斐然之志，故颇奋文辞，异于他日。怪乃轻其家丘，谓为倩人，是何言欤？夫绿骥垂耳于林坰[一〇]，鸿雀戢翼于污池，亵之者固以为园囿之凡鸟，外廏之下乘也。及整兰筋[一一]，挥劲翮，陵厉清浮，顾盼千里，岂可谓其借翰于晨风，假足于六驳哉？恐犹未信丘言[一二]，必大噱也。洪白。文选四一。北堂书钞一一七。太平御览三五三。

【校勘记】

〔一〕文选李善注曰："陈琳集曰：'琳为曹洪与文帝笺。'文帝集序曰，'上平定汉中，族父都护还书与余，盛称彼方土地形势。观其辞，如（知）陈琳所叙为也'。"按，魏志武帝纪，建安二十年三月曹操西征张鲁，七月出阳平，十一月鲁自巴中将其馀众降，即此书所谓平定汉中者，时曹丕未及受禅，不得称帝，题当后人所追改。

〔二〕"一一"，五臣文选作"一二"。按，韩非子外储说右下："善张网者引其纲，不一一摄万目而后得，……引其纲而鱼已囊矣。"即此文"不可一一，粗举大纲"之所本，以作"一一"为长。

〔三〕"一人"，五臣文选作"一夫"，下句"万夫"作"万人"。文选五六张载剑阁铭李善注所引与五臣本同。御览则上"一夫"，下"千人"。

〔四〕"决"，书钞作"突"。"细网"，御览作"网罟"。

〔五〕"人"，五臣文选作"今"。

〔六〕"虎"，五臣文选作"虐"。按，此盖五臣避唐太祖李虎名改。

〔七〕"有此武功焉"，胡刻本文选原"焉"字属下句读，又下句"未有"无"未"字。今从五臣本文选。

〔八〕"奋"，胡刻文选原作"夺"，今从五臣文选。

〔九〕"王"，五臣文选下有"之"字。

〔一〇〕"林坰"，五臣文选作"坰牧"。

〔一一〕"及"，五臣文选下有"其"字。

〔一二〕"丘言"，李善注："孟康汉书注曰：'丘，空也。'此难假孔子名，而实以空为戏也。或无'丘言'二字。"

为袁绍檄豫州

左将军领豫州刺史、郡国相守:盖闻明主图危以制变,忠臣虑难以立权。是以有非常之人,然后有非常之事;有非常之事,然后立非常之功。夫非常者,故非常人所拟也。曩者强秦弱主,赵高执柄,专制朝权〔一〕,威福由己。时人迫胁,莫敢正言,终有望夷之败〔二〕。祖宗焚灭,污辱至今,永为世鉴。及臻吕后季年,产、禄专政,内兼二军,外统梁、赵,擅断万机,决事省禁〔三〕,下凌上替,海内寒心。于是绛侯、朱虚,兴兵奋怒〔四〕,诛夷逆暴〔五〕,尊立太宗,故能王道兴隆〔六〕,光明显融〔七〕。此则大臣立权之明表也。

司空曹操祖父,〔故〕中常侍腾〔八〕,与左悺、徐璜并作妖孽,饕餮放横,伤化虐民。父嵩,乞匄携养,因赃假位〔九〕,舆金辇璧〔一〇〕,输货权门,窃盗鼎司,倾覆重器。操赘阉遗丑,本无懿德〔一一〕,僄狡锋协〔一二〕,好乱乐祸。幕府董统鹰扬〔一三〕,扫除凶逆〔一四〕。续遇董卓侵官暴国,于是提剑挥鼓,发命东夏,收罗英雄〔一五〕,弃瑕取用〔一六〕。故遂与操同谘合谋〔一七〕,授以裨师,谓其鹰犬之才,爪牙可任。至乃愚佻短略〔一八〕,轻进易退,伤夷折衄,数丧师徒。幕府辄复分兵命锐,修完补辑,表行东郡〔太守〕〔一九〕、领兖州刺史,被以虎文〔二〇〕,奖蹴威柄,冀获秦师一克之报。而操遂承资跋扈,肆行凶忒〔二一〕,割剥元元,残贤害善。故九江太守边让,英才俊伟〔二二〕,天下知名,直言正色,论不阿谄,身首被枭悬之诛〔二三〕,妻孥受灰灭之咎。自是士林愤痛,民怨弥重〔二四〕。一夫奋臂,举州同声,故躬破于徐方,地夺于吕布,彷徨东裔,蹈据无所。幕府惟强干弱枝之义,且不登叛人之党,故复援旌擐甲〔二五〕,席卷起征〔二六〕,金鼓响振〔二七〕,布众奔沮〔二八〕。拯其死亡之患,复其方伯之位〔二九〕,则幕府无德于兖土之民〔三〇〕,而有大造于操也。

后会鸾驾反旆〔三一〕，群虏寇攻〔三二〕。时冀州方有北鄙之警，匪遑离局，故使从事中郎徐勋就发遣操，使缮修郊庙，翊卫幼主。操便放志专行，胁迁当御省禁〔三三〕，卑侮王室〔三四〕，败法乱纪，坐领三台〔三五〕，专制朝政，爵赏由心，刑戮在口，所爱光五宗，所恶灭三族〔三六〕，群谈者受显诛〔三七〕，腹议者蒙隐戮，百僚钳口〔三八〕，道路以目，尚书记朝会〔三九〕，公卿充员品而已。故太尉杨彪，典历二司，享国极位〔四〇〕。操因缘眦睚，被以非罪，榜楚参并〔四一〕，五毒备至〔四二〕，触情任忒〔四三〕，不顾宪网〔四四〕。又议郎赵彦，忠谏直言，义有可纳〔四五〕，是以圣朝含听，改容加饰〔四六〕。操欲迷夺时明〔四七〕，杜绝言路，擅收立杀，不俟报闻。又梁孝王，先帝母昆，坟陵尊显，桑梓松柏〔四八〕，犹宜肃恭〔四九〕。而操帅将吏士〔五〇〕，亲临发掘，破棺裸尸，掠取金宝，至令圣朝流涕，士民伤怀。操又特置发丘中郎将〔五一〕、摸金校尉，所过隳突〔五二〕，无骸不露。身处三公之位〔五三〕，而行桀虏之态，污国虐民〔五四〕，毒施人鬼〔五五〕。加其细政苛惨，科防互设，罾缴充蹊，坑穽塞路，举手挂网罗，动足触机陷〔五六〕，是以兖豫有无聊之民，帝都有吁嗟之怨。历观载籍〔五七〕，无道之臣贪残酷裂〔五八〕，于操为甚。

幕府方诘外奸，未及整训，加绪含容〔五九〕，冀可弥缝。而操豺狼野心，潜包祸谋，乃欲摧挠栋梁〔六〇〕，孤弱汉室，除灭忠正〔六一〕，专为枭雄。往者伐鼓北征公孙瓒〔六二〕，强寇桀逆〔六三〕，拒围一年。操因其未破，阴交书命，外助王师〔六四〕，内相掩袭，故引兵造河，方舟北济。会其行人发露，瓒亦枭夷，故使锋芒挫缩，厥图不果。尔乃大军过荡西山〔六五〕，屠各、左校皆束手奉质，争为前登，犬羊残丑，消沦山谷。于是操师震慴，晨夜逋遁，屯据敖仓，阻河为固，欲以螗蜋之斧〔六六〕，御隆车之隧。幕府奉汉威灵，折冲宇宙，长戟百万，胡骑千群，奋中黄、育、获之士〔六七〕，骋良弓劲弩之势，并州越太行，青州涉济漯。大军泛黄河而角其前,荆州下宛、叶而掎其后,雷霆虎步[六八],并集虏庭,若举炎火以焫飞蓬[六九],覆沧海以沃熛炭[七〇],有何不灭者哉[七一]?又操军吏士,其可战者,皆自出幽冀[七二],或故营部曲,咸怨旷思归,流涕北顾。其馀兖豫之民,及吕布、张扬之遗众,覆亡迫胁,权时苟从,各被创夷,人为雠敌。若回旆方徂,登高冈而击鼓吹,扬素挥以启降路,必土崩瓦解,不俟血刃。

方今汉室陵迟[七三],纲维弛绝[七四]。圣朝无一介之辅,股肱无折冲之势,方畿之内,简练之臣皆垂头拓翼,莫所凭恃。虽有忠义之佐,胁于暴虐之臣,焉能展其节?又操持部曲精兵七百[七五],围守宫阙,外托宿卫[七六],内实拘执[七七],惧其篡逆之萌[七八],因斯而作。此乃忠臣肝脑涂地之秋,烈士立功之会,可不勖哉!操又矫命称制,遣使发兵,恐边远州郡,过听而给与,强寇弱主,违众旅叛,举以丧名,为天下笑,则明哲不取也。即日,幽、并、青、冀四州并进。书到,荆州便勒见兵,与建忠将军协同声势;州郡各整戎马,罗落境界,举师扬威,并匡社稷,则非常之功,于是乎著。其得操首者,封五千户侯,赏钱五千万。部曲偏裨将校诸吏降者,勿有所问。广宣恩信,班扬符赏,布告天下,咸使知圣朝有拘逼之难。如律令。文选四四。后汉书袁绍传。魏志袁绍传注引魏氏春秋。艺文类聚五八。

【校勘记】

〔一〕“权”,后汉书、魏志注并作“命”。按,后汉书载此篇,文有节略,其与魏志裴注所引大抵相同,盖亦袭用晋孙盛魏氏春秋,而文选或采自琳集。

〔二〕“败”,后汉书、魏志注并作“祸”。

〔三〕“省禁”,后汉书作“禁省”。

〔四〕“兵”,后汉书、魏志注并作“威”。

〔五〕“暴”,魏志注作“乱”。

〔六〕“王道”，后汉书、魏志注并作“道化”。

〔七〕“显融”，五臣文选作“融显”，与后汉书同。

〔八〕“祖父故中常侍腾”，文选原无“故”字，后汉书、魏志注并作“祖父腾故中常侍”，今据补“故”字。

〔九〕“假”，后汉书作“买”。

〔一〇〕“璧”，后汉书作“宝”。

〔一一〕“懿”，五臣文选作“令”，与后汉书、魏志注同。

〔一二〕“猥”，后汉书、魏志注并作“僄”。又“协”作“侠”。

〔一三〕“董”，魏志注作“昔”。

〔一四〕“除”，后汉书、魏志注并作“夷”。

〔一五〕“收”，后汉书作“广”。“收”上魏志注有“方”字。

〔一六〕“取”，后汉书、魏志注并作“录”。

〔一七〕“同谘合谋”，后汉书、魏志注并作“参咨策略”。

〔一八〕“略”，后汉书、魏志注并作“虑”。

〔一九〕“表行东郡太守”，胡刻本文选原无“太守”二字，今从五臣文选补。后汉书、魏志注亦有此二字。按，行，代任之谓也。盖不知者妄删此二字，以成四字为句耳。

〔二〇〕“被以虎文”，后汉书、魏志注下有“授以偏师”句，而无上文“授以裨师”句，与文选所载不同。按，偏师，即裨师。句既相同，则不当重出。考魏志武帝纪，初平元年，袁术等州郡将领“同时俱起兵，推袁绍为盟主，太祖行奋武将军”。裨师，盖谓任奋武将军也，则当以文选所载为是。

〔二一〕“凶忒”，后汉书、魏志注并作“酷烈”，类聚作“凶慝”。慝即忒之借。

〔二二〕“伟”，后汉书、魏志注并作“逸”。

〔二三〕“诛”，后汉书、魏志注并作“戮”。

〔二四〕“弥重”，后汉书作“天怒”。

〔二五〕“旌”，后汉书作“旍”。

〔二六〕“起”，后汉书、魏志注作“赴”。

〔二七〕“振”，后汉书、魏志注并作“震”。

〔二八〕“奔”，后汉书、魏志注并作“破”。

〔二九〕“位”，后汉书、魏志注并作“任”。

〔三〇〕“则”，后汉书、魏志注上并有“是”字。又后汉书无“之民”二字。

〔三一〕“后会”，后汉书作“会后”。“反旆”，后汉书、魏志注并作“东反”。

〔三二〕“寇攻”，后汉书、魏志注并作“乱政”。

〔三三〕“胁迁”，后汉书作“威劫”。又“当御省禁”，后汉书、魏志注并无“当御”二字。

〔三四〕“室”，后汉书作“僚”，魏志注作“官”。

〔三五〕“领”，后汉书、魏志注并作“召”。

〔三六〕“恶”，后汉书作“怨”。

〔三七〕“受”，后汉书、魏志注并作“蒙”。

〔三八〕“百僚钳口”，后汉书、魏志注引此句与下“道路以目”句互置。又“僚”，后汉书作“辟”。

〔三九〕“朝”，后汉书作“期”。

〔四〇〕“享国”，后汉书作“元纲”。

〔四一〕“参并”，后汉书、魏志注并作“并兼”。

〔四二〕“备”，后汉书、魏志注并作“俱”。

〔四三〕“任忒”，后汉书、魏志注并作“放慝”。

〔四四〕“网”，后汉书、魏志注并作“章”。

〔四五〕“义”，后汉书、魏志注并作“议”。

〔四六〕“饰”，后汉书、魏志注并作“锡”。

〔四七〕“明”，魏志注作“权”。

〔四八〕“桑梓松柏”，后汉书、魏志注作“松柏桑梓”。

〔四九〕“肃恭”，后汉书、魏志注作“恭肃”。

〔五〇〕“帅”，后汉书、魏志注并作“率”。又“将”下魏志注有“校”字。

〔五一〕“特置”，后汉书、魏志注并无“特”字，“置”作“署”。

〔五二〕“隳”，后汉书作“毁”；魏志注作“堕”，五臣文选、类聚同。

〔五三〕“位”，后汉书、魏志注并作“官”。

〔五四〕“污”，魏志注作“殄”。

〔五五〕“施”，魏志注作“流”。

〔五六〕“触”，后汉书、魏志注并作“蹈”。

〔五七〕“历观载籍”，后汉书、魏志注并作“历观古今书籍所载”。

〔五八〕“无道之臣”，后汉书、魏志注此四字并在“贪残酷裂”下，又“酷裂”并作“虐烈”。

〔五九〕“绪”，后汉书、魏志注并作“意”。“容”，五臣文选作“覆”，与后汉书、魏志注同。

〔六〇〕“摧挠”，与后汉书、魏志注并作“桡折”。

〔六一〕“除灭忠正”，“忠”，魏志注作“中”。后汉书作“除忠害善”。

〔六二〕“者”，后汉书、魏志注并作“岁”。“征”下后汉书、魏志注并有“讨”字。

〔六三〕“寇”，后汉书、魏志注并作“御”。

〔六四〕“外助王师”二句，后汉书作“欲托助王师，以见掩袭”，魏志注同，惟“见”作“相”。

〔六五〕“尔”，赣州本六臣文选作“耳”，则当属上句读，恐误。

〔六六〕“欲”，后汉书、魏志注上并有“乃”字，“螗蜋”作“螳蜋”。又“以”，后汉书作“运”。

〔六七〕“士”，五臣文选作“材”，与魏志注同。“中黄”，类聚作“虎贲”。

〔六八〕“霆”，五臣本文选作“震”，与后汉书、魏志注同。

〔六九〕“炳”,后汉书作“焚”。

〔七〇〕“以沃”,后汉书作“而注”。魏志注作“而沃”。

〔七一〕“灭”,五臣文选上有“消”字,与后汉书、魏志注同。

〔七二〕“自出”,五臣文选作“出自”。

〔七三〕“方”,后汉书、魏志注并作“当”。

〔七四〕“纲维弛绝”,后汉书作“纲弛网绝”,魏志注作“纲弛纪绝”。

〔七五〕“百”,五臣文选下有“人”字。

〔七六〕“托宿”,后汉书、魏志注并作“称陪”。

〔七七〕“实”,后汉书、魏志注并作“以”。又“执”,后汉书作“质”。

〔七八〕“萌”,后汉书、魏志注并作“祸”。

檄吴将校部曲文

年月朔日子,尚书令彧告江东诸将校部曲,及孙权宗亲中外:盖闻“祸福无门,惟人所召”。夫见机而作〔一〕,不处凶危,上圣之明也;临事制变,困而能通,智者之虑也;渐渍荒沈,往而不反,下愚之蔽也。是以大雅君子,于安思危,以远咎悔;小人临祸怀佚,以待死亡。二者之量,不亦殊乎〔二〕!

孙权小子,未辨菽麦,要领不足以膏齐斧〔三〕,名字不足以洿简墨,譬犹彀卵,始生翰毛,而便陆梁放肆,顾行吠主,谓为舟楫足以距皇威,江湖可以逃灵诛〔四〕;不知天网设张,以在纲目,爨镬之鱼,期于消烂也。若使水而可恃,则洞庭无三苗之墟,子阳无荆门之败,朝鲜之垒不刊,南越之旍不拔〔五〕。昔夫差承阖闾之远迹,用申胥之训兵,栖越会稽,可谓强矣。及其抗衡上国,与晋争长,都城屠于句践,武卒散于黄池,终于覆灭,身罄越军〔六〕。及吴王濞骄恣屈强,猖猾始乱,自以兵强国富,势陵京城。太尉帅师,甫下荥阳,则七国之军瓦解冰泮。濞之骂言未绝于口,而丹徒之刃以陷其胸。

何则？天威不可当，而悖逆之罪重也，且江湖之众不足恃也。

自董卓作乱，以迄于今，将三十载。其间豪杰纵横，熊据虎跱，强如二袁，勇如吕布，跨州连郡，有威有名者〔七〕，十有馀辈。其馀锋捍特起，鹯视狼顾，争为枭雄者，不可胜数。然皆伏鈇婴钺，首腰分离，云散原燎，罔有孑遗。近者，关中诸将复相合聚，续为叛乱，阻二华，据河渭，驱率羌胡，齐锋东向，气高志远，似若无敌。丞相秉钺鹰扬，顺风烈火，元戎启行，未鼓而破，伏尸千万〔八〕，流血漂橹，此皆天下所共知也。是后大军所以临江而不济者，以韩约、马超逋逸迸脱，走还凉州，复欲鸣吠。逆贼宋建，僭号"河首"，同恶相救，并为唇齿。又镇南将军张鲁，负固不恭，皆我王诛所当先加。故且观兵旋旆，复整六师，长驱西征，致天之诛〔九〕。偏将涉陇，则建、约枭夷，旍首万里〔一〇〕；军入散关，则群氐率服，王侯豪帅，奔走前驱；进临汉中，则阳平不守，十万之师，土崩鱼烂。张鲁逋窜，走入巴中，怀恩悔过，委质还降。巴夷王朴胡、賨邑侯杜濩，各帅种落，共举巴郡，以奉王职。钲鼓一动，二方俱定，利尽西海，兵不钝锋。若此之事，皆上天威明，社稷神武，非徒人力所能立也。圣朝宽仁覆载，允信允文，大启爵命，以示四方。鲁及胡、濩皆享万户之封，鲁之五子，各受千室之邑；胡、濩子弟、部曲将校，为列侯、将军已下千有馀人。百姓安堵，四民反业。而建、约之属〔一一〕，皆为鲸鲵；超之妻孥，焚首金城，父母婴孩，覆尸许市。非国家锺祸于彼〔一二〕，降福于此也，逆顺之分，不得不然。

夫击鸟先高〔一三〕，攫鸷之势也；牧野之威，孟津之退也。今者枳棘翦扞〔一四〕，戎夏以清，万里肃齐，六师无事，故大举天师百万之众，与匈奴南单于呼完厨，及六郡乌桓、丁令屠各、湟中羌僰，霆奋席卷，自寿春而南。又使征西将军夏侯渊等，率精甲五万，及武都氐羌，巴汉锐卒，南临汶江，搤据庸蜀；江夏、襄阳诸军，横截湘沅，以临豫章；楼船、横海之师，直指吴会。万里克期，五道并入，权之期命，于是至矣。丞相衔奉国威，为民除害，元恶大憝，必当枭夷，至于枝附叶从，皆非诏书所特禽疾。故每破灭强敌，未尝不务在先降后诛，拔将取才，各尽其用。是以立功之士，莫不翘足引领，望风响应。昔袁术僭逆，王诛将加，则庐江太守刘勋，先举其郡，还归国家。吕布作乱，师临下邳，张辽、侯成率众出降。还讨眭固，薛洪、樛尚开城就化。官渡之役，则张郃、高奂举事立功。后讨袁尚，则尚都督将军马延〔一五〕、故豫州刺史阴夔、射声校尉郭昭，临阵来降。围守邺城，则将军苏游反为内应，审配兄子开门入兵。既诛袁谭，则幽州大将焦触攻逐袁熙，举县来服〔一六〕。凡此之辈数百人，皆忠壮果烈，有智有仁，悉与丞相参图画策，折冲讨难，芟敌搴旗，静安海内，岂轻举措也哉！诚乃天启其心，计深虑远，审邪正之津，明可否之分，勇不虚死，节不苟立，屈伸变化，唯道所存。故乃建丘山之功，享不訾之禄，朝为仇虏，夕为上将，所谓临难知变，转祸为福者也。若夫说诱甘言，怀宝小惠，泥滞苟且，没而不觉，随波漂流，与熛俱灭者〔一七〕，亦甚众多，吉凶得失，岂不哀哉？昔岁军在汉中，东西悬隔，合肥遗守，不满五千，权亲以数万之众，破败奔走。今乃欲当御雷霆，难以冀矣！

夫天道助顺，人道助信，事上之谓义，亲亲之谓仁。盛孝章，君也，而权诛之；孙辅，兄也，而权杀之。贼义残仁，莫斯为甚。乃神灵之逋罪，下民所同雠，辜雠之人，谓之凶贼。是故伊挚去夏，不为伤德；飞廉死纣，不可谓贤。何者？去就之道，各有宜也。丞相深惟江东旧德名臣，多在载籍。近魏叔英秀出高峙，著名海内；虞文绣砥砺清节，耽学好古〔一八〕；周泰明当世隽彦，德行修明；皆宜膺受多福，保乂子孙。而周、盛门户，无辜被戮〔一九〕，遗类流离，湮没林莽，言之可为怆然。闻魏周荣、虞仲翔各绍堂构，能负析薪〔二〇〕。及吴诸顾、陆旧族长者，世有高位，当报汉德，显祖扬名。又诸将校[二一]、孙权婚亲，皆我国家良宝利器，而并见驱迮，雨绝于天，有斧无柯，何以自济？相随颠没，不亦哀乎！

盖凤鸣高冈，以远罻罗，贤圣之德也[二二]；鷦鳩之鸟，巢于苇苕，苕折子破，下愚之惑也。今江东之地，无异苇苕，诸贤处之，信亦危矣。圣朝开弘旷荡，重惜民命，诛在一人，与众无忌。故设非常之赏，以待非常之功，乃霸夫烈士奋命之良时也，可不勉乎！若能翻然大举，建立元勋，以膺显禄[二三]，福之上也。如其未能，算量大小，以存易亡，亦其次也。夫系蹄在足，则猛虎绝其蹯；蝮蛇在手，则壮士断其节。何则？以其所全者重，以其所弃者轻。若乃乐祸怀宁，迷而忘复，暗大雅之所保，背先贤之去就，忽朝阳之安，甘折苕之末，日忘一日，以至覆没，大兵一放，玉石俱碎，虽欲救之，亦无及已。故令往购募爵赏科条如左。檄到，详思至言。如诏律令[二四]。

文选四四。艺文类聚五八。

【校勘记】

〔一〕"机"，五臣文选作"几"。

〔二〕"殊"，五臣文选作"异"。

〔三〕"齐"，类聚作"萧"。

〔四〕"灵"，类聚作"严"。

〔五〕"南越"，类聚作"两越"。"旍"，五臣文选作"旌"，与类聚同。又"拔"下五臣文选有"也"字，亦与类聚同。

〔六〕"越"，五臣文选作"六"。

〔七〕"有威有名者"，胡刻本文选原无"者"字，从五臣文选补。

〔八〕"千"，五臣文选作"十"。

〔九〕"致天之诛"，文选原作"致天下诛"，据梁章钜文选旁证引郝经续汉书所引改。

〔一〇〕"旍",五臣文选作"旌"。

〔一一〕"之",五臣文选作"支"。疑是。刘良注:"支属,谓亲党也。"

〔一二〕"祸"与下句之"福",五臣文选互易。

〔一三〕"夫击鸟先高",胡刻文选原作"夫鸷鸟之击先高",今从唐钞集注本及六臣本文选。

〔一四〕"扞",五臣文选作"刊"。按当以五臣本为长。

〔一五〕"尚都督将军马延",胡刻文选原脱"尚"字,据唐钞集注本及五臣文选补。

〔一六〕"县",胡刻本文选原讹"事",善注不误。五臣文选作"县",今据改正。

〔一七〕"熛",五臣文选作"烟"。

〔一八〕"耽",五臣文选作"博"。

〔一九〕"被",五臣文选作"受"。

〔二〇〕"能",五臣文选作"克"。

〔二一〕"又",胡刻本文选原作"及",今从六臣本文选。

〔二二〕"贤圣",五臣文选作"圣贤",类聚引同。

〔二三〕"膺",胡刻本文选原作"应",孙志祖文选考异谓"当从五臣作'膺'",今从改。

〔二四〕"如诏",五臣文选作"诏如"。

失题檄 二则

单于震骇,交臂受事,屈膝请和。海录碎事一〇上引"陈孔璋檄"。

(目袁绍为)蛇虺〔一〕。颜氏家训文章篇。

【校勘记】

〔一〕颜氏家训文章篇云:"陈孔璋居袁裁书,则呼操为豺狼;在魏制檄,则目绍为蛇虺。"按,"居袁裁书",当指为袁绍檄豫州文,内有

“操豺狼野心”之句;“在魏制檄”,则为曹操讨袁绍檄,题失考。

应　讥〔一〕

客有讥余者,云:“闻君子动作周旋,无所苟而已矣。今主君锺阴阳之美,总贤圣之风,固非世人所能及。遭豺狼肆虐,社稷陨倾,既不能抗节服义,与主存亡,而背枉违难,耀兹武功,徒独震扑山东,剥落元元,结疑本朝。假拒群奸,使己蒙噂沓之谤,而他人受讨贼之勋,捐功弃力,以德取怨。今贱文德而贵武勇,任权谲而背旧章,无乃非至德之纯美,而有阙于后人哉!”主人曰:“是何言也?夫兵之设亦久矣,所以威不轨而惩淫慝也。夫申鸣违父,乐羊食子,季友鸩兄,周公戮弟,犹忍而行之,王事所不得已也。而况将避谗慝之嫌,弃社稷之难,爱暂劳之民,忘永康之乐,此庸夫犹所不为,何有冠世之士哉?昔洪水滔天,泛滥中国,伯禹躬之,过门而不入,率万方之民,致力乎沟洫。及至箫韶九成,百兽率舞,垂拱无为,而天下晏如。夫岂前好勤而后偷乐乎?盖以彼劳,求斯逸也。夫世治责人以礼,世乱则考人以功,斯各一时之宜。故有论战阵之权于清庙之堂者,则狂矣〔二〕;陈俎豆之器于城濮之墟者,则悖矣。是以达人君子,必相时以立功,必揆宜以处事。孝灵既丧,妖官放祸,栋臣残酷,宫室焚火。主君乃芟凶族,夷恶丑,荡涤朝奸,清澄守职也。既乃卓为封蛇,幽鸩帝后,强以暴国,非力所讨,违而去之,宜也。是故天赞人和,无思不至,用能合师百万,若运诸掌者,义也。今主君以宽弘为宇,仁惠为庐〔三〕,若地之载,如天之焘。故当其闻管籥之声,则恐己之病也〔四〕;见羽旄之美,则惧士之劳也;察稼穑之不时,则惟民之匮也〔五〕;临台观之崇高,则恤役之病也。是以虚心恭己,取人之谟,辟四门,广谏路,贵谠言,贱巧伪,虑不专行,功不擅美,咨事若不及,求谏恐不闻,用能使贤智者尽其策,勇敢者竭其身。故举无遗阙，而风烈宿宣也。”艺文类聚二五。

治刃销锋，偃武行德。文选四六王融三月三日曲水诗序李善注。

【校勘记】

〔一〕吴志张纮传注引吴书，谓陈琳有应机论，盖即此篇。“机”当“讥”字之讹。

〔二〕“则”，艺文原无此字，据张、严二辑本补。

〔三〕“惠”，张、严二辑本并作“义”。

〔四〕“己”，严辑本作“民”。

〔五〕“则”，艺文原无此字，据张、严二辑本补。又“惟”，严辑本作“推”。

答客难

六合咸熙，九州来同。倒载干戈，放马华阳。韵补二“同”字注。

太王筑室，百堵俱作。西伯营台，功不浃日〔一〕。韵补五“作”字注。

【校勘记】

〔一〕此条韵补引题作“客难”，“客”上当脱“答”字。

韦端碑

撰勒洪伐，式昭德音。文选三五张协七命李善注。

附

为袁绍上汉帝书

臣闻昔有哀叹而霜陨，悲哭而崩城者。每读其书，谓为信然，于今况之，乃知妄作。何者？臣出身为国，破家立事，至乃怀忠获衅，抱信见疑，昼夜长吟，剖肝泣血，曾无崩城陨霜之应，故邹衍、杞妇何能感彻。

臣以负薪之资，拔于陪隶之中，奉职宪台，擢授戎校。常侍张让等滔乱天常，侵夺朝威，贼害忠德，扇动奸党。故大将军何进忠国疾乱，义心赫怒，以臣颇有一介之节，可责以鹰犬之功，故授臣以督司，谘臣以方略。臣不敢畏惮强御，避祸求福，与进合图，事无违异。忠策未尽而元帅受败，太后被质，宫室焚烧，陛下圣德幼冲，亲遭厄困。时进既被害，师徒丧沮，臣独将家兵百馀人，抽戈承明，竦剑翼室，虎叱群司，奋击凶丑，曾不浃辰，罪人斯殄。此诚愚臣效命之一验也。

会董卓乘虚，所图不轨。臣父兄亲从，并当大位，不惮一室之祸，苟惟宁国之义，故遂解节出奔，创谋河外。时卓方贪结外援，招悦英豪，故即臣勃海，申以军号，则臣之与卓，未有纤芥之嫌。若使苟欲滑泥扬波，偷荣求利，则进可以享窃禄位，退无门户之患。然臣愚所守，志无倾夺，故遂引会英雄，兴师百万，饮马孟津，歃血漳河。会故冀州牧韩馥怀挟逆谋，欲专权势，绝臣军粮，不得踵系，至使猾虏肆毒，害及一门，尊卑大小，同日并戮。鸟兽之情，犹知号呼。臣所以荡然忘哀，貌无隐戚者，诚以忠孝之节，道不两立，顾私怀己，不能全功。斯亦愚破家徇国之二验也。

又黄巾十万，焚烧青、兖，黑山、张杨蹈藉冀域。臣乃旋师，奉辞伐畔。金鼓未震，狡敌知亡，故韩馥怀惧，谢咎归土，张杨、黑山同时乞降。臣时辄承制，窃比窦融，以议郎曹操权领兖州牧。会公孙瓒师旅南驰，陆掠北境，臣即星驾席卷，与瓒交锋。假天之威，每战辄克。臣备公族子弟，生长京辇，颇闻俎豆，不习干戈；加自乃祖先臣以来，世作辅弼，咸以文德尽忠，得免罪戾。臣非与瓒角戎马之势，争战阵之功者也。诚以贼臣不诛，春秋所贬，苟云利国，专之不疑。故冒践霜雪，不惮劬勤，实庶一捷之福，以立终身之功。社稷未定，臣诚耻之。太仆赵岐衔命来征，宣明陛下含弘之施，蠲除细故，与下更新，奉诏之日，引师南辕。是臣畏怖天威，不敢怠慢之三验也。

又臣所上将校，率皆清英宿德，令名显达，登锋履刃，死者过半，勤恪之功，不见书列。而州郡牧守，竞盗声名，怀持二端，优游顾望，皆列土锡圭，跨州连郡，是以远近狐疑，议论纷错者也。臣闻守文之世，德高者位尊；仓卒之时，功多者赏厚。陛下播越非所，洛邑乏祀，海内伤心，志士愤惋。是以忠臣肝脑涂地，肌肤横分而无悔心者，义之所感故也。今赏加无劳，以携有德；杜黜忠功，以疑众望。斯岂腹心之远图？将乃谗慝之邪说使之然也？臣爵为通侯，位二千石。殊恩厚德，臣既叨之，岂敢窥觊重礼，以希彤弓旅矢之命哉？诚伤偏裨列校，勤不见纪，尽忠为国，翻成重愆。斯蒙恬所以悲号于边狱，白起歔欷于杜邮也。太傅日磾位为师保，任配东征，而耗乱王命，宠任非所，凡所举用，皆众所捐弃。而容纳其策，以为谋主，令臣骨肉兄弟，还为雠敌，交锋接刃，构难滋甚。臣虽欲释甲投戈，事不得已。诚恐陛下日月之明，有所不照，四聪之听，有所不闻，乞下臣章，咨之群贤，使三槐九棘，议臣罪戾。若以臣今行权为衅，则桓、文当有诛绝之刑；若以众不讨贼为贤，则赵盾可无书弑之贬矣。臣虽小人，志守一介。若使得申明本心，不愧先帝，则伏首欧刀，褰衣就镬，臣之愿也。惟陛下垂尸鸠之平，绝邪谄之论，无令愚臣结恨三泉。后汉书袁绍传。

与公孙瓒书

孤与足下，既有前盟旧要，申之以讨乱之誓，爱过夷、叔，分著丹青，谓为旅力同轨，足踵齐、晋，故解印释绂，以北带南，分割膏腴，以奉执事，此非孤赤情之明验邪？岂寤足下弃烈士之高义，寻祸亡之险踪，辍而改虑，以好易怨，盗遣士马，犯暴豫州。始闻甲卒在南，亲临战陈，惧于飞矢迸流，狂刃横集，以重足下之祸，徒增孤之咎衅也，故为荐书恳恻，冀可改悔。而足下超然自逸，矜其威诈，谓天罔可吞，豪雄可灭，果令贵弟殒于锋刃之端。斯言犹在于耳，而足下曾不寻讨祸源，克心罪己，苟欲逞其无疆之怒，不顾逆顺之津，匿怨害民，骋于余躬。遂跃马控弦，处我疆土，毒遍生民，辜延白骨。孤辞不获已，以登界桥之役。是时足下兵气霆震，骏马电发；仆师徒肇合，机械不严，强弱殊科，众寡异论，假天之助，小战大克，遂陵蹑奔背，因垒馆谷，此非天威棐谌，福丰有礼之符表乎？足下志犹未厌，乃复纠合馀烬，率我蛑贼，以焚爇勃海。孤又不获宁，用及龙河之师。羸兵前诱，大军未济，而足下胆破众散，不鼓而败，兵众扰乱，君臣并奔。此又足下之为，非孤之咎也。自此以后，祸隙弥深，孤之师旅，不胜其忿，遂至积尸为京，头颅满野，愍彼无辜，未尝不慨然失涕也。后比得足下书，辞意婉约，有改往修来之言。仆既欣于旧好克复，且愍兆民之不宁，每辄引师南驾，以顺简书。弗盈一时，而北边羽檄之文，未尝不至。孤是用痛心疾首，靡所错情。夫处三军之帅，当列将之任，宜令怒如严霜，喜如时雨，臧否好恶，坦然可观。而足下二三其德，强弱易谋，急则曲躬，缓则放逸，行无定端，言无质要，为壮士者固若此乎！既乃残杀老弱，幽土愤怨，众叛亲离，孑然无党。又乌丸、濊貊，皆足下同州，仆与之殊俗，各奋迅激怒，争为锋锐；又东西鲜卑，举踵来附。此非孤德所能招，乃足下驱而致之也。夫当荒危之世，处干戈之险，内违同盟之誓，外失戎狄之心，兵兴州壤，祸发萧墙，将以定霸，不亦难乎！前以西山陆梁，出兵平讨，会麴义馀残，畏诛逃命，故遂住大军，分兵扑荡，此兵孤之前行，乃界桥搴旗拔垒，先登制敌者也。始闻足下镌金纡紫，命以元帅，谓当因兹奋发，以报孟明之耻，是故战夫引领，竦望旌旆，怪遂含光匿影，寂尔无闻，卒臻屠灭，相为惜之。夫有平天下之怒，希长世之功，权御师徒，带养戎马，叛者无讨，服者不收，威怀并丧，何以立名？今旧京克复，天罔云补，罪人斯亡，忠干翼化，华夏俨然，望于穆之作，将戢干戈，放散牛马，足下独何守区区之土，保军内之广，甘恶名以速朽，亡令德之久长？壮而筹之，非良策也。宜释憾除嫌，敦我旧好。若斯言之玷，皇天是闻。魏志公孙瓒传注引汉晋春秋。

拜乌丸三王为单于版文

使持节大将军督幽、青、并领冀州牧阮乡侯绍，承制诏辽东属国率众王颁下、乌丸辽西率众王蹋顿、右北平率众王汗卢：维乃祖慕义迁善，款塞内附，北捍猃狁，东拒濊貊，世守北陲，为百姓保障，虽时侵犯王略，命将徂征厥罪，率不旋时，悔愆变改，方之外夷，最又聪惠者也。始有千夫长、百夫长以相统领，用能悉乃心，克有勋力于国家，稍受王侯之命。自我王室多故，公孙瓒作难，残夷厥土之君，以侮天慢主，是以四海之内，并执干戈以卫社稷。三王奋气裔土，忿奸忧国，控弦与汉兵为表里，诚甚忠孝，朝所嘉焉。然而虎兕长蛇，相随塞路，王官爵命，否而无闻。夫有勋不赏，俾勤者怠。今遣行谒者杨林，赍单于玺绶车服，以对尔劳。其各绥静部落，教以谨慎，无使作凶作慝。世复尔祀位，长为百蛮长。厥有咎有不臧者，泯于尔禄，而丧于乃庸，可不勉乎！乌桓单于都护部众，左右单于受其节度，他如故事。魏志乌丸传注引英雄记。

按，右列三文，张溥收录于百三家集陈记室集中，严可均则编入全后汉文袁绍文，并谓“此三篇出琳手容或有之，但无实证”。今移录于陈琳集之末，以备考证。

建安七子集卷三　王粲集

诗

赠蔡子笃诗〔一〕

翼翼飞鸾，载飞载东。我友云徂，言戾旧邦。舫舟翩翩，以泝大江。蔚矣荒涂，时行靡通。慨我怀慕，君子所同。悠悠世路，乱离多阻。济岱江衡〔二〕，邈焉异处。风流云散，一别如雨。人生实难，愿其弗与。瞻望遐路，允企伊伫。烈烈冬日〔三〕，肃肃凄风〔四〕。潜鳞在渊，归雁载轩〔五〕。苟非鸿雕，孰能飞翻？虽则进慕〔六〕，予思罔宣。瞻望东路，惨怆增叹。率彼江流，爰逝靡期。君子信誓，不迁于时。及子同寮，生死固之。何以赠行？言授斯诗。中心孔悼，涕泪涟洏〔七〕。嗟尔君子，如何勿思！文选二三。艺文类聚三一。初学记三。韵补二"翻"字注。

【校勘记】

〔一〕文选李善注引晋官名曰："蔡睦字子笃，为尚书。"按，晋官名，盖即隋书经籍志所载魏晋百官名。五臣吕向注曰："仲宣与之为友，同避难荆州，子笃还会稽，仲宣故赠之。"按晋书蔡谟传，谟，陈留考城人，曾祖睦，魏尚书。是蔡子笃即蔡谟之曾祖。子笃既"戾旧邦"，则归陈留郡也，而五臣谓"还会稽"，不知其所据。

〔二〕"江衡"，胡刻本文选原作"江行"，五臣文选作"江衡"。胡克家文选考异谓"江行"绝不可通，"行"当作"衡"。类聚亦作"江衡"。今据改。

〔三〕"烈烈"，初学记作"冽冽"。

〔四〕"凄风"，初学记作"祁寒"。黄侃文选平点云："风，与下不韵，此有误。"

〔五〕"载"，古诗纪二五作"在"。

〔六〕"进慕"，胡刻本文选原作"追慕"。五臣文选作"进慕"。胡克家文选考异据李善注引法言以注"进慕"，谓此"追"当是"进"传写之误。韵补注亦作"进慕"。今据改。

〔七〕"涟洏"，胡克家文选考异据李善注引左氏传杜预注："而，语助也。"谓正文必作"而"。按，今李善本作"洏"者，或后人依五臣本改之。五臣吕延济注："洏，亦流涕也。"盖本玉篇，则作"涟洏"亦可通。

赠士孙文始诗〔一〕

天降丧乱，靡国不夷。我暨我友，自彼京师。宗守荡失，越用遁违。迁于荆楚，在漳之湄。在漳之湄，亦尅宴处〔二〕。和通篪埙，比德车辅。既度礼仪〔三〕，卒获笑语。庶兹永日，无愆厥绪。虽曰无愆，时不我已。同心离事，乃有逝止。横此大江，淹彼南汜。我思弗及，载坐载起。惟彼南汜，君子居之。悠悠我心，薄言慕之。人亦有言，靡日不思〔四〕。矧伊嬿婉，胡不凄而！晨风夕逝，托与之期。瞻仰王室，慨其永叹。良人在外，谁佐天官？四国方阻，俾尔归蕃。

尔之归蕃，作式下国。无曰蛮裔，不虔汝德。慎尔所主[五]，率由嘉则。龙虽勿用，志亦靡忒。悠悠淡澧[六]，郁彼唐林。虽则同域，邈其迥深。白驹远志，古人所箴。允矣君子，不遐厥心。既往既来，无密尔音。文选二三。水经澧水注。太平御览一六八。

【校勘记】

〔一〕文选李善注引三辅决录赵岐注曰："士孙萌，字文始。少有才学，年十五，能属文。初董卓之诛也，父瑞知王允必败，京师不可居，乃命萌将家属至荆州，依刘表。去无几，果为李傕等所杀。及天子都许昌，追论诛董卓之功，封萌为淡津亭侯。与山阳王粲善，萌当就国，粲等各作诗以赠萌，于今诗犹存也。"又见魏志董卓传注引，其有云："萌有答诗，在粲集中。"按，今萌诗已亡。

〔二〕"尅"，五臣文选作"克"。又"处"作"起"。

〔三〕"仪"，胡刻本文选原作"义"。梁章钜文选旁证云："毛本作'仪'。"张辑本亦作"仪"。按，李善注引毛诗"礼仪"，则其正文自应作"仪"。作"义"者，盖后人依五臣本改，今改回。

〔四〕"日"，五臣文选作"哲"。

〔五〕"主"，五臣文选作"之"。孙志祖文选考异引何焯校云："此篇似应作'之'。"

〔六〕"澧"，御览作"沣"。按，水经澧水注曰："淡水东注澧。"并引粲此诗为证，是字当作"澧"。

赠文叔良诗[一]

翩翩者鸿，率彼江滨。君子于征，爰聘西邻。临此洪渚，伊思梁岷。尔往孔邈[二]，如何勿勤？君子敬始，慎尔所主。谋言必贤[三]，错说申辅。延陵有作，侨肸是与[四]。先民遗迹，来世之矩。既慎尔主，亦迪知几。探情以华，睹著知微。视明听聪，靡事不惟。董褐荷名，胡宁不师？众不可盖，无尚我言。梧宫致辩，齐楚构患。成功有要，在众思欢。人之多忌，掩之实难。瞻彼黑水，滔滔其流。江汉有卷，允来厥休。二邦若否，职汝之由。缅彼行人，鲜克弗留。尚哉君子，于异他仇〔五〕。人谁不勤？无厚我忧。惟诗作赠，敢咏在舟。文选二三。

温温恭人，稟道之极。文选二〇颜延之皇太子释奠会作诗注。

【校勘记】

〔一〕颜师古汉书叙例曰："文颖字叔良，南阳人，后汉末荆州从事，魏建安中为甘陵丞。"文选李善注曰："献帝初平中，王粲依荆州刘表，然叔良之为从事，盖事刘表也。详其诗意，似聘蜀结好刘璋也。"

〔二〕"往"，五臣文选作"行"。

〔三〕"贤"，五臣文选作"贞"。

〔四〕"侨"，六臣本文选作"乔"，其校语云："五臣作'侨'。"是李善本原作"乔"，今胡刻本作"侨"者，盖后人依五臣校改。

〔五〕"于异"，五臣文选作"异于"。

赠杨德祖诗

我君饯之，其乐洩洩。颜氏家训文章篇。

为潘文则思亲诗〔一〕

穆穆显妣〔二〕，德音徽止。思齐先姑，志侔姜姒。躬此劳瘁〔三〕，鞠予小子。小子之生，遭世罔宁。烈考勤时，从之于征。奄遘不造，殷忧是婴。咨予靡及，退守祧祊。五服荒离，四国分争。祸难斯逼，救死于颈。嗟我怀归，弗克弗逞！圣善独劳，莫慰其情。春秋代逝，于兹九龄。缅彼行路，焉托予诚？予诚既否，委之于天。庶我显妣〔四〕，克保遐年。亹亹惟惧，心乎如悬。如何不吊？早世徂颠。于存弗养，于后弗临。遗愆在体，惨痛切心。形景尸立，魂爽飞沉。在昔蓼莪，哀有馀音。我之此譬，忧其独深。胡宁视息，以济于今。岩岩丛险，则不可摧。仰瞻归云，俯聆飘回。飞焉靡翼，超焉靡阶。思若流波，情似坻颓。诗之作矣，情以告哀！古文苑八。颜氏家训文章篇。艺文类聚二〇。初学记一七。

【校勘记】

〔一〕古文苑题作"思亲为潘文则作"，章樵注引挚虞文章流别云："王粲所作与蔡子笃及文叔良、士孙文始、杨德祖诗，及所为潘文则思亲诗，其文当而整，皆近乎雅矣。"此题类聚引作"思亲诗"，古诗纪二五同，惟题下有小注"为潘文则作"五字，初学记引作"思亲四言诗"，颜氏家训文章篇引作"为潘文则思亲诗"。今题从文章流别集及颜氏家训。

〔二〕"显"，初学记作"皇"，盖避唐中宗讳改。

〔三〕"瘁"，初学记作"瘠"。颜氏家训作"悴"，通"瘁"。

〔四〕"显"，古文苑原作"刚"，盖亦后人避唐讳改。今据颜氏家训文章篇及古诗纪二五改回。

杂诗五首〔一〕

日暮游西园，冀写忧思情〔二〕。曲池扬素波，列树敷丹荣。上有特栖鸟，怀春向我鸣。褰衽欲从之，路险不得征。徘徊不能去，伫立望尔形。风飚扬尘起〔三〕，白日忽已冥。回身入空房，托梦通精诚。人欲天不违〔四〕，何惧不合并！文选二九。艺文类聚二八引"日暮"以下六句。

吉日简清时，从君出西园。方轨策良马，并驱厉中原。北临清漳渚[五]，西看柏杨山。回翔游广囿，逍遥波水间。艺文类聚二八。古文苑八。按，此后四首，疑文皆有节略。古文苑盖据类聚辑录。

列车息众驾，相伴绿水湄。幽兰吐芳烈，芙蓉发红晖。百鸟何缤翻，振翼群相追。投网引潜鲤[六]，强弩下高飞。白日已西迈，欢乐忽忘归。艺文类聚二八。古文苑八。

联翩飞鸾鸟[七]，独游无所因。毛羽照野草，哀鸣入青云[八]。我尚假羽翼，飞睹尔形身。愿及春阳会[九]，交颈遘殷勤。艺文类聚九。古文苑八。

鸷鸟化为鸠，远窜江汉边。遭遇风云会[一〇]，托身鸾凤间。天姿既否戾，受性又不闲。邂逅见逼迫，俯仰不得言。艺文类聚九二。古文苑八。

【校勘记】

〔一〕此五首类聚所引皆无题目，古诗纪二五分为二题：其第一首，依文选题"杂诗"；其第二、第三、第四、第五诸首，依古文苑合题"杂诗四首"。按，守山阁本古文苑章樵注曰："粲集杂诗五首，皆托物寓情，得诗人比兴遗意，其一诗已入选。"是今此五首皆为宋本粲集所有，原不分题，合称"杂诗五首"，今从之。

〔二〕"冀写"，五臣文选作"写我"。

〔三〕"飚"，五臣文选作"飘"。

〔四〕"人"，疑原作"民"，盖唐人避太宗讳而改，此句本尚书泰誓"民之所欲，天必从之"。

〔五〕"渚"，古文苑作"水"。

〔六〕"鲤"，古文苑作"鱼"。

〔七〕"翩"，古文苑作"翻"。

〔八〕"青"，古文苑作"层"。

〔九〕“及”,类聚原作“乃”,据古文苑改。

〔一〇〕“云”,影宋本古文苑原误作“雪”,守山阁本不误。

七哀诗三首〔一〕

西京乱无象,豺虎方遘患。复弃中国去,远身适荆蛮〔二〕。亲戚对我悲,朋友相追攀〔三〕。出门无所见,白骨蔽平原。路有饥妇人,抱子弃草间。顾闻号泣声,挥涕独不还。“未知身死处〔四〕,何能两相完?”驱马弃之去,不忍听此言。南登霸陵岸,回首望长安。悟彼下泉人,喟然伤心肝!文选二三。艺文类聚三四。韵补二“完”字注。

荆蛮非我乡,何为久滞淫?方舟溯大江〔五〕,日暮愁我心。山岗有馀暎〔六〕,岩阿增重阴。狐狸驰赴穴,飞鸟翔故林。流波激清响,猴猿临岸吟〔七〕。迅风拂裳袂,白露沾衣衿〔八〕。独夜不能寐,摄衣起抚琴。丝桐感人情,为我发悲音。羁旅无终极,忧思壮难任。文选二三。北堂书钞一五八。艺文类聚三四。太平御览七七〇。

边城使心悲,昔吾亲更之。冰雪截肌肤,风飘无止期。百里不见人,草木谁当迟?登城望亭隧,翩翩飞戍旗〔九〕。行者不顾返,出门与家辞。子弟多俘虏,哭泣无已时。天下尽乐土,何为久留兹?蓼虫不知辛,去来勿与谘。古文苑八。

【校勘记】

〔一〕古文苑章樵注曰:“粲集,七哀诗六首,其二诗入选。”按,今存此三首,知粲之七哀诗已亡去三首。

〔二〕“远”,古诗纪二五作“委”,张辑本同。

〔三〕“相追”,类聚作“追相”。

〔四〕“处”,韵补作“所”。

〔五〕“溯”,五臣文选作“泝”,类聚作“遡”,御览作“浮”。

〔六〕“暎”，五臣文选、书钞、类聚皆作“映”。字同。

〔七〕“猴猿”，五臣文选作“猨猴”，类聚作“猴猨”。

〔八〕“衿”，五臣文选作“襟”。

〔九〕“戍”，一作“羽”。升庵诗话二：“刘歆遂初赋‘望亭隧之皦皦兮，飞旗帜之翩翩’，王粲七哀诗‘登城望亭隧，翩翩飞羽旗’，实用刘歆语。”

咏史诗二首

自古无殉死，达人所共知〔一〕。秦穆杀三良，惜哉空尔为。结发事明君，受恩良不訾。临殁要之死，焉得不相随？妻子当门泣，兄弟哭路垂。临穴呼苍天，涕下如绠縻。人生各有志，终不为此移。同知埋身剧，心亦有所施。生为百夫雄，死为壮士规。黄鸟作悲诗〔二〕，至今声不亏。文选二一。

荆轲为燕使〔三〕，送者盈水滨。缟素易水上，涕泣不可挥〔四〕。韵补一“挥”字注。

【校勘记】

〔一〕“所共”，胡刻本文选原作“共所”，今从五臣文选。古诗纪二五、张辑本亦作“所共”。

〔二〕“悲”，古诗纪二五、张辑本作“哀”。

〔三〕“荆轲”，宋本韵补作“荆卿”。

〔四〕“挥”，当读作“浑”，与今音不同。按，此首韵补原引无题目，文有删略，据意亦当咏史之什。阮瑀有咏史诗二首，其一咏三良，其二咏荆轲，恰与王粲此二首相符，盖一时唱和之作。曹植集中有三良诗，其恐亦应有咏荆轲之作，惜乎不得而见。

公宴诗〔一〕

昊天降丰泽〔二〕，百卉挺葳蕤。凉风撤蒸暑〔三〕，清云却炎晖〔四〕。高会君子堂，并坐荫华榱。嘉肴充圆方，旨酒盈金罍。管弦发徽音，曲度清且悲。合坐同所乐，但愬杯行迟。常闻诗人语，不醉且无归。今日不极欢，含情欲待谁？见眷良不翅，守分岂能违？古人有遗言，君子福所绥。愿我贤主人，与天享巍巍。克符周公业，奕世不可追。文选二〇。艺文类聚三九。海录碎事一、二。

【校勘记】

〔一〕此题类聚作"公宴会诗"。

〔二〕"昊"，海录碎事一作"上"。

〔三〕"撤"，五臣文选作"彻"。类聚、海录碎事二同。字通。

〔四〕"清"，类聚作"青"。

从军诗五首〔一〕

从军有苦乐，但问所从谁〔二〕。所从神且武，焉得久劳师〔三〕？相公征关右，赫怒震天威。一举灭獯虏，再举服羌夷。西收边地贼，忽若俯拾遗。陈赏越丘山，酒肉踰川坻。军中多饫饶〔四〕，人马皆溢肥。徒行兼乘还，空出有馀资。拓地三千里〔五〕，往返速若飞〔六〕。歌舞入邺城，所愿获无违。昼日处大朝〔七〕，日暮薄言归。外参时明政，内不废家私。禽兽惮为牺，良苗实已挥〔八〕。〔窃慕负鼎翁〔九〕，愿厉朽钝姿。〕不能效沮溺，相随把锄犁。孰览夫子诗〔一〇〕，信知所言非。文选二七。乐府诗集三二。魏志武帝纪注。北堂书钞一三、艺文类聚五九。太平御览三二八。

凉风厉秋节，司典告详刑。我君顺时发，桓桓东南征。泛舟盖长川，陈卒被隰坰。征夫怀亲戚，谁能无恋情〔一一〕？拊襟倚舟樯，眷眷思邺城〔一二〕。哀彼东山人，喟然感鹳鸣。日月不安处，人谁获常宁〔一三〕？昔人从公旦，一徂辄三龄〔一四〕。今我神武师，暂往必速平。弃余亲睦恩，输力竭忠贞。惧无一夫用，报我素餐诚。夙夜自恲性，思逝若抽萦。将秉先登羽，岂敢听金声！文选二七。乐府诗集三二。艺文类聚五九。

从军征遐路，讨彼东南夷。方舟顺广川，薄暮未安坻。白日半西山，桑梓有馀晖。蟋蟀夹岸鸣，孤鸟翩翩飞。征夫心多怀〔一五〕，恻怆令吾悲〔一六〕。下船登高防，草露沾我衣。回身赴床寝，此愁当告谁？身服干戈事，岂得念所私〔一七〕？即戎有授命，兹理不可违。文选二七。乐府诗集三二。艺文类聚五九。太平御览三二八。

朝发邺都桥，暮济白马津。逍遥河堤上，左右望我军。连舫踰万艘，带甲千万人。率彼东南路，将定一举勋。筹策运帷幄，一由我圣君。恨我无时谋〔一八〕，譬诸具官臣。鞠躬中坚内，微画无所陈。许历为完士〔一九〕，一言犹败秦〔二〇〕。我有素餐责，诚愧伐檀人。虽无铅刀用，庶几奋薄身。文选二七。乐府诗集三二。北堂书钞四五。艺文类聚五九。史记廉颇蔺相如列传索隐。

悠悠涉荒路，靡靡我心愁。四望无烟火，但见林与丘。城郭生榛棘，蹊径无所由。萑蒲竟广泽，葭苇夹长流。日夕凉风发，翩翩漂吾舟。寒蝉在树鸣，鹳鹄摩天游。客子多悲伤〔二一〕，泪下不可收。朝入谯郡界，旷然消人忧。鸡鸣达四境，黍稷盈原畴。馆宅充廛里，士女满庄馗〔二二〕。自非贤圣国〔二三〕，谁能享斯休？诗人美乐土，虽客犹愿留。文选二七。乐府诗集三二。艺文类聚二八引"王粲诗"。韵补二"馗"字注。

被羽在先登，甘心除国疾。文选二七王粲从军诗李善注。

楼船凌洪波，寻戈刺群虏。太平御览三五一。

【校勘记】

〔一〕乐府诗集作“从军行五首”。按魏志武帝纪，建安二十年三月操西征张鲁，十二月自南郑还。裴松之注曰：“是行也，侍中王粲作五言诗以美其事，曰：‘从军有苦乐……’”即是此五首其一。又李善注文选从军诗“凉风厉秋节”句曰：“魏志曰：建安二十一年粲从征吴，作此四篇。”

〔二〕“问”，胡刻本文选原作“闻”，今从五臣文选。乐府诗集、魏志注、类聚、御览亦皆作“问”。

〔三〕“焉”，魏志注作“安”。

〔四〕“中”，胡刻本文选原作“人”，今从五臣文选。胡克家文选考异云“人”但传写误，魏志注、类聚、乐府诗集亦作“中”。“饫饶”，魏志注作“饶饫”，古诗纪二五作“沃饶”。

〔五〕“地”，魏志注、书钞并作“土”。

〔六〕“速若”，五臣文选、魏志注并作“速如”，乐府诗集作“一如”。

〔七〕“昼日”，胡刻本文选原作“尽日”，今从五臣文选。按，此盖即周易晋“昼日三接”之昼日。乐府诗集亦作“昼日”。“处”，乐府诗集作“献”。

〔八〕“挥”，李善注云当作“辉”。

〔九〕“窃慕负鼎翁”二句，胡刻本文选原脱，据五臣文选、乐府诗集补。

〔一〇〕“孰”，六臣本文选作“熟”，乐府诗集同。字通。

〔一一〕“恋”，五臣文选、类聚、乐府诗集皆作“此”。

〔一二〕“眷眷”，乐府诗集作“眷言”。

〔一三〕“常”，五臣文选、乐府诗集并作“恒”。

〔一四〕“徂”，乐府诗集作“征”。

〔一五〕“多”，五臣文选、类聚、乐府诗集皆作“两”。

〔一六〕“恻”，五臣文选、类聚、乐府诗集皆作“凄”。

〔一七〕“得”，六家本文选有校语云：五臣作“能”。按，今五臣陈八郎本、正德本并作“得”，御览、乐府诗集亦同，未见有作“能”者，疑校语有误。

〔一八〕“恨”，类聚作“限”。

〔一九〕“完士”，孙志祖文选考异引何焯说，云：“史记云‘军士许历请以军事谏’，‘完’当作‘军’，传写误也。”然书钞、类聚、史记索隐引此诗亦作“完”，盖唐时粲集已如此。完士，为四岁刑士，见汉书刑法志，若然，则粲诗所云可补史之阙。

〔二〇〕“犹”，胡刻本文选原作“独”，今从六臣本文选。书钞、类聚、史记索隐、乐府诗集亦作“犹”。

〔二一〕“客子”，类聚作“游客”。

〔二二〕“士女”，胡刻本文选原作“女士”，今从五臣文选。韵补注、古诗纪二五、张辑本亦作“士女”。“馗”，五臣文选作“馗”。字同。杨慎云：王粲集古本作“馗”，馗音求，九交之道也。按，馗，今读作逵，古音读求，与上下协韵。

〔二三〕“贤圣”，胡刻本文选原作“圣贤”，今从五臣文选。张铣注：“贤圣，谓曹公。”古诗纪二五、张辑本亦作“贤圣”。

俞儿舞歌四首〔一〕

矛俞新福歌

汉初建国家，匡九州。蛮荆震服，五刃三革休。安不忘备武乐修。宴我宾师，敬用御天，永乐无忧。子孙受百福，常与松乔游。烝庶德，莫不咸欢柔。宋书乐志。乐府诗集五三。

弩俞新福歌

材官选士，剑弩错陈。应桴蹈节，俯仰若神。绥我武烈，笃我淳仁。

自东自西，莫不来宾。同上。

安台新福歌

我功既定〔二〕，庶士咸绥。乐陈我广庭，式宴宾与师。昭文德，宣武威。平九有，抚民黎。荷天宠，延寿尸，千载莫我违。同上。

行辞新福歌

神武用师士素厉，仁恩广覆，猛节横逝。自古立功，莫我弘大。桓桓征四国，爰及海裔。汉国保长庆，垂祚延万世。同上。

【校勘记】

〔一〕晋书乐志上：汉高祖定秦中，"其俗喜舞，高祖乐其猛锐，数观其舞，后使乐人习之。阆中有渝水，因其所居，故名曰巴渝舞。舞曲有矛渝本歌曲、安弩渝本歌曲、安台本歌曲、行辞本歌曲，总四篇。其辞既古，莫能晓其句度。魏初，乃使军谋祭酒王粲改创其词。粲问巴渝帅李管、种玉歌曲意，试使歌，听之，以考校歌曲，而为之改为矛渝新福歌曲、弩渝新福歌曲、安台新福歌曲、行辞新福歌曲，行辞以述魏德"。

〔二〕"我"，乐府诗集作"武"。

失题诗 四则

探怀授所欢，愿醉不顾身。文选二五谢灵运还旧园作见颜范二中书诗李善注。

长夜何冥冥。九家集注杜诗五遣兴五首其五郭知达注。

散策高堂上。九家集注杜诗一三郑典设自施州归师尹注。

盗贼如豺狼。分门集注杜工部诗三昼梦赵次公注。按，张载七哀诗有此句，唯"狼"作"虎"。又按，逯钦立先秦汉魏晋南北朝诗据草堂诗笺九苏端诗注辑得"哀笑动梁尘，急觞荡幽默”二句，人为王粲遗诗。此二句乃谢灵运拟魏太子邺中集诗陈琳诗所有，杜诗注者误为粲诗，逯氏偶失考耳。

赋

大暑赋〔一〕

惟林锺之季月，重阳积而上升。熹润土之溽暑〔二〕，扇温风而至兴。〔或赫爔以瘅炎〔三〕，或郁术而燠蒸〔四〕。〕兽狼望以倚喘，鸟垂翼而弗翔。〔根生苑而焦炙〔五〕，岂含血而能当？〕远昆吾之中景，天地翕其同光。征夫瘼于原野〔六〕，处者困于门堂〔七〕。患衽席之焚灼，譬洪燎之在床。起屏营而东西，欲避之而无方。仰庭槐而啸风〔八〕，风既至而如汤〔九〕。〔气呼吸以祛和〔一〇〕，汗雨下而沾裳。就清泉以自沃，犹渫涊而不凉。体烦茹以于悒，心愤闷而窘惶。〕于是帝后顺时，幸九嵕之阴冈〔一一〕，托甘泉之清野，御华殿于林光，潜广室之邃宇，激寒流于下堂。重屋百层，垂阴千庑，九闼洞开，周帷高举。坚冰常奠，寒馔代叙。艺文类聚五。章樵注本古文苑二一。初学记三。太平御览三四。

雄风飒然兮，时动帷帐之纤罗。北堂书钞一三二。

【校勘记】

〔一〕按，杨修答临菑侯笺曰：“又尝见执事，握牍持笔，有所造作，若成诵在心，借书于手，曾不斯须少留思虑。仲尼日月，无得踰焉。修之仰望，殆如此矣。是以对鹖而辞，作暑赋弥日而不献。”所言暑赋即大暑赋，除曹植、王粲、杨修外，同作者尚有陈琳、应玚、刘桢及繁钦等人。

〔二〕“熹”，类聚原作“喜”，今据严辑本改。匡谬正俗五：“熹，炽盛也。

末世传字误为‘喜’字。”

〔三〕“或赫爔以瘅炎”二句，据御览补。“爔”，张辑本作“炽”，严辑本作“爔”。

〔四〕“术”，鲍刻本御览作“衔”。按，字当作“术”，“郁术”即“郁律”，烟上貌。古术、律音义同。

〔五〕“根生苑而焦炙”二句，据御览补。

〔六〕“瘼”，张辑本作“瘁”。

〔七〕“门”，严辑本作“高”。

〔八〕“槐”，初学记作“熠”。

〔九〕“至”，御览作“生”。“而”，初学记、御览并作“其”。

〔一〇〕“气呼吸以祛和”六句，据御览补。“祛和”，御览原作“祛短”。今从初学记改。按，祛，去也，通祛。祛和，谓呼吸急促失去平和。章注本古文苑及张辑本并作“怯短”，意皆欠通，严辑本作“祛裾”，当属臆改，不足为据。

〔一一〕“九嵕”，类聚原误作“九峻”，据古文苑改。张、严二辑本亦作“九嵕”。

游海赋〔一〕

〔含精纯之至道兮〔二〕，将轻举而高厉。游余心以广观兮，且彷徉乎西裔〔三〕。〕乘菌桂之方舟〔四〕，浮大江而遥逝。翼惊风以长驱，集会稽而一睨〔五〕。登阴隅以东望兮〔六〕，览沧海之体势。吐星出日，天与水际。其深不测，其广无臬。〔寻之冥地〔七〕，不见涯洩。〕章亥所不极，卢敖所不届，〔洪洪洋洋〔八〕，诚不可度也。处嵎夷之正位兮，同色号于穹苍。苞纳污之弘量〔九〕，正宗庙之纪纲。总众流而臣下，为百谷之君王。〕〔洪涛奋荡〔一〇〕，大浪踊跃。山隆谷窳，宛亶相搏。〕怀珍藏宝，神隐怪匿。或无气而能行，或含血而不食，或有叶而无根，或能飞而无翼。鸟则爰居孔鹄，翡翠鹔鹴，缤纷往来，沉浮翱翔。鱼则横尾曲头，方目偃额，大者若山陵〔一一〕，小者重钧石。乃有贲蛟大贝，明月夜光，蠵鼊玳瑁，金质黑章。若夫长洲别岛，棋布星峙〔一二〕，高或万寻，近或千里；桂林丛乎其上〔一三〕，珊瑚周乎其趾〔一四〕。群犀代角，巨象解齿。黄金碧玉，名不可纪。艺文类聚八。北堂书钞一三七题"浮海赋"。初学记六两引。文选一二郭璞江赋李善注。事类赋六。

匌匌磕磕，汾浇渍薄〔一五〕。唐钞文选集注九左思吴都赋李善注。

乘菌桂之舟，晨凫之舸〔一六〕。太平御览七七○引"王粲海赋"，"海"上脱"游"字。又见事类赋一六。

【校勘记】

〔一〕按，初学记六引隋杜台卿淮赋序云："魏文帝有沧海赋，王粲有游海赋。"此二赋均见类聚八引，细审之，其内容多互有照应，谅亦一时之作。

〔二〕"含精纯之至道"四句，据初学记补。"道"下原脱"兮"字，据严辑本补。

〔三〕"西裔"，严辑本作"四裔"。

〔四〕"菌桂"，孔广陶本书钞作"桂檝"，陈禹谟本书钞作"桂棹"，初学记作"兰桂"。"方"，孔本书钞作"舫"，陈本书钞作"安"，初学记作"轻"，张辑本作"芳"。

〔五〕"睆"，书钞作"憩"，初学记作"眂"。

〔六〕"东望兮"，原无"兮"字，据初学记补。

〔七〕"寻之冥地"二句，据初学记补。

〔八〕"洪洪洋洋"八句，据初学记补。

〔九〕"纳污"，严辑本作"吐纳"。

〔一○〕"洪涛奋荡"四句，严辑本据文选江赋注补入于此，今从之。

〔一一〕"山"，严辑本作"丘"。

〔一二〕“棋”，类聚原作“旗”，初学记同，今据事类赋注改。张辑本作“棊”，字同“棋”。

〔一三〕“林”，初学记作“兰”。

〔一四〕“周”，事类赋注作“生”。

〔一五〕此二句疑在“洪洪洋洋”句上。

〔一六〕此二句疑是游海赋之序文。

浮淮赋〔一〕

从王师以南征兮，浮淮水而遐逝。背涡浦之曲流兮，望马丘之高澨。泛洪櫓于中潮兮〔二〕，飞轻舟乎滨济。建众樯以成林兮，譬无山之树艺〔三〕。于是迅风兴，涛〔波动〔四〕，长濑潭浞，滂沛汹溶。〕钲鼓若雷，旌麾翳日。飞云天回，□□□□。苍鹰飘逸〔五〕，递相竞轶。凌惊波以高骛，驰骇浪而赴质。加舟徒之巧极，美榜人之闲疾。白日未移，前驱已届。群师按部，左右就队。轴轳千里，名卒亿计。运兹威以赫怒，清海隅之蒂芥。济元勋于一举，垂休绩于来裔〔六〕。

初学记六。章樵注本古文苑七。韩元吉本三。北堂书钞一三七、一三八。艺文类聚八。

【校勘记】

〔一〕按，曹丕浮淮赋序：“建安十四年，王师自谯东征，大兴水军，浮舟万艘。时余从行，始入淮口，行泊东山，睹师徒，观旌帆，赫哉盛矣。虽孝武盛唐之狩，轴轳千里，殆不过也，乃作斯赋云。”盖命王粲同作。

〔二〕“櫓”，书钞一三七作“榜”，又“中潮”作“内湖”。

〔三〕“无山”，书钞一三七、一三八并作“巫山”，恐误。按，徐干中论民数篇亦有“譬由无田而欲树艺”之言，可印证此作“无山”是也。又句下书钞一三七有“冲奔湍以梼机”六字。

〔四〕“波动”至“滂沛汹溶”十字，据类聚补。

〔五〕“苍”,严辑本作“若”。

〔六〕“于来”,章注本及韩元吉本古文苑并作“乎远”,张辑本同。

闲邪赋

夫何英媛之丽女,貌洵美而艳逸。横四海而无仇,超遐世而秀出。发唐棣之春华,当盛年而处室。恨年岁之方暮,哀独立而无依。情纷挐以交横,意惨凄而增悲。何性命之奇薄,爱两绝而俱违〔一〕!排空房而就衽,将取梦以通灵。目炯炯而不寐,心忉怛而惕惊。艺文类聚一八。

关山介而阻险。文选二六谢朓暂使下都夜发新林赠西府同僚诗李善注。

愿为环以约腕。北堂书钞一三六引“王粲闲居赋”,当是“闲邪”之误。

【校勘记】

〔一〕“两绝”,疑“两”当作“雨”。按“雨绝”,离别之谓。王粲赠蔡子笃诗“一别如雨”,是也。陈琳檄吴将校部曲文亦有“雨绝于天”之言。文选祢衡鹦鹉赋“何今日之两绝”,“两”乃“雨”之讹,由同书江淹拟潘黄门诗“雨绝无云还”,李善注引鹦鹉赋正作“雨绝”可证。此粲赋作“两绝”者,盖亦传写之讹。

出妇赋〔一〕

既侥幸兮非望,逢君子兮弘仁。当隆暑兮翕赫,犹蒙眷兮见亲。更盛衰兮成败,思弥固兮日新〔二〕。竦余身兮敬事,理中馈兮恪勤。君不笃兮终始,乐枯荑兮一时。心摇荡兮变易,忘旧姻兮弃之。马已驾兮在门,身当去兮不疑。揽衣带兮出户,顾堂室兮长辞。艺文类聚三〇。

【校勘记】

〔一〕按，曹丕代刘勋妻王氏诗序云："王宋者，平虏将军刘勋妻也。入门二十馀年，后勋悦山阳司马氏女，以宋无子出之，还于道中作。"丕与曹植又各作出妇赋写其事。粲此赋当是应命和作。

〔二〕"弥"，张、严二辑本并作"情"。

伤夭赋〔一〕

惟皇天之赋命，实浩荡而不均。或老终以长世，或昏夭而夙泯。物虽存而人亡，心惆怅而长慕。哀皇天之不惠，抱此哀而何愬？求魂神之形影，羌幽冥而弗迕。淹低徊以想像〔二〕，心弥结而纡萦。昼忽忽其若昏，夜炯炯而至明。艺文类聚三四。

【校勘记】

〔一〕按，曹丕悼夭赋序云："族弟文仲亡时年十一，母氏伤其夭逝，追悼无已。余以宗族之爱，乃作斯赋。"盖粲亦受命而和之。同作者有应玚、杨修等。

〔二〕"低徊"，张、严二辑本皆作"徘徊"。

思友赋

登城隅之高观，忽临下以翱翔。行游目于林中，睹旧人之故场。身既没而不见，馀迹存而未丧。沧浪浩兮回流波，水石激兮扬素精。夏木兮结茎，春鸟兮愁鸣。平原兮泱莽，绿草兮罗生。超长路兮逶迤，实旧人兮所经。身既逝兮幽翳，魂眇眇兮藏形。艺文类聚三四。

寡妇赋〔一〕

阖门兮却扫，幽处兮高堂。提孤孩兮出户，与之步兮东厢。顾左右兮相怜，意凄怆兮摧伤。观草木兮敷荣，感倾叶兮落时。人皆怀兮欢豫，我独感兮不怡。日掩暖兮不昏，朗月皎兮扬晖〔二〕。坐幽室兮无为，登空床兮下帏。涕流连兮交颈，心憯结兮增悲。艺文类聚三四。

欲引刃以自裁，顾弱子而复停〔三〕。文选一六潘岳寡妇赋李善注。

【校勘记】

〔一〕按，曹丕寡妇赋序曰："陈留阮元瑜与余有旧，薄命早亡。每感存其遗孤，未尝不怆然伤心，故作斯赋，以叙其妻子悲苦之情。命王粲等并作。"同作者尚有曹植、丁仪（按，一作丁廙妻）等人。

〔二〕"朗月"，张、严二辑本皆作"明月"。按，此盖宋人避始祖玄朗讳改"朗"为"明"，两家所见或出自宋本。

〔三〕"而"与上句之"以"，依全文句法疑原皆当作"兮"。

初征赋

违世难以迴折兮〔一〕，超遥集乎蛮楚。逢屯否而底滞兮，忽长幼以羁旅。赖皇华之茂功，清四海之疆宇。超南荆之北境，践周豫之末畿。野萧条而骋望，路周达而平夷。春风穆其和畅兮，庶卉焕以敷蕤。行中国之旧壤，实吾愿之所依。当短景之炎阳，犯隆暑之赫曦。薰风温温以增热，体烨烨其若焚。艺文类聚五九。

【校勘记】

〔一〕"迴"，类聚原作"迥"，今从张、严二辑本改。

征思赋〔一〕

在建安之二八，星步次于箕维。文选四六颜延之三月三日曲水诗序李善注。

【校勘记】

〔一〕“征思”，文选注原作“思征”，今从胡克家文选考异说改，与曹丕典论论文所称“王粲之征思”合。

登楼赋

登兹楼以四望兮，聊暇日以销忧〔一〕。览斯宇之所处兮，实显敞而寡雠。挟清漳之通浦兮〔二〕，倚曲沮之长洲。背坟衍之广陆兮，临皋隰之沃流。北弥陶牧，西接昭丘。华实蔽野，黍稷盈畴。虽信美而非吾土兮，曾何足以少留！

遭纷浊而迁逝兮，漫踰纪以迄今。情眷眷而怀归兮，孰忧思之可任？凭轩槛以遥望兮，向北风而开襟。平原远而极目兮，蔽荆山之高岑。路逶迤而修迥兮，川既漾而济深。悲旧乡之壅隔兮，涕横坠而弗禁。昔尼父之在陈兮，有“归欤”之叹音。锺仪幽而楚奏兮，庄舄显而越吟。人情同于怀土兮，岂穷达而异心？

惟日月之逾迈兮，俟河清其未极〔三〕。冀王道之一平兮，假高衢而骋力。惧匏瓜之徒悬兮，畏井渫之莫食。步栖迟以徙倚兮，白日忽其将匿〔四〕。风萧瑟而并兴兮，天惨惨而无色。兽狂顾以求群兮，鸟相鸣而举翼〔五〕。原野阒其无人兮，征夫行而未息。心凄怆以感发兮，意忉怛而憯恻。循阶除而下降兮，气交愤于胸臆。夜参半而不寐兮，怅盘桓以反侧。文选一一。水经漳水注。北堂书钞一四九。艺文类聚六三。太平御览六五。

【校勘记】

〔一〕“暇”，五臣文选作“假”，李善注亦云“暇”或为“假”。

〔二〕“挟”,水经漳水注作“夹”,御览同,类聚作“接”。

〔三〕“未”,类聚作“何”。五臣文选“清”下有“乎”字。

〔四〕“将”,书钞、类聚皆作“西”。

〔五〕“举”,类聚作“鼓”。

羽猎赋〔一〕

济漳浦而横阵,倚紫陌而并征。树重置于西址〔二〕,列骏骑乎北垧〔三〕。遵古道以游豫兮,昭劝助乎农圃。因时隙之馀日兮〔四〕,陈苗狩而讲旅。相公乃乘轻轩,驾四骆〔五〕,拊流星,属繁弱。选徒命士,咸与竭作〔六〕。旌旗云扰〔七〕,锋刃林错。扬辉吐火,曜野蔽泽。山川于是乎摇荡,草木为之以摧落〔八〕。禽兽振骇,魂亡气夺。举首触丝〔九〕,摇足遇挞〔一〇〕。陷心裂胃,溃颈破频〔一一〕。鹰犬竞逐,奕奕霏霏。下韝穷绁,搏肉噬肌。坠者若雨,僵者若坻。清野涤原,莫不歼夷。章樵注本古文苑七。韩元吉本三。艺文类聚六六。初学记二二引三条。

从华杂沓,焕衍陆离。文选四六颜延之三月三日曲水诗序李善注。

【校勘记】

〔一〕按,古文苑题下章樵注引挚虞文章流别论云:“建安中,魏文帝从武帝出猎,赋(按,下当有“校猎”二字,类聚六六引有曹丕校猎赋),命陈琳、王粲、应玚、刘桢并作。琳为武猎,粲为羽猎,玚为西狩,桢为大阅,凡此各有所长,粲其最也。”章樵自注云:“此赋首尾有缺文,以粲集补。”按,此篇实据类聚、初学记所引拼凑而成,则宋人所见粲集,已非原本。

〔二〕“置”,初学记作“围”。

〔三〕“北”,初学记作“东”,严辑本作“平”。以上四句严辑本置于“昭劝助乎农圃”句下。

〔四〕“因”,初学记作“用”。

〔五〕“骆”,初学记同。类聚作“辂”,疑是。

〔六〕“咸与”,章注本、韩元吉本古文苑并作“威兴”,初学记作“咸与”,类聚同,今据改。

〔七〕“扰”,类聚作“桡”。

〔八〕“以”字,据初学记补。“落”,类聚作“拨”。

〔九〕“举首”,类聚作“兴头”。“丝”,初学记作“网”,类聚作“系”。按,张衡西京赋“鸟惊触丝”,字似当作“丝”。

〔一〇〕“足”,守山阁本古文苑作“尾”,张辑本同,近是。

〔一一〕“颈”,类聚作“脑”。又“頞”,原作“頬”,类聚作“顴”,今从初学记。章樵注云:“粲集作‘頞’,音遏。”頞,即頞。说文:“頞,鼻茎也。”则似以章樵所见粲集为是。

酒　赋〔一〕

帝女仪狄,旨酒是献。苾芬享祀,人神式宴。〔曲蘖必时〔二〕,良工从试。〕辩其五齐,节其三事。醍沉盎泛〔三〕,清浊各异。章文德于庙堂,协武义于三军。致子弟之孝养,纠骨肉之睦亲。成朋友之欢好,赞交往之主宾。既无礼而不入,又何事而不因。贼功业而败事,毁名行以取诬。遗大耻于载籍,满简帛而见书。孰不饮而罗兹,罔非酒而惟事。昔在公旦,极兹话言。濡首屡舞,谈易作难。大禹所忌,文王是艰。〔暨我中叶〔四〕,酒流犹多。群庶崇饮,日富月奢。〕艺文类聚七二。北堂书钞一四八引三条。

酒正膳夫,冢宰是司。处濯器用,敬涤蕴饎。韵补四“司”字注。

【校勘记】

〔一〕按,曹植酒赋序云:“余览扬雄酒赋,辞甚瑰玮,颇戏而不雅,聊作酒赋，粗究其终始。”粲或同时有此作。

〔二〕“曲蘖必时”二句，据书钞补。“必时”，孔广陶本书钞作“必□”。按，此袭用礼记月令成句，今从陈禹谟本书钞。

〔三〕“沉”，书钞作“酖”。又“泛”作“沉”。

〔四〕“暨我中叶”四句，据书钞补。

神女赋〔一〕

惟天地之普化，何产气之淑真。陶阴阳之休液，育夭丽之神人。禀自然以绝俗，超希世而无群。体纤约而方足〔二〕，肤柔曼以丰盈。发似玄鉴，鬓类刻成〔三〕。〔质素纯皓〔四〕，粉黛不加。朱颜熙曜，晔若春华。口譬含丹，目若澜波。美姿巧笑，靥辅奇牙〔五〕。〕戴金羽之首饰，珥照夜之珠当〔六〕。袭罗绮之黼衣，曳缛绣之华裳。错缤纷以杂佩，袿熠爚而焜煌〔七〕。退变容而改服，冀致态以相移。〔登筵对兮倚床垂〔八〕，〕税衣裳兮免簪笄〔九〕，施华的兮结羽仪〔一〇〕。扬娥微眄，悬藐流离。婉约绮媚，举动多宜。称诗表志，安气和声。探怀授心，发露幽情。彼佳人之难遇，真一遇而长别。顾大罚之淫愆，亦终身而不灭。心交战而贞胜，乃回意而自绝。艺文类聚七九。北堂书钞一三五。文选一六潘岳寡妇赋李善注。史记五宗世家索隐。太平御览三八一、七一九。

【校勘记】

〔一〕按，陈琳、应玚及杨修亦有神女赋，盖一时之作。

〔二〕“方”，类聚原作“才”，张、严二辑本作“方”，今从之。

〔三〕“刻”，严辑本作“削”。

〔四〕“质素纯皓”八句，据御览三八一补。

〔五〕“奇牙”，严辑本作“奇葩”。按，楚辞大招：“靥辅奇牙，宜笑嘕只。”为粲此二句之所本，作“奇牙”是。

〔六〕"照",类聚原作"昭",据张、严二辑本改。

〔七〕"袿",类聚此字与上句末"佩"字互置,今据严辑本乙转。

〔八〕此句据文选注补。句上或下有脱文。

〔九〕"税衣裳",史记索隐作"脱袿裳"。

〔一〇〕"华的",陈本书钞、史记索隐并作"玄的"。又"羽仪",书钞、史记索隐、御览七一九皆作"羽钗"。

弹棋赋序〔一〕

夫注心锐念〔二〕,自求诸身,投壶是也。太平御览七五三工艺部投壶类引魏粲棋赋,按"棋"上当脱"弹"字,"赋"下宜有"序"字。清灵体道,稽谟玄神,围棋是也。太平御览七五三工艺部围棋类引魏粲围棋赋序,按"围"当作"弹"字,盖涉类目误。因行骋志,通权达理,六博是也〔三〕。太平御览七五五工艺部弹棋类引魏王粲弹棋赋序。

【校勘记】

〔一〕按,曹丕典论自叙云:"余于他戏弄之事少所喜,惟弹棋略尽其巧,乃为之赋。"其弹棋赋见类聚七四引,粲盖同时有此作。

〔二〕"念",张辑本作"志"。

〔三〕按,以上三条,核其句式文义,当属一篇之序。张、严二辑本将此三条分指为投壶、围棋、弹棋三赋之序,恐误。

附

弹棋赋〔一〕

文石为局,金碧齐精。隆中夷外,致理肌平〔二〕。卑高得适,既安且贞。棋则象齿,选乎南藩。礼身重〔三〕。腹隐头骞。骁悍说敏[四],不轻不轩。列数二六,取象官军。微章采列,烂焉可观。于是二物既设,主人延宾。粉石雾散,六师列陈。迹行王首,左右相亲。成列告誓,三令五申。事中军政,言含礼文。号令既通,兵棋启路。运若回飚,疾似飞兔。前中却舞,贾其馀怒。风驰火燎,令牟取五。恍哉忽兮,诚足慕也。若夫气竭力残,弱胆怯心。进不及敌,中路为擒。仁而不武,春秋所箴。刚优劲勇,忿速轻急。推敌阻隧,我废彼立。君子去是,过犹不及。艺文类聚七四。太平御览七五五。

【校勘记】

〔一〕此赋类聚题作丁廙,而御览引首"文石为局"四句,则题作王粲(按,张辑本此四句入魏文帝集,殊误),未详孰是。今录以备考。

〔二〕"致理",御览作"理致"。

〔三〕"礼身重",汪绍楹校云:"句有脱文。"严辑丁廙此赋作"礼密身重","礼"疑作"体"。

〔四〕"说",疑"锐"之讹。

迷迭赋[一]

惟遐方之珍草兮,产昆仑之极幽。受中和之正气兮,承阴阳之灵休。扬丰馨于西裔兮,布和种于中州。去原野之侧陋兮,植高宇之外庭。布萋萋之茂叶兮,挺苒苒之柔茎。色光润而采发兮,似孔翠之扬精[二]。艺文类聚八一。

【校勘记】

〔一〕按,曹丕迷迭赋序云:"余种迷迭于中庭,嘉其扬条吐香,馥有令芳,乃为之赋。"曹植及陈琳、应玚皆有同题赋,盖亦一时唱和之作。

〔二〕"似",类聚原作"以",张辑本作"似",今从改。

马瑙勒赋〔一〕

游大国以广观兮，览希世之伟宝。总众材而课美兮，信莫臧于马瑙。被文采之华饰，杂朱绿与苍皁〔二〕。于是乃命工人，裁以饰勒。因姿象形，匪雕匪刻。厥容应规，厥性顺德。御世嗣之骏服兮，表騄骥之仪则〔三〕。艺文类聚八四。太平御览三五八、八〇八、韵补三"瑙"字注。

【校勘记】

〔一〕按，曹丕马瑙勒赋序云："马瑙，玉属，出自西域，文理交错，有似马脑，故其方人因以名之；或以系颈，或以饰勒。余有斯勒，美而赋之，命陈琳、王粲并作。"御览八〇八引古今注曰："魏武帝以马瑙石为马勒。"

〔二〕"皁"，类聚、韵补作"阜"，今从严辑本。按，玉篇："皁，色黑也。"今作"皂"。

〔三〕"则"，御览三五八作"式"。

车渠椀赋〔一〕

侍君子之宴坐，览车渠之妙珍。挺英才于山岳，含阴阳之淑真。飞轻缥与浮白，若惊风之飘云。光清朗以内曜，泽温润而外津。体贞刚而不挠，理修达而有文。〔杂玄黄以为质〔二〕，似乾坤之未分。〕兼五德之上美，超众宝而绝伦〔三〕。艺文类聚八四。太平御览八〇八略引。援柔翰以作赋。文选二一左思咏史诗李善注。

【校勘记】

〔一〕按，曹丕车渠椀赋序云："车渠，玉属也。多纤理缛文，生于西国，其俗宝之。"粲盖受命而同有此作,陈琳亦有同题赋。御览七六〇引崔豹古今注曰:"魏帝以车渠石为酒碗。"

〔二〕"杂玄黄以为质"二句,据御览补。

〔三〕"超",类聚原作"起",今据御览改。

槐　赋〔一〕

惟中唐之奇树〔二〕,禀天然之淑姿〔三〕。超畴亩而登殖,作阶庭之华晖。形祎祎以畅条,色采采而鲜明。丰茂叶之幽蔼,履中夏而敷荣。既立本于殿省,植根柢其弘深。鸟取栖而投翼〔四〕,人望庇而披衿。艺文类聚八八。初学记二八略引。

【校勘记】

〔一〕此题类聚、初学记并作"槐树赋",惟张辑本作"槐赋",今从改。按,类聚八八引曹丕槐赋序云:"文昌殿中槐树,盛暑之时,余数游其下,美而赋之。王粲直登贤门,小阁外亦有槐树,乃就使赋焉。"粲既奉教而作,其题当与曹丕赋同。又曹丕典论论文亦称粲之槐赋,则以张辑本所题为是。曹植亦有槐赋,当同时所作。

〔二〕"中唐",初学记作"中堂"。

〔三〕"姿",初学记作"资"。

〔四〕"取",初学记作"愿"。

柳　赋〔一〕

昔我君之定武,致天届而徂征。元子从而抚军,植佳木于兹庭。历春秋以逾纪,行复出于斯乡。览兹树之丰茂〔二〕,纷旖旎以修长。枝扶疏而覃布,茎槮梢以奋扬〔三〕。人情感于旧物,心惆怅以增虑。行游目而广望,观城垒之故处〔四〕。悟元正之话言〔五〕,信思难而存惧。嘉甘棠之不伐,畏取累于此树[六]。苟远迹而退之,岂驾驰而不屡[七]!章樵注本古文苑七。韩元吉本古文苑三。艺文类聚八九。初学记二八。

【校勘记】

〔一〕古文苑章樵注曰:"魏文帝柳赋序云:'昔建安五年,上与袁绍战于官渡。时余从行,始植斯柳。自彼迄今,十五载矣。感物伤怀,乃作斯赋。'盖命粲同作。"按,陈琳、应玚、繁钦亦各有柳赋,为与丕、粲同时作否,无可确考。

〔二〕"兹",章注本古文苑原作"并",韩元吉本同,类聚、初学记并作"兹",今据改。

〔三〕"槮梢",类聚、初学记并作"森梢"。按,此二者并为双声联绵词,音近义同。

〔四〕"观",类聚、初学记并作"靓"。

〔五〕"元正",古文苑及类聚皆作"元正"。初学记作"无生",张辑本同。严辑本作"元子"。按,元子,谓曹丕。元正,则指曹操。此似作"元正"为是,其事则未详。

〔六〕"取",章注本、韩元吉本古文苑并作"敢",与初学记同。今从张、严二辑本。

〔七〕"驰",初学记作"迟"。

白鹤赋[一]

白翎禀灵龟之修寿,资仪凤之纯精。接王乔于汤谷,驾赤松于扶桑。餐灵岳之琼蕊,吸云表之露浆。艺文类聚九〇。

【校勘记】

〔一〕按,曹植有白鹤赋,盖命粲同作。

鹖　赋[一]

惟兹鹖之为鸟，信才勇而劲武。服乾刚之正气，被淳駹之质羽。愬晨风以群鸣，震声发乎外宇。厉廉风与猛节，超群类而莫与。惟膏薰之焚销，固自古之所咨。逢虞人而见获，遂囚执乎缧累。赖有司之图功，不开小而漏微。令薄躯以免害，从孔鹤于园湄。艺文类聚九〇。

【校勘记】

〔一〕按，曹植鹖赋序云："鹖之为禽猛气，其斗终无胜负，期于必死，遂赋之。"杨修答临菑侯笺有"对鹖而辞"云，即谓作此赋，粲亦受命同作。

鹦鹉赋[一]

步笼阿以踯躅，叩众目之希稠。登衡干以上干，噭哀鸣而舒忧。声嘤嘤以高厉，又憀憀而不休。听乔木之悲风，羡鸣友之相求[二]。艺文类聚九一。

【校勘记】

〔一〕按，曹植及陈琳、阮瑀、应玚皆有同题赋，盖一时唱和之作。

〔二〕"相求"，类聚原下有"日奄蔼以西迈，忽逍遥而既冥，就隅角而敛翼，倦独宿而宛颈"四句，当为莺赋文误入，张、严二辑本同误，今删去。

莺　赋[一]

览堂隅之笼鸟，独高悬而背时。虽物微而命轻，心凄怆而愍之。日掩蔼以西迈，忽逍遥而既冥。就隅角而敛翼，倦独宿而宛颈[二]。历长夜以向晨，闻仓庚之群鸣。春鸠翔于南甍，戴鵀集乎东荣[三]。既同时而异忧，实感类而伤情。艺文类聚九二。

【校勘记】

〔一〕按，曹丕莺赋序曰："堂前有笼莺，晨夜哀鸣，凄苦有怀，怜而赋之。"粲此篇盖亦受命同作。

〔二〕"倦"，类聚九二原作"眷"，据同书九一所引鹦鹉赋改。

〔三〕"鵀"，类聚原作"纴"，据严辑本改。

文

为刘表谏袁谭书

天降灾害[一]，祸难殷流。初交殊族，卒成同盟，使王室震荡，彝伦攸斁。是以智达之士，莫不痛心入骨，伤时人不能相忍也。然孤与太公志同愿等，虽楚魏绝邈，山河迥远，戮力乃心，共奖王室，使非族不干吾盟，异类不绝吾好，此孤与太公无贰之所致也。功绩未卒，太公殂陨[二]，〔四海悼心。[三]〕贤胤承统，以继洪业，〔遐迩属望。[四]〕宣奕世之德，履丕显之祚，摧严敌于邺都，扬休烈于朔土。顾定疆宇，虎视河外，凡我同盟，莫不景附，〔咸欲展布旅力[五]，以投盟主，虽亡之日，犹存之愿也。〕何悟青蝇飞于竿旌[六]，无忌游于二垒[七]，使股肱分成二体，匈膂绝为异身[八]！初闻此问，尚谓不然，定闻信来，乃知阏伯、实沈之忿已成，弃亲即雠之计已决，旃旆交于中原，暴尸累于城下。闻之哽咽，若存若亡。

昔三王五伯，下及战国，君臣相弑，父子相杀，兄弟相残，亲戚相灭,盖时有之。然或欲以成王业,或欲以定霸功,〔或欲以显宗主〔九〕,或欲以固冢嗣,〕皆所谓逆取顺守,而徼富强于一世也。未有弃亲即异,兀其根本〔一〇〕,而能〔崇业济功,〔一一〕〕全于长世者也〔一二〕。昔齐襄公报九世之雠〔一三〕,士匄卒荀偃之事,是故春秋美其义,君子称其信。夫伯游之恨于齐,未若太公之忿于曹也;宣子之臣承业,未若仁君之继统也。且君子违难不适雠国,交绝不出恶声,况忘先人之雠〔一四〕,弃亲戚之好〔一五〕,而为万世之戒,遗同盟之耻哉!蛮夷戎狄将有诮让之言,况我族类,而不痛心邪!

夫欲立竹帛于当时,全宗祀于一世,岂宜同生分谤,争校得失乎?若冀州有不弟之傲,无惭顺之节,〔既已然矣。〔一六〕〕仁君当降志辱身,以济事为务〔一七〕。事定之后,使天下平其曲直,不亦为高义邪?今仁君见憎于夫人,未若郑庄之于姜氏;昆弟之嫌,未若重华之于象敖。然庄公卒崇大隧之乐,象敖终受有鼻之封。愿捐弃百疴〔一八〕,追摄旧义〔一九〕,复为母子昆弟如初。今整勒士马,瞻望鹄立。

后汉书袁绍传,注云"书见王粲集"。魏志袁绍传注引魏氏春秋,与后汉书互有删节。

【校勘记】

〔一〕"降灾",魏志注作"笃降"。

〔二〕"太公",魏志注作"尊公",则上文"孤与太公"当同此。按,自"初交殊族"至"功绩未卒"一节,魏志注删去,下凡所删节,不再一一列举。

〔三〕"四海悼心"一句,据魏志注补。

〔四〕"遐迩属望"一句,据魏志注补。

〔五〕"咸欲展布旅力"四句,据魏志注补。

〔六〕"悟",魏志注作"寤"。又"竿旌",作"干旍"。

〔七〕"无忌",魏志注作"无极"。按,费无忌谗恶楚太子建事,见史记楚世家,左传昭公十五年作"无极"。

〔八〕“匈”,魏志注作“背”。

〔九〕“或欲以显宗主”二句,据魏志注补。

〔一〇〕“兀”,魏志注作“抏”。又“根本”作“本根”。

〔一一〕“崇业济功”四字,据魏志注补。

〔一二〕“全于长世者也”,黄山后汉书校补谓“于”字误,当作“族”字。魏志注引此句作“垂祚后世者也”。

〔一三〕“昔”,魏志注作“若”。

〔一四〕“况”,魏志注作“岂可”二字。又“先人之雠”作“先君之怨”。

〔一五〕“亲戚”,魏志注作“至亲”。

〔一六〕“既已然矣”一句,据魏志注补。

〔一七〕“济事”,魏志注作“匡国”。

〔一八〕“百疴”,魏志注作“前忿”。

〔一九〕“追摄”,魏志注作“远思”。

为刘表与袁尚书

表顿首,顿首!将军麾下:勤整六师,芟讨暴虐,戎马斯养,罄无不宜。甚善,甚善!河山阻限,狼虎当路,虽遣驿使,或至或否,□使引领,告而莫达。初闻郭公则、辛仲治通内外之言,造交遘之隙,使士民不协,奸衅并作,闻之愕然,为增忿怒〔一〕。校尉刘坚、皇河、田买等前后到荆〔二〕,得二月六日所起书,又得贤兄贵弟显雍及审别驾书〔三〕,陈叙事变本末之理。乃知变起辛、郭,祸结同生,追阏伯、实沈之踪,忘棠棣死丧之义,亲寻干戈,僵尸流血〔四〕,闻之哽咽,若存若亡〔五〕。乃追案书传,思与古比。昔轩辕有涿鹿之战,周公有商奄之军〔六〕,皆所以剪除灾害而定王业者也〔七〕,非强弱之争,喜怒之忿也。是故虽灭亲不为尤,诛兄不伤义也。

今二君初承洪业,纂继前轨,进有国家倾危之虑,退有先公遗恨之负，当惟曹是务[八]，不争雄雌之势，惟国是康，不计曲直之利。虽蒙尘垢罪，贱为隶圉，析入污泥，犹当降志辱身，方以定事为计。何者？夫金木水火，以刚柔相济，然后克得其和，能为民用。若使金与金相迕，火与火相烂，则燋然摧折，俱不得其所也。今青州天性峭急，迷于目前[九]，曲直是非，昭然可见。仁君智数弘大[一〇]，绰有余裕[一一]，当以大包小，以优容劣，归是于此，乃道教之和，义士之行也。纵不能尔，有难忍之忿，且当先除曹操，以卒先公〔之〕恨[一二]，事定之后，乃议兄弟之怨，使记注之士，定曲直之评，不亦上策邪[一三]？

且初天下起兵，以尊门为主，是以众寡喁喁，莫不乐袁氏之大也。今虽分裂，有存有亡，向然景附，未有革心。若仁君兄弟，能悔前之缪，克己复礼[一四]，以从所欢，则弱者自以为强，危者自以为宁；诚欲勠力长驱[一五]，共奖王室，虽亡之日，犹存之愿，则伊、周不足参，五霸不足六也。若使迷而不返，遂而不改[一六]，则戎狄蛮夷将有诮让之言[一七]，况我同盟，复能勠力为君之役哉[一八]？则是太公坟垅，将有污池之祸，夫人弱小，将有灭族之变。彼之与此，岂可同日而论之哉？且行违道以自存，犹尚不可，况失义以自亡，而遗敌之禽哉？此韩卢、东郭自困于前，而遗田父之获也[一九]。昔齐公孙灶卒，晏子知子期之不免也，故曰“二惠竞爽犹可，又弱一个，姜氏危哉！”表与刘左将军及北海孙公佑共说此事，未尝不痛心入骨，相为悲伤也。

今整勒士马，愤踊鹤立[二〇]，冀闻和同之声，约一举之期，故复遣信，并与青州书。若其泰也，则袁族其与汉升降乎？若其否也，则同盟永无望矣！临书怆恨，不知所言。刘表顿首！古文苑一〇，韩元吉本无。后汉书袁绍传注引魏氏春秋，注云“书见王粲集”。魏志袁绍传注引魏氏春秋。二注并有删节。

【校勘记】

〔一〕“忿怒”，古文苑误作“忿定”，今从张、严二辑本改。

〔二〕“到荆”，古文苑误作“到到”，今从张、严二辑本改。

〔三〕“贤兄贵弟显雍”，张、严二辑本同。按，后汉书袁绍传云：“绍有三子：谭字显思，熙字显雍，尚字显甫。”魏志袁绍传裴注同，惟云熙字显奕，与后汉书异。裴注又引吴书曰：“尚有弟名买。”章樵古文苑注此句云：“贤兄，指谭。”是也。章氏又谓后汉书“熙字显雍，乃尚兄”，与此“贵弟”不合，故据魏志所载，疑“显雍”为买之字。（王先谦后汉书集解引惠栋说同。）然若依章氏此说，则谭及买各有一书与刘表。然则其“贤兄”下理必有“显思”二字，始与“贵弟显雍”相配成文。而今原文无此二字，章氏强为之说可知也。其实，“贤兄贵弟显雍”当作“贤兄之贵弟显雍”读，即指谭弟熙字显雍者，与后汉书正相合，而魏志裴注“熙字显奕”误也。

〔四〕“尸”，古文苑原作“屍”，今据后汉书、魏志二注改。

〔五〕“若存”，魏志注作“虽存”。“亡”，古文苑误作“忘”，今据后汉书、魏志二注改。

〔六〕“周公”，魏志注作“周武”。“军”，后汉书、魏志二注并作“师”。

〔七〕“灾”，后汉书、魏志二注并作“秽”。

〔八〕“惟曹是务”，“曹”下古文苑原有“氏”字，张、严二辑本同。王先谦后汉书集解引惠栋说，谓：“曹，众也。王粲集云‘惟曹氏是务’，此后人妄加。”后汉书注正无“氏”字，今据删。魏志注作“惟义是务”。

〔九〕“目前”，后汉书、魏志二注并作“曲直”。

〔一〇〕“智数弘大”，后汉书、魏志二注并作“度数弘广”。

〔一一〕“绰有馀裕”，后汉书、魏志二注并作“绰然有馀”。

〔一二〕“卒”，后汉书注作“平”。“公”下古文苑原无“之”字，今据后汉书、魏志二注补。

〔一三〕“上策邪”，后汉书、魏志注并作“善乎”二字。

〔一四〕“克己复礼”，后汉书、魏志二注句上并有“留神远图”四字。

〔一五〕“勠力”，后汉书注作“振旅”，魏志注作“振旆”。

〔一六〕“遂”，后汉书注作“遵”，魏志注作“违”。

〔一七〕“戎狄蛮夷”，后汉书、魏志二注并作“胡夷”二字。

〔一八〕“为”，后汉书注作“仁”。

〔一九〕“获”，后汉书、魏志注字下并有“者”字。

〔二〇〕“踊”，后汉书注作“跃”。“立”，后汉书、魏志二注并作“望”。

为荀彧与孙权檄

故使周曜、管容、李恕、张涉、陈光勋之徒〔一〕，将帅战士，就渤海七八百里，阴习舟楫〔二〕。四年之内，无日休解。今皆击棹若飞，回柂若环〔三〕。北堂书钞一三七、一三八。

【校勘记】

〔一〕“故使”至“之徒”十五字，陈本书钞作“昨令”二字，张辑本同。

〔二〕“阴”，陈本书钞作“演”，张辑本同。

〔三〕“回”，书钞一三八作“迴”。

七释八首〔一〕

潜虚丈人，违世遁俗〔二〕。恬淡清玄，浑沌淳朴。薄礼愚学，无为无欲。均同死生，混齐荣辱。不拔毛以利物，不拯溺以濡足。濯身乎沧浪，振衣乎嵩岳〔三〕。于是文籍大夫闻而叹曰：“于呼！圣人居上，国无室士。人之不训，在列之耻。我其释诸，弗革乃已。”遂造丈人而谒之，曰：“盖闻君子不以志易道，不以身后时。进德修业，与世同期〔四〕。一物有蔽，大人耻之。今子深藏其身，高栖其志。

外无所营，内无所事。有目而不视，有心而不思。颙若穷川之鱼，梢若槁木之枝。鄙夫惑焉，请为子言大伦，叙时务，宣导情性，启授达趣。虽谬雅旨，殆其有助。抑可陈乎？”丈人曰：“可哉！”

大夫曰：“道在养志，志在实气。将定其气，莫先五味。冻缥玄酎，醴白齐清。肴以多品，羞以珍名。鯆鳙鲐魮〔五〕，桂蠹石鳆〔六〕。鳖寒鲍热，异和殊馨。紫梨黄甘，夏柰冬橘。枇杷都柘，龙眼荼实。河隈之鯠，泗滨卢鳜。名工砥锷，因皮却切。纤而不茹，纷若红綷。乃有西旅游梁，御宿青粲〔七〕。瓜州红䴵〔八〕，参糅相半。柔滑膏润〔九〕，入口流散。鼋羹蠵臛，晨凫宿鹨。五黄捣珍，肠腼肺烂。旄象叶解，胎豹脔断。霜熊之掌，葺麇之腱〔一〇〕。齐以甘酸，随时代献。芬芳滋液，方丈兼案。此五味之极也，子其飨诸？”丈人曰：“否。膏粱虽旨，厚味腊毒。子之所甘，于我为戚。”

大夫曰：“名都之会，土势敞丽。乃营显宇，极兹弘侈。重殿崛起，叠构复施。栾栭错峙，飞抑四刺。结栋舒宇，翼若鸟企。云枌虹带，华桷镂楹。绮寮赪干，芙蓉披英。文轩雕楯，承以拘棂。云幄垂羽，山根紫茎。高门洞开，闱闼四通。阴阳殊制，温凉异容。班输之徒，致巧展功。土画黼绣〔一一〕，木刻虬龙。幽房广室，密牖疏窗。闾术相关，闺巷错重。窈窕迁化，莫识所从。尔乃层台特起，隆崇嵯峨。戴甗反宇，参差相加。属延阁以承梠，表曲观于四阿，径园囿而外折，临寒泉之激波。清沼淡淡，列植菱荷。芳卉奇草，垂叶布柯。竹木丛生，珍果骈罗。青葱幽蔼，含实吐华。孕鳞群跃，众鸟喧讹。熙春风而广望，恣心目之所嘉。此宫室之美也，子其宅诸？”丈人曰：“否。水土交胜，是谓殃神。子之所安，我则未闻。”

大夫曰：“邯郸才女，三齐巧士，名倡秘舞，承闲并理。七槃陈于广庭，畴人俨其齐俟。坐二八于后行，盛容饰而递起。揄皓袖以振策，竦并足而轩跱。邪睨鼓下，抗音赴节。清歌流响，依违绕结。安翘足以徐击，驱顿身而倾折。扬蛾眉而顾指[一二]，仪闲暇以超绝。飙骇机发，杂沓遄促。投身放迹，邀声受曲。便娟婉娩，纷纶连属。忽捐桴而挥袂，聊徘徊以容与。坐列杂其俱兴，遂骈进而连武。转腾浮蹀，逐激和柎。足不空顿，手不徒举。仆似崩崖，起若飞羽。翩飘徽霍，乱精荡神。巴渝代起，鞞铎响振。羽旄奋麾，奕奕纷纷。于是白日西移，转即闲堂。号钟絙瑟，列乎洞房。管箫繁会，杂以笙簧。夔、牙之师，呈能极方。奏白雪之高均，弄幽徵与反商。声流畅以清哇，时忼慨而激扬。虞公含咏，陈惠清微[一三]。新声变词，惨凄增悲。听者动容，梁尘为飞。此音乐之至也，子其听诸？"丈人曰："否。淫声慆心，心放生害。我之所畏，惟此为大。"

大夫曰："农功既登，玄阴戒寒。鸟兽鸠萃，川滨涸干。乃致众庶，大猎中原。植旌树表[一四]，班校行曲[一五]。结网连罝[一六]，弥山跨谷。轻车布于平陆，选骑陈于林足。散蒸徒以成围，漫云兴而相属。鼓鸣旗动，雷发飙逝。流锋四射，罼罕横厉。奋干殳而捎击，放鹰犬以搏噬。羽毛群骇，丧魂失势。飞遇矰矢，走逢遮例。中创被痛，金夷木䂯。俛仰翕响，所获无艺。于是刚禽狡兽，惊斥跋扈，突围负阻，莫能婴御。乃使晋冯、鲁卞，注其赑怒。徒搏熊豹，袒暴兕武。顿犀掎象，破脰裂股。当足遇手，摧为四五。若夫轻材高足，光飞电去。踵奔逸之散迹，荷良弓而长驱。凌原隰以升降，捷蹊径而邀遇。弦不虚控，矢不徒注。僵禽连积，陨鸟若雨。纷纷藉藉，蔽野被原。含血之虫，莫不毕殚。罢围陈飨，旋旆回辕。从容四郊，栖迟圃园。娱游往来，唯意所安。此游猎之娱也，子其从诸？"丈人曰："否。是于道忌，实曰心狂。闻子屡诲，弥失所望。"

大夫曰："丽材美色，希世特生[一七]。都冶闲靡，窈窕娥姪。丰肤曼肌，弱骨纤形。鬒发玄鬒，修项秀颈。红颜熙曜，晔若苕荣。

西施之畴，莫之与呈。盛容象而致饰，昭令质之艳姿。戴明月之羽雀，杂华镊之葳蕤。珥照夜之双当，焕熘爚以垂晖。袭藻绣之缛彩，振纤縠之袿徽。纷绸缪而杂错，忽猗靡以依徽。于是释服堕容，微施的黛。承闲嬿御，携手同戴。和心善性，柔颜婥态。便妍姆媚，不可忍耐。一顾连精，倾城莫悔。此美色之选也，子其悦诸？”于是丈人心疾意忘，气怒外凌，艴然作色，谧尔弗应。

大夫曰："观海然后知江河之浅，登岳然后见丘陵之狭。君子志乎其大，小人玩乎所狎。昔在神圣，继天垂业，指象画卦，陈畴叙法。经纬庶典，作谟来叶。天人之事，靡不备浃。乃有应期睿达之师，开方敏学之友。朋徒自远，童冠八九。观礼杞宋，讲诲曲阜。浴乎沂洙之上，风乎舞雩之右。栖迟诵咏，同车携手。论载籍，叙彝伦，度八索，考三坟，升堂入室，温故知新。上不为悠悠苟进，下不与鸟兽同群。近不逼俗，远不违亲。从容中和，与时屈申。焕然顺叙，粲乎有文。子曾此之弗欲，而犹遂彼所遵，不以过乎？”于是丈人变容，降色而应曰："夫言有殊而感心，行有乖而悟事。大夫斯诲，实诱我志。道若存亡，请获容思。"

大夫曰："大人在位〔一八〕，时迈其德。先天弗违，稽若古则。睿哲文明，允恭玄塞。旁施业业，勤厘万机。阐幽扬陋，博采畴咨。登俊乂于垄亩，举贤才于仄微，置彼周行，列于邦畿。九德咸事，百寮师师。乃建雍宫，立明堂，考宪度，修旧章。缀故训之纪〔一九〕，综六艺之纲。下理九土，上步三光。制礼作乐，班叙等分。明恤庶狱，详刑淑问。百揆无废，五品克顺。形中情于俎豆，宣德教于四邦。布休风以偃物，驰淳化而玄通。于是四海之内，咸变时雍。仁泽洽于心，义气荡其匈。父慈子孝，长惠幼恭。推畔让路，重信贵公。五辟偃措，囹圄阒空。普天率土，比屋可封。声暨海外，和充天宇。越裳重译而来献，肃慎纳贡于王府。日月重光，五征时叙。

嘉生繁殖，祥瑞蔽野。是以栖林隐谷之夫，逸迹放言之士，鉴乎有道，贫贱是耻，踊跃泉田之间，莫不载贽而兴起。”于是丈人蹴然动颜，乃叹而称曰：“美哉言乎！吾闻辞不必繁，以义为贵；道苟不同，听言则醉。子之前论，多违德类。槃游耽色，美室侈味。薰心惱耳，俾我戚悴。既获改诲，踰以学林。师友玄穆，我固有心。况乃圣人之至化，大道之上功！嘉言闻耳，廓若发蒙。老夫虽蔽，庶能斯通。敬抱衣冠，以及后踪。”文馆词林四一四。编珠二。北堂书钞一〇、九六、一〇六、一一二、一四二、一四四、一四八。艺文类聚五七。初学记二六。文选二一左思咏史诗，又一七陆机文赋、傅毅舞赋李善注。太平御览三五三、二六八、八五〇。韵补三“时”字注。

【校勘记】

〔一〕曹植七启序曰：“昔枚乘作七发，傅毅作七激，张衡作七辩，崔骃作七依，辞各美丽，余有慕之焉，遂作七启，并命王粲作焉。”按，文馆词林载此序，“王粲”下有“等并”二字，则并作者除王粲，盖尚有杨修等人。傅玄七谟序云：“自大魏英贤迭作，有陈王七启、王氏七释、杨氏（修）七训、刘氏（邵）七华、从父侍中（傅巽）七诲，并陵前而邈后，扬清风于儒林，亦数篇焉。”又云：“七释之精密闲理，亦近代之所希也。”

〔二〕“世”，文馆词林原作“时”，当唐许敬宗避太宗讳改。类聚作“世”，今回改。

〔三〕“嵩岳”，文选咏史诗注作“高岳”。

〔四〕“世”，原避唐讳改作“俗”，今据类聚、韵补注回改。又“期”，类聚、韵补注作“理”。

〔五〕“鯆鱐鲐魮”，孔本书钞一四二作“脯鲔桂蠹”。

〔六〕“桂蠹石鰒”，孔本书钞一四二作“石夔琼晶”，陈本书钞作“玉屑琼晶”。按，“鰒”疑作“鱕”。古文苑四扬雄蜀都赋“石鱕水螭”

章注:“石鳍,犹石燕石蟹之类。”

〔七〕“青”,初学记、御览八五〇并在“素”。

〔八〕“麴”,初学记、御览八五〇并作“麴”,疑是。

〔九〕“柔”,书钞一四四作“软”,御览八五〇同。

〔一〇〕“茸麋”,书钞一四二作“文鹿”。又“腱”作“茸”,失韵,非。

〔一一〕“黼绣”,编珠作“黼黻”。

〔一二〕“顾指”,御览三六八作“颐指”。近是。

〔一三〕“陈惠清微”,书钞一〇六作“陈情征听”,非。按,汉书史丹传:“若乃器人于丝竹鼓鼙之间,则是陈惠、李微。”颜师古注引如淳曰:“器人,取人器能也。陈惠、李微,是时好音者也。”又引服虔曰:“二人皆黄门鼓吹也。”疑“清微”乃化用李微之名。

〔一四〕“树”,类聚作“拊”。

〔一五〕“校”,类聚作“授”。

〔一六〕“结”,类聚作“缸”。

〔一七〕“世”,原避唐讳改作“出”,今据类聚回改。“生”,类聚作“立”,失韵,非。

〔一八〕“大人”,类聚作“圣人”。

〔一九〕“故训”,书钞九六作“诂训”。

显庙颂〔一〕

思皇烈祖〔二〕,时迈其德。肇启洪源,贻宴我则。我休厥成,聿先厥道。丕显丕钦〔三〕,允时祖考。

于穆清庙,翼严休征〔四〕。祁祁髦士,厥德允升。怀想成位,咸奔在宫。无思不若,永观厥崇〔五〕。

绥庶邦,和四宇。九功备,彝乐序。建崇牙,设璧羽。六拊奏〔六〕,八音举。昭大孝,衎妣祖。念武功,收醇祜。初学记一三。章樵注本古文苑一二。韩元吉本六。

【校勘记】

〔一〕"显庙",初学记原作"太庙"。古文苑同之,章樵注曰:"粲集作'显庙'。"按,建安十八年,曹操为魏公,加九锡,始建社稷宗庙,令粲作此颂以享其先祖。是时未敢僭称,故止曰"显庙"。今题"太庙"者,盖唐人避中宗讳改。今据宋人所见粲集回改,以存粲旧。

〔二〕"思皇烈祖",排印本初学记原重一句,严、陆校宋本不重,章注本、韩元吉本古文苑同,今从删。

〔三〕"丕显",初学记原作"丕明",韩元吉本古文苑同,章注本古文苑作"显",今据改。按周书:"丕显哉,文王谟。"语本此。盖唐人避中宗讳改"显"为"明"。

〔四〕"翼严",章注本、韩元吉本古文苑并作"翼翼"。

〔五〕"永",章注本、韩元吉本古文苑并作"允"。按,此首古文苑列于"绥庶邦"首之后。

〔六〕"六掛",章注本、韩元吉本古文苑作"六佾"。疑非。

灵寿杖颂

兹杖灵木,以介眉寿。奇干贞正,不待矫镂。据贞斯直,杖之爰茂。艺文类聚六九。

正考父赞

恂恂正父,应德孔盛。身为国卿,族则公姓。年在耆耋〔一〕,三叶闻政。谁能不怠?申慈约敬。饘粥予口,伛偻受命。名书金鼎,祚及后圣。初学记一七。章樵注本古文苑一三。韩元吉本六。

【校勘记】

〔一〕"在",初学记原作"则"。章注本、韩元吉本古文苑并作"在",今从之。

反金人赞

君子亮直,行不柔辟。友贱不耻,诲焉是益。我能发踪,彼用远迹。一言之赐,过乎玙璧。末世不敦〔一〕,义与兹易。面言匪忠〔二〕,退有其谪。艺文类聚一九。韵补五"讁"字注引末四句。

【校勘记】

〔一〕"敦",韵补注作"取"。

〔二〕"面",类聚原作"而",韵补注作"面",今从改。按,此二句从书益稷"女毋面从,退有后言"化出。

难锺荀太平论

圣莫盛于尧,而洪水方割,丹朱淫虐,四族凶佞矣。帝舜因之,而三苗畔戾矣。禹又因〔之〕〔一〕,而防风为戮矣。此三圣,古之所大称也,继踵相承;且二百年,而刑罚未尝一世而乏也。然则此三圣能平,三圣不能平〔二〕,则何世能致之乎?孔子称曰:"唯上智与下愚不移。"不移者,丹朱、四凶、三苗之谓也。当纣之世,殷罔小大,好草窃奸宄。周公迁殷顽民于洛邑,其下愚之人,必有之矣。周公之于三圣,不能踰也。三圣有所不化矣,有所不移矣,周公之不能化殷之顽民,所可知也。苟不可移,必或犯罪;罪而弗刑,是失所也;犯而刑之,刑不可错矣。孟轲有言:"尽信书,不如无书。"有大而言之者,刑错之属也。岂亿兆之民,历数十年,而无一人犯罪、一物失所哉?谓之无者,尽信书之谓也。艺文类聚一一。

【校勘记】

〔一〕“因之”，类聚原脱“之”字，据文意补。

〔二〕“三圣不能平”，“圣”下类聚原无“不”字，畏友叶爱国云“不”字错入下文“殷罔不小大”句“罔”下。今据移正。此及上句二“平”字，张辑本并作“乎”。

爵　论

依律，有夺爵之法。此谓古者爵行之时，民赐爵则喜，夺爵则惧，故可以夺赐而法也。今爵事废矣，民不知爵者何也。夺之民亦不惧，赐之民亦不喜，是空设文书而无用也。今诚循爵，则上下不失实，而功劳者劝，得古之道，合汉之法。以货财为赏者，不可供；以复除为赏者，租税损减；以爵为赏者，民劝而费省〔一〕，故古人重爵也。艺文类聚五一。

爵自一级，转登十级而为列侯，譬犹秩自百石，转迁而至于公也。而近世赏人，皆不由等级，从无爵封为列侯〔二〕，原其所以，爵废故也。司马法曰：“赏不踰时，欲民速观为善之利也。”近世爵废，人有小功无以赏也，乃积累焉，须事足乃封侯〔三〕，非所以速为而及时也。上观古昔〔四〕，高祖功臣，及白起、卫鞅，皆稍赐爵为五大夫、客卿、庶长以至于侯，非一顿而封也。夫稍稍赐爵，与功大小相称而俱登，既得其义，且侯次有绪，使慕进者逐之不倦矣。太平御览一九八。北堂书钞四六。

【校勘记】

〔一〕“费”，类聚原下有“者”字，今从张、严二辑本删。

〔二〕“封为”，御览原“为”作“无”，今从书钞改。

〔三〕“须”，御览原作“颁”，今从严辑本改。

〔四〕“昔”，影宋本御览作“比”，今从鲍刻本御览。

儒吏论

士同风于朝，农同业于野，虽官职务殊，地气异宜，然其致功成利，未有相害而不通者也。〔古者八岁入小学[一]，学六甲五方书计之事；十五入大学，学君臣朝廷王事之纪[二]。然则文法典艺，具存于此矣[三]。〕至乎末世则不然矣，执法之吏，不窥先王之典，搢绅之儒，不通律令之要。彼刀笔之吏，岂生而察刻哉？起于几案之下，长于官曹之间，无温裕文雅以自润，虽欲无察刻，弗能得矣。竹帛之儒，岂生而迂缓也？起于讲堂之上，游于乡校之中，无严猛断割以自裁，虽欲不迂缓，弗能得矣。先王见其如此也，是以博陈其教，辅和民性，达其所壅，祛其所蔽，吏服训雅，儒通文法，故能宽猛相济，刚柔自克也。艺文类聚五二。北堂书钞八三。太平御览六一三。

【校勘记】

〔一〕“古者八岁入小学”六句，据御览补。

〔二〕“王事”，书钞作“三事”。按当作“王事”。汉书食货志上：“十五入大学，学先圣礼乐，而知朝廷君臣之礼。”汉纪引“先圣”作“先王”。则此“王事”，即先王礼乐之事。

〔三〕“具”，影宋本御览作“其”，今从鲍刻本御览。

三辅论

湘潜先生、江滨逸老将集论，云梦玄公豫焉。先生称曰：“盖闻戎不可动，兵不可扬。今刘牧建德垂芳，名烈既彰矣。曷乃称兵举众，残我生灵[一]？”逸老曰：“是何言与？天生五材，金作明威。长沙不轨，敢作乱违。我牧睹其然，乃赫尔发愤，且上征下战，去暴举顺。州牧之兵，建拂天之旌，鸣振地之鼓，玄胄曜日，犀甲如堵。以此众战，孰能婴御！刘牧之懿，子又未闻乎？履道怀智，休迹显光，洒扫群虏，艾拨秽荒。走袁术于西境，馘射贡乎武当，遏孙坚于汉南，追杨定于析商。”艺文类聚五九。

【校勘记】

〔一〕“生”，类聚原作“涉”，严辑本作“波”。今从张辑本。

安身论〔一〕

盖崇德莫盛乎安身〔二〕，安身莫大乎存政〔三〕；存政莫重乎无私，无私莫深乎寡欲。是以君子安其身而后动，易其心而后语，定其交而后〔求，笃其志而后〕行〔四〕。然则，动者吉凶之端也，语者荣辱之主也，求者利病之几也，行者安危之决也。故君子不妄动也，必适于道〔五〕；不徒语也，必经于理〔六〕；不苟求也，必造于义〔七〕；不虚行也，必由于正〔八〕。夫然，用能免或系之凶〔九〕，享自天之祐〔一〇〕。故身不安则殆，言不顺则悖，交不审则惑，行不笃则危。四者存乎中，则患忧接乎外矣。忧患之接，必生于自私，而兴于有欲。自私者不能成其私，有欲者不能济其欲，理之至也〔一一〕。艺文类聚二三。晋书潘尼传。

【校勘记】

〔一〕困学纪闻一七引类聚此王粲安身论文，翁元圻注云：“晋书潘尼传载尼著安身论，与此文同，类聚王粲著，未知孰是。”

〔二〕“盛”，晋书作“大”。

〔三〕“大”，晋书作“尚”。又“政”作“正”。下句“政”字同。

〔四〕“求笃其志而后”，类聚原脱此六字，今据晋书补。

〔五〕"必",晋书上有"动"字。

〔六〕"必",晋书上有"语"字。

〔七〕"必",晋书上有"求"字。

〔八〕"必",晋书上有"行"字。

〔九〕"系",类聚原作"击",据晋书改。

〔一〇〕"享",类聚原作"厚",据晋书改。

〔一一〕按,类聚所引至于此,其下晋书尚有近千言,以作者归属未定,不复移录。

务本论

古者之理国也,以本为务;八政之于民也,以食为首。是以黎民时雍,降福孔皆也〔一〕。故仰伺星辰以审其时〔二〕,俯耕籍田以率其力,封祀农稷以神其事,祈谷报年以宠其功。设农师以监之,置田畯以董之,黍稷茂则喜而受赏,田不垦则怒而加罚。都不得有伏民〔三〕,室不得有悬耜〔四〕。野积踰冬,夺者无罪;场功过限,窃者不刑;所以竞之于闭藏也。先王籍田以力,任力以夫,议其老幼,度其远近,种有常时,耘有常节,收有常期,此赏罚之本。种不当时、耘不及节、收不应期者,必加其罚;苗实踰等,必加其赏也。农益地辟,则吏受大赏也;农损地狭〔五〕,则吏受重罚。夫火之焚人也〔六〕,甚于怠农;慎火之力也,轻于耘耔〔七〕。通邑大都,有严令则火稀,无严令则烧者数,非赏罚不能齐也〔八〕。艺文类聚六五。

末世之吏,负青幡而令春〔九〕,有劝农之名,无赏罚之实。北堂书钞一二〇、七七、一五四。

吏不徇功,民不私力。北堂书钞二七。

【校勘记】

〔一〕“皆”，张辑本作“嘉”，非。按“降福孔皆”，为诗周颂丰年成句。

〔二〕“伺”，类聚原作“司”，今从张辑本改。

〔三〕“伏民”，张、严二辑本并作“游民”。

〔四〕“耜”，类聚原作“柜”，张、严二辑本并作“耜”，今从改。

〔五〕“狭”，类聚原作“挟”，严辑本作“辟”，今从张辑本改。

〔六〕“夫”，类聚原作“天”，今从张、严二辑本改。“焚”，严辑本作“灾”。

〔七〕“耘耜”，类聚原作“耜耘”，今从张辑本改。

〔八〕“齐”，严辑本作“济”。按，齐读作济。

〔九〕“令春”，陈本书钞一二〇作“布春令”三字。

荆州文学记官志〔一〕

有汉荆州牧刘君，〔稽古若时〔二〕，将绍厥绩，乃〕称曰：于先王之为世也，则象天地，轨仪宪极，设教导化，叙经志业，用建雍泮焉，立师保焉。作为礼乐，以节其性，表陈载籍，以持其德〔三〕。上知所以临下，下知所以事上，官不失守，民听无悖〔四〕，然后太阶平焉。〔故曰物生而蒙〔五〕，事屯而养。天造草昧，屯而养之。利有攸适，犹金之销炉，水之从器也。是以圣人实之于文，铸之于学。〕夫文学也者，人伦之首〔六〕，大教之本也。乃命五业从事宋忠新作文学〔七〕，延朋徒焉，宣德音以赞之，降嘉礼以劝之，五载之间，道化大行。耆德故老綦毋闿等〔八〕，负书荷器，自远而至者，三百有馀人。于是童幼猛进，武人革面，总角佩觿，委介免胄，比肩继踵，川逝泉涌，亹亹如也，兢兢如也。遂训六经，讲礼物，谐八音，协律吕，修纪历，理刑法，六略咸秩，百氏备矣。

天降纯嘏，有所底授。臻于我君，受命既茂。南牧是建，荆衡作守。时迈淳德，宜其丕繇。厥繇伊何？四国交阻。乃赫斯威，爰整其旅。虔夷不若，屡戡寇侮。诞启洪轨，敦崇圣绪。典坟既章，礼乐咸举。济济搢绅，盛兹阶宇。祁祁髦俊，亦集爰处。和化普畅，休征时叙。品物宣育，百谷繁芜。勋格皇穹，声被四宇。艺文类聚三八。太平御览六〇七。

【校勘记】

〔一〕此题御览作"荆州文学官志"。

〔二〕"稽古"至"乃"九字，据御览补。

〔三〕"持"，类聚原作"特"，今据御览改。"德"，严辑本作"志"。

〔四〕"听"，类聚原作"德"，今据御览改。

〔五〕"故曰物生而蒙"九句，据鲍刻本御览补。

〔六〕"首"，御览与类聚引同，张、严二辑本作"守"，近是。

〔七〕"五业从事"，或作"五等从事"，见唐陆德明经典释文叙录，未知孰正。又"宋忠"，类聚误作"宋哀"，张、严二辑本作"宋衷"。按，魏志刘表传注引英雄记及后汉书刘表传皆记有此事，其人名宋忠。盖后人避隋文帝父讳，改为"衷"，唐初人陆德明犹如此也。今改回，以存粲旧。又"新"，严辑本作"所"。

〔八〕"綦毋闿"，类聚原作"綦毋阖"。按，后汉书刘表传"阖"作"闿"，魏志刘表传注引英雄记同，今据改。

仿连珠〔一〕

臣闻明主之举也〔二〕，不待近习；圣君用人，不拘毁誉。故吕尚一见而为师，陈平乌集而为辅。

臣闻记功志过〔三〕，君臣之道也；不念旧恶，贤人之业也。是以齐用管仲而霸功立，秦任孟明而晋耻雪。

臣闻振鹭虽材，非六翮无以翔四海；帝王虽贤，非良臣无以济天下。

臣闻观于明镜，则疵瑕不滞于躯〔四〕；听于直言，则过行不累乎身。艺文类聚五七。北堂书钞一三六、一〇二。

【校勘记】

〔一〕此题陈本书钞作"演连珠"，孔本书钞作"效连珠"，孔氏校注云："'效'当是'仿'之讹。"按，曹丕作有连珠盖粲仿之而有是作。

〔二〕"之举也"，陈本书钞一〇二作"举士"二字，张辑本同，疑是。

〔三〕"志"，张辑本作"忘"，疑是。

〔四〕"躯"，书钞一三六作"体"。

蕤宾钟铭〔一〕

蕤宾钟，建安二十一年九月十七日作，重二千八百钧十有二斤〔二〕。北堂书钞一〇八。

有魏匡国，诞成天功。底绥六合，纂定庶邦。烝民靡戾〔三〕，休征惟同。皇命孔昭，造兹衡钟。纪之以三，平之以六。度量允嘉，气齐允淑。表声韶和，民听以睦。时作蕤宾，永享遐福。古文苑一三章樵注引。

【校勘记】

〔一〕章樵注云："粲集二铭，一曰蕤宾钟铭，一曰无射钟铭。"又引左思魏都赋刘逵注称："岁月并铭各铸于钟之甬。"

〔二〕"八百"，书钞原作"百八"，其标目则作"八百"，陈本书钞同。今据改。

〔三〕"烝"，古文苑章注原作"承"，今从张辑本改。

无射钟铭

无射钟，建安二十一年九月十七日作，重三千五十钧有八斤。北堂书钞一〇八。

有魏匡国，成功允章。格于上下，光于四方。休征时序，民悦时康[一]。造兹衡钟，有命自皇。三以纪之，六以平之。厥量孔嘉，厥齐孔时。音声和协，民德同熙。听之无射，用以启期。章樵注本古文苑一三。初学记一六“无射”误“蕤宾”，韩元吉本古文苑六误“延宾”。

【校勘记】

〔一〕“民”，古文苑作“人”。章樵注云：“粲集‘人’字并作‘民’，可见此编唐人手抄避太宗讳。”今据章注所言回改。下文“民德同熙”句之“民”，与此同。

钟簴铭

惟魏四年[一]，岁在丙申，龙次大火，五月丙寅作蕤宾钟，又作无射钟。文选六左思魏都赋张载注“文昌殿前有钟簴，其铭曰”云云。

【校勘记】

〔一〕按，魏四年，即建安二十一年丙申。其年五月丙寅，当二十八日，则月日与二钟铭所言不在同时。张载未明言此铭作者为谁，张溥以为是王粲，入于王侍中集中，今从之。

砚　铭[一]

昔在皇颉，爰初书契，以代结绳。民察官理，庶绩诞兴。在世季末，华藻流淫。文不写行[二]，书不尽心。淳朴浇散，俗以崩沉。

墨运翰染〔三〕，荣辱是若〔四〕。念兹在兹，惟玄是宅〔五〕。艺文类聚五八。初学记二一。事类赋一五注。

【校勘记】

〔一〕挚虞文章流别论曰："后世以来，器铭之佳者，有王莽鼎铭、崔瑗机铭、朱公叔鼎铭、王粲砚铭，咸以表显功德。"

〔二〕"写"，初学记作"为"。

〔三〕"翰染"，类聚原作"翰藻"，今从初学记。

〔四〕"若"，事类赋注作"惩"。

〔五〕"玄"，初学记作"正"。

刀　铭 并序

侍中、关内侯臣粲言：奉命作刀铭，及示以其叙。叙报〔一〕，诚必朝氏之刀，而张常为工矣。辄思作铭，谨奉陋不足览。

相时阴阳，制兹利兵。和诸色剂，考诸浊清。灌辟以数〔二〕，质象有呈〔三〕。附反载颖，舒中错形。陆剸犀兕，水截鲵鲸。君子服之，式章威灵。无曰不虞，戒不在明。章樵注本古文苑一三。艺文类聚六〇。文选三五张载七命李善注。初学记二二。太平御览三四六。

【校勘记】

〔一〕"叙报"，原"叙"作"二"。按，报，告白也。"二"字疑是上"叙"之重文号，则此当作"叙报"，章注云："叙报，叙述作刀之始属朝氏，作刀之工为张常。盖叙不明言其人，按其文知之。"是也。今据改。上"叙"字当句绝。

〔二〕"辟"，章注本古文苑作"襞"，据文选七命注改。

〔三〕"有"，文选七命注作"以"。

吊夷齐文

岁旻秋之仲月，从王师以南征。济河津而长驱，踰芒阜之峥嵘。览首阳于东隅，见孤竹之遗灵。心于悒而感怀，意惆怅而不平。望坛宇而遥吊，抑悲古之幽情。知养老之可归，忘除暴之为仁〔一〕。絜己躬以骋志，愆圣哲之大伦。忘旧恶而希古，退采薇以穷居。守圣人之清概，要既死而不渝。厉清风于贪士，立果志于懦夫。到于今而见称，为作者之表符。虽不同于大道，合尼父之所誉〔二〕。艺文类聚三七。

【校勘记】

〔一〕“仁”，类聚原作“世”，与上下韵不协，从张辑本改。严辑本作“念”，亦非。

〔二〕“合”，类聚误作“今”，从张、严二辑本改。按，全晋文一〇二陆云与兄平原书论王粲吊夷齐文，谓“文中有‘于是’、‘尔乃’，于转句诚佳，然得不用之益快，有故不如无”云。今类聚所载此文，无“于是”、“尔乃”等词，是引录时多有删略。

阮元瑜诔〔一〕

既登宰朝，充我秘府。允司文章，爰及军旅。庶绩维殷，简书如雨。强力成敏〔二〕，事至则举。北堂书钞一〇三。

【校勘记】

〔一〕书钞引题原作“王傑集阮瑜诔”，当系“王粲集阮元瑜诔”之误。今改正。

〔二〕“成敏”，陈本书钞作“敏成”。

尚书问〔一〕

（王粲称）伊、洛已东，淮、汉之北，（康成）一人而已，莫不宗焉。咸云先儒多阙，郑氏道备。粲窃嗟怪，因求其学，得尚书注。退而思之，以尽其意。意皆尽矣，所疑之者，犹未喻焉。旧唐书元行冲传载释疑引。

【校勘记】

〔一〕按，王应麟困学纪闻，谓此即是颜氏家训所云"王粲集中难郑玄尚书事"。姚振宗后汉艺文志著录王粲尚书问二卷，云："元行冲言，此二卷尝编入本集，其后郑氏弟子田琼、韩益有释问四卷，见隋、唐志，即为此书而作。"

失题文

胡越之异区。分门集注杜工部诗一苦雨奉寄陇西公兼呈王征士赵次公注。

建安七子集卷四　徐干集

诗

答刘桢诗

与子别无几，所经未一旬。我思一何笃，其愁如三春〔一〕。虽路在咫尺，难涉如九关。陶陶朱夏别〔二〕，草木昌且繁。艺文类聚三一。北堂书钞一五四。文选二五谢瞻于安城答灵运诗李善注。

【校勘记】

〔一〕"如"，文选注作"兼"。

〔二〕"朱夏"，古诗纪二六"朱"作"诸"，非。按，初学记三引梁元帝纂要曰："夏曰朱明，亦曰朱夏、炎夏。""别"，书钞作"德"。

情　诗〔一〕

高殿郁崇崇，广厦凄泠泠。微风起闺闼，落日照阶庭。踌躇云屋下〔二〕，啸歌倚华楹〔三〕。君行殊不返，我饰为谁荣？炉薰阖不用，镜匣上尘生。绮罗失常色，金翠暗无精。嘉肴既忘御，旨酒亦常停。顾瞻空寂寂，惟闻燕雀声。忧思连相属〔四〕，中心如宿醒。玉台新咏一。文选五九沈约齐故安陆昭王碑文李善注。

【校勘记】

〔一〕此题文选注作"陈情诗"。

〔二〕"峙嵋"，文选注作"踟蹰"，古诗纪二六同。"云屋"，文选注云："'屋'或为'甍'。"

〔三〕"啸"，古诗纪二六作"笑"。

〔四〕"属"，玉台新咏原作"嘱"，注云："一作'属'。"古诗纪二六正作"属"，今从之。

室思诗一首〔一〕

沉阴结愁忧〔二〕，愁忧为谁兴？念与君相别〔三〕，各在天一方〔四〕。良会未有期〔五〕，中心摧且伤。不聊忧餐食，慊慊常饥空〔六〕。端坐而无为，髣髴君容光。其一

峨峨高山首，悠悠万里道。君去日已远，郁结令人老。人生一世间，忽若暮春草。时不可再得，何为自愁恼？每诵昔鸿恩，贱躯焉足保！其二

浮云何洋洋，愿因通吾辞〔七〕。飘飖不可寄〔八〕，徙倚徒相思。人离皆复会，君独无还期〔九〕。自君之出矣，明镜暗不治〔一〇〕。思君如流水，何有穷已时〔一一〕！其三

惨惨时节尽，兰华凋复零。喟然长叹息，君期慰我情〔一二〕。展转不能寐，长夜何绵绵！蹑履起出户，仰观三星连。自恨志不遂，泣涕如涌泉。其四

思君见巾栉〔一三〕，以益我劳勤〔一四〕。安得鸿鸾羽，觏此心中人。诚心

亮不遂，搔首立悁悁。何言一不见，复会无因缘？故如比目鱼，今隔如参辰。其五

人靡不有初，想君能终之。别来历年岁，旧恩何可期〔一五〕？重新而忘故，君子所尤讥〔一六〕。寄身虽在远〔一七〕，岂忘君须臾〔一八〕。既厚不为薄〔一九〕，想君时见思。其六　玉台新咏一。艺文类聚三二。太平御览七一四引“涂岑诗”。乐府诗集六九解题。古文苑九章樵注。韵补二“兴”字、又“空”字注。韵补一“思”字注。

【校勘记】

〔一〕此诗古诗纪前五章作“杂诗”，末一章作“室思”。玉台新咏吴兆宜注云：“按后六章宋本统作室思一首。郭茂倩乐府诗集云徐干有室思诗五章，据此则后一章不知何题。诸本多作杂诗五首、室思诗一首，然据乐府云徐干室思诗第三章曰：‘自君之出矣，明镜暗不治。’知诸本误，当以宋本为正。”

〔二〕“结愁忧”，韵补二“兴”字注作“增忧愁”。下句“愁忧”亦作“忧愁”。

〔三〕“相”，韵补二“兴”字注作“生”。

〔四〕“各”，韵补二“兴”字注作“乃”。

〔五〕“未”，韵补二“空”字注作“无”。

〔六〕“慊慊”，韵补二“空”字注作“嗛嗛”。按，嗛嗛，不足貌。束皙家贫赋：“食草叶而不饱，常嗛嗛于膳珍。”慊，为嗛字之借。

〔七〕“吾”，类聚作“我”，古诗纪二六同。

〔八〕“飘飖不可寄”二句，类聚作“一逝不可归，啸歌久踟蹰”。“飘飖”，古诗纪二六作“飘飘”。

〔九〕“君”，类聚作“我”。又“还”作“反”。

〔一〇〕“暗”，类聚作“开”，古文苑章注同。“治”，章注作“知”。

〔一一〕“何”，乐府诗集解题作“无”。

〔一二〕"君期",纪容舒玉台新咏考异云:"'君期'二字未详,疑为'期君'之误。又傅玄秋兰篇'君期历九秋'句,乐府诗集作'其',或此篇亦当作'君其'欤?"

〔一三〕"君见",御览作"见君"。

〔一四〕"益",御览作"弭"。又"勤"作"惭",非是。

〔一五〕"恩",玉台新咏明活字本作"思"。

〔一六〕"尤",玉台新咏明活字本作"犹"。

〔一七〕"寄",韵补一"思"字注作"妾"。

〔一八〕"忘",韵补一"思"字注作"违"。

〔一九〕"为",韵补一"思"字注作"中"。

为挽船士与新娶妻别诗〔一〕

与君结新婚,宿昔当别离。凉风动秋草,蟋蟀鸣相随。洌洌寒蝉吟〔二〕,蝉吟抱枯枝。枯枝时飞扬,身体忽迁移。不悲身迁移〔三〕,但惜岁月驰〔四〕。岁月无穷极〔五〕,会合安可知。愿为双黄鹄,比翼戏清池〔六〕。玉台新咏二。艺文类聚二九。

【校勘记】

〔一〕此诗玉台新咏作魏文帝,题云"于清河见挽船士新婚与妻别",类聚作徐干,今从之。按,魏文帝别有见挽船士兄弟辞别诗,见初学记十八,书钞一三八亦节引之。

〔二〕"洌洌",类聚作"蚓蚓"。

〔三〕"迁",类聚作"体"。

〔四〕"但",类聚作"当"。

〔五〕"岁月",类聚作"月驰"。

〔六〕"比翼",类聚作"悲鸣"。

赋

齐都赋

齐国〔者，元龟之精，降为厥野[一]〕，实坤德之膏腴，而神州之奥府。其川渎则洪河洋洋，发源昆仑，〔九流分逝[二]，北朝沧渊，〕惊波沛厉，浮沫扬奔。南望无垠，北顾无鄂。蒹葭苍苍，莞菇沃若。〔鴐鹅鸧鸹[三]，鸿雁鹭鸨，连轩翚霍，覆水掩渚。〕瑰禽异鸟，群萃乎其间。戴华蹈縹，披紫垂丹。应节往来，翕习翩翻。灵芝生乎丹石，发翠华之煌煌。其宝玩则玄蛤抱玑，驳蚌含当。构夏殿以宏覆，起层榭以高骧。龙楹螭角，山岊云墙。其后宫内庭，嫔妾之馆，众伟所施，极巧穷变[四]。然后修龙榜，游洪池，折珊瑚，破琉璃，日既仄而西舍，乃反宫而栖迟。欢幸在侧，便嬖侍隅。含清歌以咏志，流玄眸而微眄[五]。竦长袖以合节，纷翩翻其轻迅[六]。〔往如飞鸿[七]，来如降燕。〕王乃乘华玉之辂，驾玄驳之骏。〔翠幄浮游[八]，金光皓旰。戎车云布，〕武骑星散。钲鼓雷动，旌旆虹乱[九]。盈乎灵囿之中。于是羽族咸兴[一〇]，毛群尽起，上蔽穹庭[一一]，下被皋薮。艺文类聚六一。水经河水注。北堂书钞一二一。文选二二陆机招隐诗李善注。太平寰宇记一八。太平御览三三八。韵补三"起"字注、"鸨"字注。韵补四"迅"字注。

罛鳣鳀，网鲤鲨，拾玭珠，籍蛟螭。韵补一"鲨"字注。

若其大利，则海滨博诸，溲盐是锺，佥赖其肤。皓皓乎若白雪之积，鄂鄂乎若景阿之崇。北堂书钞一四六两引。

宗属大同，乡党集聚。济济盈室，爵位以齿。韵补三"齿"字注。

磬管锵锵，锺鼓喈喈。制度之妙，非众所奇。韵补一"喈"字注。

主人盛飨，期尽所有。三酒既醇，五齐惟醹。烂豕胹羊[一二]，炰鳖鲙鲤。〔嘉旨杂遝〔一三〕,丰实左右。前彻后著,恶可胜数。〕韵补三“有”字注、“鲤”字注。北堂书钞一四二。

倾杯白水,沉肴如京。玉烛宝典三。

青阳季月,上除之良。无大无小,祓于水阳。初学记四。

纤缅细缨〔一四〕,轻配蝉翼。尊曰元饰,贵为首服。〔自尊及卑〔一五〕,须我元服。〕君子敬慎,自强不忒〔一六〕。初学记二六。北堂书钞一二七。太平御览六八六。

历阴堂,行北轩。编珠二。

彤玉隈兮金铺锹鎗。编珠二。

窗椽参差,来景纳阳〔一七〕。文选二四曹植赠徐干诗李善注。

随珠荆宝〔一八〕,碟起流烂。雕琢有章,灼烁明焕。生民以来,非所视见。韵补四“烂”字注、“焕”字注。

既坠反升〔一九〕,将绝复胤。昭晰神化,傀巧难遍。韵补四“胤”字注。

日不迁晷,玄泽普宣。鹑火南飞,我后来巡。韵补一“宣”字注。

刊梗林,燎圃草,驱禽翼兽,十千惟旅。韵补三“草”字注。

矢流镝,纒张罗,䴇飞鋋,抱雄戈。太平御览三三九。

砏殷嬰庡,壮气无伦。陵高越险,追远逐遁。韵补一“遁”字注。

【校勘记】

〔一〕“者元龟之精降为厥野”九字,据太平寰宇记补。

〔二〕“九流分逝”二句,据水经河水注补。

〔三〕“鴐鹅鸧鸹”四句,据韵补三“鸨”字注补。

〔四〕“巧”,韵补四“馆”字注作“功”。

〔五〕“微”,类聚原作“徵”,据严辑本改。

〔六〕“翩翻”,韵补四“迅”字注作“翩翻(跹)”,宋本韵补作“翩飘”。

〔七〕“往如飞鸿”二句,据韵补四“迅”字注补。宋本韵补“鸿”作“晨”。

〔八〕“翠幄浮游”三句，据御览补。
〔九〕“虹”，孔本书钞作“虬”。
〔一〇〕“咸”，韵补三“起”字注作“盛”。
〔一一〕“穹庭”，韵补三“起”字注作“云穹”。
〔一二〕“烂”，陈本书钞作“蒸”。“羊”，书钞作“羔”。
〔一三〕“嘉旨杂遝”四句，据书钞补。“胜”，严辑本作“悉”。
〔一四〕“缅”，初学记原作“丽”，据书钞、御览改。
〔一五〕“自尊及卑”二句，据书钞、御览补。“我”，陈本书钞作“此”。
〔一六〕此条初学记所引作“魏齐干赋”，当“魏徐干齐都赋”之误，严、陆校宋本初学记作“徐干冠赋”，严辑本因别出冠赋一篇，误。
〔一七〕“来景纳阳”，胡刻本文选注原脱“来”字，今从唐钞文选集注四七李善注引补正。
〔一八〕“随”，宋本韵补作“隋”。
〔一九〕“坠”，原作“队”，今从宋本韵补改。按，北堂书钞八三引齐都赋曰：“济济稷下。”又史记司马相如传所载子虚赋“浮渤澥”句下，索隐曰：“案齐都赋：‘海旁曰渤，断水曰澥。’”此二则赋文均不标示作者姓名，而左思亦作有齐都赋，不知其何属，存以待考。

西征赋

奉明辟之渥德，与游轸而西伐。过京邑以释驾，观帝居之旧制。伊吾侪之挺劣〔一〕，获载笔而从师。无嘉谋以云补，徒荷禄而蒙私。非小人之所幸，虽身安而心危〔二〕。庶区宇之今定，入告成乎后皇。登明堂而饮至，铭功烈乎帝裳。艺文类聚五九。

【校勘记】
〔一〕“劣”，严辑本作“力”。
〔二〕“危”，严辑本作“违”。

序征赋

余因兹以从迈兮,聊畅目乎所经。观庶士之缪殊,察风流之浊清。沿江浦以左转,涉云梦之无陂。从青冥以极望,上连薄乎天维。刊梗林以广涂,填沮洳以高蹊。揽循环其万艘,亘千里之长湄。行兼时而易节,迄玄气之消微。道苍神之受谢,逼鹑鸟之将栖。虑前事之既终,亦何为乎久稽?乃振旅以复踪,泝朔风而北归。及中区以释勤,超栖迟而无依。艺文类聚五九。

从征赋〔一〕

总螭虎之劲卒,即矫涂其如夷〔二〕。北堂书钞一一八,又一三。

【校勘记】

〔一〕此题孔本书钞一一八作"从西戎征赋",今从陈本书钞。书钞一三引无题目。

〔二〕"矫",陈本书钞作"险"。

哀别赋

秣余马以候济兮〔一〕,心儃恨而内尽〔二〕。仰深沉之暗蔼,重增悲以伤情。初学记一八。

【校勘记】

〔一〕"候",严辑本作"俟"。

〔二〕"内",严辑本作"不"。"尽",唐类函三〇〇引作"营"。

喜梦赋序[一]

昔嬴子与其交游于汉水之上，其夜梦见神女。初学记七。

【校勘记】

〔一〕此题初学记引原无“序”字，据严辑本加。“喜”，严辑本作“嘉”，非。按，喜梦，谓喜悦而梦。见周礼春官占梦。

圆扇赋[一]

惟合欢之奇扇，肇伊洛之纤素[二]。仰明月以取象，规圆体之仪度。太平御览七〇二、八一四。北堂书钞一三四。事类赋一四。

【校勘记】

〔一〕此题御览、事类赋注、严辑本并作“团扇赋”，惟书钞作“圆扇赋”。按，曹丕典论论文称干有圆扇赋，则字当作“圆”。今从书钞。

〔二〕“肇”，书钞作“非”。

车渠椀赋

圜德应规，巽从易安。大小得宜，容如可观[一]。盛彼清醴，承以雕盘。因欢接口，媚于君颜。艺文类聚七三。

【校勘记】

〔一〕“容”，类聚原作“客”，今从严辑本改。

文

四孤祭议

祭所生之父母于门外，不如左右边特为立宫室别祭也。通典六九。

七　喻[一]

有逸俗先生者，耦耕乎岩石之下，栖迟乎穹谷之岫[二]。万物不干其志，王公不易其好，寂然不动，莫之能惧。宾曰：大宛之牺，三江之鱼，云鸧水鹄，熊蹯豹胎[三]。鲔鲭施于宴室，华蓐布乎象床。悬明珠于长韬，烛宵夜而为阳。玄鬓拟于云雾，艳色过乎芙蓉。扬蛾眉而微睇，虽毛、施其不当。艺文类聚五七。北堂书钞一四二引二条。韵补一"鱼"字注。

丰屋广厦，崇阙百重[四]。文选五六陆倕石阙铭李善注。

连观飞榭，旋室回房。文选一一王延寿鲁灵光殿赋李善注。又一三谢庄月赋李善注。

若乃日异如饥，聊脍美鲜。横者毫析，纵者缕分。白踰委毒，赤过擒丹。北堂书钞一四五引三条。

南土之秔，东湖之菇。初学记二六。

战国之际，秦、仪之徒，智略兼人，辩利轶轨，倜傥挟义，观衅相时。图爵位则佩六绂，谋货财则输海内。一怒而诸侯惧，安居而天下憩。人主见弄于股掌之上，而莫之知恶也。太平御览四六四。

【校勘记】

〔一〕唐钞文选集注六八曹子建七启序："（余）遂作七启，并命王粲等并作焉。"陆善经注曰："时王粲作七释、徐干作七谕、杨修作七训。"

〔二〕"穹"，严辑本作"穷"。

〔三〕"熊蹯"，类聚原作"禽蹯"，书钞、韵补并作"熊蹯"，严辑本同，今从之。

〔四〕"重"，严辑本作"里"，当因六臣本文选李善注而误。

建安七子集卷五　阮瑀集

诗

驾出北郭门行[一]

驾出北郭门,马樊不肯驰[二]。下车步踟蹰[三],仰折枯杨枝[四]。顾闻丘林中,嗷嗷有悲啼。借问啼者出:"何为乃如斯?""亲母舍我殁,后母憎孤儿。饥寒无衣食,举动鞭捶施。骨消肌肉尽,体若枯树皮。藏我空室中,父还不能知。上冢察故处,存亡永别离。亲母何可见?泪下声正嘶。弃我于此间,穷厄岂有赀!"传告后代人,以此为明规。乐府诗集六一。初学记二八。

【校勘记】

〔一〕初学记作"乐府诗"。

〔二〕"樊",初学记作"行"。

〔三〕"步踟蹰",初学记作"少踯躅"。

〔四〕"枯杨",初学记作"杨柳"。

琴　歌[一]

奕奕天门开，大魏应期运。青盖巡九州，在东西人怨[二]。士为知己死，女为悦者玩[三]。恩义苟敷畅[四]，他人焉能乱[五]？魏志王粲传注引文士传。文选六〇任昉齐竟陵文宣王行状李善注。太平御览五七二引文士传。乐府诗集六〇。韵补四“运”字注，又“玩”字注。

【校勘记】

〔一〕魏志王粲传注引文士传曰：“太祖雅闻瑀名，辟之不应，连见逼促，乃逃入山中。太祖使人焚山，得瑀，送至，召入。太祖时征长安，大延宾客，怒瑀不与语，使就技人列。瑀善解音，能鼓琴，遂抚弦而歌，因造歌曲曰……为曲既捷，音声殊妙，当时冠坐，太祖大悦。”裴松之注云：“案鱼氏典略、挚虞文章志并云瑀建安初辞疾避役，不为曹洪屈，得太祖召，即投杖而起。不得有逃入山中，焚之乃出之事也。又典略载太祖初征荆州，使瑀作书与刘备，及征马超，又使瑀作书与韩遂，此二书今具存。至长安之前，遂等破走，太祖始以十六年得入关耳。而张骘云初得瑀时太祖在长安，此又乖戾。瑀以十七年卒，太祖十八年策为魏公，而云瑀歌舞辞称‘太祖应期运’，愈知其妄。又其辞云‘他人焉能乱’，了不成语。瑀之吐属必不如此。”是此诗为后人伪托，然流传既久，今姑存以备览。题从乐府诗集。

〔二〕“东西”，文选注、韵补注皆作“西东”。按，尚书仲虺之诰：“东征，西夷怨；南征，北狄怨。曰：奚独后予？”为此句之所本。当以“东西”为是。

〔三〕“者”，文选注、韵补“玩”字注皆作“己”。

〔四〕“敷”，文选注、御览、乐府诗集皆作“潜”。

〔五〕“焉”，乐府诗集作“岂”。

咏史诗二首[一]

误哉秦穆公，身没从三良。忠臣不违命[二]，随驱就死亡[三]。低头窥圹户，仰视日月光[四]。谁谓此可处[五]？恩义不可忘。路人为流涕，黄鸟鸣高桑。艺文类聚五五。

燕丹养勇士，荆轲为上宾。图尽擢匕首[六]，长驱西入秦。素车驾白马，相送易水津。渐离击筑歌，悲声感路人。举坐同咨嗟，叹气若青云。同上。

【校勘记】

〔一〕此二首类聚入杂文部史传类，原皆无题，今题从古诗纪二七。

〔二〕"违"，类聚原作"达"，古诗纪二七作"违"，今从之。

〔三〕"驱"，古诗纪二七作"躯"。

〔四〕"视"，张辑本作"观"。

〔五〕"可"，古诗纪二七作"何"，张辑本同。

〔六〕"尽擢"，类聚原作"擢尽"，今从张辑本乙转。

七哀诗二首

丁年难再遇，富贵不重来。良时忽一过，身体为土灰。冥冥九泉室，漫漫长夜台。身尽气力索，精魂靡所能[一]。嘉肴设不御，旨酒盈觞杯。出圹望故乡，但见蒿与莱。艺文类聚三四。初学记一四引首句至"旨酒"句。

临川多悲风，秋日苦清凉。客子易为戚，感此用哀伤[二]。揽衣久踯躅[三]，上观心与房。三星守故次，明月未收光。鸡鸣当何时？朝晨尚未央。还坐长叹息，忧忧难可忘[四]。艺文类聚三四。艺文类聚二七无题。

【校勘记】

〔一〕“能”，古诗纪二七注：“今本作‘回’。”按，能读作耐。玉篇而部：“耐，能也，任也。”靡所能，谓不堪其任，即无所适从之意。盖后人因“能”作如字读，以为与韵不协，故妄改为“回”耳。

〔二〕“感”，古诗纪二七注：“一作‘对’。”

〔三〕“久”，类聚二七作“起”。

〔四〕“难”，类聚二七作“安”。按，此首古诗纪作“杂诗”。

杂　诗〔一〕

我行自凛秋，季冬乃来归。置酒高堂上，友朋集光辉。念当复离别，涉路险且夷。思虑益惆怅，泪下沾裳衣。艺文类聚二七。

【校勘记】

〔一〕此诗类聚入人部行旅类，原无题，古诗纪二七合七哀诗“临川多悲风”一首作“杂诗二首”，今依以题“杂诗”。

隐士诗〔一〕

四皓潜南岳，老莱窜河滨。颜回乐陋巷，许由安贱贫。伯夷饿首阳，天下归其仁。何患处贫苦？但当守明真。艺文类聚三六。

【校勘记】

〔一〕此诗类聚入人部隐逸类，原无题，古诗纪二七作“隐士”，今从之。

苦雨诗〔一〕

苦雨滋玄冬，引日弥且长。丹墀自歼殪，深树犹沾裳。客行易感悴，我心摧已伤。登台望江沔，阳侯沛洋洋。艺文类聚二。

【校勘记】

〔一〕此诗类聚入天部雨类,原无题,古诗纪二七作"苦雨",今从之。

公宴诗〔一〕

阳春和气动,贤主以崇仁。布惠绥人物,降爱常所亲。上堂相娱乐,中外奉时珍。五味风雨集,杯酌若浮云。初学记一四。

【校勘记】

〔一〕此诗初学记入礼部飨宴类,原无题,古诗纪二七作"公宴",今从之。

怨　诗〔一〕

民生受天命,漂若河中尘。虽称百龄寿,孰能应此身?犹获婴凶祸,流离恒苦辛〔二〕。艺文类聚三〇。乐府诗集四一。

【校勘记】

〔一〕此诗类聚入人部怨类,原无题,乐府诗集作"怨诗",古诗纪二七同,今从之。

〔二〕"流离",乐府诗集作"流落",古诗纪二七同。

失题诗 三则

白发随栉坠,未寒思厚衣。四支易懈倦,行步益疏迟。常恐时岁尽,魂魄忽高飞。自知百年后,堂上生旅葵。艺文类聚一八。

箭纽铁丝刚,刀插银刃白。九家集注杜诗一三久雨期王将军不至注。

春岑蔼林木。杜工部草堂诗笺二五又于韦处乞大邑瓷碗诗注。

赋

纪征赋

仰天民之高衢兮，慕在昔之遐轨。希笃圣之崇纲兮，惟弘哲而为纪。同天工而人代兮，匪贤智其能使。五材陈而并序，静乱由乎干戈。惟蛮荆之作雠，将治兵而济河。遂临河而就济，瞻禹蹟之茫茫〔一〕。距疆泽以潜流，经昆仑之高冈。目幽蒙以广衍，遂沾濡而难量。艺文类聚五九。

【校勘记】

〔一〕"禹蹟"，类聚原作"禹绩"。今改"绩"为"蹟"。按，左传襄公四年："芒芒禹迹。"为此句之所本。茫与芒、蹟与迹并通。

止欲赋

夫何淑女之佳丽，颜炯炯以流光。历千代其无匹，超古今而特章。执妙年之方盛，性聪惠以和良。禀纯洁之明节，后申礼以自防。重行义以轻身，志高尚乎贞姜。予情悦其美丽，无须臾而有忘。思桃夭之所宜，愿无衣之同裳。怀纡结而不畅兮，魂一夕而九翔。出房户以踯躅，睹天汉之无津。伤匏瓜之无偶，悲织女之独勤。还伏枕以求寐，庶通梦而交神。神惚恍而难遇，思交错以缤纷。遂终夜而靡见，东方旭以既晨。知所思之不得，乃抑情以自信。艺文类聚一八。文选一九曹植洛神赋李善注。

伫延首以极视兮，意谓是而复非。文选二九曹摅思友人诗李善注。

思在体为素粉，悲随衣以消除。文镜秘府论西卷文二十八种病。

筝 赋

惟夫筝之奇妙，极五音之幽微。苞群声以作主，冠众乐而为师。禀清和于律吕，笼丝木以成资。身长六尺，应律数也；〔弦有十二[一]，四时度也；柱高三寸，三才具位也。〕故能清者感天，浊者合地。五声并用，动静简易。大兴小附，重发轻随。折而复扶，循覆逆开。浮沉抑扬，升降绮靡。殊声妙巧，不识其为。平调定均[二]，不疾不徐。迟速合度，君子之衢也[三]。慷慨磊落，卓砾盘纡，壮士之节也。曲高和寡，妙妓虽工，伯牙能琴，于兹为朦。皦绎翕纯[四]，庶配其踪。延年新声。岂此能同[五]？陈惠、李文，曷能是逢？艺文类聚四四。北堂书钞一一〇。初学记一六引三条。

【校勘记】

〔一〕“弦有十二”四句，据书钞补。

〔二〕“定”，类聚原作“足”，据初学记改。

〔三〕“衢”，张辑本作“行”。

〔四〕“绎”，类聚原作“怿”。今改“怿”为“绎”。按，此句出自论语八佾：“乐其可知也。始作翕如也，从之纯如也，皦如也，绎如也，以成。”朱熹集注：“绎，相续不绝也。”

〔五〕“此”，严辑本作“比”。

鹦鹉赋

惟翩翩之艳鸟，诞嘉类于京都。秽夷风而弗处，慕圣惠而来徂。被坤文之黄色，服离光之朱形。配秋英以离绿，苞天地以耀荣。艺文类聚九一。

文

谢太祖笺

一得披玄云，望白日，唯力是视，敢有二心。文选三〇谢灵运拟魏太子邺中集诗李善注。

为曹公作书与孙权[一]

离绝以来，于今三年，无一日而忘前好，亦犹姻媾之义[二]，恩情已深，违异之恨，中间尚浅也。孤怀此心，君岂同哉？

每览古今所由改趣，因缘侵辱，或起瑕衅，心忿意危[三]，用成大变。若韩信伤心于失楚，彭宠积望于无异，卢绾嫌畏于已隙，英布忧迫于情漏，此事之缘也。孤与将军恩如骨肉，割授江南，不属本州，岂若淮阴捐旧之恨？抑遏刘馥，相厚益隆，宁放朱浮显露之奏？无匿张胜贷故之变，匪有阴构贲赫之告，固非燕王、淮南之衅也。而忍绝王命，明弃硕交，实为佞人所构会也。夫似是之言，莫不动听，因形设象，易为变观。示之以祸难，激之以耻辱，大丈夫雄心[四]，能无愤发[五]！昔苏秦说韩，羞以牛后[六]，韩王按剑，作色而怒；虽兵折地割，犹不为悔，人之情也。仁君年壮气盛，绪信所嬖，既惧患至，兼怀忿恨，不能复远度孤心，近虑事势，遂赍见薄之决计，秉翻然之成议。加刘备相扇扬，事结衅连，推而行之，想畅本心，不愿于此也。孤之薄德[七]，位高任重，幸蒙国朝将泰之运，荡平天下，怀集异类，喜得全功，长享其福。而姻亲坐离，厚援生隙。常恐海内多以相责，以为老夫苞藏祸心，阴有郑武取胡之诈，乃使仁君翻然自绝，以是忿忿，怀惭反侧。常思除弃小事，更申前好，二族俱荣，流祚后嗣，以明雅素中诚之效，抱怀数年，未得散意。

昔赤壁之役，遭离疫气，烧船自还，以避恶地，非周瑜水军所能抑挫也；江陵之守，物尽谷殚，无所复据，徙民还师，又非瑜之所能败也〔八〕。荆土本非己分，我尽与君，冀取其馀，非相侵肌肤，有所割损也。思计此变，无伤于孤，何必自遂于此，不复还之？高帝设爵以延田横，光武指河而誓朱鲔〔九〕，君之负累，岂如二子？是以至情，愿闻德音。往年在谯，新造舟船，取足自载，以至九江〔一〇〕，贵欲观湖漅之形〔一一〕，定江滨之民耳，非有深入攻战之计。将恐议者大为己荣，自谓策得，长无西患，重以此故，未肯回情。然智者之虑，虑于未形；达者所规，规于未兆。是故子胥知姑苏之有麋鹿，辅果识智伯之为赵禽，穆生谢病以免楚难，邹阳北游不同吴祸。此四士者，岂圣人哉？徒通变思深，以微知著耳。以君之明，观孤术数，量君所据，相计土地，岂势少力乏，不能远举，割江之表，宴安而已哉？甚未然也。若恃水战，临江塞要，欲令王师终不得渡，亦未必也。夫水战千里，情巧万端，越为三军，吴曾不御，汉潜夏阳，魏豹不意。江河虽广，其长难卫也。

凡事有宜，不得尽言。将修旧好而张形势，更无以威胁重敌人〔一二〕。然有所恐，恐书无益。何则？往者军逼而自引还，今日在远而兴慰纳，辞逊意狭，谓其力尽，适以增骄，不足相动，但明效古，当自图之耳。昔淮南信左吴之策，隗嚣纳王元之言〔一三〕，彭宠受亲吏之计，三夫不寤，终为世笑；梁王不受诡、胜，窦融斥逐张玄，二贤既觉，福亦随之，愿君少留意焉。若能内取子布，外击刘备，以效赤心，用复前好〔一四〕，则江表之任，长以相付，高位重爵，坦然可观，上令圣朝无东顾之劳，下令百姓保安全之福，君享其荣，孤受其利，岂不快哉！若忽至诚，以处侥幸，婉彼二人，不忍加罪，所谓小人之仁，大仁之贼〔一五〕，大雅之人不肯为此也。若怜子布，愿言俱存，亦能倾心去恨，顺君之情，更与从事〔一六〕，取其后善，但禽刘备，亦足为效。开设二者，审处一焉。

闻荆、扬诸将，并得降者，皆言交州为君所执，豫章距命，不承执事，疫旱并行，人兵减损，各求进军，其言云云。孤闻此言，未以为悦。然道路既远，降者难信，幸人之灾，君子不为。且又百姓，国家之有，加怀区区，乐欲崇和，庶几明德，来见昭副，不劳而定，于孤益贵。是故按兵守次，遣书致意。古者兵交，使在其中，愿仁君及孤，虚心回意，以应诗人"补衮"之叹，而慎周易"牵复"之义〔一七〕。濯鳞清流，飞翼天衢，良时在兹，勖之而已。文选四二。艺文类聚二五。

【校勘记】

〔一〕此题类聚作"为魏武与孙权书"。

〔二〕"亦"，五臣文选无此字。

〔三〕"意"，五臣文选作"气"。

〔四〕"大丈夫"，五臣文选无"大"字。

〔五〕"愤发"，五臣文选作"发愤"。

〔六〕"牛后"，按，文选李善注据战国策，谓当作"牛从"。

〔七〕"之"，五臣文选作"以"。

〔八〕五臣文选"败"上有"侵"字。

〔九〕"光武"，类聚作"世祖"。按，光武帝庙号世祖。

〔一〇〕"至"，五臣文选作"并"。

〔一一〕"湖漅"，五臣文选无"湖"字。

〔一二〕"无以"，五臣文选作"似为"，又"人"下有"之心"二字。胁重，黄侃文选平点云："二字当乙。"

〔一三〕"隗嚣"，胡刻文选原上有"汉"字，审上下文例当衍，五臣本文选亦无此字，今据删。

〔一四〕"好"，五臣文选下有"者"字，类聚同。

〔一五〕“仁”，五臣文选作“人”。

〔一六〕“与”，五臣文选作“以”。

〔一七〕“慎”，疑当作“顺”。按，五臣吕延济注以“言相引复归顺道”释此句，则其所见文选自作“顺”字，古钞无注本文选正作“顺”，白孔六帖四八引文选亦同。今各刊本皆作“慎”者，恐是后人所改。

为魏武与刘备书

披怀解带，投分托意。文选二〇潘岳金谷集作诗李善注。

文质论

盖闻日月丽天，可瞻而难附；群物著地，可见而易制。夫远不可识，文之观也；近而得察〔一〕，质之用也。文虚质实，远疏近密。援之斯至，动之应疾。两仪通数，固无攸失。若乃阳春敷华，遇冲风而陨落；素叶变秋，既究物而定体。丽物苦伪〔二〕，丑器多牢，华璧易碎，金铁难陶。故言多方者，中难处也；术饶津者，要难求也；意弘博者，情难足也；性明察者，下难事也。通士以四奇高人，必有四难之忌。且少言辞者，政不烦也；寡知见者，物不扰也；专一道者，思不散也；混蒙蔑者，民不备也。质士以四短违人，必有四安之报。故曹参相齐，寄托狱市，欲令奸人有所容立；及为宰相，饮酒而已。故夫安刘氏者周勃，正嫡位者周勃。大臣木强，不至华言。孝文上林苑欲拜啬夫，释之前谏，意崇敦朴。自是以降，其为宰相，皆取坚强一学之士，安用奇才，使变典法。艺文类聚二二。

【校勘记】

〔一〕“得”，张、严二辑本作“易”。

〔二〕“苦”，张、严二辑本作“若”。

吊伯夷文[一]

余以王事，适彼洛师。瞻望首阳，敬吊伯夷。东海让国，西山食薇。重德轻身，隐景潜晖。求仁得仁，报之仲尼[二]。没而不朽，身沈名飞。〔稽首凭吊[三]，响往深之。〕艺文类聚三七。北堂书钞一〇二。

【校勘记】

〔一〕此题类聚无“文”字，今从书钞。

〔二〕“报之”，书钞作“见叹”。

〔三〕“稽首凭吊”二句，据书钞补。

建安七子集卷六　应场集

诗

报赵淑丽诗[一]

朝云不归,久结成阴[二]。离群犹宿[三],永思长吟。有鸟孤栖,哀鸣北林。嗟我怀矣,感物伤心。艺文类聚三一。

【校勘记】

〔一〕古诗纪二七注云:“一作‘报赵叔严’。”按,应璩有与赵叔潜书,见文选二四陆机赠冯文罴斥丘令诗李善注引,“叔严”或“淑丽”,疑皆“叔潜”传写之误。

〔二〕“久”,古诗纪作“夕”。

〔三〕“犹”,古诗纪注云:“疑作‘独’。”按,此当作“独”是。

公宴诗

巍巍主人德,嘉会被四方。开馆延群士,置酒于新堂[一]。辨论释郁结〔二〕，援笔兴文章。穆穆众君子，好合同欢康〔三〕。〔促坐褰重帷〔四〕，传满腾羽觞。〕初学记一四。艺文类聚三九。

【校勘记】

〔一〕"新"，类聚作"斯"，古诗纪二七同。

〔二〕"郁"，类聚作"常"。

〔三〕"欢"，古诗纪二七作"安"。

〔四〕"促坐褰重帷"二句，据类聚补。

侍五官中郎将建章台集诗

朝雁鸣云中，音响一何哀！问子游何乡？戢翼正徘徊。言我寒门来〔一〕，将就衡阳栖。往春翔北土〔二〕，今冬客南淮。远行蒙霜雪〔三〕，毛羽日摧颓。常恐伤肌骨，身陨沈黄泥。简珠堕沙石〔四〕，何能中自谐？欲因云雨会，濯翼陵高梯。良遇不可值，伸眉路何阶？公子敬爱客，乐饮不知疲。和颜既以畅〔五〕，乃肯顾细微。赠诗见存慰，小子非所宜。为且极欢情〔六〕，不醉其无归。凡百敬尔位，以副饥渴怀。文选二〇。艺文类聚九一。

【校勘记】

〔一〕"寒门"，五臣文选作"塞门"，类聚同。

〔二〕"北"，类聚作"朔"。

〔三〕"雪"，类聚作"露"。

〔四〕"堕"，五臣文选作"随"。

〔五〕"以"，古诗纪二七作"已"。

〔六〕"为且"，古诗纪作"且为"。

别诗二首

朝云浮四海[一]，日暮归故山[二]。行役怀旧土，悲思不能言。悠悠涉千里，未知何时旋。艺文类聚二九。北堂书钞一五〇。太平御览八。

浩浩长河水，九折东北流。晨夜赴沧海，海流亦何抽。远适万里道，归来未有由。临河累太息[三]，五内怀伤忧。艺文类聚二九。

【校勘记】

〔一〕"朝云"，御览作"清朝"。"浮"，书钞作"流"。

〔二〕"日暮"，陈本书钞作"暮云"。

〔三〕"累"，古诗纪二七注云："一作'竟'。"

斗鸡诗[一]

戚戚怀不乐，无以释劳勤。兄弟游戏场，命驾迎众宾。二部分曹伍，群鸡焕以陈。双距解长绁，飞踊超敌伦。芥羽张金距，连战何缤纷！从朝至日夕，胜负尚未分。专场驱众敌，刚捷逸等群。四坐同休赞，宾主怀悦欣。博弈非不乐，此戏世所珍。艺文类聚九一。

【校勘记】

〔一〕邺中记云："漳水南有玄武池，次东北五里有斗鸡台。曹植诗（按，名都篇）曰：'斗鸡东郊道，走马长楸间。'"（顾炎武历代宅京记卷十二引。）曹植及刘桢亦各有同题诗，盖一时唱和之作。

失题诗

战士志敢决。九家集注杜诗一三王兵马使二角鹰注。

赋

愁霖赋

听屯雷之恒音兮，闻左右之叹声。情惨愦而含欷兮，起披衣而游庭。三辰幽而重关，苍曜隐而无形。云暖暖而周驰，雨蒙蒙而雾零。排房帐而北入，振盖服之沾衣。还空床而寝息，梦白日之馀晖。惕中寤而不效兮，意凄悷而增悲。艺文类聚二。

灵河赋

咨灵川之遐原兮〔一〕，于昆仑之神丘。〔凌增城之阴隅兮〔二〕，赖后土之潜流。〕冲积石之重险兮〔三〕，披山麓而溢浮〔四〕。〔蹶龙门而南迈兮〔五〕，纡鸿体而因流〔六〕。〕涉津洛之阪泉兮〔七〕，播九道乎中州。汾㶏涌而腾骛兮〔八〕，恒亹亹而徂征。肇乘高而迅逝兮〔九〕，阳侯沛而振惊〔一○〕。有汉中叶，金隄隤而瓠子倾。兴万乘而亲务，董群后而来营。下淇园之丰篠，投玉璧而沉星。若夫长杉峻槚，茂栝芬橿，扶疏灌列〔一一〕，暎水荫防。隆条动而畅清风，白日显而曜殊光。艺文类聚八。水经河水注。初学记六。韩元吉本古文苑三。章樵注本古文苑二一。

龙艘白鲤，越艇蜀舲。泝游覆水〔一二〕，帆柁如林。北堂书钞一三八两引。又一三七。

【校勘记】

〔一〕"兮"，类聚原无此字，据初学记补。下文各"兮"字同。

〔二〕"凌增城之阴隅"二句，据初学记补。

〔三〕"冲"，初学记作"行"。

〔四〕“而”，初学记作“之”。

〔五〕“蹶龙门而南迈兮”二句，据初学记、古文苑补。“龙门”，原此二本“门”并作“黄”，严辑本同。渊鉴类函三六注云：“‘黄’一作‘角’。”皆非。张辑本作“门”，今据改。按，晋成公绥大河赋“有积石之嵯峨，登龙门而南游”，玚赋与之意合，则自当作“龙门”，“黄”字乃传写之误。

〔六〕“因”，初学记原作“四”。今从古文苑改。张、严二辑本亦作“因”。

〔七〕“洛”，类聚原作“路”。水经河水注、初学记皆作“洛”，古文苑同，今从之。又“阪”，类聚原作“峻”，亦从同上。水经注引魏土地记云：“下洛城东有阪泉。”即此也。

〔八〕“颎”，类聚原作“鸿”，今从古文苑改。初学记作“倾”，当“颎”之误。

〔九〕“逝”，严、陆校宋本初学记并作“迈”。

〔一〇〕“沛”，初学记作“怖”。“振”，古文苑作“震”。

〔一一〕“疏”，类聚原作“流”，据章注本古文苑改。

〔一二〕“游”，陈本书钞作“沿”，又“覆”作“蔽”。

正情赋

夫何媛女之殊丽兮，姿温惠而明哲。应灵和以挺质，体兰茂而琼洁。方往载其鲜双，曜来今而无列。发朝阳之鸿晖，流精睇而倾泄。既荣丽而冠时，援申女而比节。余心嘉夫淑美，愿结欢而靡因。承窈窕之芳美，情踊跃乎若人。魂翩翩而夕游，甘同梦而交神。昼仿徨于路侧，宵耿耿而达晨。清风厉于玄序，凉飚逝于中唐〔一〕。听云雁之翰鸣，察列宿之华辉。南星晃而电陨，偏雄肃而特飞。冀腾言以俯首〔二〕，嗟激迅而难追。伤往禽之无偶〔三〕，悼流光之不归。愍伏辰之方逝，哀吾愿之多违。步便旋以永思，情憀栗而伤悲。还幽室以假寐,固展转而不安,神眇眇以潜翔[四],恒存游乎所观。仰崇夏而长息,动哀响而馀叹。气浮踊而云馆,肠一夕而九烦。艺文类聚一八。

思在前为明镜,哀既餙于替□[五]。北堂书钞一三六。

【校勘记】

〔一〕"凉",类聚原作"因",今从张、严二辑本改。

〔二〕"首",类聚原作"音",今从严辑本改。

〔三〕"往",类聚原作"住",今从张、严二辑本改。"偶",类聚原作"隅",今从张辑本改。

〔四〕"眇眇",类聚原作"妙妙",今从严辑本改。

〔五〕"餙",严辑本作"往"。按,餙为饰之俗字。

赞德赋

抗六典之崇奥,辨九籍之至言。北堂书钞九七。

撰征赋

奋皇佐之丰烈,将亲戎乎幽邻。飞龙旗以云曜,披广路而北巡。崇殿郁其嵯峨,华宇烂而舒光。摛云藻之雕饰,流辉采之浑黄。辞曰:

烈烈征师,寻遐庭兮。悠悠万里,临长城兮。周览郡邑,思既盈兮。嘉想前哲,遗风声兮。艺文类聚五九。

西征赋

鸾衡东指,弭节逢泽。水经渠水注。

西狩赋

伊炎汉之建安，飞龙跃乎天衢〔一〕。皇宰弈而陶运，树匡翼而大摹。荡无妄之氛秽，扬威灵乎八区。开九土之旧迹，暨声教于海隅。时霜凄而淹野，寒风肃而川逝。草木纷而摇荡，鸷鸟别而高厉。既乃拣吉日，练嘉辰，清风矢戒，屏翳收尘。于是魏公乃乘雕辂，驷飞黄，拥箫钲，建九斿〔二〕，按辔清途，飒沓风翔。〔属车轇輵〔三〕，羽骑腾骧。〕于是围网周合，雷鼓天震。千乘长罗，万表星陈。双翼伉旌，八校祖分。长燧电举，高烟蔽云。尔乃徒舆并兴，方轨连质。惊飚四骇，冲禽惊溢。骋兽塞野，飞鸟蔽日。尔乃赴玄谷，陵崇峦，俯掣奔猴，仰捷飞猿。云幕被于广野，京燎照乎平原。醴炰充给，洪施普宣。艺文类聚六六。北堂书钞一四。

苍隼烦翼而悬。玉烛宝典六。

【校勘记】

〔一〕“跃”，类聚原作“耀”，今从严辑本。

〔二〕“九斿”，类聚原脱“斿”字，严辑本作“九幢”，非。今从张辑本补。按，后汉诸侯乘安车，旗九斿。见通典六五。

〔三〕“属车轇輵”二句，严辑本据书钞补入于此，今从之。

驰射赋

于是阳春嘉日，讲肆馀暇，将逍遥于郊野，聊娱游于骋射。延宾鞠旅，星言夙驾。树应鞞于路左，建丹旗于表路。群骏笼茸于衡首〔一〕，咸皆騕褭与飞菟。〔拢修勒而容与〔二〕，并轩翥而厉怒。〕尔乃结翻仵〔三〕，齐伦匹，良、乐授马，孙膑调驷。筹筭克明，班次均壹。左揽繁弱，右接湛卫，控满流睇，应弦飞碎。澹动鼓震，噪声雷溃。

重破累礴,流景倏忽。纷纭络驿,次授二八。骅骝激骋[四],神足奔越。终节三驱,矢不虚发。进截飞鸟,顾摧月支。须纡六钧[五],口弯七规。观者屏气而倾竦[六],咸侧企而腾移[七]。尔乃萦回盘厉,按节和旋。翩翩神厉,体若飞仙。奕奕骍牡,既佶且闲。扬骊沛艾,蝬略相连。艺文类聚六六。太平御览三五八引两条。

百两弥涂,方轨连衡。朱骑风驰,雕落层城。北堂书钞一一七。

藻饰齐明。文选一四颜延之赭白马赋李善注。

穷百氏之玄奥。文选一八成公绥啸赋李善注。

【校勘记】

〔一〕"笼茸",类聚原无"茸"字,据御览补。按,"笼"通"茏"。汉书司马相如传:"攒罗列聚丛以茏茸兮。"师古注:"茏茸,聚貌。"

〔二〕"拢修勒而容与"二句,严辑本据御览补入于此,今从之。

〔三〕"翻仵","仵",张辑本作"伍",严辑本作"侔",皆非。按,翻,反也,动貌。仵,通"迕"。穆天子传六:"白鹿迕牾乘逸出走。"郭璞注:"迕,犹惊也。"结翻仵,谓拴结翻然惊逸之马匹。

〔四〕"骅骝激骋",御览作"放鞚长骋"。

〔五〕"六钧",严辑本"钧"作"钓",非。按,六钧,谓六钧之弓。左传定公八年:"颜高之弓六钧。"杜预注:"颜高,鲁人。三十斤为钧,百八十斤古称重,故以为异强。"

〔六〕"屏",类聚原作"并",从张辑本改。

〔七〕"企",类聚原作"佱",从张、严二辑本改。

校猎赋

乃命有司,巡士周寻。二虞莱野,三扈表禽。北弥大陆,南厉黄涔[一]。初学记二二两引。

【校勘记】

〔一〕“黄涔”，疑作“黄岑”。张载七命有“陵黄岑，挂青峦”之言。

神女赋

腾玄眸而眺青阳〔一〕，离朱唇而耀双辅。红颜晔而和妍，时调声以笑语。太平御览三八一。

夏姬曾不足以供妾御，况秦娥与吴娃。文选三〇陆机拟古诗李善注。

【校勘记】

〔一〕“眺”，御览原作“俄”，今从严辑本改。

车渠椀赋

惟兹椀之珍玮，诞灵岳而奇生。扇不周之芳烈，浸琼露以润形。荫碧条以纳曜，噏朝霞而发荣。纷玄黄以肜裔，晔豹变而龙华。象蜿虹之辅体，中含曜乎云波。若其众色鳞聚，卓度诡常。絪组杂错，乍圆乍方。蔚术繁兴，散列成章。扬丹流缥〔一〕，碧玉飞黄。华气承朗，内外齐光。艺文类聚七三。北堂书钞一五二误作“车渠碗铭”。

【校勘记】

〔一〕“扬”，类聚原作“杨”，今从张、严二辑本改。

迷迭赋〔一〕

列中堂之严宇，跨阶序而骈罗。建茂茎以竦立，擢修干而承阿。烛白日之炎阳，承翠碧之繁柯。朝敷条以诞节，夕结秀而垂华。振纤枝之翠粲，动彩叶之莓莓〔二〕。舒芳香之酷烈，乘清风以徘徊。艺文类聚八一。太平御览九八二。

【校勘记】

〔一〕此题御览作"迷送香赋","送"当"迭"之讹。严辑本作"竦迷迭赋",亦非。

〔二〕"莓莓",御览作"菲菲"。

杨柳赋

赴阳春之和节,植纤柳以承凉。摅丰节而广布,纷郁勃以敷阳〔一〕。三春倏其奄过,景日赫其垂光。振鸿条而远帱〔二〕,回云盖于中唐。艺文类聚八九。

【校勘记】

〔一〕"敷",张辑本作"登",非。

〔二〕"帱",类聚原作"寿",据意改。广雅释诂二:"帱,覆也。"历代赋汇作"翳"。

鹦鹉赋

何翩翩之丽鸟,表众艳之殊色。被光耀之鲜羽,流玄黄之华饰。苞明哲之弘虑,从阴阳之消息。秋风厉而潜形,苍神发而动翼。艺文类聚九一。

愍骥赋

愍良骥之不遇兮,何屯否之弘多!抱天飞之神号兮,悲当世之莫知。赴玄谷之渐涂兮,陟高岗之峻崖。惧仆夫之严策兮,载悚栗而奔驰。怀殊姿而困逼兮,愿远迹而自舒。思奋行而骧首兮,叩缰绁之纷拏。牵繁辔而增制兮,心慉结而槩纡。涉通逵而方举兮,迫舆仆之我拘。抱精诚而不畅兮,郁神足而不摅。思薛翁于西土兮,望伯氏于东隅。愿浮轩于千里兮，曜华轭乎天衢。瞻前轨而促节兮，顾后乘而踟蹰。展心力于知己兮，甘迈远而忘劬。哀二哲之殊世兮，时不遘乎良、造。制衔辔于常御兮，安获骋于遐道。艺文类聚九三。

文

报庞惠恭书

夫"萧艾"之歌，发于信宿；"子衿"之思，起于嗣音[一]。况实三载，能不有怀！虽萱草树背，皋苏在侧，悒愤不逞，只以增毒。朝隐之官，宾不往来，乔木之下，旷无休息，抱劳而已。足下剖符南面，振威千里。行人子羽，朝夕相继，曾不枉咫尺之路，问蓬室之旧；过意赐书，辞不半纸，慰藉轻于缯缟，讥望重于丘山，是角弓之诗所以为刺也。值鹭羽于宛丘[二]，骋骏足于株林，发明月之辉光，照妖人之窈窕，斯亦所以眩耳目之视听，亡声命于知友者也[三]。艺文类聚二一。

【校勘记】

〔一〕"起于"，类聚原"于"作"不"。张辑本作"起于"，注云："一作'宁不'。"严辑本亦作"起于"。按，诗郑风子衿："青青子衿，悠悠我心。纵我不往，子宁不嗣音。"当作"起于"为是。今据改。此文首句"萧艾"，则出诗王风采葛："彼采萧兮，一日不见，如三秋兮。彼采艾兮，一日不见，如三岁兮。"

〔二〕"值"，类聚原作"植"，严辑本作"值"，今从改。按，诗陈风宛丘"值其鹭羽"，为此语之所出。

〔三〕"声命"，严辑本作"身命"。按，当作"声命"。命，通"名"。曹丕典论论文谓古人籍文章而“声名自传于后”。声名,今言名声。

檄　文〔一〕

长戟百万,胡骑千群〔二〕。北堂书钞一一七。太平御览三五三。

【校勘记】

〔一〕御览作“应玚表”,今从书钞作“檄文”。按,所引二句又见陈琳集为袁绍檄豫州文中,疑书钞钞录时误为应玚,御览又因之;或陈、应二人同有此语,亦未可知。

〔二〕“骑”,御览作“马”。张、严二辑本同。

释　宾

圣人不违时而遁迹,贤者不背俗而遗功。文选三五张协七命李善注。

九有威夷,始失其政。文选四七袁宏三国名臣序赞李善注。

子犹不能腾云阁,攀天衢。文选五五刘峻广绝交论李善注。

文质论

盖皇穹肇载,阴阳初分。日月运其光,列宿曜其文。百谷丽于土,芳华茂于春。是以圣人合德天地,禀气淳灵。仰观象于玄表,俯察式于群形。穷神知化,万国是经〔一〕。故否泰易趋,道无攸一。二政代序,有文有质。若乃陶唐建国,成周革命。九官咸乂,济济休令。火龙黼黻,暐韡于廊庙;衮冕旂旒,舄奕乎朝廷。冠德百王,莫参其政。是以仲尼叹“焕乎”之文,从“郁郁”之盛也。夫质者端一,玄静俭啬,潜化利用。承清泰,御平业,循轨量,守成法,至乎应天顺民,拨乱夷世。摛藻奋权,赫奕丕烈。纪禅协律,礼仪焕别。览坟丘于皇代,建不刊之洪制;显宣尼之典教,探微言之所弊。若夫和氏之明璧，轻縠之袿裳，必将游玩于左右，振饰于宫房，岂争牢伪之势，金布之刚乎？且少言辞者，孟僖所以不能答郊劳也；寡智见者，庆氏所以困相鼠也。今子弃五典之文，暗礼智之大〔二〕，信管、望之小，寻老氏之蔽，所谓循轨常趋，未能释连环之结也。且高帝龙飞丰沛，虎据秦楚，唯德是建，唯贤是与。陆、郦摛其文辩，良、平奋其权谞，萧何创其章律，叔孙定其庠序，周、樊展其忠毅〔三〕，韩、彭列其威武，明建天下者非一士之术，营造宫庙者非一匠之矩也。逮自高后乱德，损我宗刘，朱虚轸其虑，辟强释其忧，曲逆规其模，郦友诈其游，袭据北军，实赖其畴。冢嗣之不替，诚四老之由也〔四〕。夫谏则无义以陈，问则服汗沾濡，岂若陈平敏对，叔孙据书？言辨国典，辞定皇居，然后知质者之不足，文者之有馀。艺文类聚二二。

【校勘记】

〔一〕“国”，张、严二辑本并作“物”。

〔二〕“智”，张辑本作“义”。

〔三〕“毅”，张、严二辑本并作“教”。

〔四〕“诚”，张、严二辑本并作“实”。

弈　势

盖棋弈之制，所〔由来〕尚矣〔一〕。有像军戎战阵之纪：旌旗既列，权虑蜂起，骆驿雨集，鱼鳞雁峙，奋维阐翼〔二〕，固卫边鄙。或饰遁伪旋，卓铄軿列，羸师延敌，一乘虚绝，归不得合，两见擒灭。淮阴之谟，拔旗之势也。或匡设无常，寻变应危，寇动北垒，备在南麾〔三〕，中棋既捷，四表自亏。亚夫之智，耿弇之奇也。或假道四布，周爰繁昌，云合星罗，侵逼郊场，师弱众寡，临据孤亡，披扫强御，广略土疆。昆阳之威，官渡之方也。挑诱既战，见欺敌对，纷拏相救，不量进退，群聚俱陨，力行唐突，嗔目恚愤，覆局崩溃。项将之咎，楚怀之悖也。时或失谬，收奔摄北，还自保固，完聚补塞，见可而进，先负后克。燕昭之贤，齐顷之德也。长驱驰逐，见利忘害，轻敌寡备，所丧弥大，临疑犹豫，算虑不详，苟贪少获，不知所亡，当断不断，还为所谋。项羽之失，吴王之尤也。持棋相守，莫敢先动，由楚汉之兵，相拒索巩也。艺文类聚七四。太平御览七五三。

【校勘记】

〔一〕“由来”，类聚原无此二字，据御览补。

〔二〕“阐”，御览作“阖”，张辑本同。

〔三〕“麾”，御览作“尾”。

失题文

汝南召陵王申，为郡五官掾，太守有私财、百事以委付之〔一〕，夫人、郎君皆莫之知〔二〕。太守卒，申以金银悉还之，人贵其节行〔三〕。北堂书钞七七引应场集。

【校勘记】

〔一〕“百事”二字，陈本书钞作“悉”。

〔二〕“夫人郎君”四字，陈本书钞作“家人”二字。

〔三〕“人”，孔本书钞原无此字，而下“贵其节行”四字则入为标目，今从陈本书钞。

建安七子集卷七　刘桢集

诗

公宴诗

永日行游戏，欢乐犹未央。遗思在玄夜，相与复翱翔。辇车飞素盖〔一〕，从者盈路傍。月出照园中，珍木郁苍苍〔二〕。清川过石渠，流波为鱼防。芙蓉散其华，菡萏溢金塘。灵鸟宿水裔〔三〕，仁兽游飞梁。华馆寄流波，豁达来风凉。生平未始闻〔四〕，歌之安能详？投翰长叹息，绮丽不可忘。文选二〇。艺文类聚三九。

【校勘记】

〔一〕“车”，五臣文选作“居”。

〔二〕“木”，类聚作“树”。

〔三〕“灵”，类聚作“珍”。

〔四〕“平”，五臣文选作“年”。

赠五官中郎将诗四首

昔我从元后，整驾至南乡〔一〕。过彼丰沛都，与君共翱翔。四节相推斥，季冬风且凉。众宾会广坐〔二〕，明镫熺炎光。清歌制妙声，万舞在中堂。金罍含甘醴，羽觞行无方。长夜忘归来，聊且为大康。四牡向路驰，叹悦诚未央〔三〕。文选二三。初学记一四。

余婴沈痼疾，窜身清漳滨。自夏涉玄冬〔四〕，弥旷十馀旬〔五〕。常恐游岱宗，不复见故人。所亲一何笃，步趾慰我身。清谈同日夕，情眄叙忧勤〔六〕。便复为别辞，游车归西邻。素叶随风起，广路扬埃尘。逝者如流水，哀此遂离分。追问何时会？要我以阳春。望慕结不解，贻尔新诗文。勉哉修令德，北面自宠珍。文选二三。说文解字系传疒部"痁"字注。

秋日多悲怀，感慨以长叹。终夜不遑寐，叙意于濡翰。明镫曜闺中，清风凄已寒。白露涂前庭，应门重其关。四节相推斥，岁月忽欲殚。壮士远出征，戎事将独难。涕泣洒衣裳〔七〕，能不怀所欢？文选二三。

凉风吹沙砾〔八〕，霜气何皑皑〔九〕！明月照缇幕，华灯散炎辉〔一〇〕。赋诗连篇章，极夜不知归。君侯多壮思，文雅纵横飞。小臣信顽卤，僶俛安能追！文选二三。太平御览七〇〇。韵补一"皑"字注。

【校勘记】

〔一〕"至"，张辑本作"出"。

〔二〕"会广坐"，初学记作"咸会坐"。"坐"，五臣文选作"座"。

〔三〕"叹"，五臣文选作"欢"。

〔四〕"涉玄冬"，说文解字系传注作"及徂秋"。孙志祖文选考异云："若自夏涉冬，则不止十馀旬矣；且诗三章明云'秋日多悲怀'，是秋而非冬也。楚金所据本当不误。"按，当以说文解字系传为正。

今作“涉玄冬”者，恐是后人依上首“季冬风且凉”句而妄改之。

〔五〕“弥旷”，说文解字系传注作“旷尔”，五臣文选作“弥广”。

〔六〕“眄”，古诗纪二六作“盼”。

〔七〕“涕泣”，古诗纪二六作“泣涕”。

〔八〕“沙砾”，韵补注作“砾砾”。

〔九〕“霜气”，五臣文选作“氛霜”。

〔一〇〕“灯”，御览作“烛”。

赠徐干诗

谁谓相去远？隔此西掖垣。拘限清切禁〔一〕，中情无由宣。思子沉心曲，长叹不能言。起坐失次第，一日三四迁。步出北寺门，遥望西苑园〔二〕。细柳夹道生，方塘含清源。轻叶随风转，飞鸟何翻翻〔三〕。乖人易感动〔四〕，涕下与衿连〔五〕。仰视白日光，皦皦高且悬〔六〕。兼烛八纮内，物类无颇偏。我独抱深感，不得与比焉。文选二三。艺文类聚一。初学记一一引三条。

【校勘记】

〔一〕“拘”，初学记作“所”。

〔二〕“望”，初学记作“见”。

〔三〕“翻翻”，初学记作“翩翩”。

〔四〕“动”，文选三一江淹杂体诗注作“恸”。

〔五〕“涕”，五臣文选作“泪”。

〔六〕“皦皦”，类聚作“皎皎”。

又赠徐干诗〔一〕

猥蒙惠咳唾，贶以雅颂声〔二〕。高义厉青云，灼灼有表经〔三〕。北堂书钞一〇〇。

【校勘记】

〔一〕书钞引作“赠徐干”，唯韵与上首不同，当别是一首。

〔二〕“雅颂”，陈本书钞作“大雅”。

〔三〕“有表经”，陈本书钞作“粲华星”。

赠从弟诗三首

泛泛东流水，磷磷水中石。苹藻生其涯，华叶纷扰溺〔一〕。采之荐宗庙，可以羞嘉客。岂无园中葵？懿此出深泽。文选二三。

亭亭山上松〔二〕，瑟瑟谷中风。风声一何盛〔三〕，松枝一何劲。冰霜正惨凄〔四〕，终岁常端正〔五〕。岂不罗凝寒〔六〕？松柏有本性。文选二三。艺文类聚八八。文镜秘府论南卷。

凤凰集南岳，徘徊孤竹根。于心有不厌〔七〕，奋翅凌紫氛〔八〕。岂不常勤苦〔九〕？羞与黄雀群〔一〇〕。何时当来仪？将须圣明君〔一一〕。文选二三。艺文类聚九〇。初学记三〇题作“刘桢凤凰诗”。

【校勘记】

〔一〕“华叶纷扰溺”，胡刻本文选原作“华纷何扰弱”，今从五臣文选。

〔二〕“亭亭”，文镜秘府论作“青青”。又“山”作“陵”。

〔三〕“声”，文镜秘府论作“弦”。

〔四〕“冰”，类聚作“风”。“凄”，胡刻本文选原作“怆”，今从类聚、五臣文选。

〔五〕“常”，类聚作“恒”。

〔六〕“罗”，古诗纪二六、张辑本作“罹”。“凝寒”，类聚作“霜雪”。

〔七〕“有不厌”，初学记作“存不厌”。

〔八〕“凌”，初学记作“腾”。

〔九〕"勤",初学记作"辛"。

〔一〇〕"黄雀",初学记作"雀同"。

〔一一〕"将",初学记作"要"。

杂　诗〔一〕

职事相填委〔二〕,文墨纷消散。驰翰未暇食〔三〕,日昃不知晏。沈迷簿领书〔四〕,回回自昏乱。释此出西城,登高且游观。方塘含白水,中有凫与雁。安得肃肃羽,从尔浮波澜〔五〕。文选二九。北堂书钞三六引两条。文选三〇沈约咏湖中雁诗、又四三丘迟与陈伯之书李善注。

【校勘记】

〔一〕此题文选三〇注引作"杂咏诗"。

〔二〕"相",五臣文选作"烦"。

〔三〕"暇",书钞作"遑"。

〔四〕"簿领",文选四三注作"领簿"。"书",书钞作"间"。

〔五〕"从尔浮",五臣文选作"尔从游"。

斗鸡诗

丹鸡被华采,双距如锋芒。愿一扬炎威,会战此中唐。利爪探玉除,嗔目含火光。长翘惊风起,劲翮正敷张。轻举奋勾喙,电击复还翔。艺文类聚九一。

射鸢诗

鸣鸢弄双翼,飘飘薄青云〔一〕。我后横怒起,意气陵神仙。发机如惊猋,三发两鸢连。流血洒墙屋,飞毛从风旋。庶士同声赞,君射一何妍!艺文类聚九二。

【校勘记】

〔一〕"云",唐类函四二七作"天"。近是。

失题诗 十四则

昔君错畦畤,东土有素木。条柯不盈寻,一尺再三曲。隐生置翳林,倥傯自迫束〔一〕。得托芳兰苑,列植高山足。艺文类聚八八。

青青女萝草,上依高松枝。幸蒙庇养恩〔二〕,分惠不可赀〔三〕。风雨虽急疾,根株不倾移。艺文类聚八一。太平御览九九三。

天地无期竟,民生甚局促。为称百年寿,谁能应此录?低昂倏忽去,炯若风中烛。太平御览八七〇。

翩翩野青雀,栖窜茨棘蕃。朝拾平田粒,夕饮曲池泉。猥出蓬蒿中〔四〕,乃至丹丘边。事类赋一九。太平御览九二二。

旦发邺城东,暮次溟水旁。三军如邓林,武士攻萧壮〔五〕。北堂书钞一一七。

初春含寒气,阳气匿其晖。灰风从天起,砂石纵横飞。北堂书钞一五四。

和风从东来,玄云起西山。夜中发此气,明旦飞甘泉。太平御览一一。事类赋三。

玄云起高岳,终朝弥八方。北堂书钞一五〇。艺文类聚一。

揽衣出巷去,素盖何翩翩。北堂书钞一三四。

曒月垂素光,玄云为髣髴。文选二九傅玄杂诗、又左思杂诗李善注。海录碎事一。

散礼风雨起。北堂书钞一〇〇。

供膳敕中厨。九家集注杜诗一三郑典设自施州归注。

朝发白马,暮宿韩陵。太平寰宇记五五。

大厦云构。文选二二陆机招隐诗、又四六王融三月三日曲水诗序李善注。

【校勘记】

〔一〕“倥偬”,类聚原作“控偬”,今从古诗纪二六。

〔二〕“养”,御览作“眷”。

〔三〕“分”,御览作“为”。又“赀”作“訾”。

〔四〕“蓬蒿”,御览作“蔚莱”。

〔五〕“武士攻萧壮”,陈本书钞作“剑戟凛秋霜”。

赋

大暑赋

其为暑也,羲和总驾发扶木,太阳为舆达炎烛,灵威参乘步朱毂〔一〕。赫赫炎炎,烈烈晖晖,若炽燎之附体,又温泉而沉肌。兽喘气于玄景〔二〕,鸟戢翼于高危。农畯捉鎛而去畴〔三〕,织女释杼而下机。温风至而增热,歊悒憯而无依。披襟领而长啸,冀微风之来思。艺文类聚五。韩元吉本古文苑三。章樵注本古文苑二一。北堂书钞一五六。

实冰浆于玉盏。玉烛宝典六。

【校勘记】

〔一〕“乘”,类聚原作“垂”,今从古文苑。

〔二〕“气”,书钞作“遽”。

〔三〕“鎛”,类聚、古文苑作“鐏”,张、严二辑本并同。今从四库全书所收张辑本改。按,说文金部:“鐏,柲(戈柄)下铜也。”释名释田器:“鎛,亦锄田器也。”是前者属兵器,当从后者为是。古文苑章注云:“鐏,农器,铁首。”则属望文生训,臆断无凭。

黎阳山赋

自魏都而南迈，迄洪川以揭休。想王旅之旌旄，望南路之遐修。御轻驾而西徂，过旧坞之高区。尔乃踰峻岭，超连冈〔一〕，一登九息，遂臻其阳。南荫黄河，左覆金城，青坛承祀，高碑颂灵。珍木骈罗，奋华扬荣。云兴风起，萧瑟清泠。延首南望，顾瞻旧乡，桑梓增敬，惨切怀伤。河源汩其东游，阳乌飘而南翔。睹众物之集华，退欣欣而乐康。艺文类聚七。水经河水注引“南荫”四句。

良游未厌，白日潜辉。文选二二谢混游西池诗、又二四陆机答贾长渊诗李善注。

【校勘记】

〔一〕“冈”，类聚原作“罡”，今从张、严二辑本。

鲁都赋

昔大廷氏肇建厥居，少昊受命，亦都兹焉。山则连冈属岭，嶝魁峡北。紫金扬晖于鸿崖〔一〕，水精潜光乎云穴。岱宗邈其层秀，干气雾以高越。其木则赤楝青松，文茎蕙棠，洪干百围，高径穹皇。竹则填彼山陔〔二〕，根弥阪域〔三〕，夏簜攒包，劲条并殖，〔蒙雪含霜〔四〕，不渝其色，〕翠实离离，凤皇攸食〔五〕。水产众夥，各有彝伦：颁首莘尾〔六〕，丰颅重断，戴兵挟刃，盘甲曲鳞。且观其时谢节移，和族绥宗，招欢合好，肃戒友朋。〔众媛侍侧〔七〕，鳞附盈房。〕蛾眉清眸，颜若雪霜〔八〕。〔含丹吮素〔九〕，巧笑妍详。〕〔玄发曜粉〔一〇〕，芳泽不□。〕插曜日之珍笄〔一一〕，珥明月之珠当。〔袿裾纷袆〔一二〕，振佩鸣璜。〕舞人就列，整饰容华。〔妖服初工〔一三〕，刻画绮纱。〕和颜扬眸，眄风长歌〔一四〕。飘乎猋发〔一五〕，身如转波。寻虚骋迹，顾与节和。纵修袖以终曲[一六]，若奔星之赴河[一七]。及其素秋二七，天汉指隅。民胥祓禊[一八]，国子水嬉[一九]。〔工祝掩渚[二〇]，扬葋陈词。〕缇帷弥津[二一]，丹帐覆洲[二二]。〔日暮宴罢[二三]，车骑就衢。〕盖如飞鹤[二四]，马如游鱼[二五]。应门岩岩，朱扉含光。路殿岿其隆崇，文陛巘其高骧。听迅雷于长除，若有闻而复亡。其园囿苑沼，骈田接连。渌池分浪，以带石垠。文隅琼岸，华玉依津。邦乃大狩，振扬炎威。教民即戎，讲习兴师。落幕包括，连结营围。〔长罼掩壑[二六]，大罗被罘。〕毛群陨殪，羽族歼剥，填崎塞畎，不可胜录[二七]。艺文类聚六一。宋书礼志二。编珠二引三条。北堂书钞一〇六、一〇七、一三二、一三五两引、一五五、一五八。文选五五刘峻广绝交论李善注。初学记四、二八。太平御览三八一、七〇〇、七〇二、八三二。韵补一"嬉"字注、"词"字注，又二"纱"字注，又五"剥"字注。

巨海分焉，倾泻百川。初学记六。

旁厉四邑，延于休溷。冠盖交错，隐隐辚辚。韵补一"溷"字注。

又有盐池漭沆，煎炙赐春。燋暴渍沫，疏盐自殷。挹之不损，取之不勤[二八]。北堂书钞一四六两引。

其盐则高盆连冉，波酌海臻。素鹾凝结，皓若雪氛。北堂书钞一四六。

汤盐池[二九]，东西长七十里，南北七里，盐生海内，暮取朝复生。北堂书钞一四六。

其女工则绛绮縠[三〇]。太平御览八一六。

纤纤丝履，灿烂鲜新。灵草寻梦，华荣奏□。表以文组[三一]，缀以珠玭。步履安审，接趾承身。北堂书钞一三六。初学记二六。太平御览六九七。

龙烛九枝，逸稻寿阳。赋湛露以留客，召丽妙之新倡[三二]。初学记一五。北堂书钞一一二。

伊岁之冬，云气清晞。水沍露凝，冰雪皑皑。初学记三。

金陛玉砌，玄桓云阿。文选四六王融三月三日曲水诗序李善注。

阳窗含辉，阴牖纳光。编珠二。

芳果万名，攒罗广庭。霜滋露熟〔三三〕，时至则零。太平御览九六四。

黍稷油油，秔族垂芒。残穟满握，一颖盈箱。初学记二七。

绿䴔葱鹭〔三四〕。太平御览九二五。

苹藻漂于阳侯，芙蕖出乎渚际。奋红葩之熻熻，逸景烛于崖水。韵补四"水"字注。

龟螭潜滑于黄泥，文鱼游踊于清濑。浚迅波以远腾，正泌㴔乎湄滣。韵补四"濑"字注。

戢武器于有炎之库，放戎马于巨野之垧。水经泗水注。

建燕尾之飞旌。编珠二。

岩险回隔，峻巇隐曲。猛兽深潜，介禽窜匿。韵补五"曲"字注。

猰㺄猛容，举父猴玃，战斗陵冈，嗔怒奋赫。韵补五"玃"字注。

昼藏宵行，俯仰哮咆，禽兽怖窜，失偶丧俦。韵补二"咆"字注。

彼齐、〔鲁〕诸儒〔三五〕，皆绘弁端衣，散佩垂绅。金声玉色，温故知新。访鲁都之区域，吊先生之遗真。太平御览一五六。北堂书钞九六。

若乃考王道之去就〔三六〕，览万代之兴衰。发龙图于金縢，启洛典乎石扉〔三七〕。崇七经之旨义，删百氏之乖违。北堂书钞一〇一、九六。

覃思图籍，阐迪德谟。蕴包古今，撰集丘素。韵补四"谟"字注。

举成均之旧志，建学校乎泗滨。表泮宫之宪肆，有唐虞之三坟。韵补一"坟"字注。

采逸礼于残竹，听遗诗乎达路。览国俗之盛衰，求群士之德素。北堂书钞一〇一。

至于日昃，体劳怠倦。一张一弛，文武之训。韵补四"倦"字注。

曳发编芒，蔚若雾烟。九采灼铄，青藻纷缤。韵补一"烟"字注。

奉彝执羃，纳觯授觞，引满辄釂，滴沥受觥。韵补二"觥"字注。

贵交尚信，轻命重气。义激毫毛，怨成梗概。韵补四"概"字注。

四域来求。北堂书钞一四六。

【校勘记】

〔一〕“崖”,书钞一五八作“岸”。

〔二〕“陔”,类聚原作“垠”,今从初学记二八。

〔三〕“根”,类聚原作“陔”,今据初学记二八改。

〔四〕“蒙雪含霜”二句,据初学记二八补。

〔五〕“凤皇”,初学记二八作“凤鸾”。

〔六〕“莘”,类聚原作“华”,今从严辑本改。按,诗小雅鱼藻“鱼在在藻,有颁其首”、“鱼在在藻,有莘其尾”,“颁首莘尾”语出此。

〔七〕“众媛侍侧”二句,据御览三八一补。

〔八〕“雪”,御览三八一作“濡”。

〔九〕“含丹吮素”二句,据书钞一三五、御览三八一补。

〔一〇〕“玄发曜粉”二句,据书钞一三五补于此。

〔一一〕“插”,书钞一三五作“建”,御览三八一作“掖”。

〔一二〕“袿裾纷袆”二句,据御览三八一补。“袿裾”,影宋本御览原作“圭衣”,今从鲍刻本御览。

〔一三〕“妖服初工”二句,据韵补二“纱”字注补。

〔一四〕“眄风”,韵补二“纱”字注作“盰风”,孔本书钞一〇七作“仪凤”,陈本书钞作“彩凤”。

〔一五〕“飘乎焱发”,孔本书钞一〇七作“翩乎炎发”,陈本书钞作“手如回雪”。

〔一六〕“修”,编珠二作“縠”。

〔一七〕“赴”,书钞一〇七作“坠”。

〔一八〕“禊”,宋书礼志作“除”,书钞一五五作“禳”。

〔一九〕“国子水嬉”,类聚原作“国于水游”,宋书礼志作“国子水嬉”,书钞一三二、一五五、韵补一“嬉”字注同,今据改。

〔二〇〕"工祝掩渚"二句,据韵补一"词"字注补。

〔二一〕"帷",书钞一三二、御览七〇〇并作"幄"。

〔二二〕"帐",书钞一三二、御览七〇〇并作"帷"。

〔二三〕"日暮宴罢"二句,据初学记四补。"宴罢",编珠二作"罢朝"。

〔二四〕"鹤",御览七〇二作"鹄"。

〔二五〕"如",文选注作"似"。

〔二六〕"长罼掩壑"二句,严辑本据御览八三二补入于此,今从之。

〔二七〕"录",韵补五"剥"字注作"箓"。

〔二八〕"勤",孔本书钞原作"动",据陈本书钞改。钱锺书管锥篇云,此本老子六章"绵绵若存,用之不勤"。勤,尽竭也。又云,上文"疏盐"之"疏"当作"流"。

〔二九〕"汤",陈本书钞作"内"。按,此条疑是赋之注文。

〔三〇〕"绛"字上或下疑有脱文。

〔三一〕"组",初学记二六作"綦"。

〔三二〕"丽妙",书钞一一二作"妙丽"。

〔三三〕"熟",严辑本作"润"。

〔三四〕"鹜",影宋本御览原作"鶩",鲍刻本作"鹜"。按,此条御览入鹜类,今从鲍刻本。

〔三五〕"齐鲁",御览原无此"鲁"字,据书钞九六补。

〔三六〕"王",书钞九六作"皇"。

〔三七〕"扉",书钞九六作"扇"。

遂志赋

幸遇明后,因志东倾。披此丰草,乃命小生。生之小矣,何兹云当?牧马于路,役车低昂。怆恨恻切〔一〕,我独西行。去峻溪之鸿洞,观日月于朝阳〔二〕。释丛棘之馀刺,践槚林之柔芳。皦玉粲以曜目,荣日华以舒光。信此山之多灵,何神分之煌煌!聊且游观,周历高岑。仰攀高枝,侧身遗阴。磷磷磵磵,以广其心。伊天皇之树叶,必结根于仁方。梢吴夷于东隅,掣叛臣乎南荆。戢干戈于内库,我马絷而不行。扬洪恩于无涯,听颂声之洋洋。四寓莫以无为[三],玄道穆以普将。翼俊乂于上列,退仄陋于下场。袭初服之芜薉,托蓬庐以游翔。岂放言而云尔?乃旦夕之可忘。艺文类聚二六。

【校勘记】

〔一〕"怆悢",类聚原误"怆恨",今从张辑本改。文选班彪北征赋:"心怆悢以伤怀。"五臣李周翰注:"怆悢,忧悲貌。"

〔二〕"日月",类聚原作"日日",今从张辑本改。

〔三〕"莫",张辑本作"尊",严辑本作"奠"。按,当作"莫"。莫,通漠,有清静之义。庄子知北游:"淡而静乎,漠而清乎。"是也。张、严各所改非。

清虑赋

结东阿之扶桑,接西雷乎烛龙。〔入镣碧之间[一],出水精之都。〕上青腰之山,蹈琳珉之涂。玉树翠叶,上栖金乌。初学记二七。文选一三谢惠连雪赋李善注。太平御览八〇八。

错华玉以茨屋,骈雄黄以为墀。纷以瑶蕊,糅以玉夷。初学记二七。太平御览一八五。

〔后〕布玳瑁之席[二],〔前〕设觜蠵之床[三],冯玫瑶之几[四],对精金之盘。北堂书钞一三三两引。太平御览七〇六、七〇九、八〇七、八〇九。

□虞氏之爨,加火珠之甑,炊嘉禾之米,和蕡荚之饭。北堂书钞一四四。

仰秤木韭,俯拔廉姜。太平御览九七四。

瀹凤卵。玉烛宝典二。

乃生气电之班舆。北堂书钞一四〇。

【校勘记】

〔一〕“入镣碧之间”二句,据御览八〇八补。

〔二〕“后”,书钞原无此字,据御览八〇七补。

〔三〕“前”,书钞原无此字,据御览八〇七补。“床”,书钞一作“筵”,御览七〇九、又八〇七同。

〔四〕“玫”,御览八〇九作“文”。

瓜 赋 并序

桢在曹植座〔一〕,厨人进瓜,植命为赋,促立成。其辞曰〔二〕:初学记一〇。太平御览九七八。

〔含金精之流芳〔三〕,冠众瓜而作珍。〕三星在隅〔四〕,温风节暮。枕翘于藤〔五〕,流美远布。黄花炳晔,潜实独著。丰细异形,圆方殊务。扬晖发藻,九采杂糅。厥初作苦,终然允甘。应时湫熟,含兰吐芳。蓝皮密理,素肌丹瓤。乃命圃师,贡其最良。投诸清流,一浮一藏。〔更布象牙之席〔六〕,薰玳瑁之筵,凭彤玉之几,酌缥碧之樽。〕析以金刀〔七〕,四剖三离。承之以雕盘,羃之以纤絺。甘逾蜜房〔八〕,冷亚冰圭〔九〕。艺文类聚八七两引。文选二〇颜延年皇太子释奠会作诗李善注。初学记一〇、又二八引三条。太平御览三四六、九七八。事类赋二七引两条。

【校勘记】

〔一〕“桢”,初学记无此字,据御览补。

〔二〕此条初学记作“刘桢瓜赋序”。按,文中直呼曹植姓名,不类刘桢口气,恐非原序。此文又见于书钞一〇二及御览六〇〇所引文士传,疑初是史家记事之文,后辗转钞引乃以为序耳。

〔三〕“含金精之流芳”二句,据御览九七八补。按,上下当有脱文。

〔四〕“星”,类聚原作“心”,据初学记二八改。按,句出诗唐风绸缪。

〔五〕“枕翘于藤”，类聚原作“杭翘放藤”，据初学记二八改。张、严二辑本并同初学记。

〔六〕“更布象牙之席”四句，据初学记一〇补。“更”字原无，据文选注补。“布”，文选注作“铺”。

〔七〕“析”，类聚原作“折”，初学记二八、御览三四六并作“析”，今据改。又事类赋作“斫”。

〔八〕“逾”，御览九七八、事类赋并作“侔”。

〔九〕“亚”，御览九七八、事类赋并作“甚”。

文

谏曹植书〔一〕

家丞邢颙，北土之彦。少秉高节，玄静淡泊，言少理多，真雅士也。桢诚不足同贯斯人，并列左右。而桢礼遇殊特，颙反疏简，私惧观者将谓君侯习近不肖，礼贤不足，采庶子之春华，忘家丞之秋实。为上招谤，其罪不小，以此反侧。魏志邢颙传。

【校勘记】

〔一〕此题张辑本作“谏平原侯植书”，今从严辑本。详见本书所附七子年谱建安十九年刘桢谱。

与曹植书

明使君始垂哀怜〔一〕，意眷日崇。譬之疾病〔二〕，乃使炎农分药，岐伯下针，疾虽未除，就没无恨。何者？以其天医至神，而荣魄自尽也。太平御览七三九。

【校勘记】

〔一〕“哀怜”，御览原作“怜哀”，今从张、严二辑本乙转。

〔二〕“疾病”，影宋本御览原无“病”字，今从鲍刻本。张、严二辑本并同鲍刻。

与临菑侯书

肃以素秋则落〔一〕。文选二四潘尼赠陆机出为吴王郎中令诗、又二五刘琨重赠卢谌诗、又三五张协七命李善注。

【校勘记】

〔一〕此文严辑本附于上篇与曹植书文后，然原书引此二文题既相异，未敢遽断其必同出于一书，今姑依文选注所引之题另立之。

答曹丕借廓落带书〔一〕

桢闻荆山之璞，曜元后之宝；随侯之珠，烛众士之好〔二〕；南垠之金，登窈窕之首；鼲貂之尾〔三〕，缀侍臣之帻〔四〕：此四宝者，伏朽石之下，潜污泥之中，而扬光千载之上，发彩畴昔之外，亦皆未能初自接于至尊也。夫尊者所服，卑者所修也；贵者所御，贱者所先也。故夏屋初成而大匠先立其下，嘉禾始熟而农夫先尝其粒。恨桢所带，无他妙饰，若实殊异，尚可纳也〔五〕。魏志王粲传注引典略。太平御览六八七、六八八、六九六。事类赋一二。

【校勘记】

〔一〕典略曰：“文帝尝赐桢廓落带，其后师死，欲借取以为像，因书嘲桢云：‘夫物因人为贵。故在贱者之手，不御至尊之侧。今虽取之，勿嫌其不反也。’桢答曰云云。桢辞旨巧妙皆如是，由是特为诸公子所亲爱。”张辑本题作“答太子书”，今从严辑本。

〔二〕“士”，御览六九六作“女”。

〔三〕“鸊䴙”，御览六八八作“貂鸊”，又六八七作“貂蝉”，又六九六作“鸊鷉”。

〔四〕“缀”，御览六八八作“挂”，事类赋同。

〔五〕“尚”，御览六九五作“上”。

处士国文甫碑

先生执乾灵之贞资〔一〕，禀神衹之正性。咳笑则孝悌之端著，匍匐则清节之兆见。龆龀以及成人，体无懈容，口无慭辞，兢兢业业，小心思忌〔二〕。勤让同俦，敬事长老，虽周之乐正子春，汉之江都董相，其饬躬力行，无以尚之。是以长安师其仁，朋友钦其义，闺门推其慈〔三〕，宗属怀其惠。既乃潜身穷岩，游心载籍，薄世名也。初海内之乱，不视膳羞十有馀年。忧思泣血〔四〕，不胜其哀，形销气竭，以建安十七年四月卒。于时龙德逸民，黄发实叟，缀文通儒，有方彦士，莫不拊心长号，如丧同生。咸以为诔所以昭行也，铭所以旌德也。古之君子，既没而令问不亡者，由斯二者也。铭曰：

懿矣先生，天授德度。外清内白，如玉之素。逍遥九皋，方回是慕。不计治萃，名与殊路。知我者希，韫椟未酤。丧过乎哀，遘疾不悟。早世永颓，违此荣祚。咨尔末徒，聿修叹故。艺文类聚三七。

【校勘记】

〔一〕“资”，严辑本作“洁”。

〔二〕“思”，张、严二辑本作“畏”。

〔三〕“推”，张、严二辑本作“称”。

〔四〕“思”，严辑本作“心”。

失题文 四则

云师洒路，雷公警跸。北堂书钞一六。

润八青。北堂书钞六。

孔氏卓卓，信含异气，笔墨之性，殆不可胜。文心雕龙风骨篇。

文之体指实强弱〔一〕，使其辞已尽而势有馀，天下一人耳，不可得也〔二〕。文心雕龙定势篇。

【校勘记】

〔一〕"指"，杨明照先生校注云，疑为"势"之误。"实"下，似脱一"有"字。

〔二〕按，南齐书陆厥传载厥与沈约书云："刘桢奏书，大明体势之致。"此条及上条皆言文章之体势气性，疑是陆厥所称之"奏书"中语。

附　录

附录一　建安七子佚文存目考

孔　融

上章谢大中大夫

任昉文章缘起："上章：孔融上章谢大中大夫。"此谢恩章，今亡。

论郗鸿豫书

经进东坡文集事略乐全先生文集叙："孔北海志大而论高，……其论盛孝章、郗鸿豫书，慨然有烈丈夫之风。"按，融之与曹公论盛孝章书见于本集，其论郗鸿豫书今亡。后汉书本传载曹操与融书曰："昔国家东迁，文举盛叹鸿豫'名实相副，综达经学，出于郑玄，又明司马法'……"又载融答书曰："融与鸿豫州里比郡，知之最早。虽尝陈其功美，欲以厚于见私，信于为国，……郗为故吏，融所推进。"据此，知融于建安初尝称美郗虑而荐之于朝廷，其论郗鸿豫书或为此而作。然则上引曹操书"文举盛叹鸿豫"以下文字，当出自此书之中。

孝廉论

刘勰文心雕龙论说篇:“至如张衡讥世,韵似俳说,孔融孝廉,但谈嘲戏,曹植辨道,体同书钞,言不持正,论如其已。”今孔融孝廉论亡。

杨四公赞

经进东坡文集事略孔北海赞序:“予观公所作杨四公赞,叹曰……乃作孔北海赞。”注:“杨震,子秉,孙赐,曾孙彪。自震至彪,四世为太尉,故谓之四公。”按,太平御览卷五八八引李充翰林论曰:“容象图而赞立,宜使辞简而义正。孔融之赞杨公,亦其美也。”所称“孔融之赞杨公”,即指杨四公赞,又知其文属图赞一类。

□□陈□碑

刘勰文心雕龙诔碑篇:“自后汉以来,碑碣云起。……孔融所创,有慕伯喈,张、陈两文,辨给足采,亦其亚也。”按,刘勰所说之“张文”,当是卫尉张俭碑,已载本集,而“陈文”今亡,亦未详碑主之官职、名字。

陈　琳

博陵王宫侠曲

吴兢乐府古题要解下:“博陵王宫侠曲,右见陈琳集。”乐府诗集卷六七杂曲歌辞游侠篇解题亦曰:“魏陈琳、晋张华又有博陵王宫侠曲。”按,张华博陵王宫侠曲二首载乐府诗集,陈琳此作亡。

武猎赋

古文苑卷七王粲羽猎赋章樵注引挚虞文章流别论:“建安中,魏文帝从武帝出猎,赋(校猎),命陈琳、王粲、应玚、刘桢并作。琳为武猎,粲为羽猎,玚为西狩,桢为大阅,凡此各有所长,粲其最也。”按,曹丕校猎赋见艺文类聚卷六六、初学记卷二二、太平御览卷三三九引，王粲羽猎赋、应玚西狩赋各存本集，陈琳武猎赋、刘桢大阅赋今俱亡。

与臧洪书

又与臧洪书

范晔后汉书臧洪传：袁绍围臧洪，“历年不下，使洪邑人陈琳以书譬洪，示其祸福，责以恩义”。李贤注引献帝春秋曰：“绍使琳为书八条，责以恩义，告喻使降也。”是琳受绍命，曾作书与洪。又魏志臧洪传载洪答书有云：“前日不遗，比辱雅贶，述叙祸福，公私切至。……捐弃纸笔，一无所答。”又云：“重获来命，援引古今，纷纭六纸，虽欲不言，焉得已哉。”（按，又见后汉书臧洪传，文字稍略。）据此，知琳作书与洪，先后计两通：其一即所谓“示其祸福”者，洪不答；其二则“援引古今，纷纭六纸”，亦即献帝春秋所谓“为书八条，责以恩义”者。此二书今并亡，惟其第二书，在洪答书中时有称引，可见大略。

为曹洪与魏文帝书其一

文选卷四一载陈琳为曹洪与魏文帝书，其书云：“十一月五日，洪白：前初破贼，情奓意奢，说事颇过其实。得九月二十日书，读之喜笑，把玩无厌，亦欲令陈琳作报。”按，此书已入本集。绎其辞，知前此洪别有一书与曹丕，即所谓“说事颇过其实”者。又据“亦欲令陈琳作报”一语推知，其亦为陈琳捉刀甚明，今亡。

王　粲

七哀诗又三首

古文苑卷八王粲七哀诗题下章樵注：“粲集七哀诗六首，其二入选。”是知宋人所见王粲集中有七哀诗六首。今本分别从文选、古文苑中辑存三首，其馀三首皆亡。

登歌安世诗

沈约宋书乐志一:明帝太和初,“缪袭奏:‘自魏国初建,故侍中王粲所作登哥安世诗,专以思咏神灵及说神灵鉴享之意。’……王粲所造安世诗,今亡”。

感丘赋

全晋文卷一〇二载陆云与兄平原书,其论王粲文云:“登楼赋无乃烦,感丘赋、吊夷齐辞不为伟。”按,登楼赋、吊夷齐文已存于本集,感丘赋今亡。

述征赋

愁霖赋

喜霁赋

全晋文卷一〇二陆云与兄平原书:“视仲宣赋集,初、述征、登楼前即甚佳,其馀平平,不得言情处。……愁霖、喜霁,殊自委顿,恐此都自易胜。”按,初征赋已存本集,述征、愁霖、喜霁三赋,今俱亡。又文选卷三一江淹杂体诗李善注曰:“王仲宣有愁霖赋。”则此篇唐人犹及见焉。

为刘表答审配书

古文苑卷一〇王粲为刘表与袁尚书:“又得贤兄贵弟显雍及审别驾书。”章樵注曰:“审配为冀州别驾,有书贻表,粲亦为修书答之。不见答显雍书。”按,据此意,章氏曾目见王粲为刘表答审配书,则宋本王粲集中当有此书。今亡。

去伐论

刘勰文心雕龙论说篇:“详观兰若之才性,仲宣之去代(当作“伐”),叔夜之辨声,太初之本玄(当作“无”),辅嗣之两例,平叔之二论,并师心独见,锋颖精密,盖人伦(当作“论”)之英也。”按,隋书经籍志考证曰:“马国翰曰:‘隋、唐志载王粲去伐论集三卷,今佚。考艺文类聚引去伐论一篇,题袁宏,书名同而撰人异。按隋、唐志均无宏撰去伐论之目,以题称去伐论集,绎之当是王粲著论,后贤多有拟议,一并附入欤?'按魏志本传'著诗赋论议垂六十篇',去伐论当在其中。"今亦亡。

徐　干

玄猿赋

漏卮赋

橘赋

曹丕典论论文:"王粲长于辞赋,徐干时有齐气,然粲之匹也。……干之玄猿、漏卮、圆扇、橘赋,虽张、蔡不过也。"按典论所称干之四赋,今但存圆扇赋佚文四句,已存其本集,其馀三篇均亡。

限王公以下奴婢田宅议

唐晋书李重传:"时太中大夫恬和表陈便宜,称汉孔光、魏徐干等议,使王公已下制奴婢限数,及禁百姓卖田宅。中书启可,属主者为条制。重奏曰:'……至于奴婢私产,则实皆未尝曲为之立限也。……今如和所陈而称光、干之议,此皆衰世踰侈,当时之患。'"按,孔光奏议见汉书哀帝纪及食货志。徐干议,今亡。

仲雍哀辞

行女哀辞

太平御览卷五九六引挚虞文章流别论:"建安中,文帝、临菑侯各失稚子,命徐干、刘桢等为之哀辞。"又文心雕龙哀吊篇:"建安哀辞,惟伟长差善,行女一篇,时有恻怛。"按,干之行女哀辞当曹氏兄弟各失稚子时奉命而作。考艺文类聚卷三四引曹植行女哀辞序云:"行女生于季秋而终于首夏。"又引其仲雍哀辞序云:"曹喈字仲雍，魏太子之中子也，三月生而五月亡。”知曹植稚子行女与曹丕稚子仲雍均于同时亡殁，与文章流别论所言相合。然则徐干必另有仲雍哀辞无疑。刘桢与徐干同，亦当有此二哀辞，今俱亡。

阮 瑀

为魏文帝作舒告

任昉文章缘起：“告：魏阮瑀为魏文帝作舒告。”此舒告今亡。

立齐桓公神堂议

北堂书钞卷六九引魏武褒赏令：“别部司马付其衡请立齐桓公神堂，令使记室阮瑀议之。”此议今亡。

为魏武与韩遂书

魏志王粲传注引典略：“太祖尝使阮瑀作书与韩遂，时太祖适近出，瑀随从。因于马上具草，书成呈之。太祖揽笔欲有所定，而竟不能增损。”又同传裴松之注：“典略载太祖初征荆州，使瑀作书与刘备，及征马超，又使瑀作书与韩遂，此二书今俱存。”按，本集辑存为魏武与刘备书佚文二句，盖征荆州时作，其为魏武与韩遂书刘宋人犹及见，今亡。

应 玚

喜霁赋

初学记卷二注云：“后汉应玚、魏文帝、缪袭、晋傅玄、陆云，并有喜霁赋。”知玚此赋唐时犹存，今亡。

伤夭赋

庾子山集卷一有伤心赋，为信自伤子女夭折而作。其序有云：“至若曹子建、王仲宣、傅长虞、应德琏、刘(当作“钮”)韬之母、任延（当作“咸”）之亲，书翰伤切，文辞哀痛，千悲万恨，何可胜言。”按，曹植有慰子赋、金瓠哀辞、行女哀辞等，王粲有伤夭赋，任咸妻有孤女泽兰哀辞（以上见艺文类聚卷三四），傅咸有遂登芒赋（见类聚卷四〇），钮韬母有与虞定夫人荐环夫人书（见类聚卷一八），诸文均言伤夭之事，所谓“书翰伤切，文辞哀痛”者也。据庾信所言则应玚当有同类之作，惜其文不传，题亦无考，今姑依王粲赋题拟之。

文论

刘勰文心雕龙序志篇：“详观近代之论文者多矣，至于魏文述典，陈思序书，应玚文论，陆机文赋，仲治流别，弘范翰林，各照隅隙，鲜观衢路；或臧否当时之才，或铨品前修之文，或泛举雅俗之旨，或撮题篇章之意。”又云：“应论华而疏略。”按，本集辑存文质论一篇，或以为即是刘勰所称之“文论”。黄侃文心雕龙札记云此论但“泛言文质之宜，似非文论”，且其与刘勰所撮举诸家论文之旨无一相合，应玚当别有文论一篇，今亡。

刘　桢

大阅赋

考见陈琳武猎赋条下。

仲雍哀辞

行女哀辞

考见徐干同题条下。

附录二　建安七子杂著汇编

英雄记

〔魏〕王粲撰　〔清〕黄奭辑

曹操

曹操与刘备密言，备泄之于袁绍，绍知操有图己之意〔一〕。操自咋其舌流血，以失言戒后世。艺文一七。又御览三六七。

建安中，曹操于南皮攻袁谭，斩之。操作鼓吹，自称万岁，于马上舞〔二〕。十二年，攻乌桓蹋顿，一战，斩蹋顿首，系马鞍，于马上抃舞。御览五七四。又水经大辽水注引"曹操于是击马鞍〔三〕，于马上作十片"。语有脱误。

曹操进军至江上，欲从赤壁渡江。无船，作竹椑，使部曲乘之。从汉水来下，出大江，注浦口。未即渡，周瑜又夜密使轻舸百艘〔四〕，烧椑。操乃夜走。御览七七一。

曹公赤壁之败，至云梦大泽，遇大雾，迷道。书钞一五一。又初学记卷二引无"之"字，"至"作"行"，"泽"下有"中"字，"迷道"作"迷失道路"。

建安七年，邺中大饥，米一斛二万钱〔五〕。御览三五。

【校勘记】

〔一〕"图己"，影宋本御览作"图国"。

〔二〕影宋本御览三〇五引此条止于"于马上舞"，"舞"下有"也"字。

〔三〕"击"，影印永乐大典本水经注作"系"，是也。又下句"十片"，据御览所引，盖"舞"字之误。

〔四〕"轻舸"，影宋本御览作"轻船走舸"。

〔五〕"米一斛",影宋本御览作"芋一亩"。

曹纯

纯字子和,年十四而丧父,与同产兄仁别居。承父业,富于财,僮仆人客以百数。纯纲纪督御,不失其理,乡里咸以为能。好学问,敬爱学士,学士多归焉,由是为远近所称。年十八,为黄门侍郎。二十,从太祖到襄邑募兵,遂常从征战。魏志曹仁传注。又艺文四八引"曹纯字子和,年十六,为黄门侍郎"。又御览二二一引同艺文。又三八四引"曹纯字子和,年十四,丧父,业富于财,使人僮仆以百数,纯纲纪督御之,不失其理。好乐学问,爱敬学士,学士多归焉,由是为远近所称。年十六,为黄门郎"。案"太祖"二字系后人所改,粲时不得称太祖,当称曹公〔一〕。

【校勘记】

〔一〕"案'太祖'二字系后人所改"云云,按,旧唐书经籍志上云:"汉末英雄记十卷,王粲等撰。"然则,其中不全是王粲一人之作。仅就曹操而言,今诸书所引,或称曹公,或称太祖,或直呼曹操,颇不相一,盖作者不同之故,非后人改王粲文也。

周毖　伍琼

毖字仲远,武威人。琼字德瑜,汝南人。魏志董卓传注。又后汉书董卓传注引无"汝南人"三字。

桥瑁

瑁字元伟〔一〕,玄族子。先为兖州刺史,甚有威惠。魏志武帝纪注。又后汉书袁绍传注引"瑁"上"玄"上并有"桥"字。

【校勘记】

〔一〕“元伟”，后汉书袁绍传注引作“元玮”。

董卓

卓父君雅，由微官为颍川纶氏尉。有三子：长子擢，字孟高，早卒；次即卓；卓弟旻，字叔颖。魏志董卓传注。

卓数讨羌、胡，前后百馀战。同上。

河南中部掾闵贡，扶帝及陈留王上至雒舍止。帝独乘一马，陈留王与贡共乘一马，从雒舍南行。公卿百官奉迎于北芒阪下，故太尉崔烈在前道。卓将步骑数千来迎，烈呵使避。卓骂烈曰：“昼夜三百里来，何云避，我不能断卿头邪？”前见帝，曰：“陛下令常侍小黄门作乱乃尔，以取祸败，为负不小邪！”又趋陈留王，曰：“我董卓也，从我抱来。”乃于贡抱中取王。同上。下又注云：“英雄记曰：‘一本云王不就卓抱，卓与王并马而行也。’”

董卓谓王允曰：“欲得一快司隶校尉，谁可作者？”允曰：“唯有盖勋元固，京兆耳。”卓曰：“此明智有馀，不可假以雄职。”御览二五〇。

董卓攻得李旻、张安，毕圭苑中，生烹之〔一〕。二人临入鼎，相谓曰：“不同日生，乃同日烹。”御览六四五。

董卓在显阳苑，请官僚共议，欲有废立，谓袁绍曰：“刘氏之种，不足复遗。”袁绍曰：“汉家君天下四百许年，恩泽深渥，兆民戴之，恐众不从公议。”卓曰：“天下之事，岂不在我？我令为之，谁敢不从！”绍曰：“天下健者，不唯董公！绍请立观之。”横刀长揖而去，坐中皆惊愕。时卓新至，见绍大家，故不敢害之。后汉书袁绍传注引“绍揖卓去，坐中惊愕。卓新至，见绍大家，故不敢害”。卓于是遂策废皇太后，迁之永安宫，其夜崩。废皇帝史侯为弘农王，立陈留王为皇帝。卓闻东方州郡谋欲举兵，恐其以弘农王为主。乃置王阁上，荐之以棘，召王太傅责问之曰："弘农王病困，何故不白？"遂遣兵，迫守太医致药，即日，弘农王及妃唐氏皆薨。御览九二。

卓侍妾怀抱中子，皆封侯，弄以金紫。孙女名白，时尚未笄，封为渭阳君。于郿城东起坛，从广二丈馀，高五六尺，使白乘轩金华青盖车，都尉、中郎将、刺史二千石在郿者，各令乘轩簪笔，为白导从，之坛上，使兄子璜为使者，授印绶。魏志董卓传注。又御览二〇二引"董卓孙女名白，于郿城"，下无"东"字，"白乘"下无"轩"字，末有"也"字。

郿去长安二百六十里。同上。

时有谣言曰："千里草，何青青，十日卜，犹不生。"又作董逃之歌。又有道士书布为"吕"字以示卓，卓不知其为吕布也。卓当入会，陈列步骑，自营至宫，朝服导引其中。马踬不前，卓心怪欲止。布劝使行，乃衷甲而入。卓既死，当时日月清净，微风不起，旻、璜等及宗族老弱悉在郿，皆还，为其群下所斫射。卓母年九十，走至坞门曰："乞脱我死！"即斩首。袁氏门生故吏，改殡诸袁死于郿者，敛聚董氏尸于其侧而焚之。暴卓尸于市。卓素肥，膏流浸地，草为之丹。守尸吏瞑以为大炷，置卓脐中以为灯，光明达旦，如是积日。后卓故部曲收所烧者灰，并以一棺棺之，葬于郿。卓坞中金有二三万斤，银八九万斤，珠玉锦绮奇玩杂物皆山崇阜积，不可知数。魏志董卓传注。又后汉书董卓传注引作"有道士书布以为'吕'字，将以示卓，卓不知其为吕布也"。又引"卓母年九十，走至坞门曰：'乞脱我死！'即时斩首"。又艺文八三引作"董卓郿坞有金二三万斤"。御览八一一、事类赋金引同御览，并无"郿"字。

昔大人见临洮而铜人铸，临洮生卓而铜人毁；世有卓而大乱作，大乱作而卓身灭，抑有以也。魏志董卓论注。

京师谣歌咸言"河腊丛进"，献帝腊日生也。风俗通曰"乌腊乌腊"。案逆臣董卓，滔天虐民，穷凶极恶。关东举兵欲共诛之，转相顾望，莫肯先进，处处停兵，数十万若乌腊虫相随，横取之矣。后汉书五行志一注。

太祖作董卓歌辞云〔二〕:“德行不亏缺,变故自难常。郑康成行酒,伏地气绝;郭景图命尽于园桑。”魏志袁绍传注。按歌辞不合董卓,疑有误。

【校勘记】

〔一〕“毕圭苑”,原本作“毕生范”。黄氏校云:“‘生’疑‘于’字之讹,鲍刻本‘生’作‘圭’,‘范’作‘苑’。”则鲍刻本作“毕圭苑”。按,后汉书灵帝纪“光和三年作罼圭、灵昆苑”,又后汉书董卓传“卓自屯毕圭苑中”,“罼”即“毕”之异体,是“毕圭苑”为地名,鲍刻本不误。影宋本御览亦作“毕圭苑”,今据改,并删黄氏校语。

〔二〕“董卓”,疑原作“董逃”。按郑樵通志乐略载董逃歌有二:一前汉人作,古辞犹存,见乐府诗集相和歌辞清调曲,言上五岳,求长生不死之术;二后汉游童作,董卓以为讽己,故命改“逃”为“安”,事见后汉书五行志一。据曹操此歌辞意,其所拟者当属前者,盖后人改“董逃”为“董卓”。

何苗

苗,太后之同母兄,先嫁朱氏之子。语有脱误。进部曲将吴匡,素怨苗不与进同心,又疑其与宦官通谋,乃令军中曰:“杀大将军者,车骑也。”遂引兵与卓弟旻共攻杀苗于朱爵阙下。魏志董卓传注。

卓欲震威,侍御史扰龙宗诣卓白事,不解剑,立挝杀之,京师震动。发何苗棺,出其尸,枝解节弃于道边。又收苗母舞阳君,杀之,弃尸于苑枳落中,不复收敛。同上。

李傕　郭汜

傕,北地人。汜,张掖人,一名多。魏志董卓传注。又后汉书董卓传注引“傕,北地人”。

李傕等相攻战[一],长安中盗贼不禁,白日虏掠。是时,谷一斛五十万,豆麦二万[二],人相食啖,白骨委积,臭秽满路。御览三五。又书钞一五六陈禹谟补引"李傕"至"人相食"。

【校勘记】

〔一〕"攻",影宋本御览作"次"。

〔二〕"谷一斛五十万,豆麦二万",孔广陶本书钞作"谷一斛五千万,豆麦一斛二十万"。

杨奉　韩暹

备刘备诱奉与相见,因于坐上执之。暹失奉势孤,时欲走还并州,为杼秋屯帅张宣所邀杀。魏志董卓传注。

丁原

原字建阳,本出自寒家,为人粗略有武勇,善骑射。为南县吏[一],受使不辞难,有警急,追寇虏辄在其前。裁知书,少有吏用。魏志吕布传注。又后汉书董卓传注引至"辄在前"止,无"本出自寒家"句,"勇"上无"武"字,"射"上无"骑"字,无"为南县吏"四字,"辞"下无"难"字,无末七字。

【校勘记】

〔一〕"南县",卢弼三国志集解云:"'南'字上下疑有脱文,两汉地志无南县。"按,南县,谓所在地南面之县。魏志崔琰传注引司马彪九州春秋云:孔融"直到所治城,城溃,融不得入,转至南县"是也。

吕布

郭汜在城北,布开城门将兵就汜,言"且却兵,但身决胜负"。汜、布乃独共对战。布以矛刺中汜,汜后骑遂前救汜,汜、布遂各两罢。魏志吕布传注。

诸书，布以四月二十三日杀卓，六月一日败走。时又无闰，不及六旬〔一〕。同上。

吕布刺杀董卓，与李傕战，败，乃将数百骑，以卓头系马鞍，走出武关。御览三五八。

王允诛董卓，卓部曲将李傕、郭汜不自安，遂合谋攻围长安。城陷，吕布奔走。布驻马青琐门外，招允曰："公可以去乎？"允曰："若国家社稷之灵，上安国家，吾之愿也。如其不获，则奉身以死之。"御览四一七。

布自以有功于袁氏，轻傲绍下诸将，以为擅相署置，不足贵也。布求还洛，绍假布司隶校尉。外言当遣，内欲杀布。明日当发，绍遣甲士三十人，辞以送布。布使止于帐侧，伪使人于帐中鼓筝。绍兵卧，布无何出帐去，而兵不觉。夜半兵起，乱砍布床被，谓为已死。明日，绍讯问，知布尚在，乃闭城门。布遂引去。魏志吕布传注。又后汉书臧洪传注引，自"布求还洛"，止于"帐侧"，上无"布使"二字，"谓"下无"为"字〔二〕，"明日"作"明旦"。

吕布诣袁绍。绍患布，欲杀之。遣三十六兵被铠迎布，使著帐边卧。布知之，使于帐中鼓筝。诸兵卧，布出帐去，兵不觉也。艺文四四。按与魏志吕布传注、后汉书臧洪传注所引不同。

吕布诣袁绍，绍患之。布不自安，因求还洛阳，绍听之。承制使领司隶校尉，遣壮士送布而阴杀之。布疑其图己，乃使人鼓筝于帐中，潜自遁出。夜中兵起，而布已亡。绍闻，惧为患，募追之，皆莫敢近，遂复归。御览五七六。按所引又与艺文各别。

布见备，甚敬之，谓备曰："我与卿同边地人也。布见关东起兵，欲诛董卓。布杀卓东出，关东诸将无安布者，皆欲杀布耳。"请备于帐中坐妇床上，令妇向拜，酌酒饮食，名备为弟。备见布语言无常，外然之而内不说。魏志张邈传注。

布初入徐州，书与袁术。术报书曰："昔董卓作乱，破坏王室，祸害术门户。术举兵关东，未能屠裂卓。将军诛卓，送其头首，为术扫灭雠耻，使术明目于当世，死生不愧，其功一也。昔将金元休向兖州，甫诣封丘，为曹操逆所拒破，流离迸走，几至灭亡。将军破兖州，术复明目于遐迩，其功二也。术生年已来，不闻天下有刘备，备乃举兵与术对战。术凭将军威灵，得以破备，其功三也。将军有三大功在术，术虽不敏，奉以生死。将军连年攻战，军粮苦少，今送米二十万斛，迎逢道路，非直此止，当骆驿复致。若兵器战具，它所乏少，大小唯命。"布得书大喜，遂造下邳。魏志张邈传注。

布水陆东下，军到下邳西四十里。备中郎将丹杨许耽夜遣司马章诳来诣布，言："张益德与下邳相曹豹共争，益德杀豹，城中大乱，不相信。丹杨兵有千人屯西白门城内，闻将军来东，大小踊跃，如复更生。将军兵向城西门，丹杨军便开门内将军矣。"布遂夜进，晨到城下。天明，丹杨兵悉开门内布兵。布于门上坐，步骑放火，大破益德兵，获备妻子军资及部曲将吏士家口。同上。

建安元年六月夜半时，布将河内郝萌反，将兵入布所治下邳府，诣厅事阁外，同声大呼攻阁，阁坚不得入。布不知反者为谁，直牵妇，科头袒衣，相将从溷上排壁出，诣都督高顺营，直排顺门入。顺问："将军有所隐不？"布言："河内儿声。"顺言："此郝萌也。"顺即严兵入府，弓弩并射萌众，萌众乱走，天明还故营。萌将曹性反萌，与对战。萌刺伤性，性斫萌一臂。顺斫萌首，床舆性，送诣布。布问性，言："萌受袁术谋。""谋者悉谁？"性言："陈宫同谋。"时宫在坐上，面赤，傍人悉觉之。布以宫大将，不问也。性言："萌常以此问，性言吕将军大将有神，不可击也，不意萌狂惑不止。"布谓性曰："卿健儿也！"善养视之。创愈，使安抚萌故营，领其众。同上。

初，天子在河东，有手笔版书召布来迎。布军无畜积，不能自致，遣使上书。朝廷以布为平东将军，封平陶侯。使人于山阳界，亡失文字，太祖又手书厚加慰劳布，说起迎天子，当平定天下意，并诏书购捕公孙瓒、袁术、韩暹、杨奉等。布大喜，复遣使上书于天子曰："臣本当迎大驾，知曹操忠孝，奉迎都许。臣前与操交兵，今操保傅陛下，臣为外将，欲以兵自随，恐有嫌疑，是以待罪徐州，进退未敢自宁。"答太祖曰："布获罪之人，分为诛首，手命慰劳，厚见褒奖。重见购捕袁术等诏书，布当以命为效。"太祖更遣奉车都尉王则为使者，赍诏书，又封平东将军印绶来拜布。太祖又手书与布曰："山阳屯送将军所失大封，国家无好金，孤自取家好金更相为作印，国家无紫绶，自取所带紫绶以籍心。将军所使不良。袁术称天子，将军止之〔三〕，而使不通章。朝廷信将军，使复重上，以相明忠诚。"布乃遣登奉章谢恩，并以一好绶答太祖。同上。

布令韩暹、杨奉取刘备地麦，以为军资。御览八三八。

袁术遣将纪灵率步骑三万攻刘备〔四〕。吕布遣人招备，并请灵等飨饮，谓灵曰："布性不喜合斗，但喜解斗耳。"乃令植戟于营门，弯弓曰："诸君观布射戟小支，中者，当解兵；不中，留决斗。"布一发中戟支，遂罢兵。御览七四六。又书钞一二四："刘备屯小沛，袁术遣将纪灵攻备。吕布曰：'布不喜合斗〔五〕，但喜解斗耳。'令门侯于营门中举一只戟〔六〕，布言〔七〕：'诸君观布射戟小支，一发中者，诸君当解去〔八〕，不中者，可留决斗〔九〕。'布举弓射戟，正中小支。"

布后又与暹、奉二军向寿春，水陆并进，所过虏略。到锺离，大获而还。既渡淮北，留书与术曰："足下恃军强盛，常言猛将武士欲相吞灭，每抑止之耳。布虽无勇，虎步淮南，一时之间，足下鼠窜寿春，无出头者。猛将武士，为悉何在？足下喜为大言以诬天下，天下之人安可尽诬？古者兵交，使在其间，造策者非布先唱也。相去不远，可复相闻。"布渡毕，术自将步骑五千扬兵淮上，布骑皆于水北大咍笑之而还。时有东海萧建为琅邪相，治莒，保城自守，不与布通。布与建书曰："天下举兵，本以诛董卓耳。布杀卓，来诣关东，欲求兵西迎大驾，光复洛京，诸将自还相攻，莫肯念国。布，五原人也，去徐州五千馀里[一〇]，乃在天西北角，今不不字有误来共争天东南之地。莒与下邳相去不远，宜当共通。君如自遂以为郡郡作帝，县县自王也！昔乐毅攻齐，呼吸下齐七十馀城，唯莒、即墨二城不下，所以然者，中有田单故也。布虽非乐毅，君亦非田单，可取布书与智者详共议之。"建得书，即遣主簿赍笺上礼，贡良马五匹。建寻为臧霸所袭破，得建资实。布闻之，自将步骑向莒。高顺谏曰："将军躬杀董卓，威震夷狄，端坐顾盼，远近自然畏服，不宜轻自出军；如或不捷，损名非小。"布不从。霸畏布抄暴，果登城拒守。布不能拔，引还下邳。霸后复与布和。魏志张邈传注。

吕布将兵向莒。臧霸等畏布，登城上以药箭乱射[一一]，中人马。布不能拔，引还下邳。书钞一二五陈禹谟补。

吕布使陈登诣曹操，求徐州牧，不得。登还，布怒，拔戟斫几曰："吾所求无获，但为卿父子所卖耳！"登不为动容，徐对曰："登见曹公，言'养将军譬如养虎，当饱其肉，不饱则将噬人'。公曰：'不如卿言。譬如养鹰，饥则为用，饱则扬去。'其言如此。"布意乃解。御览三五二。又书钞一二四陈禹谟补引"吕布使陈登诣曹操，求徐州牧，不得。登还，布怒，拔戟斫几曰：'卿父劝吾协同曹公，绝婚公路，今吾所求无一获，而卿父子并显重，但为卿所卖耳。'"

布遣许汜、王楷告急于术。术曰："布不与我女，理当自败，何为复来相闻邪？"汜、楷曰："明上今不救布，为自败耳。布破，明上亦破也。"术时僭号，故呼为明上。术乃严兵为布作声援。又文选任彦昇奏弹曹景宗注引"袁术严兵为吕布作声援"。布恐术为女不至，故不遣兵救也，以绵缠女身，缚著马上，夜自送女出与术，与太祖守兵相触，格射不得过，复还城。又御览八一九引"吕布为曹公所攻，甚急，乃求救于袁术。术先求布女"，下即接"布恐术为女不至"云云。布欲令陈宫、高顺守城，自将骑断太祖粮道。布妻谓曰:"将军自出断曹公粮道是也。宫、顺素不和,将军一出,宫、顺必不同心共守城也,如有蹉跌,将军当于何自立乎?愿将军谛计之,无为宫等所误也。妾昔在长安,已为将军所弃,赖得庞舒私藏妾身耳。今不须顾妾也。"布得妻言,愁闷不能自决。魏志张邈传注。此两"太祖"亦非当日原文,疑裴氏采入传时所改。

曹公擒吕布,布顾刘备曰:"玄德,卿为上坐客,我为降虏,绳缚我急,独不可一言耶?"操曰:"缚虎不得不急。"曹公欲缓之,备曰:"不可!公不见布事丁建阳、董太师乎?"操颔之〔一二〕。布目备曰:"大耳儿最叵信!"艺文一七。又御览八九二引"曹公擒吕布,顾刘备曰:'玄德,卿为坐上客,我为降虏。绳缚我急,独不可一言邪?'操曰:'缚饿虎不得不急。'乃命缓缚布"。又事类赋虎引同御览,"顾"上有"布"字。

布谓太祖曰:"布待诸将厚也,诸将临急,皆叛布耳。"太祖曰:"卿背妻,爱诸将妇,何以为厚?"布默然。魏志张邈传注。

【校勘记】

〔一〕此条疑非王粲所作英雄记本文。按,魏志董卓传"卓死后六旬,布亦败",文下裴注"臣松之案英雄记曰诸书"云云,细审其中"时又无闰,不及六旬"二句,当是英雄记为驳正魏志传文而发;且王粲为汉末人,其叙汉末事,必不能引诸书以正史实,故此条其作者应在晋陈寿之后,亦可证英雄记非尽王粲一人作也。

〔二〕"谓"字上黄校云:"'床'下无'被'字。"标点本后汉书臧洪传注"床"下有"被"字,故删去此校语。

〔三〕"止",卢弼三国志集解引陈景云说云,当作"上"。

〔四〕"袁术"上,影宋本御览四九六有"吕布字奉先刘备屯小沛"十字。又"攻刘备"下有"备求救于布布率骑千馀驰赴之"十三字。

〔五〕"喜",原本作"善",据陈禹谟本书钞改;"吕布曰"下孔广陶本书钞作"不好斗好解斗","吕布"上有"久之"二字。

〔六〕“令门侯”三字及“只”字，孔本书钞无。

〔七〕“布言”，孔本书钞无“布”字。

〔八〕“诸君”，原本作“诸军”，据孔本书钞改。

〔九〕“决斗”，孔本书钞无“决”字。

〔一〇〕“五”，卢弼三国志集解谓当是“三”字之讹。

〔一一〕“登”，原本作“发”，今据孔本书钞改。

〔一二〕“操颔之”，原本脱此三字，今据影宋本艺文补。又“颔”，影宋本原作“憾”，汪绍楹校云：明本作“颔”。按，后汉书吕布传此句作“操颔之”，李贤注引杜预注左传曰：“颔，摇头也。”正与明本类聚合。今据改。御览三六六引作“领”，亦非。

李叔节

李叔节与弟进先共在乘氏城中。吕布诣乘氏城下，叔节从城中出，诣布。进先不肯出，为叔节杀数头肥牛，提数十石酒，作万枚胡饼，先持劳客。御览八六〇。

张杨

杨及部曲诸将，皆受傕、汜购募，共图布。布闻之，谓杨曰：“布，卿州里也。卿杀布，于卿弱。不如卖布，可极得汜、傕爵宠。”杨于是外许汜、傕，内实保护布。汜、傕患之，更下大封诏书，以布为颍川太守。魏志吕布传注。

杨性仁和，无威刑。下人谋反，发觉，对之涕泣，辄原不问。魏志张杨传注。

高顺

顺为人清白有威严，不饮酒，不受馈遗。所将七百馀兵，号为千人，铠甲斗具皆精练齐整，每所攻击无不破者，名为陷阵营。顺每谏布，言："凡破家亡国，非无忠臣明智者也，但患不见用耳。将军举动，不肯详思，辄喜言误，误不可数也。"布知其忠，然不能用。布从郝萌反后，更疏顺。以魏续有外内之亲，悉夺顺所将兵以与续。及当攻战，故令顺将续所领兵，顺亦终无恨意。魏志张邈传注。又后汉书吕布传注引"顺为人不饮酒，不受馈。所将七百馀兵，号为千人，名陷阵营。布后疏顺，夺顺所将兵，亦无恨意"。

臧洪

袁绍以臧洪为东郡太守，时曹操围张超于雍丘。洪始闻超被围，乃徒跣号泣，并勒所领，将赴其难。从绍请兵，而绍竟不听之。超城遂陷，张氏族灭。洪由是怨绍，绝不与通。绍增兵急攻洪。城中粮尽，厨米三升，使为薄糜，遍颁众；又杀其爱妾以食兵将，咸流涕无能仰视。男女七八千，相枕而死，莫有离叛。城陷，生执洪。绍谓曰："臧洪，何相负若是！今日服未？"洪据地嗔目曰："诸袁事汉，四世五公，可谓受恩。今王室衰弱，无辅翼之意，而欲因际会，觖望非冀。惜洪力劣，不能推刃为天下报仇，何为服乎？"绍乃命杀之。洪邑人陈容在坐，见洪当死，起谓绍曰："将军今举大事，欲为天下除暴，而先诛忠义，岂合天意？"绍惭，遣人牵出，谓曰："汝非臧洪俦欤？空复尔为。"容顾曰："夫仁义岂有常所？蹈之则君子，背之则小人。今日宁与臧洪同日死，不与将军同日生！"遂复见杀。在绍坐者，无不叹息。御览四二二。又四一八引无首十一字，于"雍丘"下即接"臧洪从袁绍请兵，将赴其难，绍不听之"，"族"下无"灭"字，"不"上无"绝"字，无"城中粮尽"至"又"十六字，无"咸"字，"流涕"下无"无能仰视"至"而死"十三字，"绍谓曰"作"绍问"，"嗔目"作"瞑目"，"衰弱"作"微弱"，无"无辅翼"至"而欲"七字，"劣"作"弱"，下作"不能为天下推刃报仇"，"乃命"无"乃"字，"举"上无"今"字，"大事"下无"欲为天下除暴"句，"遣人"作"使人"，"汝非臧洪俦欤"无"非""欤"二字，下并同。

公孙瓒

公孙瓒字伯珪，为上计吏。郡太守刘基为事被征，伯珪御车到洛阳，身执徒养。基将徙日南，伯珪具豚米于北邙上祭先人，觞醊，祝曰："昔为人子，今为人臣，当诣日南，多瘴气，恐或不还，与先人辞于此。"再拜，慷慨而起，观者莫不歔欷。在道得赦，俱还。御览四二二。又五二六引无"字伯珪为"四字，"基"作"其"，下作"以事犯法，槛车征，伯珪褠衣平帻，御车到洛阳"，无"身执徒养"四字，"基将徙"作"其当徙"，"北邙"作"墓"，"祭先"下无"人"字，"觞"上有"举"字，"日南"下重"日南"二字，"而起"下作"其时州里人在京师者，送行见之，及观者莫不歔欷"。又六八七引"公孙瓒字伯珪，上计吏。郡太守刘基以事公车征，伯珪褠衣平帻，御车洛阳，身执徒养"。

公孙伯珪追讨叛胡邱力居等于管子城，伯珪力战，兵乏食，马尽，煮弩楯啖食之。御览三五七。

公孙瓒与诸属郡县〔一〕，每至节会，屠牛作脯〔二〕，每酒一觞，致脯一豆。书钞一四五陈禹谟补。

公孙瓒与破虏校尉邹靖俱追胡，靖为所围，瓒回师奔救，胡即破散，解靖之围。乘胜穷追，日入之后，把炬逐北。御览八七〇。

瓒每与虏战，常乘白马，追不虚发，数获戎捷。虏相告云："当避白马。"因虏所忌，简其白马数千匹，选骑射之士，号为"白马义从"。一曰胡夷健者常乘白马，瓒有健骑数千，多乘白马，故以号焉。魏志袁绍传注。

公孙瓒每闻边警〔三〕，辄厉色作气如赴仇。尝乘白马〔四〕，又白马数十匹，选骑射之士，号为"白马义从"，以为左右翼。胡甚畏之〔五〕，相告曰："当避白马长史。"御览八九七。又事类赋马引"常乘白马"下作"又选数十白马，为骑射之士"。馀俱同。又艺文九三引"仇"作"雠"，"尝"作"常"，又下有"拣"字，至"胡甚畏之"止。又书钞一一七引"公孙瓒常与健骑数十人皆乘白马，以为左右翼，自号'白马义从'"。

公孙瓒除辽东属国长史,连接边寇。每有警,辄厉色愤怒如赴雠,敌望尘奔,继之夜战。虏识瓒声,惮其勇,莫敢犯之。御览四三七。

幽州岁岁不登,人相食。有蝗旱之灾,人始知采稆[六],以枣椹为粮。谷一石十万钱。公孙伯珪开置屯田,稍稍得自供给。御览三五。又书钞一五六引"五谷不登[七],民人以桑椹为粮"。

瓒统内外,衣冠子弟有材秀者,必抑使困在穷苦之地。或问其故,答曰:"今取衣冠家子弟及善士富贵之,皆自以为职当得之,不谢人善也。"所宠遇骄恣者,类多庸儿,若故卜数师刘纬台、贩缯李移子、贾人乐何当等三人,与之定兄弟之誓,自号为伯,谓三人者为仲叔季,富皆巨亿,或取其女以配己子,常称古者曲周、灌婴之属以譬也。魏志公孙瓒传注。

公孙瓒击青州黄巾贼,大破之。还屯广宗,改易守令,冀州长吏无不望风向应,开门受之。绍自往征瓒,合战于界桥南二十里。瓒步兵三万馀人为方陈,骑为两翼,左右各五千馀匹,白马义从为中坚,亦分作两校,左射右,右射左,旌旗铠甲,光照天地。绍令麴义以八百兵为先登,强弩千张夹承之。绍自以步兵数万结陈于后。义久在凉州,晓习羌斗,兵皆骁锐。瓒见其兵少,便放骑欲陵蹈之。义兵皆伏楯下不动,未至数十步,乃同时俱起,扬尘大叫,直前冲突,强弩雷发,所中必倒,临陈斩瓒所署冀州刺史严纲甲首千馀级。瓒军败绩,步骑奔走,不复还营。义追至界桥,瓒殿兵还战桥上,义复破之,遂到瓒营,拔其牙门,营中馀众皆复散走。绍在后,未到桥十数里,下马发鞍,见瓒已破,不为设备,惟帐下强弩数十张,大戟士百馀人自随。瓒部迸骑二千馀匹卒至,便围绍数重,弓矢雨下。别驾从事田丰扶绍欲却入空垣,绍以兜鍪扑地曰:"大丈夫当前斗死,而入墙间,岂可得活乎?"强弩乃乱发,多所杀伤。瓒骑不知是绍,亦稍引却。会麴义来迎,乃散去。魏志袁绍传注。又水经淇水注引"公孙瓒击青州黄巾贼,大破之,还屯广宗。袁本初自往征瓒,合战于界桥南二十里。绍将麴义破瓒于界城桥，斩瓒冀州刺史严纲，又破瓒殿兵于桥上”。又御览七三引同水经注。又御览三五六引：“袁绍为公孙瓒所围，别驾田丰扶绍入空垣，绍脱兜鍪抵地云：‘丈夫当前斗死，而反逃入墙间，岂可得活。’”

初平四年，天子使太傅马日磾、太仆赵岐和解关东。岐别诣河北，绍出迎于百里上，拜奉帝命。岐住绍营，移书告瓒。瓒遣使具与绍书曰：“赵太仆以周召之德，衔命来征，宣扬朝恩，示以和睦，旷若开云见日，何喜如之？昔贾复、寇恂亦争士卒，欲相危害，遇光武之宽，亲俱陛见，同舆共出，时人以为荣。自省边鄙，得与将军共同此福，此诚将军之眷，而瓒之幸也。”魏志袁绍传注。

先是有童谣曰：“燕南垂，赵北际，中央不合大如砺，惟有此中可避世。”瓒以易当之，乃筑京固守。瓒别将有为敌所围，义不救也。其言曰：“救一人，使后将恃救不力战，今不救此，后将当念在自勉。”是以袁绍始北击之时，瓒南界上别营自度守则不能自固，又知必不见救，是以或自杀其将帅，或为绍兵所破，遂令绍军径至其门。魏志公孙瓒传注。

瓒诸将家家各有高楼，楼以千计。瓒作铁门，居楼上，屏去左右，婢妾侍侧，汲上文书。同上。

袁绍分部攻者掘地为道，穿穴其楼下，稍稍施木柱之，度足达半，便烧所施之柱，楼辄倾倒。同上。

【校勘记】

〔一〕“诸属郡县”，孔本书钞一作“诸属城都县”。

〔二〕“脯”下，孔本书钞有“邯郸曰子亦闻大汉相安昌侯也”十三字。

〔三〕“警”，原误作“惊”，据影宋本艺文、御览及事类赋马改。

〔四〕“尝”，影宋本御览作“常”。

〔五〕“胡”下，事类赋马有“人”字。

〔六〕“人”上，影宋本御览及孔本书钞并有“民”字。

〔七〕孔本书钞无“五”字。

关靖

关靖字士起，太原人。本酷吏也，谄而无大谋，特为瓒所信幸。魏志公孙瓒传注。

袁绍

袁绍父成，字文开，名壮健，贵戚权豪自大将军梁冀以下，皆与交结恩好，言无不从，故京师谚曰：“事不谐，诣文开〔一〕。”御览三八六。又魏志袁绍传注引无“袁绍父”三字，“壮健”上无“名”字，下有“有部分”三字，“交结恩好”只“结好”二字，“谚”上有“为作”二字。又御览四九六引：“袁绍父成，字文开，贵盛自梁冀以下，皆与交，言无不从。京师谚曰：‘事不谐，诣文开。’”

绍生而父死，二公爱之。幼使为郎，弱冠除濮阳长，有清名。遭母丧，服竟，又追行父服，凡在冢庐六年。礼毕，隐居洛阳，不妄通宾客，非海内知名，不得相见。又好游侠，与张孟卓、何伯求、吴子卿、许子远、伍德瑜等皆为奔走之友。不应辟命。中常侍赵忠谓诸黄门曰：“袁本初坐作声价，不应呼召而养死士，不知其儿欲何所为乎？”绍叔父隗闻之，责数绍曰：“汝且破我家！”绍于是乃起应大将军之命。魏志袁绍传注。又后汉书袁绍传注引“凡在冢庐六年”。又引“不妄通宾客”至“奔走之友”，唯无“伍德瑜”三字。又御览四〇五引：“袁绍居洛阳西北陬，不妄通宾客，非海内知名，不得相见。”又四〇九引：“袁绍不妄通宾客，好游侠，与张孟卓、何伯求、吴子卿、许子远、伍德瑜等皆奔走之友，不应辟命。”

袁绍生而孤，幼为郎。容貌端正，威仪进止，动见仿效。弱冠除服长〔二〕，有清能名。御览三八九。末七字鲍刻本作“除复阳长有清能名”。

袁绍有姿貌威容，爱士养名。既累世台司，宾客所归，加以倾心折节，莫不争赴其庭，士无贵贱，与之抗礼。御览四七五。

袁绍辟大将军府，不得已起从命。举高第，迁侍御史。弟术，为尚书。绍不欲为台下〔三〕，告疾求退。御览二二七。

董卓谓袁绍曰："皇帝冲暗，非万机之主。陈留王犹胜，今欲立之。"绍勃然曰："天下健者，岂惟董公！"横刀长揖径出，悬节于东门，而奔冀州。书钞一二三。又御览三四五引"皇帝"至"立之"作"刘氏种不足复遗"，馀并同，"东门"作"上东门"。

是时年号初平，绍字本初，自以为年与字合，必能克平祸乱。魏志袁绍传注。

绍既破瓒，引军南到薄落津，方与宾客诸将共会，闻魏郡兵反，与黑山贼于毒共覆邺城，遂杀太守栗成。贼十馀部，众数万人，聚会邺中。坐上诸客有家在邺者，皆忧怖失色，或起啼泣，绍容貌不变，自若也。贼陶升者，故内黄小吏也，又后汉书袁绍传注引"升故为内黄小史"。有善心，独将部众窬西城入，闭守州门，不内他贼，以车载绍家及诸衣冠在州内者，身自扞卫，送到斥丘乃还。绍到，遂屯斥丘，以陶升为建义中郎将。乃引军入朝歌鹿场山苍岩谷讨于毒，围攻五日，破之，斩毒及长安所署冀州牧壶寿。遂寻山北行，薄击诸贼左髭丈八等，皆斩之。又击刘石、青牛角、黄龙、左校、郭大贤、李大目、于氏根等，皆屠其屯壁，奔走得脱，斩首数万级。绍复还屯邺。魏志袁绍传注。

绍遣使即拜乌丸三王为单于，皆安车、华盖、羽旄、黄屋、左纛。版文曰："使持节大将军督幽、青、并领冀州牧邟乡侯绍〔四〕，承制诏辽东属国率众王颁下、乌丸辽西率众王蹋顿、右北平率众王汗卢维，维乃祖募义迁善，款塞内附，北捍猃狁，东拒濊貊，世守北陲，为百姓保障，虽时侵犯王略，命将徂征厥罪，率不旋时，悔愆变改，方之外夷，最又聪惠者也。始有千夫长、百夫长以相统领，用能悉乃心，克有勋力于国家，稍受王侯之命。自我王室多故，公孙瓒作难，残夷厥土之君，以侮天慢主，是以四海之内，并执干戈以卫社稷。三王奋气裔土，忿奸忧国，控弦与汉兵为表里，诚甚忠孝，朝所嘉焉。然而虎兕长蛇，相随塞路，王官爵命，否而无闻。夫有勋不赏，俾勤者怠。今遣行谒者杨林，赍单于玺绶车服，以对尔劳。其各绥静部落，教以谨慎，无使作凶作慝。世复尔祀位，长为百蛮长。厥有咎有不臧者，泯于尔禄，而丧于乃庸，可不勉乎！乌丸单于都护部众，左右单于受其节度，他如故事。”魏志乌丸传注。

【校勘记】

〔一〕此条后汉书袁绍传注引作：“成字文开，与梁冀结好，言无不从，京师谚曰：‘事不谐，问文开。’”亦可证御览所引“名壮健”之“名”字，当衍。

〔二〕“服”，影宋本御览作“复阳”二字。按“复阳”即“濮阳”，亦作“服阳”，原本当脱“阳”字。

〔三〕“绍”，原误作“诏”，据影宋本御览改。

〔四〕“郝”，原本仍魏志误作“阮”，据后汉书袁绍传改。

袁遗

袁遗字伯业。后汉书袁绍传注。

绍后用遗为扬州刺史，为袁术所败。太祖称：“长大而能勤学者，唯吾与袁伯业耳。”语在文帝典论。〔一〕魏志武帝纪注。

【校勘记】

〔一〕按，王粲卒于建安二十二年，时曹丕典论犹未成书。此亦是英雄记非粲一人所作之证。

袁术

绍从弟术，字公路，汝南汝阳人也。后汉书袁绍传注。

麴义

袁绍讨公孙瓒，先令麴义领精兵八百，强弩千张，以为前登。瓒轻其兵少，纵骑腾之。义兵伏楯下，一时同发，瓒军大败。御览三五七。又三四八引至“前登”，“讨”作“击”。

麴义后恃功而骄恣，绍乃杀之。魏志袁绍传注。

逢纪

逢纪说绍曰：“将军举大事而仰人资给，不据一州，无以自全。”绍答云：“冀州兵强，吾士饥乏，设不能办，无所容立。”纪曰：“可与公孙瓒相闻，导使来南，击取冀州。公孙必至而馥惧矣，因使说利害，为陈祸福，馥必逊让。于此之际，可据其位。”绍从其言而瓒果来。魏志袁绍传注。

纪字元图。初，绍去董卓出奔，与许攸及纪俱诣冀州，绍以纪聪达有计策，甚亲信之，与共举事。后审配任用，与纪不睦。或有谗配于绍，绍问纪，纪称：“配天性烈直，古人之节，不宜疑之。”绍曰：“君不恶之邪？”纪答曰：“先日所争者私情，今所陈者国事。”绍善之，卒不废配。配由是更与纪为亲善。同上。又后汉书袁绍传注引至“甚亲信之”，无“出奔”二字。又荀彧传注同，“信”上无“亲”字。

审配

审配任用，与纪不睦。辛评、郭图皆比于谭。后汉书袁绍传注。

袁尚使审配守邺。曹操进军攻邺，审配将冯礼为内应，开突门内操兵三百馀人。配觉之，从城上以大石击门，门闭，入者皆死。操乃凿堑，围回四十里。初令浅，示若可越。配望见，笑而不出。操令一夜濬之，广深二丈，决漳水灌之。自五月至八月，城中饿死者过半。尚闻邺急，将兵万馀人还救，操逆击，破之。尚走，依曲漳为营，操复围之。尚惧，遣阴夔、陈琳请降，不听。尚还走蓝口〔一〕，操复进，急围之。尚将马迎等临阵降〔二〕，众大溃。尚奔中山，尽收其辎重，得尚印绶、节钺及衣物，以示城中，城中崩沮。审配命士卒曰："坚守死战，操军疲矣，幽州方至，何忧无主！"以其兄子荣为东门校尉。荣夜开门内操兵，配犹拒战。城陷，生获配。操意活之，配意气壮烈，终无挠辞，见者莫不叹息，遂斩之。御览三一七。又书钞一一八引："袁尚使审配守邺。曹操进军攻邺。配将冯礼叛〔三〕，为内应，开突门内操兵三百馀人。配觉之，从城上以大石击突中栅门，栅门闭，入者皆死没。"

袁尚使审配守邺，曹操攻之。操出行围，配伏弩射之，几中。及城陷，生获配，操谓曰："吾近行围，弩何多也？"配曰："犹恨其少！"操曰："即忠于袁氏，不得不尔。"志欲活之。配意气壮烈，终无挠辞，遂斩之。御览四三八。又三四八引"袁尚使审配守邺城。曹操进军攻邺，生获配，谓曰：'吾近行围，弩何多也？'配曰：'犹恨其少。'"

【校勘记】

〔一〕"蓝口"，原作"蓝田"，后汉书袁绍传作"蓝口"，今据改。

〔二〕"马迎"，后汉书、魏志袁绍传并作"马延"。

〔三〕"冯礼"，原作"马礼"，据孔本书钞改。

郭图

谭、尚战于外门，谭军败奔北。郭图说谭曰："今将军国小兵少，粮匮势弱，显甫之来，久则不敌。愚以为可呼曹公来击显甫。曹公至，必先攻邺，显甫还救。将军引兵而西，自邺以北皆可虏得。若显甫军破，其兵奔亡，又可敛取以拒曹公。曹公远侨而来，粮饷不继，必自逃去。比此之际，赵国以北皆我之有。亦足与曹公为对矣。不然，不谐。"谭始不纳，后遂从之。问图："谁可使？"图答："辛佐治可。"谭遂遣毗诣太祖。魏志辛毗传注。

韩珩

袁谭既死，弟熙、尚为其将焦触、张南所攻，奔辽西乌桓。触自号幽州刺史，陈兵数万，杀白马，盟曰："违命者斩！"各以次歃，至别驾代郡韩珩，曰："吾受袁公父子厚恩〔一〕，今其破亡，智不能救，勇不能死，北面曹氏，所不能为也。"一坐为珩失色。触曰："举大事，当立大义，事之济否，不待一人，可卒珩志，以厉事君。"曹操闻珩节，甚高之，屡辟，不至。御览四二二。

【校勘记】

〔一〕"子"上，原脱"父"字，据影宋本御览补。

陈瑀

陈温字元悌，汝南人。先为扬州刺史，自病死。袁绍遣袁遗领州，败散，奔沛国，为兵所杀。袁术更用陈瑀为扬州。瑀字公玮，下邳人。瑀既领州，而术败于封丘，南向寿春，瑀拒术不纳。术退保阴陵，更合军攻瑀，瑀惧，走归下邳。魏志袁术传注。

韩馥

馥字文节，颍川人，七字又见后汉书董卓传注。为御史中丞。董卓举为冀州牧。于时冀州民人殷盛，兵粮优足。袁绍之在勃海，馥恐其兴兵，遣数部从事守之，不得动摇。东郡太守桥瑁诈作京师三公移书与州郡，陈卓罪恶，云："见逼迫，无以自救，企望义兵，解国患难。"馥得移，请诸从事问曰："今当助袁氏邪？助董卓邪？"治中从事刘子惠曰："今兴兵为国，何谓袁、董！"馥自知言短而有惭色。子惠复言："兵者凶事，不可为首。今宜往视他州，有发动者然后和之。冀州于他州不为弱也，他人功未有在冀州之右者也。"馥然之。

馥乃作书与绍，道卓之恶，听其举兵。魏志武帝纪注。

冀州刺史韩馥问诸从事曰："馥有何长何短？"治中刘子曰〔一〕："前劳赐有馀肉百觔，卖之，一州调度，奢俭不复在是，犹可劳赐勤劳吏士，卖之示狭〔二〕。"御览八六三。

袁绍使张景明、郭公则、高元才等说韩馥，使让冀州。魏志臧洪传注。又后汉书郡国志注引"冀州"下有"与绍"二字。

【校勘记】

〔一〕"子"下，当脱"惠"字。

〔二〕"狭"，影宋本御览作"俭"。

刘子惠

刘子惠，中山人。兖州刺史刘岱与其书，道"卓无道，天下所共攻，死在旦暮，不足为忧。但卓死之后，当复回师讨文节。拥强兵，何凶逆宁可得置"。封书与馥，馥得此大惧，归咎子惠，欲斩之。别驾从事耿武等排阁伏子惠上，愿并见斩。得不死，作徒，被赭衣，扫除宫门外。后汉书袁绍传注。

赵浮

绍在朝歌清水口，浮等从后来，船数百艘，众万馀人，整兵骇鼓过绍营，绍甚恶之。浮等到，谓馥曰："袁本初军无斗粮，各欲离散，旬日之间，必土崩瓦解。将军但闭户高枕，何忧何惧？"后汉书袁绍传注。

耿武　闵纯

耿武字文成。闵纯字伯典。后袁绍至，馥从事十馀人弃馥去，唯恐在后。独武、纯杖刀拒，兵不能禁。绍后令田丰杀此二人。后汉书袁绍传注。

朱汉

绍以河内朱汉为都官从事。汉先时为馥所不礼,内怀怨恨。且欲邀迎绍意,擅发城郭兵围守馥第,拔刃登屋。馥走上楼。收得馥大儿,搥折两脚。绍亦立收汉,杀之。馥犹忧怖,故报绍索去。魏志袁绍传注。又后汉书袁绍传注引同。

王匡

匡字公节,泰山人。轻财好施,以任侠闻。辟大将军何进府进符使。匡于徐州发强弩五百西诣京师〔一〕,会进败,匡还州里。起家,拜河内太守。魏志武帝纪注。又后汉书献帝纪注引"匡字公节,泰山人。轻财好施,以任侠闻,为袁绍河内太守"。又董卓传注引至"以任侠闻"。又袁绍传注引"王匡字公节,泰山人也"。又书钞一二五引"匡"上有"王"字,"使"上无"符"字,"州"作"乡",无末七字。又御览三四八引"匡"上有"王"字,"使"上无"进符"二字,"州"作"乡",下无"里"字。又四七七引"乡"下有"里"字,俱无末七字。

【校勘记】

〔一〕"徐州",卢弼三国志集解谓当为"兖州"之误。按,书钞、御览引此亦作"徐州"。

孔伷

伷字公绪,陈留人。魏志武帝纪注。又后汉书董卓传注引"伷字公绪"。又袁绍传注引"伷"上有"孔"字,"人"下有"也"字。

刘虞

虞为博平令,治正推平,高尚纯朴,境内无盗贼,灾害不生。时邻县接壤，蝗虫为害，至博平界，飞过不入。魏志公孙瓒传注。

虞让太尉，因荐卫尉赵谟、益州牧刘焉、豫州牧黄琬、南阳太守羊续，并任为公。同上。

幽州刺史刘虞，食不重肴，蓝缕绳履。书钞三八、一三六。又御览二五八引"肴"作"餚"，"履"作"屦"。

虞之见杀，故常山相孙瑾、掾张逸、张瓒等忠义奋发，相与就虞，骂瓒极口，然后同死。魏志公孙瓒传注。

刘岱

岱孝悌仁恕，以虚己受人。吴志刘繇传注。

刘翊

刘翊字子相，颍川人。迁陈留太守，出关数百里，见士大夫病亡道次，翊以马易棺，脱衣殓之。又逢知故困饿于路，不忍委去，因杀所驾牛以救之。众人止之，翊曰："视没不救，非志士。"遂俱饿死。御览四一九。

刘表

州界群寇既尽，表乃开立学官，博求儒士，使綦毋闿、宋忠等撰定五经章句，谓之后定。魏志刘表传注。

张羡

张羡，南阳人。先作零陵、桂阳长，甚得江、湘间心，然性屈强不顺。表薄其为人，不甚礼也。羡由是怀恨，遂叛表焉。魏志刘表传注。又后汉书刘表传注引"长"作"守"，无末"焉"字。

刘焉

刘焉起兵，不与天下讨董卓，保州自守。犍为太守任岐自称将军，与从事陈超举兵击焉，焉击破之。董卓使司徒赵谦将兵向州。说校尉贾龙，使引兵还击焉，焉出青羌与战，故能破杀。岐、龙等皆蜀郡人。蜀志刘焉传注。

范父焉，为益州牧。董卓所征发皆不至，收范兄弟三人，锁械于郿坞，为阴狱以系之。同上。

范从长安亡之马腾营，从焉求兵。焉使校尉孙肇将兵往助之，败于长安。同上。

刘璋

焉死，子璋代为刺史。会长安拜颍川扈瑁为刺史，入汉中。荆州别驾刘阖，璋将沈弥、娄发、甘宁反，击璋不胜，走入荆州。璋使赵韪进攻荆州，屯朐䏰。蜀志刘焉传注。

先是南阳、三辅人流入益州数万家，收以为兵，名曰"东州兵"。璋性宽柔，无威略，东州人侵暴旧民，璋不能禁，政令多阙，益州颇怨。赵韪素得人心，璋委任之。韪因民怨谋叛，乃厚赂荆州请和，阴结州中大姓，与俱起兵，还击璋。蜀郡、广汉、犍为皆应韪。璋驰入成都城守，东州人畏韪，咸同心并力助璋，皆殊死战，遂破反者，进攻韪于江州。韪将庞乐、李异反，杀韪军，斩韪。蜀志刘璋传注。

庞羲

庞羲与璋有旧，又免璋诸子于难，故璋厚德羲，以羲为巴西太守，遂专权势。蜀志刘璋传注。

刘备

灵帝末年，备尝在京师，复与曹公俱还沛国，募召合众。会灵帝崩，天下大乱，备亦起军，从讨董卓。蜀志先主传注。

备留张飞守下邳，引兵与袁术战于淮阴石亭，更有胜负。陶谦故将曹豹在下邳，张飞欲杀之。豹众坚营自守，使人招吕布。布取下邳，张飞败走。备闻之，引兵还，比至下邳，兵溃。收散卒东取广陵，与袁术战，又败。同上。

备军在广陵，饥饿困踧，吏士大小自相啖食，穷饿侵逼，欲还小沛，遂使吏请降布。布令备还州，并势击术，具刺史车马童仆，发遣备妻子部曲家属于泗水上，祖道相乐。同上。

建安三年春，布使人赍金欲诣河内买马，为备兵所钞。布由是遣中郎将高顺、北地太守张辽等攻备。九月，遂破沛城。备单身走，获其妻息。十月，曹公自征布，备于梁国界中与曹公相遇，遂随公俱东征。同上。

表病，上备领荆州刺史。同上。

孙坚

刘表将吕公将兵缘山向坚〔一〕，坚轻骑寻山讨公。公兵下石，中坚头，应时脑出物故。吴志孙坚传注。

坚以初平四年正月七日死。同上。

【校勘记】

〔一〕“吕公”，后汉书刘表传注引作“吕介”，下诸“公”字同。又“兵下石”作“下兵射”。

胡轸

初，坚讨董卓到梁县之阳人。卓亦遣兵步骑五千迎之，陈郡太守胡轸为大督护，吕布为骑督，其馀步骑将校都督者甚众。轸字文才，性急，预宣言曰："今此行也，要当斩一青绶乃整齐耳。"诸将闻而恶之。军到广成，去阳人城数十里。日暮，士马疲极，当止宿，又本受卓节度，宿广成。秣马饮食，以夜进兵，投晓攻城。诸将恶惮轸，欲贼败其事，布等宣言："阳人城中贼已走，当追寻之，不然失之矣。"便夜进军。城中守备甚设，不可掩袭。于是吏士饥渴，人马甚疲，且夜至，又无堑垒。释甲休息，而布又宣言相惊，云"城中贼出来"。军众扰乱奔走，皆弃甲，失鞍马。行十馀里，定无贼〔一〕，会天明，便还，拾取兵器，欲进攻城。城守已固，穿堑已深，轸等不能攻而还。吴志孙坚传注。

【校勘记】

〔一〕卢弼三国志集解引周寿易说，谓"定无贼"三字词意不足，疑"定"上有"惊"字。

张咨

咨字子仪，颍川人，亦知名。吴志孙坚传注。又后汉书袁术传注引"仪"作"议"，无末三字。

周瑜

周瑜镇江夏。曹操欲从赤壁渡江南，无船，乘簰从汉水下，住浦口，未即渡。瑜夜密使轻船走舸百数艘〔一〕，艘有五十人移棹，人持炬火。火燃，则回船走去，去复还烧者，须臾烧数千簰。火大起，光上照天，操夜去。艺文八〇。又御览八六八引"簰"作"箄"，"从汉"作"沿汉"，

"住"作"至","百数艘"无"数"字,"移"作"拖","持炬火"下有"持火者数千人,立于船上,以萃于簰,至乃放火"十八字,"走去"下无"去复还烧者"五字,"火大起"无"大"字,"夜去"上有"乃"字。又八七引"周瑜败曹操于赤壁,密使轻船走舸百馀艘〔二〕,艘有五十人拖棹,人持炬火"。

【校勘记】

〔一〕"数",影宋本艺文作"所"。

〔二〕"百馀",原本作"百户",黄氏校云:"'百户','户'字误,鲍刻本无'户'字。"今据影宋本御览改正,并删黄氏校语。

孔文举

孔文举为东莱贼所攻,城欲破,其治中左承祖以官枣赋与战士。御览九六五。又事类赋枣引"其"上有"而"字,"赋"下无"与"字。

向栩

向栩字甫兴,性卓诡不伦,恒读老子,状如学道。又似狂生,好被发,著幓头。常于灶北坐板床上,如是积久,板乃有膝踝足指之处。御览七三九。又三七三引"向栩坐板床,有两踝处,入板中三寸许〔一〕"。又书钞一三三引"向栩常坐梨床上"。

向栩为性卓诡不凡,好读老子,状如学道。又复似狂,居尝灶北坐,被发,喜长啸。人客从就,辄伏不视。人有于栩前独拜,栩不答。御览三九二。

尚栩先人尚子平〔二〕,有道术,为县功曹。休归,自入山担薪,卖以食饮〔三〕。御览二六四。又文选嵇叔夜与山巨源绝交书注引无首四字〔四〕。又孔德璋北山移文注引同。李周翰曰:"尚长字子平,王莽时司徒王邑荐之,固辞,后遂入山隐也。"又于北山移文下云:"尚长字子平,男女嫁娶讫,便隐而不出。"按尚子平西汉末东汉初人,此盖因尚栩而类及之〔五〕。

【校勘记】

〔一〕“三寸”,影宋本御览作“二寸”。

〔二〕“栩”下,黄氏校云:“原讹作‘相’。”影宋本御览不误,故删黄氏校语。

〔三〕“食饮”二字原本互乙,据影宋本御览及文选四三注改。

〔四〕“四字”下,黄校云“‘饮’作‘供’”,又下句“引同”下云“‘食’上有‘饮’”。文选四三注引均作“卖以供食饮”,黄校误,今删此二校语。

〔五〕此条原本列于“尚子平”名下。按“尚子平”,后汉书八三逸民传作“向子平”,向栩既为向子平之后,则此尚栩即为上条之向栩。今删去“尚子平”条目,并入向栩名下。

阎忠

凉州贼王国等起兵,共劫忠为主,统三十六部,号车骑将军。忠感慨发病而死。魏志贾诩传注。又后汉书皇甫嵩传注引无“共”字,末作“忠感慨发病死”。又董卓传注截引。

凉茂

茂名在八友中。魏志凉茂传注。

张俭

先是张俭等相与作衣冠纠弹,弹中人相调言:“我弹中诚有八俊、八乂,犹古之八元、八凯也。”世说新语品藻篇注。又后汉书郡国志“会稽郡鄮乌伤”下注引英雄交争记云:“初平三年,分县南乡为长山县。”按所引疑即汉末英雄记。又御览七一六引“在尊者前,宜各具一手巾,不宜借人巾用”。此条不知何属,并附录于末。

《英雄记》补遗

董卓废少帝，自公卿已下，莫不卑下于卓，唯京兆尹盖勋长揖争礼，见者皆为失色。太平御览二五二。

董常大会宾客[一]，诱降反者以镬之。会者战栗，亡失匕箸。太平御览七六〇。

董卓少尝游羌中，与豪帅相结。后更归耕于野，诸豪帅有来从之者，卓乃为杀耕牛，与之共宴乐。太平御览九〇〇。

吕布诣董卓，卓常拔戟掷之，言布乱其私室。太平御览三五二。

魏太祖讨吕布于濮阳。布有别屯在濮西。太祖夜袭，比明破之。未及还，会布救兵至，三面挑战。太祖募陷陈，典韦先占，将应募。韦左手持十馀戟，大呼走起，所抵无不应手倒者。北堂书钞一一八。

袁尚、熙俱入，未及坐，康叱公擒之[二]，坐于冻地。尚谓康曰："未死之间，寒不可忍。"北堂书钞一五六。

成瑨为南阳太守，善用士也。北堂书钞七七。

成瑨为南阳太守，用岑晊为功曹，褒善诎恶。北堂书钞三四。

变化无方。北堂书钞一三。

【校勘记】

〔一〕"常"，疑是"卓"之误。

〔二〕"公"，据后汉书袁绍传当作"伏兵"二字。

中　论　　　〔魏〕徐干著

治学第一

昔之君子成德立行，身没而名不朽，其故何哉？学也。学也者，所以疏神达思，怡情理性，圣人之上务也。民之初载，其蒙未知〔一〕，譬如宵在于玄室〔二〕，有所求而不见〔三〕，白日照焉，则群物斯辨矣。学者，心之白日也。故先王立教官，掌教国子，教以六德，曰智、仁、圣、义、中、和；教以六行，曰孝、友、睦、姻、任、恤；教以六艺，曰礼、乐、射、御、书、数。三教备而人道毕矣。学犹饰也，器不饰则无以为美观，人不学则无以有懿德。有懿德，故可以经人伦；为美观，故可以供神明。故书曰："若作梓材，既勤朴斫，惟其涂丹雘。"夫听黄锺之声，然后知击缶之细；视衮龙之文，然后知被褐之陋；涉庠序之教，然后知不学之困。故学者如登山焉，动而益高；如寤寐焉，久而愈足。顾所由来，则杳然其远，以其难而懈之，误且非矣。诗云："高山仰止。景行行止。"好学之谓也。倚立而思远〔四〕，不如速行之必至也；矫首而徇飞，不如修翼之必获也〔五〕；孤居而愿智，不如务学之必达也〔六〕。故君子心不苟愿，必以求学；身不苟动，必以从师；言不苟出，必以博闻。是以情性合人，而德音相继也。孔子曰："弗学何以行？弗思何以得？小子勉之。斯可谓人师矣〔七〕。"马虽有逸足而不闲舆，则不为良骏；人虽有美质而不习道，则不为君子，故学者求习道也。若有似乎画采，玄黄之色既著，而纯皓之体斯亡，敝而不渝，孰知其素欤？子夏曰："日习则学不忘，自勉则身不堕，亟闻天下之大言则志益广。"故君子之于学也，其不懈，犹上天之动，犹日月之行，终身亹亹，没而后已。故虽有其才，而无其志，亦不能兴其功也。志者，学之帅也〔八〕；才者，学之徒也。学者不患才之不赡，而患志之不立。是以为之者亿兆，而成之者无几。故君子必立其志。易曰："君子以自强不息。"大乐之成，非取乎一音；嘉膳之和，非取乎一味；圣人之德，非取乎一道，故曰学者所以总群道也。群道统乎己心，群言一乎己口，唯所用之。故出则元亨，处则利贞，默则立象，语则成文。述千载之上，若共一时，论殊俗之类，若与同室，度幽明之故，若见其情，原治乱之渐，若指已效。故诗曰："学有缉熙于光明。"其此之谓也。夫独思则滞而不通，独为则困而不就。人心必有明焉〔九〕，必有悟焉，如火得风而炎炽，如水赴下而流速。故太昊观天地而画八卦，燧人察时令而钻火〔一〇〕，帝轩闻凤鸣而调律，仓颉视鸟迹而作书。斯大圣之学乎神明，而发乎物类也。贤者不能学于远，乃学于近，故以圣人为师。昔颜渊之学圣人也，闻一以知十，子贡闻一以知二，斯皆触类而长之，笃思而闻之者也。非唯贤者学于圣人，圣人亦相因而学也。孔子因于文武，文武因于成汤，成汤因于夏后，夏后因于尧舜，故六籍者，群圣相因之书也。其人虽亡，其道犹存。今之学者勤心以取之，亦足以到昭明而成博达矣〔一一〕。凡学者，大义为先，物名为后，大义举而物名从之。然鄙儒之博学也，务于物名，详于器械，务于诂训，摘其章句而不能统其大义之所极，以获先王之心。此无异乎女史诵诗，内竖传令也。故使学者劳思虑而不知道，费日月而无成功。故君子必择师焉。

【校勘记】

〔一〕"知"，郝经续后汉书六九中引作"祛"。

〔二〕"宵"，原本作"宝"，续后汉书引作"宵"，与太平御览六〇七引"夜"义合，又与下文"白日照焉，则群物斯辨矣"，文义相接，据改。

〔三〕"有所求而不见"，御览六〇七引作"所求不得"，续后汉书引同，唯"得"字作"获"。

〔四〕"倚"，钱培名中论札记（下称"札记"）谓原讹"倦"，据意林改。

〔五〕"修翼"，札记谓原讹"循雌"，据意林改，与御览六〇七引合。

〔六〕"务"，札记谓意林作"积"。

〔七〕"人师"，原作"师人"，据俞樾诸子平议补录（下称"平议"）说改。

〔八〕"帅",原作"师",据平议说改。

〔九〕"明",续后汉书引作"困"。

〔一〇〕"时令",续后汉书引作"辰心"。

〔一一〕"到",札记谓疑当作"致"或"至"。

法象第二

夫法象立,所以为君子。法象者,莫先乎正容貌,慎威仪。是故先王之制礼也,为冕服采章以旌之,为佩玉鸣璜以声之,欲其尊也,欲其庄也,焉可懈慢也?夫容貌者,人之符表也。符表正,故情性治,情性治,故仁义存,仁义存,故盛德著,盛德著,故可以为法象,斯谓之君子矣。君子者,无尺土之封,而万民尊之;无刑罚之威,而万民畏之;无羽籥之乐,而万民乐之;无爵禄之赏,而万民怀之。其所以致之者一也。故孔子曰:"君子威而不猛,泰而不骄。"诗云:"敬尔威仪,惟民之则。"若夫堕其威仪,恍其瞻视〔一〕,忽其辞令〔二〕,而望民之则我者,未之有也。莫之则者,则慢之者至矣〔三〕。小人见慢〔四〕,而致怨乎人,患己之卑,而不知其所以然〔五〕,哀哉!故书曰:"惟圣罔念,作狂;惟狂克念,作圣。"人性之所简也,存乎幽微;人情之所忽也,存乎孤独。夫幽微者,显之原也;孤独者,见之端也。胡可简也?胡可忽也?是故君子敬孤独而慎幽微,虽在隐蔽〔六〕,鬼神不得见其隙也。诗云:"肃肃兔罝,施于中林。"处独之谓也。又有颠沛而不可乱者,则成王、季路其人也。昔者,成王将崩,体被冕服,然后发顾命之辞;季路遭乱,结缨而后死白刃之难。夫以崩亡之困〔七〕,白刃之难,犹不忘敬,况于游宴乎?故诗曰:"就其深矣,方之舟之。就其浅矣,泳之游之。"言必济也。君子口无戏谑之言,言必有防;身无戏谑之行,行必有检。〔言必有防〔八〕,行必有检,〕虽妻妾不可得而黩也〔九〕,虽朋友不可得而狎也。是以不愠怒而德行行于闺门〔一〇〕,不谏谕而风声化乎乡党。传称“大人正己,而物自正”者,盖此之谓也。徒以匹夫之居犹然〔一一〕,况得意而行于天下者乎〔一二〕? 唐尧之帝允恭克让〔一三〕,而光被四表;成汤不敢怠遑,而奄有九域;文王祗畏,而造彼区夏。易曰:“观盥而不荐,有孚颙若。”言下观而化也。祸败之由也,则有媟慢以为阶〔一四〕,可无慎乎? 昔宋闵碎首于棋局〔一五〕,陈灵被祸于戏言〔一六〕,阎邴造逆于相诟,子公生弑于尝鼋,是故君子居身也谦,在敌也让,临下也庄,奉上也敬。四者备而怨咎不作,福禄从之。诗云:“靖恭尔位,正直是与。神之听之,式谷以汝。”故君子之交人也,欢而不媟,和而不同,好而不佞诈,学而不虚行,易亲而难媚,多恕而寡非〔一七〕,故无绝交,无畔朋。书曰:“慎始而敬终〔一八〕,终以不困。”夫礼也者,人之急也,可终身蹈〔一九〕,而不可须臾离忘也〔二〇〕。须臾离,则慆慢之行臻焉;须臾忘,则慆慢之心生焉,况无礼而可以终始乎? 夫礼也者,敬之经也;敬也者,礼之情也。无敬无以行礼,无礼无以节敬,道不偏废,相须而行。是故能尽敬以从礼者,谓之成人。过则生乱,乱则灾及其身。昔晋惠公以慢瑞而无嗣〔二一〕,文公以肃命而兴国〔二二〕,郤犨以傲享征亡,冀缺以敬妻受服,子围以大明昭乱〔二三〕,薳罢以既醉保禄,良霄以鹑奔丧家,子展以草虫昌族。君子感凶德之如彼,见吉德之如此。故立必磬折,坐必抱鼓〔二四〕,周旋中规,折旋中矩,视不离乎结襘之间,言不越乎表著之位,声气可范,精神可爱,俯仰可宗,揖让可贵,述作有方,动静有常,帅礼不荒,故为万夫之望也。

【校勘记】

〔一〕“恍”,札记谓,群书治要作“慌”。

〔二〕“忽”,札记谓,治要作“轻”。

〔三〕“则”,札记谓,治要“则”下有“必”字。

〔四〕“小人见慢”，札记谓，原作“小人皆慢也”，据治要改。

〔五〕“知”，札记谓，治要作“思”。

〔六〕“蔽”，札记谓，治要作“翳”。

〔七〕“崩亡”，龙溪精舍本作“弥留”，续后汉书引同。

〔八〕“言必有防”二句，原脱，据治要补。

〔九〕“虽”上原有“故”字，据治要删。

〔一〇〕“德行行”，札记谓，治要“德”作“教”，无上“行”字。今按，续后汉书引与治要同。

〔一一〕“徒以”，札记谓，原脱“徒”字，据治要补。

〔一二〕“意”，札记谓，治要作“志”。

〔一三〕“唐尧之帝”，札记谓，句上治要有“故”字。今按，四部丛刊本同治要，而无“尧之”二字。

〔一四〕“有媟慢”，平议谓，“有”字衍，“祸败之由也，则媟慢以为阶”，犹系辞传曰：“乱之所生也，则言语以为阶。”

〔一五〕“宋闵”，原作“宋敏”，据续后汉书引改。按，此所引宋闵公事，见公羊传庄公十二年。

〔一六〕“祸”，续后汉书引作“矢”。

〔一七〕“恕”，原作“怨”，据龙溪精舍本、续后汉书引改。

〔一八〕“敬”下原脱“终”字，据续后汉书引补，与左传襄公二十五年引书文合。

〔一九〕“蹈”，续后汉书引作“思”。

〔二〇〕“离忘”，原脱“忘”字，据续后汉书引补，由下文“须臾离”、“须臾忘”相承可证。

〔二一〕“瑞”，原作“端”，据续后汉书引改。按，此所引晋惠公执玉不敬事，见左传僖公十一年。

〔二二〕“兴”，续后汉书引作“典”。

〔二三〕“子围”，原作“子圉”，据续后汉书引改。按，左传昭公元年载楚公子围赋大明首章，叔向知其不终，即是其事。

〔二四〕"坐"，疑当作"拱"。韩诗外传一："立则磬折，拱则抱鼓。"说苑修文篇同韩诗外传，尚书大传亦云："拱则抱鼓。"皆其证。

修本第三

民心莫不有治道〔一〕，至乎用之则异矣〔二〕。或用乎己〔三〕，或用乎人。用乎己者，谓之务本；用乎人者，谓之近末〔四〕。君子之治之也〔五〕，先务其本，故德建而怨寡；小人之治之也，先近其末，故功废而仇多。孔子之制春秋也，详内而略外，急己而宽人。故于鲁也，小恶必书；于众国也，大恶始笔。夫见人而不自见者谓之蒙，闻人而不自闻者谓之聩，虑人而不自虑者谓之瞀。故明莫大乎自见〔六〕，聪莫大乎自闻，睿莫大乎自虑：此三者举之甚轻，行之甚迩，而人莫之知也〔七〕。故知者举甚轻之事，以任天下之重，行甚迩之路，以穷天下之远。故德弥高而基弥固〔八〕，胜弥众而爱弥广〔九〕。易曰："复亨，出入无疾，朋来无咎。"其斯之谓欤？君子之于己也，无事而不惧焉：我之有善，惧人之未吾好也；我之有不善，惧人之必吾恶也〔一〇〕；见人之善，惧我之不能修也；见人之不善，惧我之必若彼也。故其向道，止则隅坐，行则骖乘，上悬乎冠緌，下系乎带佩，昼也与之游，夜也与之息，此盘铭之谓"日新"。易曰："日新之谓盛德。"孔子曰："弟子勉之，汝毋自舍。人犹舍汝，况自舍乎？人违汝其远矣。"故君子不恤年之将衰〔一一〕，而忧志之有倦。不寝道焉，不宿义焉，言而不行，斯寝道矣，行而不时，斯宿义矣〔一二〕。夫行异乎言，言之错也，无周于智〔一三〕；言异乎行，行之错也，有伤于仁。是故君子务以行前言也〔一四〕。民之过在于哀死而不爱生，悔往而不慎来〔一五〕，喜语乎已然，好争乎遂事，堕于今日而懈于后旬，如斯以及于老。故野人之事，不胜其悔，君子之悔，不胜其事。孔子谓子张曰〔一六〕：

"师,吾欲闻彼,将以改此也,闻彼而不改此〔一七〕,虽闻何益?"故书举穆公之誓,善变也;春秋书卫北宫括伐秦,善摄也。夫珠之含砾,瑾之挟瑕,斯其性与?良工为之以纯其性,若夫素然〔一八〕。故观二物之既纯,而知仁德之可粹也。优者取多焉,劣者取少焉,在人而已,孰禁我哉?乘扁舟而济者,其身也安;粹大道而动者,其业也美。故诗曰:"追琢其章,金玉其相。勉勉我王,纲纪四方。"先民有言,明出乎幽,著生乎微。故宋井之霜,以基升正之寒;黄芦之萌,以兆大中之暑,事亦如之。故君子修德,始乎笄丱,终乎鲐背,创乎夷原,成乎乔岳。易曰:"升元亨,用见大人,勿恤,南征吉。"积小致大之谓也。小人朝为而夕求其成,坐施而立望其反〔一九〕,行一日之善,而求终身之誉〔二〇〕,誉不至则曰善无益矣,遂疑圣人之言,背先王之教,存其旧术,顺其常好,是以身辱名贱,而不免为人役也〔二一〕。孔子曰:"小人何以寿为?一日之不能善矣久,恶恶之甚也。"盖人有大惑而不能自知者,舍有而思无也,舍易而求难也。身之与家,我之有也,治之诚易,而不肯为也;人之与国,我所无也,治之诚难,而愿之也。虽曰"吾有术,吾有术〔二二〕",谁信之欤?故怀疾者,人不使为医;行秽者,人不使画法,以无验也。子思曰:"能胜其心,于胜人乎何有?不能胜其心,如胜人何?"故一尺之锦,足以见其巧;一仞之身,足以见其治,是以君子慎其寡也。道之于人也,甚简且易耳。其修之也,非若采金攻玉之涉历艰难也〔二三〕,非若求盈司利之竞逐嚣烦也。不要而遘,不征而盛,四时嘿而成〔二四〕,不言而信;德配乎天地,功侔乎四时,名参乎日月,此虞舜、大禹之所以由匹夫登帝位、解布衣被文采者也。故古语曰"至德之贵,何往不遂?至德之荣,何往不成?后之君子,虽不及行,亦将至之"云耳。琴瑟鸣,不为无听而失其调;仁义行,不为无人而灭其道,故弦绝而宫商亡,身死而仁义废。曾子曰:"士任重而道远。仁以为己任,不亦重乎?

死而后已，不亦远乎？”夫路不险，则无以知马之良；任不重，则无以知人之德〔二五〕。君子自强其所重〔二六〕，以取福；小人日安其所轻，以取祸。或曰：“斯道岂信哉？”曰：“何为其不信也？”世之治也，行善者获福，为恶者得祸。及其乱也，行善者不获福，为恶者不得祸，变数也。知者不以变数疑常道，故循福之所自来，防祸之所由至也。遇不遇，非我也，其时也。夫施吉报凶谓之命，施凶报吉谓之幸，守其所志而已矣。易曰：“君子以致命遂志。”然行善而获福犹多〔二七〕，为恶而不得祸犹少，总夫二者，岂可舍多而从少也？曾子曰：“人而好善，福虽未至，祸其远矣；人而不好善，祸虽未至，福其远矣。”故诗曰：“习习谷风，惟山崔巍。何木不死，何草不萎。”言盛阳布德之月，草木犹有枯落而与时谬者，况人事之应报乎？故以岁之有凶穰而荒其稼穑者，非良农也；以利之有盈缩而弃其资货者，非良贾也；以行之有祸福而改其善道者，非良士也。诗云：“颙颙卬卬，如珪如璋，令闻令望。恺悌君子，四方为纲。”举珪璋以喻其德，贵不变也。

【校勘记】

〔一〕“民心莫不有治道”，札记谓，原本“民”作“人”，“治”作“理”，盖本唐世避讳字，今治要作“民”、作“治”，又经后人改正矣。

〔二〕“乎”，札记谓治要作“于”。

〔三〕“或用乎己”，札记谓治要此句与下“或用乎人”句互倒。

〔四〕“近”，札记谓治要作“追”，下同。

〔五〕“君子之治之也”，札记谓原作“君子之理也”，从治要，下“小人之治之也”句同。

〔六〕“乎”，札记谓治要作“于”，下二句“乎”字同。

〔七〕“人”，札记谓原脱此字，据治要补。

〔八〕“德”，治要作“位”。

〔九〕“爱”，治要作“受”，近是。

〔一〇〕“必”，札记谓原讹“未”，据治要改。

〔一一〕“衰”，札记谓意林作“暮”。

〔一二〕“不宿义焉”至“斯宿义矣”，札记谓原脱“焉言而不行斯寝道矣行而不时斯宿义”十六字，据治要补。

〔一三〕“无周于智”，平议谓“周”当作“害”，篆书相似而误。此谓行异于言则可，言异于行则不可，故一则曰“无害于智”，一则曰“有伤于仁”，而承之曰“君子务以行前言也”，即先行其言之意。

〔一四〕“君子”下治要有“之”字。

〔一五〕“民之过”至“不慎来”，札记谓，原作“人之过在于哀死而不在于哀生在于悔往而不在于怀来”，文义不属，据治要删正。

〔一六〕“谓子张”，札记谓治要作“抚其心”；又云“孔子”上疑有脱文。

〔一七〕“不”下，治要有“以”字。

〔一八〕“夫素”，平议谓疑作“太素”，列子天瑞篇曰：“太素者，质之始也。”

〔一九〕“反”，札记谓治要作“及”。

〔二〇〕“求”，札记谓治要作“问”。

〔二一〕“不免”，札记谓治要作“永”。

〔二二〕“吾有术”，四部丛刊本、龙溪精舍本皆无此三字，与上句不叠。

〔二三〕“非若”，御览四百三引作“不如”。

〔二四〕“四时嘿而成”，平议谓此句文义不伦，疑当作“不行而成”，“行”误为“时”，涉下文而误“不”为“四”，乃又加“嘿”字而成文耳。

〔二五〕“德”，札记谓意林作“材”。

〔二六〕“自”，札记谓以下“小人”句推之，疑当作“曰”。

〔二七〕“获”上原有“不”字，据平议说删。

虚道第四

人之为德，其犹器欤〔一〕？器虚则物注，满则止焉。故君子常虚其心志，恭其容貌，不以逸群之才，加乎众人之上，视彼犹贤，自视犹不足也[二]。故人愿告之而不厌，诲之而不倦[三]。易曰："君子以虚受人。"诗曰："彼姝者子，何以告之?"君子之于善道也，大则大识之，小则小识之。善无大小，咸载于心，然后举而行之。我之所有，既不可夺，而我之所无，又取于人，是以功常前人，而人后之也。故夫才敏过人，未足贵也；博辩过人，未足贵也；勇决过人，未足贵也。君子之所贵者，迁善惧其不及，改恶恐其有馀。故孔子曰："颜氏之子，其殆庶几乎？有不善未尝不知，知之未尝复行。"夫恶犹疾也，攻之则益悛[四]，不攻则日甚。故君子之相求也[五]，非特兴善也，将以攻恶也。恶不废则善不兴，自然之道也。易曰："比之匪人[六]，不利君子贞，大往小来。"阴长阳消之谓也。先民有言，人之所难者二:乐攻其恶者难[七]，以恶告人者难。夫惟君子，然后能为己之所难，能致人之所难[八]。既能其所难也，犹恐举人恶之轻，而舍己恶之重。君子患其如此也，故反之复之，钻之核之，然后彼之所怀者竭，始尽知己恶之重矣。既知己恶之重者，而不能取彼，又将舍己，况拒之者乎？夫酒食，人之所爱者也，而人相见莫不进焉。不吝于所爱者，以彼之嗜之也。使嗜忠言甚于酒食[九]，人岂其爱之乎[一〇]？故忠言之不出，以未有嗜之者也。诗云："匪言不能，胡斯畏忌。"目也者[一一]，能远察天际，而不能近见其眥，心亦如之。君子诚知心之似目也，是以务鉴于人，以观得失。故视不过垣墙之里而见邦国之表，听不过阈槷之内而闻千里之外，因人之耳目也[一二]。人之耳目尽为我用，则我之聪明无敌于天下矣。是谓人一之，我万之，人塞之，我通之。故知其高不可为圆，其广不可为方。先王之礼，左史记事，右史记言，师瞽诵诗，庶僚箴诲，器用载铭，筵席书戒，月考其为，岁会其行，所以自供正也。昔卫武公年过九十，犹夙夜不怠，思闻训道，命其群臣曰："无谓我老耄而舍我，必朝夕交戒[一三]。"又作抑诗以自儆也。卫人诵其德，为赋淇澳，且曰睿圣〔一四〕。凡兴国之君，未有不然者也〔一五〕。故易曰："君子以恐惧修省。"下愚反此道也，以为己既仁矣，智矣，神矣，明矣，兼此四者，何求乎众人？是以辜罪昭著，腥德发闻，百姓伤心，鬼神怨痛，曾不自闻，愈休如也。若有告之者，则曰"斯事也，徒生乎子心，出乎子口"。于是刑焉，戮焉，辱焉，祸焉，不能免〔一六〕，则曰"与我异德故也，未达我道故也"，又安足责？是己之非，遂初之缪，至于身危国亡，可痛矣夫〔一七〕！诗曰："诲尔谆谆，听之藐藐〔一八〕。匪用为教，覆用为虐。"盖闻舜之在乡党也，非家馈而户赠之也，人莫不称善焉；象之在乡党也，非家夺而户掠之也，人莫不称恶焉。由此观之，人无贤愚，见善则誉之，见恶则谤之，此人情也，未必有私爱也，未必有私憎也。今夫立身不为人之所誉，而为人之所谤者，未尽为善之理也。尽为善之理，将若舜焉。人虽与舜不同，其敢谤之乎？故语称："救寒莫如重裘，止谤莫如修身，疗暑莫如亲水。"〔一九〕信矣哉！

【校勘记】

〔一〕"犹器"，札记谓"器"上有"虚"字，据治要删。今按，野客丛书卷一七引此文亦有"虚"字，似不当删。

〔二〕"不足"，札记谓治要作"不肖"。

〔三〕"故人愿"至"而不倦"，札记谓原脱"而不厌诲之"五字，据治要补。

〔四〕"益悛"，札记谓"益"上治要有"日"字。

〔五〕"君子之相求"，札记谓原脱"之"字，据治要补；意林"求"作"见"。

〔六〕"比"，今易否卦作"否"。

〔七〕"攻"，四部丛刊本作"知"，治要同。

〔八〕"致人之所难"，札记谓原作"到人之所难致"，据治要删正。

〔九〕"使嗜忠言甚于酒食",札记谓原作"使嗜者甚于酒食",据治要改。

〔一〇〕"人岂其爱之乎",札记谓原脱"其"、"乎"二字,据治要补。

〔一一〕"目也者"至"近见其眥",札记谓原脱"天际"二字及"眥"字;注:一本作"能远察天际而不能近见其背","背"即"眥"之误。今据治要补正。

〔一二〕"人之耳目",札记谓原脱"之耳目"三字,据治要补。

〔一三〕"必朝夕交戒",札记谓句末治要有"我"字。

〔一四〕"且",平议谓乃"目"字之误。

〔一五〕"未",札记谓原讹"求",以意改。

〔一六〕"不能免",札记谓三字治要作"不然"二字。

〔一七〕"夫",札记谓治要作"已"。

〔一八〕"之",札记谓抑诗作"我"。

〔一九〕"亲水",札记谓原讹"亲冰",据意林改;又谓意林此句引在"救寒"上,于文义次序为合。

贵验第五

事莫贵乎有验,言莫弃乎无征。言之未有益也,不言未有损也。水之寒也,火之热也,石金之坚刚也,此数物未尝有言[一],而人莫不知其然者,信著乎其体也。使吾所行之信,若彼数物,而谁其疑我哉?今不信吾所行,而怨人之不信己,犹教人执鬼缚魅,而怨人之不得也,惑亦甚矣!孔子曰:"欲人之信己也,则微言而笃行之。"笃行之则用日久,用日久则事著明,事著明则有目者莫不见也,有耳者莫不闻也。其可诬哉[二]?故根深而枝叶茂,行久而名誉远,易曰:"恒亨无咎,利贞。"言久于其道也。伊尹放太甲,展季覆寒女,商、鲁之民不称淫篡焉。何则?积之于素也。故染不积则人不观其色,行不积则人不信其事。子思曰[三]:"同言而信,信在言前也；同令而化，化在令外也。”谤言也，皆缘类而作[四]，倚事而兴，加其似者也。谁谓华岱之不高，江汉之不长与？君子修德，亦高而长之，将何患矣？故求己而不求诸人，非自强也，见其所存之富耳。子思曰：“事自名也，声自呼也，貌自眩也，物自处也，人自官也，无非自己者。”故怨人之谓壅，怨己之谓通。通也，知所悔；壅也，遂所误。遂所误也，亲戚离之；知所悔也，疏远附之。疏远附也，常安乐；亲戚离也，常危惧。自生民以来未有不然者也。殷纣为天子而称独夫，仲尼为匹夫而称素王，尽此类也。故善钓者不易渊而殉鱼[五]，君子不降席而追道，治乎八尺之中，而德化光矣。古之人歌曰：“相彼玄鸟，止于陵阪。仁道在近，求之无远。”人情也莫不恶谤，而卒不免乎谤。其故何也？非爱致力而不已之也[六]，已之之术反也。谤之为名也，逃之而愈至，距之而愈来，讼之而愈多。明乎此，则君子不足为也；暗乎此，则小人不足得也。帝舜屡省，禹拜昌言，明乎此者也；厉王蒙戮，吴起刺之，暗乎此者也。夫人也[七]，皆书名前策，著形列图，或为世法，或为世戒，可不慎欤[八]？曾子曰：“或言予之善，予惟恐其闻；或言予之不善，惟恐过而见予之鄙色焉。”故君子服过也，非徒饰其辞而已。诚发乎中心，形乎容貌，其爱之也深，其更之也速，如追兔惟恐不逮。故有进业，无退功，诗曰：“相彼脊令，载飞载鸣。我日斯迈，而月斯征。”迁善不懈之谓也。夫闻过而不改，谓之丧心；思过而不改，谓之失体。失体丧心之人，祸乱之所及也，君子舍旃。周书有言：“人毋鉴于水，鉴于人也。”鉴也者，可以察形；言也者，可以知德。小人耻其面之不及子都也，君子耻其行之不如尧舜也[九]，故小人尚明鉴[一〇]，君子尚至言。至言也，非贤友则无取之，故君子必求贤友也。诗曰：“伐木丁丁，鸟鸣嘤嘤。出自幽谷，迁于乔木。”言朋友之义，务在切直，以升于善道者也。故君子不友不如己者，非羞彼而大我也。不如己者，须己而植者也，然则扶人不暇，将谁相我哉？吾之偾也，亦无日矣。故坟庳则水纵〔一一〕，友邪则己僻也，是以君子慎取友也〔一二〕。孔子曰：“居而得贤友，福之次也。”夫贤者言足听，貌足象，行足法，加乎善奖人之美，而好摄人之过，其不隐也如影，其不讳也如响。故我之惮之，若严君在堂，而神明处室矣。虽欲为不善，其敢乎？故求益者之居游也，必近所畏而远所易。诗云：“无弃尔辅，员于尔辐。屡顾尔仆，不输尔载。”亲贤求助之谓也。

【校勘记】

〔一〕“此”，札记谓治要作“彼”。

〔二〕“哉”，札记谓治要作“乎”。

〔三〕“子思曰”至“化在令外也”，札记谓按后汉书宣秉王良传论曰：“语曰：‘同言而信，则信在言前；同令而行，则诚在令外。’”章怀注：“此皆子思子累德篇之言。”意林及御览三九〇、又四三〇引子思子与中论同，并无二“也”字，今子思子已逸，未知孰正。

〔四〕“皆”，平议谓乃“者”字之误。今按，据评议说则“者”当属上句读。

〔五〕“故善钓者”句，札记谓御览八三四引作“善钓不易抵而得鱼”。今按，“抵”当作“坻”。

〔六〕“爱”，札记谓治要作“智”。

〔七〕“夫人也”，札记谓原脱此三字，据治要补。

〔八〕“欤”，札记谓原讹“之”，据治要改。

〔九〕“尧舜”，札记谓，御览八一引作“舜禹”。今按，意林、续后汉书引同御览八一，御览三六五引与此原本合。

〔一〇〕“尚”，札记谓意林作“贵”。

〔一一〕“故坟庳则水纵”，札记谓原作“偾庳则纵多”，据治要改。

〔一二〕“取”，札记谓治要作“所”。

贵言第六

君子必贵其言，贵其言则尊其身，尊其身则重其道，重其道所以立其教。言费则身贱，身贱则道轻，道轻则教废。故君子非其人则弗与之言，若与之言，必以其方：农夫则以稼穑，百工则以技巧，商贾则以贵贱，府史则以官守，大夫及士则以法制，儒生则以学业。故易曰："艮其辅，言有序。"不失事，中之谓也。若夫父慈子孝，姑爱妇顺，兄友弟恭，夫敬妻听，朋友必信，师长必教，有司日月虑知乎州闾矣〔一〕。虽庸人，则亦循循然与之言此可也。过此而往，则不可也。故君子之与人言也，使辞足以达其知虑之所至，事足以合其性情之所安，弗过其任而强牵制也。苟过其任而强牵制，则将昏瞀委滞，而遂疑君子以为欺我也。不则，曰无闻知矣，非故也。明偏而示之以幽，弗能照也；听寡而告之以微，弗能察也。斯所资于造化者也，虽曰无讼，其如之何？故孔子曰："可与言而不与之言〔二〕，失人；不可与言而与之言，失言。知者不失人，亦不失言。"夫君子之于言也，所致贵也，虽有夏后之璜，商汤之驷，弗与易也。今以施诸俗士，以为志诬而弗贵听也，不亦辱己而伤道乎？是以君子将与人语大本之源，而谈性义之极者，必先度其心志，本其器量，视其锐气，察其堕衰，然后唱焉以观其和，导焉以观其随。随和之征，发乎音声，形乎视听，著乎颜色，动乎身体，然后可以发幽而步远，功察而治微。于是乎闿张以致之，因来以进之，审谕以明之，杂称以广之，立准以正之，疏烦以理之，疾而勿迫，徐而勿失，杂而勿结，放而勿逸，欲其自得之也。故大禹善治水，而君子善导人。导人必因其性，治水必因其势，是以功无败而言无弃也〔三〕。荀卿曰〔四〕："礼恭然后可与言道之方，辞顺然后可与言道之理，色从然后可与言道之致。有争气者，勿与辨也。"孔子曰："惟君子然后能贵其言，贵其色。小人能乎哉?”仲尼、荀卿先后知之。问者曰:“或有周乎上哲之至论,通乎大圣之洪业,而好与俗士辨者,何也?”曰:“以俗士为必能识之故也。”何以验之?使彼有金石丝竹之乐,则不奏乎聋者之侧;有山龙华虫之文,则不陈乎瞽者之前:知聋者之不闻也,知瞽者之不见也。于己之心分数明白,至与俗士而独不然者,知分数者不明也。不明之故何也?夫俗士之牵达人也,犹鹑鸟之欺孺子也。鹑鸟之性善近人,飞不峻也〔五〕,行不速也〔六〕,蹲蹲然似若将可获也〔七〕,卒至乎不可获。是孺子之所以踊膝踠足,而不以为弊也〔八〕。俗士之与达人言也,受之虽不肯,拒之则无说,然而有赞焉,有和焉,若将可寤〔九〕,卒至乎不可寤,是达人之所以干唇竭声而不舍也〔一○〕。斯人也,固达之蔽者也,非达之达者也,虽能言之,犹夫俗士而已矣。非惟言也,行亦如之。得其所则尊荣,失其所则贱辱。昔仓梧丙娶妻美〔一一〕,而以与其兄,欲以为让也,则不如无让焉。尾生与妇人期于水边,水暴至,不去而死,欲以为信也,则不如无信焉。叶公之党,其父攘羊,而子证之,欲以为直也,则不如无直焉。陈仲子不食母兄之食,出居于陵,欲以为洁也,则不如无洁焉。宗鲁受齐豹之谋,死孟絷之难,欲以为义也,则不如无义焉。故凡道蹈之既难,错之益不易,是以君子慎诸己,以为往鉴焉。

【校勘记】

〔一〕“虑知”,平议谓“知”衍字,“虑”读为“摅”,后人不知“虑”为“摅”之假字,因下文有“达其知虑”句,妄加“知”字。

〔二〕“不与之言”,今论语卫灵公无“之”字。

〔三〕“功”,原讹“攻”,汉魏丛书本不误,今回改。

〔四〕“荀卿曰”至“可与言道之致”,札记谓荀子劝学篇三“然”字并作“而”。

〔五〕“峻”,札记谓御览九二四引作“迅”。

〔六〕“行”，原脱此字，据御览九二四引补。

〔七〕“若将”，御览九二四引无“若”字。

〔八〕“卒至乎不可获”至“而不以为弊也”三句，御览引作“故孺子逐之不已”。

〔九〕“若将可寤”二句，札记谓御览引作“似将可悟，终难可移”。

〔一〇〕“干唇竭声”，札记谓御览引作“缓唇鸣声”。

〔一一〕“仓梧丙”，札记谓按淮南子泛论训作“仓梧绕”，家语作“娆”，说苑建本论但云苍梧之弟，此云仓梧丙，未知何据。孙诒让札移云：“案‘丙’与‘绕’、‘娆’形声并远，疑当作‘内’。”

艺纪第七

艺之兴也，其由民心之有智乎？造艺者将以有理乎？民生而心知物，知物而欲作，欲作而事繁，事繁而莫之能理也。故圣人因智以造艺，因艺以立事，二者近在乎身，而远在乎物。艺者，所以旌智饰能，统事御群也，圣人之所不能已也〔一〕。艺者，以事成德者也〔二〕；德者，以道率身者也。艺者德之枝叶也，德者人之根干也。斯二物者，不偏行，不独立。木无枝叶则不能丰其根干，故谓之瘣；人无艺则不能成其德，故谓之野。若欲为夫君子，必兼之乎？先王之欲人之为君子也，故立保氏掌教六艺：一曰五礼，二曰六乐，三曰五射，四曰五御，五曰六书，六曰九数；教六仪：一曰祭祀之容，二曰宾客之容，三曰朝廷之容，四曰丧纪之容，五曰军旅之容，六曰车马之容。大胥掌学士之版，春入学，舍采合万舞〔三〕，秋班学合声，讽诵讲习，不解于时〔四〕。故诗曰：“菁菁者莪，在彼中阿。既见君子，乐且有仪。”美育群材〔五〕，其犹人之于艺乎？既修其质，且加其文，文质著然后体全，体全然后可登乎清庙，而可羞乎王公。故君子非仁不立，非义不行，非艺不治，非容不庄，四者无愆，而圣贤之器就矣。易曰：“富有之谓大业。”其斯之谓欤？君子者，表里称而本末度者也。故言貌称乎心志，艺能度乎德行，美在其中，而畅于四支，纯粹内实，光辉外著。孔子曰："君子耻有其服而无其容，耻有其容而无其辞，耻有其辞而无其行。"故宾玉之山〔六〕，土木必润；盛德之士，文艺必众。昔在周公，尝犹豫于斯矣。孔子称："安上治民，莫善于礼；移风易俗〔七〕，莫善于乐。"存乎六艺者，其末节也〔八〕，谓夫陈笾豆，置尊俎，执羽籥，击钟磬，升降趋翔，屈伸俯仰之数也，非礼乐之本也。礼乐之本也者，其德音乎？诗云："我有嘉宾，德音孔昭。视民不恌，君子是则是效。我有旨酒，嘉宾式宴以敖。"此礼乐之所贵也。故恭恪廉让，艺之情也；中和平直，艺之实也；齐敏不匮，艺之华也；威仪孔时，艺之饰也。通乎群艺之情实者，可与论道；识乎群艺之华饰者，可与讲事。事者，有司之职也；道者，君子之业也。先王之贱艺者，盖贱有司也。君子兼之则贵也。故孔子曰："志于道，据于德，依于仁，游于艺。"艺者，心之使也，仁之声也，义之象也。故礼以考敬，乐以敦爱，射以平志，御以和心，书以缀事，数以理烦。敬考则民不慢，爱敦则群生悦，志平则怨尤亡，心和则离德睦，事缀则法戒明，烦理则物不悖，六者虽殊，其致一也。其道则君子专之，其事则有司共之，此艺之大体也。

【校勘记】

〔一〕"圣人之所不能已也"，汉魏丛书本注：一本作："圣人无所不能也。"

〔二〕"以"上，札记谓原衍"所"字，依下句例删。

〔三〕"舍采合万舞"，按，此用周礼春官大胥职文，作"舍采合舞"，无"万"字。

〔四〕"解"，通"懈"。

〔五〕"群材"，龙溪精舍本作"人材"。

〔六〕"宾"，四部丛刊本、龙溪精舍本作"宝"。

〔七〕“移风易俗”二句，今孝经与上“安上治民”二句互倒。

〔八〕“其”上原有“著”字，据平议说删。

核辩第八

俗士之所谓辩者，非辩也。非辩而谓之辩者，盖闻辩之名，而不知辩之实，故目之妄也。俗之所谓辩者，利口者也。彼利口者，苟美其声气，繁其辞令，如激风之至，如暴雨之集，不论是非之性，不识曲直之理，期于不穷，务于必胜。以故浅识而好奇者，见其如此也，固以为辩，不知木讷而达道者，虽口屈而心不服也。夫辩者，求服人心也，非屈人口也。故辩之为言别也，为其善分别事类，而明处之也，非谓言辞切给〔一〕，而以陵盖人也〔二〕，故传称春秋“微而显，婉而辩”者。然则，辩之言必约，以至不烦而谕，疾徐应节，不犯礼教，足以相称；乐尽人之辞，善致人之志，使论者各尽得其愿，而与之得解；其称也无其名，其理也不独显，若此则可谓辩。故言有拙而辩者焉，有巧而不辩者焉。君子之辩也，欲以明大道之中也，是岂取一坐之胜哉？人心之于是非也，如口于味也。口者非以己之调膳则独美，而与人调之则不美也。故君子之于道也，在彼犹在己也。苟得其中，则我心悦焉，何择于彼？苟失其中，则我心不悦焉，何取于此？故其论也，遇人之是则止矣。遇人之是而犹不止，苟言苟辩，则小人也，虽美说，何异乎鵙之好鸣，铎之喧哗哉？故孔子曰：“小人毁訾以为辩，绞急以为智，不逊以为勇。”斯乃圣人所恶，而小人以为美，岂不哀哉！夫利口之所以得行乎世也，盖有由也。且利口者〔三〕，心足以见小数，言足以尽巧辞，给足以应切问，难足以断俗疑，然而好说而不倦，谍谍如也。夫类族辩物之士者寡，而愚暗不达之人者多，孰知其非乎〔四〕？此其所以无用而不见废也〔五〕，至贱而不见遗也。先王之法，析言破律、乱名改作者，杀之；

行僻而坚、言伪而辩、记丑而博、顺非而泽者,亦杀之。为其疑众惑民,而溃乱至道也〔六〕。孔子曰:“巧言乱德。”恶似而非者也。

【校勘记】

〔一〕“切”,意林作“捷”。

〔二〕“盖”,札记谓意林作“善”,似误。

〔三〕“且”,札记谓治要作“夫”。

〔四〕“孰”,原讹“执”,汉魏丛书本不误,今回改。

〔五〕“所以”,札记谓原脱“以”字,据治要补。

〔六〕“溃”,札记谓治要作“浇”。

智行第九

或问曰:“士或明哲穷理,或志行纯笃,二者不可兼,圣人将何取?”对曰:“其明哲乎?”夫明哲之为用也,乃能殷民阜利,使万物无不尽其极者也。圣人之可及,非徒空行也,智也。伏羲作八卦,文王增其辞,斯皆穷神知化,岂徒特行善而已乎?易离象称:“大人以继明照于四方。”且大人,圣人也。其馀象皆称君子,盖君子通于贤者也。聪明惟圣人能尽之,大才通人有而不能尽也。书美唐尧,“钦明”为先。欢兜之举共工,四岳之荐鲧,尧知其行,众尚未知信也。若非尧,则裔土多凶族,兆民长愁苦矣。明哲之功也如是,子将何从?或曰:“俱谓贤者耳〔一〕,何乃以圣人论之?”对曰:“贤者亦然。”人之行莫大于孝,莫显于清。曾参之孝,有虞不能易;原宪之清,伯夷不能闲。然不得与游、夏列在四行之科,以其才不如也。仲尼问子贡曰:“汝与回也,孰愈?”对曰:“赐也,何敢望回?回也,闻一以知十;赐也,闻一以知二。”子贡之行不若颜渊远矣,然而不服其行,服其闻一知十。由此观之,盛才所以服人也。仲尼亦奇颜渊之有盛才也,故曰:“回也,非助我者也。于吾言,无所不说。”颜渊达于圣人之情，故无穷难之辞，是以能独获亹亹之誉，为七十子之冠。曾参虽质孝，原宪虽体清，仲尼未甚叹也。或曰："苟有才智而行不善，则可取乎？"对曰："何子之难喻也！"水能胜火，岂一升之水，灌一林之火哉？柴也愚，何尝自投于井？夫君子仁以博爱，义以除恶，信以立情，礼以自节，聪以自察，明以观色，谋以行权，智以辨物，岂可无一哉？谓夫多少之间耳。且管仲背君事仇，奢而失礼，使桓公有九合诸侯，一匡天下之功，仲尼称之曰："微管仲，吾其被发左衽矣。"召忽伏节死难，人臣之美义也，仲尼比为匹夫匹妇之为谅矣。是故圣人贵才智之特能，立功立事益于世矣。如愆过多，才智少，作乱有馀，而立功不足，仲尼所以避阳货而诛少正卯也。何谓可取乎？汉高祖数赖张子房权谋，以建帝业。四皓虽美行，而何益夫倒悬？此固不可同日而论矣。或曰："然则仲尼曰'未知，焉得仁'，乃高仁耶？何谓也？"对曰："仁固大也。"然则，仲尼此亦有所激，然非专小智之谓也。若有人相语曰："彼尚无有一智也，安得乃知为仁乎？"昔武王崩，成王幼，周公居摄，管、蔡启殷畔乱，周公诛之。成王不达，周公恐之，天乃雷电风雨，以彰周公之德，然后成王寤。成王非不仁厚于骨肉也，徒以不聪睿之故，助畔乱之人，几丧周公之功，而坠文武之业。召公见周公之既反政，而犹不知，疑其贪位，周公为之作君奭，然后悦。夫以召公怀圣之资，而犹若此乎，末业之士，苟失一行，而智略褊短，亦可惧矣！仲尼曰："可与立，未可与权。"孟轲曰："子莫执中，执中无权，犹执一也。"仲尼、孟轲可谓达于权智之实者也。殷有三仁：微子介于石不终日，箕子内难而能正其志，比干谏而剖心。君子以微子为上，箕子次之，比干为下。故春秋，大夫见杀，皆讥其不能以智自免也。且徐偃王知修仁义，而不知用武，终以亡国；鲁隐公怀让心，而不知佞伪，终以致杀；宋襄公守节，而不知权，终以见执；晋伯宗好直，而不知时变，终以陨身；叔孙豹好善，而不知择人，终以凶饿。此皆蹈善而少智之谓也。故大雅贵“既明且哲，以保其身”。夫明哲之士者，威而不慑，困而能通，决嫌定疑，辨物居方，禳祸于忽秒，求福于未萌，见变事则达其机，得经事则循其常，巧言不能推，令色不能移，动作可观，则出辞为师表，比诸志行之士，不亦谬乎？

【校勘记】

〔一〕“俱”，平议谓乃“且”之误。

爵禄第十

或问：“古之君子贵爵禄欤？”曰：“然。”“诸子之书，称爵禄非贵也，资财非富也，何谓乎？”曰：“彼遭世之乱，见小人富贵而有是言，非古也。”古之制爵禄也，爵以居有德，禄以养有功。功大者其禄厚〔一〕，德远者其爵尊；功小者其禄薄，德近者其爵卑。是故观其爵则别其人之德也，见其禄则知其人之功也，不待问之〔二〕。古之君子贵爵禄者，盖以此也。非以黼黻华乎其身，刍豢之适于其口也；非以美色悦乎其目，钟鼓之乐乎其耳也。孔子曰：“邦有道，贫且贱焉，耻也。”明王在上，序爵班禄而不以逮也，君子以为至羞，何贱之有乎？先王将建诸侯而锡爵禄也，必于清庙之中，陈金石之乐，宴赐之礼，宗人摈相，内史作策也。其颂曰：“文王既勤止，我应受之。敷时绎思，我徂维求定。时周之命，于绎思。”由此观之，爵禄者，先王之所重也，非所轻也。故书曰：“无旷庶官，天工人其代之。”爵禄之贱也，由处之者不宜也，贱其人，斯贱其位矣。其贵也，由处之者宜之也，贵其人，斯贵其位矣。诗云：“君子至止，黻衣绣裳。佩玉锵锵，寿考不忘。”黻衣绣裳，君子之所服也。爱其德，故美其服也。暴乱之君〔三〕，非无此服也，而民弗美也。位亦如之。昔周公相王室以君天下，圣德昭闻，王勋宏大。成王封以少昊之墟，地方七百里，锡之山川土田，附庸备物，典策官司，彝器龙旗九旒，祀帝于郊。太公亮武王克商宁乱，王封之爽鸠氏之墟，东至于海，西至于河，南至于穆陵，北至于无棣，五侯九伯，汝实征之，世祚太师，抚宁东夏。当此之时，熟谓富贵不为荣宠者乎？自时厥后，文武之教衰，黜陟之道废，诸侯僭恣，大夫世位，爵人不以德，禄人不以功，窃国而贵者有之，窃地而富者有之，奸邪得愿，仁贤失志，于是则以富贵相诟病矣。故孔子曰："邦无道，富且贵焉，耻也。"然则，富贵美恶，存乎其世也。易曰："圣人之大宝曰位。"何以为圣人之大宝曰位？位也者，立德之机也。势也者，行义之杼也。圣人蹈机握杼，织成天地之化〔四〕，使万物顺焉，人伦正焉，六合之内，各充其愿〔五〕，其为大宝不亦宜乎？故圣人以无势位为穷，百工以无器用为困，困则其资亡，穷则其道废。故孔子栖栖而不居者，盖忧道废故也。易曰："井渫不食，为我心恻，可用汲。王明，并受其福。"夫登高而建旌，则其所视者广矣〔六〕；顺风而振铎〔七〕，则其所闻者远矣。非旌色之益明，铎声之益远也〔八〕，所托者然也。况居富贵之地，而行其政令者也？故舜为匹夫，犹民也，及其受终于文祖，称曰"予一人"，则西王母来献白环。周公之为诸侯，犹臣也，及其践明堂之祚，负斧扆而立，则越裳氏来献白雉。故身不尊则施不光，居不高则化不博。易曰："丰亨，无咎〔九〕。王假之，勿忧，宜曰中。"身尊居高之谓也。斯事也，圣人之所务也。虽然，求之有道，得之有命。舜、禹、孔子可谓求之有道矣。舜、禹得之，孔子不得之，可谓有命矣。非惟圣人，贤者亦然。稷、契、伯益、伊尹、傅说得之者也，颜渊、闵子骞、冉耕、仲弓不得者也。故良农不患疆场之不修，而患风雨之不节；君子不患道德之不建，而患时世之不遇〔一〇〕。诗曰："驾彼四牡，四牸项领。我瞻四方，蹙蹙靡所骋。"伤道之不遇也。岂一世哉！岂一世哉！

【校勘记】

〔一〕“其”字，札记谓据治要补，下句“其”字同。

〔二〕“是故”至“不待问之”三句，札记谓治要上二句下无“也”字，末句下有“也”字，文气较顺。

〔三〕“暴乱之君”，札记谓“君”下原衍“子”字，据治要删。

〔四〕“天地”，意林作“天下”。

〔五〕“充”，原作“竟”，札记据治要改。今按作“竟”义亦可通。

〔六〕“视”，治要作“示”。

〔七〕“振”，札记谓治要作“奋”。今按，意林同治要。

〔八〕“铎声之益远也”，札记谓治要“铎”上有“非”字，“远”作“长”。今按，“益远”，意林作“远长”。

〔九〕“无咎”，今易丰卦“丰亨”下无此二字。

〔一〇〕“遇”，札记谓意林作“至”。

考伪第十一

仲尼之没，于今数百年矣。其间圣人不作，唐虞之法微，三代之教息，大道陵迟，人伦之中不定。于是惑世盗名之徒，因夫民之离圣教日久也，生邪端，造异术，假先王之遗训以缘饰之，文同而实违，貌合而情远，自谓得圣人之真也。各兼说特论，诬谣一世之人，诱以伪成之名，惧以虚至之谤，使人憧憧乎得亡，惙惙而不定，丧其故性而不自知其迷也，咸相与祖述其业而宠狎之。斯术之于斯民也，犹内关之疾也，非有痛痒烦苛于身，情志慧然，不觉疾之已深也。然而期日既至，则血气暴竭。故内关之疾，疾之中夭〔一〕，而扁鹊之所甚恶也〔二〕，以卢医不能别，而遘之者不能攻也。昔杨朱、墨翟、申不害、韩非、田骈、公孙龙，汩乱乎先王之道，诪张乎战国之世，然非人伦之大患也。何者？术异乎圣人者易辨，而从之者不多也。今为名者之异乎圣人也微。视之难见，世莫之非也；听之难闻，世莫之举也。何则？勤远以自旌，托之乎疾固；广求以合众，托之乎仁爱；枉直以取举，托之乎随时；屈道以弭谤，托之乎畏爱；多识流俗之故，粗诵诗书之文，托之乎博文；饰非而言好，无伦而辞察，托之乎通理；居必人才，游必帝都，托之乎观风；然而好变易姓名，求之难获，托之乎能静；卑屈其体，辑柔其颜，托之乎温恭；然而时有距绝，击断严厉，托之乎独立；奖育童蒙，训之以己术，托之乎勤诲；金玉自待，以神其言，托之乎说道：其大抵也。苟可以收名，而不必获实，则不去也；可以获实，而不必收名，则不居也。汲汲乎常惧当时之不我尊也，皇皇尔又惧来世之不我尚也。心疾乎内，形劳于外，然其智调足以将之，便巧足以庄之，称托比类，足以充之，文辞声气，足以饰之。是以欲而如让，躁而如静，幽而如明，跛而如正，考其所由来，则非尧舜之律也，核其所自出，又非仲尼之门也。其回遹而不度，穷涸而无源，不可经方致远，甄物成化，斯乃巧人之雄也，而伪夫之杰也。然中才之徒，咸拜手而赞之，扬声以和之，被死而后论其遗烈〔三〕，被害而犹恨己不逮。悲夫！人之陷溺盖如此乎？孔子曰"不患人之不己知"者，虽语我曰"吾为善"，吾不信之矣。何者？以其泉不自中涌，而注之者从外来也。苟如此，则处道之心不明，而执义之意不著，虽依先王称诗书，将何益哉？以此毒天下之民，莫不离本趣末，事以伪成，纷纷扰扰，驰骛不已。其流于世也，至于父盗子名，兄窃弟誉，骨肉相诒，朋友相诈，此大乱之道也。故求名者，圣人至禁也。昔卫公孟多行无礼，取憎于国人，齐豹杀之以为名，春秋书之曰"盗"。其传曰："是故君子动则思礼，行则思义，不为利回，不为义疚。或求名而不得，或欲盖而名章，惩不义也。齐豹为卫司寇，守嗣大夫，作而不义，其书为'盗'。邾庶其、莒牟夷、邾黑肱以土地出，求食而已，不求其名，贱而必书。此二物者，所以惩肆而去贪也。若艰难其身，以险危大人，而有名章彻，攻难之士，将奔走之。若窃邑叛君，以徼大利而无名，贪冒之民，将置力焉。是以春秋书齐豹曰‘盗’，三叛人名，以惩不义，数恶无礼，其善志也。”问者曰：“齐豹之杀人以为己名，故仲尼恶而‘盗’之。今为名者，岂有杀人之罪耶〔四〕？”曰：“春秋之中，其杀人者不为少，然而不盗不已。圣人之善恶也，必权轻重，数众寡以定之。夫为名者，使真伪相冒，是非易位，而民有所化，此邦家之大灾也。杀人者，一人之害也，安可相比也？”然则，何取于杀人者以书“盗”乎？荀卿亦曰：“盗名不如盗货。”乡愿亦无杀人之罪也，而仲尼恶之，何也？以其乱德也。今伪名者之乱德也，岂徒乡愿之谓乎？万事杂错，变数滋生，乱德之道，固非一端而已。书曰：“静言庸违，象恭滔天。”皆乱德之类也。春秋外传曰：“奸仁为佻，奸礼为羞，奸勇为贼。”夫仁礼勇，道之美者也。然行之不以其正，则不免乎大恶。故君子之于道也，审其所以守之，慎其所以行之。问者曰：“仲尼恶没世而名不称，又疾伪名，然则将何执？”曰：“是安足怪哉？”名者，所以名实也。实立而名从之，非名立而实从之也。故长形立而名之曰长，短形立而名之曰短，非长短之名先立，而长短之形从之也。仲尼之所贵者，名实之名也。贵名，乃所以贵实也。夫名之系于实也，犹物之系于时也。物者，春也吐华，夏也布叶，秋也凋零，冬也成实〔五〕，斯无为而自成者也。若强为之，则伤其性矣。名亦如之。故伪名者，皆欲伤之者也。人徒知名之为善，不知伪善者为不善也。惑甚矣！求名有三：少而求多，迟而求速，无而求有。此三者不僻为幽昧，离乎正道，则不获也，固非君子之所能也。君子者能成其心，心成则内定，内定则物不能乱，物不能乱则独乐其道，独乐其道则不闻为闻，不显为显。故礼称：“君子之道，暗然而日彰。小人之道，的然而日亡。君子之道，淡而不厌，简而文，温而理，知远之近，知风之自，知微之显，可与入德矣。”君子之不可及者，其惟人之所不见乎？夫如是者，岂将反侧于乱世，而化庸人之末称哉？

【校勘记】

〔一〕“疾之中夭”，平议谓此四字疑有误。

〔二〕“扁鹊”，平议谓此二字与下文“遘之者”三字当互易。

〔三〕“后”，札记谓疑当作“复”。

〔四〕“杀人”，原脱“人”字，据平议说补。

〔五〕“物者”至“冬也成实”，札记谓御览二〇引作“生物者春也，吐华者夏也，布叶者秋也，成实者冬也”。

谴交第十二

民之好交游也，不及圣王之世乎？古之不交游也，将以自求乎？昔圣王之治其民也，任之以九职，纠之以八刑，导之以五礼，训之以六乐，教之以三物，习之以六容，使民劳而不至于困，逸而不至于荒。当此之时，四海之内，进德修业，勤事而不暇，讵敢淫心舍力，作为非务，以害休功者乎？自王公至于列士，莫不成正畏相，厥职有恭，不敢自暇自逸。故春秋外传曰：“天子大采朝日，与三公九卿祖识地德。日中考政，与百官之政事，师尹惟旅，牧相宣序民事。少采夕月，与太史司载，纠虔天刑。日入，监九御洁奉禘郊之粢盛，而后即安。诸侯朝修天子之业命，昼考其国职，夕省其典刑，夜警其百工〔一〕，使无慆淫，而后即安。卿大夫朝考其职，昼讲其庶政，夕序其业，夜庀其家事，而后即安。士朝而受业，昼而讲贯，夕而习复，夜而计过，无憾，而后即安。正岁使有司令于官府，曰：‘各修乃职，考乃法，备乃事，以听王命。其有不恭，则邦有大刑〔二〕。’”由此观之，不务交游者，非政之恶也，心存于职业而不遑也。且先王之教，官既不以交游导民，而乡之考德，又不以交游举贤。是以不禁其民，而民自舍之。及周之衰，而交游兴矣。问者曰：“吾子著书，称君子之有交,求贤交也,今称交非古也。然则,古之君子无贤交欤?”曰:“异哉,子之不通于大伦也!”若夫不出户庭,坐于空室之中,虽魑魅魍魉,将不吾觌,而况乎贤人乎?今子不察吾所谓交游之实,而难其名。名有同而实异者矣,名有异而实同者矣,故君子于是伦也,务于其实,而无讥其名。吾称古之不交游者,不谓向屋漏而居也;今之好交游者,非谓长沐雨乎中路者也。古之君子,因王事之闲,则奉贽以见其同僚,及国中之贤者。其于宴乐也,言仁义而不及名利。君子未命者,亦因农事之隙,奉贽以见其乡党同志。及夫古之贤者亦然,则何为其不获贤交哉?非有释王事,废交业,游远邦,旷年岁者也。故古之交也近,今之交也远;古之交也寡,今之交也众,古之交也为求贤,今之交也为名利而已矣。古之立国也,有四民焉:执契修版图,奉圣王之法,治礼义之中,谓之士;竭力以尽地利,谓之农夫;审曲直形势,饬五材以别民器,谓之百工;通四方之珍异以资之,谓之商旅。各世其事,毋迁其业,少而习之,其心安之,则若性然,而功不休也。故其处之也,各从其族,不使相夺,所以一其耳目也。不勤乎四职者,谓之罢民〔三〕,役诸圜土。凡民出入行止,会聚饮食,皆有其节,不得怠荒,以妨生务,以丽罪罚。然则,安有群行方外,而专治交游者乎?是故五家为比,使之相保,比有长。五比为闾,使之相受〔四〕,闾有胥。四闾为族,使之相葬,族有师。五族为党,使之相救,党有正。五党为州,使之相赒,州有长。五州为乡,使之相宾,乡有大夫,必有聪明慈惠之人,使各掌其乡之政教禁令。正月之吉,受法于司徒,退而颁之于其州党族闾,比之群吏,使各以教其所治之民,以考其德行,察其道艺;以岁时登其夫家〔五〕,察其众寡。凡民之有德行道艺者,比以告闾,闾以告族,族以告党,党以告州,州以告乡,乡以告〔六〕。民有罪奇衺者,比以告,亦如之。有善而不以告,谓之蔽贤,蔽贤有罚。有恶而不以告，谓之党逆，党逆亦有罚。故民不得有遗善，亦不得有隐恶。乡大夫三年则大比而兴贤能者，乡老及乡大夫群吏献贤能之书于王。王拜受之，登于天府。其爵之命也，各随其才之所宜，不以大司小，不以轻任重。故书曰："百僚师师，百工惟时。"此先王取士官人之法也。故其民莫不反本而自求，慎德而积小知，福祚之来，不由于人也。故无交游之事，无请托之端，心澄体静，恬然自得，咸相率以正道，相厉以诚悫，奸说不兴，邪陂自息矣。世之衰矣〔七〕，上无明天子，下无贤诸侯；君不识是非，臣不辨黑白；取士不由于乡党，考行不本于阀阅；多助者为贤才〔八〕，寡助者为不肖；序爵听无证之论，班禄采方国之谣。民见其如此者，知富贵可以从众为也，知名誉可以虚哗获也。乃离其父兄，去其邑里，不修道艺，不治德行，讲偶时之说，结比周之党，汲汲皇皇，无日以处；更相叹扬，迭为表里，梼杌生华，憔悴布衣，以欺人主、惑宰相、窃选举、盗荣宠者，不可胜数也。既获者，贤己而遂往；羡慕者，并驱而追之，悠悠皆是，孰能不然者乎？桓灵之世，其甚者也。自公卿大夫、州牧郡守，王事不恤，宾客为务，冠盖填门，儒服塞道〔九〕，饥不暇餐，倦不获已，殷殷沄沄，俾夜作昼，下及小司；列城墨绶，莫不相商以得人〔一〇〕，自矜以下士，星言夙驾，送往迎来，亭传常满，吏卒传问〔一一〕，炬火夜行，阍寺不闭〔一二〕，把臂捩腕，扣天矢誓，推托恩好，不较轻重，文书委于官曹，系囚积于囹圄，而不遑省也。详察其为也，非欲忧国恤民，谋道讲德也，徒营己治私，求势逐利而已。有策名于朝，而称门生于富贵之家者，比屋有之。为师无以教训〔一三〕，弟子亦不受业，然其于事也，至乎怀丈夫之容，而袭婢妾之态；或奉货而行赂，以自固结，求志属托，规图仕进，然掷目指掌，高谈大语。若此之类，言之犹可羞，而行之者不知耻。嗟乎〔一四〕！王教之败，乃至于斯乎！且夫交游者出也，或身殁于他邦，或长幼而不归〔一五〕，父母怀茕独之思，室人抱东山之哀，亲戚隔绝，闺门分离，无罪无辜，而亡命是效。古者，行役过时不反，犹作诗刺怨，故四月之篇称“先祖匪人，胡宁忍予”，又况无君命而自为之者乎？以此论之，则交游乎外，久而不归者，非仁人之情也。

【校勘记】

〔一〕“夜警其百工”，札记谓周语无“其”字，“警”作“儆”。

〔二〕“正岁使有司”至“则邦有大刑”，札记谓以上三十三字不见外传，乃周官小宰文，语小异。

〔三〕“罢”，原作“穷”，据平议说改。按，此语本周礼大司寇“以圜土聚教罢民”。

〔四〕“受”，原作“忧”，据札移说改。今按，此用周礼大司徒文，本作“受”，形近而讹“忧”。

〔五〕“夫家”，原作“大夫”，平议谓当作“夫家”，周官乡大夫职曰“以岁时登其夫家之众寡”，即此文所本也；民数篇曰“户口漏于国版，夫家脱于联伍”，亦用周官“夫家”字可证。今据改。

〔六〕“乡以告”，札记谓“告”下当有脱文。

〔七〕“矣”，札记谓疑当作“也”字。

〔八〕“多助者为贤才”二句，意林作：“多助者则谓贤才，少爱者则谓不肖。”

〔九〕“儒服塞道”，类聚二一作“服膺盈道”。

〔一〇〕“相商”，平议谓当作“相高”。

〔一一〕“传问”，札记谓类聚引作“侍门”。

〔一二〕“闭”，札记谓类聚引作“关”。

〔一三〕“为师无以教训”，札记谓原作“为师而无以教”，据治要改。

〔一四〕“嗟乎”至“乃至于斯乎”，札记谓此十一字类聚引在“东山之哀”句下，“斯”作“此”，其下云：“林宗之时，所谓交游者也，轻位不仕者则有巢许之高，废职待客者则有优游之美，是以各眩其名，而忘天下之乱也。”疑今本有脱简，而类聚所引或不免颠倒删节，今姑仍原本而附著于此。

〔一五〕“长幼”，龙溪精舍本作“幼长”。

历数第十三

昔者，圣王之造历数也，察纪律之行，观运机之动，原星辰之迭中，寤晷景之长短，于是营仪以准之，立表以测之，下漏以考之，布算以追之。然后元首齐乎上，中朔正乎下，寒暑顺序，四时不忒。夫历数者，先王以宪杀生之期，而诏作事之节也，使万国之民不失其业者也。昔少皞氏之衰也，九黎乱德，民神杂揉，不可方物。颛顼受之，乃命南正重司天以属神，北正黎司地以属民，使复旧常，毋相侵黩。其后三苗复九黎之德，尧复育重、黎之后不忘旧者，使复典教之。故书曰：“乃命羲和，钦若昊天，历象日月星辰，敬授民时。”于是阴阳调和，灾厉不作，休征时至，嘉生蕃育，民人乐康，鬼神降福。舜禹受之，循而勿失也。及夏德之衰，而羲和湎淫，废时乱日。汤武革命，始作历明时，敬顺天数。故周礼太史之职：“正岁年以序事，颁之于官府及都鄙，颁告朔于邦国。”于是分至启闭之日，人君亲登观台以望气，而书云物为备者也。故周德既衰，百度堕替，而历数失纪。故鲁文公元年闰三月，春秋讥之，其传曰：“非礼也。先王之正时也，履端于始，举正于中，归馀于终。履端于始，序则不愆。举正于中，民则不惑。归馀于终，事则不悖。”又哀公十二年：“十二月，螽。季孙问诸仲尼，仲尼曰：‘丘闻之也〔一〕，火伏而后蛰者毕〔二〕。今火犹西流，司历过也。’”言火未伏，明非立冬之日。自是之后，战国构兵，更相吞灭，专以争强攻取为务，是以历数废而莫修，浸用乖缪。大汉之兴，海内新定，先王之礼法尚多有所缺,故因秦之制,以十月为岁首,历用颛顼。孝武皇帝恢复王度,率由旧章,招五经之儒,征术数之士,使议定汉历。及更用邓平所治,元起太初,然后分至启闭,不失其节,弦望晦朔,可得而验。成、哀之间,刘歆用平术而广之,以为三统历,比之众家,最为备悉。至孝章皇帝,年历疏阔,不及天时;及更用四分历旧法,元起庚辰。至灵帝,四分历犹复后天半日,于是会稽都尉刘洪,更造乾象历以追日月星辰之行。考之天文,于今为密。会宫车宴驾,京师大乱,事不施行。惜哉!上观前化,下迄于今,帝王兴作,未有奉赞天时以经人事者也。故孔子制春秋,书人事而因以天时,以明二物相须而成也。故人君不在分至启闭,则不书其时月,盖刺怠慢也。夫历数者,圣人之所以测灵耀之赜,而穷玄妙之情也,非天下之至精,孰能致思焉?今粗论数家旧法,缀之于篇,庶为后之达者存损益之数云耳。

【校勘记】

〔一〕"丘闻之也","丘"原作"某",乃避孔子讳。汉魏丛书本作"丘",与左传文合,据改。札记谓今左传无"也"字。

〔二〕"伏",原作"复",据左传文改。下"言火未伏"句,亦可证"复"当作"伏"。

夭寿第十四

或问:"孔子称'仁者寿',而颜渊早夭;'积善之家,必有馀庆',而比干、子胥身陷大祸。岂圣人之言不信,而欺后人耶?"故司空颍川荀爽论之,以为古人有言"死而不朽",谓"太上有立德,其次有立功,其次有立言",其身殁矣,其道犹存,故谓之不朽。夫形体者,人之精魄也;德义令闻者,精魄之荣华也。君子爱其形体,故以成其德义也。夫形体固自朽弊消亡之物，寿与不寿，不过数十岁；德义立与不立，差数千岁，岂可同日言也哉！颜渊时有百年之人，今宁复知其姓名耶？诗云："万有千岁，眉寿无有害。"人岂有万寿千岁者？皆令德之谓也。由此观之，"仁者寿"岂不信哉？传曰："所好有甚于生者，所恶有甚于死者。"比干、子胥，皆重义轻死者也，以其所轻，获其所重，求仁得仁，可谓庆矣。槌钟击磬，所以发其声也；煮鬯烧薰，所以扬其芬也。贤者之穷厄戮辱，此搥击之意也；其死亡陷溺，此烧煮之类也〔一〕。北海孙翱以为死生有命，非他人之所致也。若积善有庆，行仁得寿，乃教化之义，诱人而纳于善之理也〔二〕。若曰积善不得报，行仁者凶，则愚惑之民，将走于恶以反天常〔三〕。故曰："民可使由之，不可使知之。""身体发肤，受之父母，不敢毁伤，孝之至也"，若夫求名之徒，残疾厥体，冒厄危戮〔四〕，以徇其名，则曾参不为也。子胥违君而适仇国，以雪其耻，与父报仇，悖人臣之礼，长畔弑之原；又不深见二主之异量，至于悬首不化，斯乃凶之大者，何庆之为？

干以为二论皆非其理也，故作辨夭寿，云：干闻先民称"所恶于知者为凿也"，不其然乎？是以君子之为论也，必原事类之宜而循理焉。故曰说成而不可间也，义立而不可乱也。若无二难者，苟既违本，而死又不以其实。夫圣人之言，广矣大矣，变化云为，固不可以一概齐也。今将妄举其目，以明其非。夫寿有三：有王泽之寿，有声闻之寿，有行仁之寿。书曰："五福，一曰寿。"此王泽之寿也。诗云："其德不爽，寿考不忘。"此声闻之寿也。孔子曰："仁者寿。"此行仁之寿也。孔子云尔者，以仁者寿，利养万物，万物亦受利矣，故必寿也。荀氏以死而不朽为寿，则书何故曰"在昔殷王中宗〔五〕，严恭寅畏天命，自度治民祇惧，不敢荒宁。肆中宗之享国，七十有五年。其在高宗，寔旧劳于外〔六〕，爰暨小人，作其即位，乃或亮阴，三年不言。惟言乃雍〔七〕，不敢荒宁，嘉靖殷国〔八〕。至于小大，无时或怨。肆高宗之享国，五十有九年。其在祖甲，不义惟王，旧为小人。作其即位，爰知小人之依，能保惠庶民〔九〕，不侮鳏寡。肆祖甲之享国，三十有三年。自时厥后立王，生则逸，不知稼穑之艰难，不知小人之劳苦〔一〇〕，惟耽乐是从〔一一〕。自时厥后，亦罔或克寿，或十年，或七八年，或五六年，或三四年"者〔一二〕，周公不知夭寿之意乎？故言声闻之寿者，不可同于声闻，是以达人必参之也。孙氏专以王教之义也，恶愚惑之民将反天常。孔子何故曰"有杀身以成仁，无求生以害仁"，又曰"自古皆有死，民无信不立，欲使知，去食而必死也"？昔者仲尼乃欲民不仁不信乎？夫圣人之教，乃为明允君子，岂徒为愚惑之民哉？愚惑之民，威以斧钺之戮，惩以刀墨之刑，迁之他邑，而流于裔土，犹或不悛，况以言乎？故曰："惟上智与下愚不移。"然则荀、孙之义皆失其情，亦可知也。昔者帝喾已前尚矣，唐虞三代，厥事可得略乎闻。自尧至于武王，自稷至于周、召，皆仁人也。君臣之数不为少矣，考其年寿不为夭矣。斯非"仁者寿"之验耶？又七十子岂残酷者哉？顾其仁有优劣耳。其夭者惟颜回，据一颜回而多疑其馀，无异以一钩之金，权于一车之羽，云金轻于羽也。天道迂阔，暗昧难明，圣人取大略以为成法，亦安能委曲，不失毫芒，无差跌乎？且夫信无过于四时，而春或不华，夏或陨霜，秋或雨雪，冬或无冰，岂复以为难哉？所谓祸者，己欲违之，而反触之者也。比干、子胥，已知其必然而乐为焉，天何罪焉？天虽欲福人，亦不能以手臂引人而亡之〔一三〕，非所谓无庆也。荀令以此设难，而解以槌击烧薰〔一四〕，于事无施。孙氏讥比干、子胥，亦非其理也。殷有三仁，比干居一，何必启手然后为德？子胥虽有仇君之过，犹有观心知仁，悬首不化，固臣之节也。且夫贤人之道者，同归而殊途，一致而百虑，或见危而授命，或望善而遐举，或被发而狂歌，或三黜而不去，或辞聘而山栖，或忍辱而俯就，岂得责以圣人也哉？于戏！通节之士，实关斯事，其审之云耳。

【校勘记】

〔一〕“烧煮”，龙溪精舍本作“煮烧”。

〔二〕“诱人而纳于善之理也”，文选五四辩道论注作“诱民于善路耳”。

〔三〕“走于恶”，汉魏丛书本注：一作“移其性”。

〔四〕“厄”，平议谓当作“犯”。

〔五〕“在昔”，龙溪精舍本作“昔在”，与今尚书无逸文合。

〔六〕“寔”，龙溪精舍本作“时”，与今尚书无逸文合。

〔七〕“惟言乃雍”，今尚书无逸作“其惟不言言乃雍”，此略“其”字与“不言”二字。

〔八〕“国”，龙溪精舍本作“邦”，与今尚书无逸文合。

〔九〕“惠”下，今尚书无逸有“于”字。

〔一〇〕“不知小人之劳苦”，今尚书无逸作“不闻小人之苦”。

〔一一〕“是”，龙溪精舍本作“之”，与今尚书无逸文合。

〔一二〕“三四”，札记谓今无逸经作“四三”。

〔一三〕“亡之”，平议谓疑当作“與之”，“與”作“与”，故误为“亡”。

〔一四〕“烧薰”，龙溪精舍本作“煮烧”。

务本第十五

人君之大患也，莫大于详于小事，而略于大道，察于近物〔一〕，而暗于远图〔二〕。故自古及今，未有如此而不乱也，未有如此而不亡也。夫详于小事而察于近物者，谓耳听乎丝竹歌谣之和，目视乎雕琢采色之章〔三〕，口给乎辩慧切对之辞，心通乎短言小说之文，手习乎射御书数之巧，体骛乎俯仰折旋之容〔四〕。凡此数者〔五〕，观之足以尽人之心，学之足以动人之志〔六〕。且先王之末教也，非有小才小智则亦不能为也。是故能为之者,莫不自悦乎其事,而无取于人,以人皆不能故也〔七〕。夫居南面之尊〔八〕,秉生杀之权者,其势固足以胜人也〔九〕。而加之以胜人之能〔一〇〕,怀是己之心〔一一〕,谁敢犯之者乎?以匹夫行之犹莫之敢规也,而况于人君哉〔一二〕?故罪恶若山而己不见也,谤声若雷而己不闻也,岂不甚矣乎!夫小事者味甘,而大道者醇淡;近物者易验,而远数者难效,非大明君子,则不能兼通者也。故皆惑于所甘,而不能至乎所淡;眩于所易,而不能反于所难〔一三〕。是以治君世寡,而乱君世多也。故人君之所务者,其在大道远数乎?大道远数者,为仁足以覆帱群生〔一四〕,惠足以抚养百姓,明足以照见四方,智足以统理万物,权足以变应无端〔一五〕,义足以阜生财用,威足以禁遏奸非,武足以平定祸乱;详于听受,而审于官人,达于兴废之原〔一六〕,通于安危之分,如此则君道毕矣。夫人君非无治为也,失所先后故也。道有本末,事有轻重,圣人之异乎人者无他焉,盖如此而已矣。鲁桓公容貌美丽,且多技艺,然而无君才大智〔一七〕,不能以礼防正其母,使与齐侯淫乱不绝,驱驰道路。故诗刺之曰:"倚嗟名兮,美目清兮,仪既成兮。终日射侯,不出正兮,展我甥兮。"下及昭公,亦善有容仪之习,以亟其朝晋也,自郊劳至于赠贿,礼无违者。然而,不恤国政:政在大夫,弗能取也;子家羁贤,而不能用也;奸大国之明禁,凌虐小国,利人之难,而不知其私;公室四分,民食其他,思莫在于公,不图其终,卒有出奔之祸。春秋书而绝之曰:"公孙于齐,次于阳州。"故春秋外传曰:"国君者〔一八〕,服宠以为美,安民以为乐,听德以为聪,致远以为明。"又诗陈文王之德曰:"惟此文王,帝度其心。貊其德音〔一九〕,其德克明。克明克类,克长克君。王此大邦,克顺克比。比于文王,其德靡悔。既受帝祉,施于孙子。"心能制义曰度,德政应和曰貊,照监四方曰明,施勤无私曰类,教诲不倦曰长,赏庆刑威曰君,慈和遍服曰顺〔二〇〕,择善而从曰比，经纬天地曰文。如此则为九德之美，何技艺之尚哉？今使人君视如离娄，聪如师旷[二一]，御如王良，射如夷羿，书如史籀，计如隶首，走追驷马，力折门键[二二]，有此六者，可谓善于有司之职矣，何益于治乎？无此六者，可谓乏于有司之职矣，何增于乱乎？必以废仁义，妨道德[二三]。何则？小器弗能兼容，治乱既不系于此[二四]，而中才之人所好也[二五]。昔路丰舒[二六]、晋智伯瑶之亡[二七]，皆怙其三才，恃其五贤，而以不仁之故也。故人君多技艺，好小智，而不通于大道者[二八]，适足以距谏者之说而钳忠直之口也[二九]，只足以追亡国之迹而背安家之轨也。不其然耶？不其然耶？

【校勘记】

〔一〕"于"，札记谓原讹"其"，据治要改，与后文合。

〔二〕"图"，札记谓治要作"数"，与后文合。今按龙溪精舍本同原本，下文凡"远数"二字皆作"远图"。

〔三〕"视"，札记谓治要作"明"。

〔四〕"骛"，札记谓治要作"比"，又"折"作"般"。

〔五〕"数"，札记谓原脱此字，据治要补。

〔六〕"动"，札记谓治要作"勤"，又"志"作"思"。

〔七〕"以人皆不能故也"，札记谓治要作"皆以不能故也"。

〔八〕"夫居"，札记谓治要"夫"下有"君"字，似与"居"字形近而衍。

〔九〕"也"，札记谓治要作"矣"。

〔一〇〕"加之"，札记谓原脱"之"字，据治要补。

〔一一〕"是"，治要作"足"。

〔一二〕"况于人君"，札记谓原脱"于"字，据治要补。

〔一三〕"反"，札记谓治要作"及"。

〔一四〕"为"，札记谓治要作"谓"。

〔一五〕"变应"，札记谓治要倒。

〔一六〕“兴废”，治要作“废兴”。

〔一七〕“君”，龙溪精舍本作“宏”。

〔一八〕“国君者”，札记谓楚语作“臣闻国君”，无“者”字。

〔一九〕“惟此文王”至“貊其德音”，札记谓按皇矣诗本作“维此王季”，乐记及昭二十八年左氏传引并作“惟此文王”。正义曰：“‘惟此王季’，左传言‘唯此文王’者，经涉乱离，师有异读，后人因即存之，不敢追改，王肃及韩诗亦作‘文王’。”以下文推之，中论当本左传，然左传作“莫其德音”，而此作“貊”，则仍与毛诗同也。

〔二〇〕“慈和”，札记谓左传此二字倒。

〔二一〕“聪”，札记谓治要作“听”。

〔二二〕“折”，札移谓当作“扚”，或作“招”，淮南子道应训“孔子劲扚国门之关”，许注云：“扚，引也。”又主术训云“孔子力招城关”，高注云：“招，举也。”“扚”、“招”与“折”形并相近。

〔二三〕“道德”，札记谓治要“德”下有“矣”。

〔二四〕“既”，札记谓治要作“又”。

〔二五〕“所好”，札记谓原脱“所”字，据治要补。

〔二六〕“路”，札记谓治要作“潞”。

〔二七〕“智伯瑶之亡”，札记谓原讹作“知其亡也”，据治要改。

〔二八〕“道”，札记谓原讹“伦”，据治要改。

〔二九〕“适”，治要作“只”。

审大臣第十六

帝者昧旦而视朝廷[一]，南面而听天下，将与谁为之？岂非群公卿士欤？故大臣不可以不得其人也。大臣者，君之股肱耳目也，所以视听也，所以行事也。先王知其如是也，故博求聪明睿哲君子，措诸上位，执邦之政令焉[二]。执政聪明睿哲[三]，则其事举；其事举，则百僚莫不任其职[四]；百僚莫不任其职，则庶事莫不致其治〔五〕；庶事莫不致其治，则九牧之民莫不得其所。故书曰："元首明哉，股肱良哉，庶事康哉。"故大臣者，治万邦之重器也，不可以众誉著也，人主所宜亲察也。众誉者可以闻斯人而已，故尧之闻舜也以众誉，及其任之者，则以心之所自见。又有不因众誉而获大贤，其文王乎？畋于渭水边〔六〕，道遇姜太公，皤然皓首，方秉竿而钓〔七〕。文王召而与之言，则帝王之佐也。乃载之归，以为太师。姜太公当此时，贫且贱矣，年又老矣，非有贵显之举也。其言诚当乎贤君之心，其术诚合乎致平之道。文王之识也，灼然若披云而见日，霍然若开雾而观天〔八〕。斯岂假之于众人哉？非惟圣然也，霸者亦有之。昔齐桓公夙出，甯戚方为旅人，宿乎大车之下，击牛角而歌，歌声悲激，其辞有疾于世。桓公知其非常人也，召而与之言，乃立功之士也。于是举而用之，使知国政。凡明君之用人也，未有不悟乎己心，而徒因众誉也。用人而因众誉焉，斯不欲为治也，将以为名也。然则，见之不自知，而以众誉为验也，此所谓效众誉也，非所谓效得贤能也。苟以众誉为贤能，则伯鲧无羽山之难，而唐虞无九载之费矣。圣人知众誉之或是或非，故其用人也，则亦或因或独，不以一验为也，况乎举非四岳也？世非有唐虞也，大道寝矣，邪说行矣，臣已诈矣，民已惑矣〔九〕。非有独见之明，专任众人之誉，不以己察，不以事考，亦何由获大贤哉？且大贤在陋巷也，固非流俗之所识也。何则？大贤为行也〔一〇〕，裒然不自见，儡然若无能，不与时争是非，不与俗辩曲直，不矜名，不辞谤，不求誉，其味至淡，其观至拙。夫如是则何以异乎人哉？其异乎人者，谓心统乎群理而不缪，智周乎万物而不过，变故暴至而不惑，真伪丛萃而不迷。故其得志，则邦家治以和〔一一〕，社稷安以固，兆民受其庆〔一二〕，群生赖其泽〔一三〕。八极之内同为一，斯诚非流俗之所豫知也。不然，安得赫赫之誉哉？其赫赫之誉者，皆形乎流俗之观，而曲同乎流俗之听也。君子固不然矣。昔管夷吾尝三战而皆北，人皆谓之无勇；与之分财，取多，人皆谓之不廉；不死子纠之难，人皆谓之背义。若时无鲍叔之举，霸君之听，休功不立于世，盛名不垂于后，则长为贱丈夫矣。鲁人见仲尼之好让而不争也，亦谓之无能，为之谣曰："素鞸羔裘，求之无尤。羔裘素鞸，求之无戾。"夫以圣人之德，昭明显融，高宏博厚，宜其易知也，且犹若此，而况贤者乎？以斯论之，则时俗之所不誉者，未必为非也；其所誉者，未必为是也。故诗曰："山有扶苏，隰有荷华。不见子都，乃见狂且。"言所谓好者非好，丑者非丑，亦由乱之所致也。治世则不然矣。叔世之君，生乎乱，求大臣，置宰相，而信流俗之说，故不免乎国风之讥也。而欲与之兴天和，致时雍，遏祸乱，弭妖灾，无异策穿蹄之乘，而登太行之险，亦必颠踬矣。故书曰："股肱堕哉，万事隳哉。"此之谓也。然则，君子不为时俗之所称〔一四〕，曰孝悌忠信之称也，则有之矣，治国致平之称，则未之有也。其称也，无以加乎习训诂之儒也。夫治国致平之术，不两得其人〔一五〕，则不能相通也。其人又寡矣，寡不称众，将谁使辨之？故君子不遇其时，则不如流俗之士声名章彻也。非徒如此，又为流俗之士所裁制焉。高下之分，贵贱之贾，一由彼口，是以没齿穷年，不免于匹夫。昔荀卿生乎战国之际，而有睿哲之才，祖述尧舜，宪章文武，宗师仲尼，明拨乱之道，然而列国之君，以为迂阔不达时变，终莫之肯用也。至于游说之士，谓其邪术〔一六〕，率其徒党，而名震乎诸侯，所如之国，靡不尽礼郊迎，拥彗先驱，受赏爵为上客者，不可胜数也。故名实之不相当也，其所从来尚矣〔一七〕，何世无之？天下有道，然后斯物废矣。

【校勘记】

〔一〕"朝廷"，治要无"廷"字。

〔二〕“执邦之政令焉”，札记谓句首治要有“使”字。

〔三〕“聪明睿哲”，札记谓原脱此四字，据治要补。

〔四〕“则百僚莫不任其职”二句，札记谓原并脱“莫不”二字，据治要补。

〔五〕“庶事莫不致其治”，札记谓原脱“莫不”二字，据治要补。

〔六〕“畋于渭水边”二句，札记谓初学记二引作“文王遇姜公于渭阳”，御览四、又一三引同，又八三四引“阳”作“滨”，初学记六引作“文王遇太公于渭滨”。

〔七〕“方秉竿而钓”，札记谓初学记二、御览一三引“秉”作“执”，初学记六引作“持竿垂钓”。

〔八〕“文王之识也”至“开雾而观天”，札记谓初学记二、御览一五并引作“文王得之，灼若祛云而见白日，霍若开雾而睹青山”，御览四引作“若披云见白日”，初学记六、御览八三四并引作“文王得之，灼若祛云而见日，霍若开雾而观山”，合参诸本，是首句当作“文王得之”，后二句两“然”字皆衍，“天”字当作“山”，无可疑者。以原本文义可通，姑仍其旧。

〔九〕“惑”，原讹“或”，汉魏丛书本不误。今回改。

〔一〇〕“贤”下，初学记一七引有“之”字。

〔一一〕“邦家”，龙溪精舍本作“邦国”，与初学记一七引同。

〔一二〕“庆”，初学记一七引作“福”。

〔一三〕“泽”，初学记一七引作“祚”。

〔一四〕“称”下，札记谓似有脱字。

〔一五〕“两”，龙溪精舍本作“多”。

〔一六〕“谓其邪术”，札记谓“谓”字当误，原注：一作“讲其邪术”。

〔一七〕“尚”，札记谓原注：一作“久”。

慎所从第十七

夫人之所常称曰：“明君舍己而从人，故其国治以安；暗君违人而专己，故其国乱以危。”乃一隅之偏说也，非大道之至论也。凡安危之势，治乱之分，在乎知所从，不在乎必从人也。人君莫不有从人，然或危而不安者，失所从也；莫不有违人，然或治而不乱者，得所违也。若夫明君之所亲任也，皆贞良聪智；其言也，皆德义忠信，故从之则安，不从则危。暗君之所亲任也，皆佞邪愚惑；其言也，皆奸回谄谀，从之安得治，不从之安得乱乎？昔齐桓公从管仲而安，二世从赵高而危，帝舜违四凶而治，殷纣违三仁而乱〔一〕。故不知所从，而好从人，不知所违，而好违人，其败一也。孔子曰：“知不可由，斯知所由矣。”夫言或似是而非实，或似美而败事，或似顺而违道：此三者非至明之君不能察也。燕昭王使乐毅伐齐，取七十馀城，莒与即墨未拔。昭王卒，惠王为太子，时与毅不平。即墨守者田单，纵反间于燕，使宣言曰：“王已死，城之不拔者三耳。乐毅与新王有隙，惧诛而不敢归，外以伐齐为名，实欲因齐人未附，故且缓即墨以待其事。齐人所惧，惟恐他将之来，即墨残矣。”惠王以为然，使骑劫代之，大为田单所破。此则似是而非实者也。燕相子之有宠于王，欲专国政，人为之言于燕王哙，曰：“人谓尧贤者，以其让天下于许由也。许由不受，有让天下之名，而实不失天下。今王以国让于相子之，子之必不敢受，是尧与王同行也。”燕哙从之，其国大乱。此则似美而败事者也。齐景公欲废太子阳生，而立庶子荼，谓大夫陈乞曰：“吾欲立荼如何？”乞曰：“所乐乎为君者，欲立则立之，不欲立则不立。君欲立之，则臣请立之。”于是立荼。此则似顺而违道者也。且夫言画施于当时，事效在于后日。后日迟至，而当时速决也。故今巧者常胜，拙者常负，其势然也。此谓中主之听也。至于暗君，则不察辞之巧拙也，二策并陈，而从其致己之欲者；明君不察辞之巧拙也，二策并陈，而从其致己之福者。故高祖、光武，能收群策之所长，弃群策之所短，以得四海之内，而立皇帝之号也。吴王夫差、楚怀、襄王,弃伍员、屈平之良谋,收宰嚭、上官之谀言,以失江汉之地,而丧宗庙之主。此二帝三王者,亦有从人,亦有违人,然而成败殊驰,兴废异门者,见策与不见策耳。不知从人甚易,而见策甚难,夷考其验,斯为甚矣。问曰:"夫人莫不好生而恶死,好乐而恶忧。然观其举措也,或去生而就死,或去乐而就忧,将好恶与人异乎?"曰:"非好恶与人异也,乃所以求生与求乐者失其道也,譬如迷者,欲南而反北也。"今略举一验以言之。昔项羽既败,为汉兵所追,乃谓其馀骑曰:"吾起兵至今八年,身经七十馀战,所击者服,遂霸天下。今而困于此,此天亡我,非战之罪也。"斯皆存亡所由,欲南反北者也。夫攻战,王者之末事也,非所以取天下也。王者之取天下也,有大本,有仁智之谓也。仁则万国怀之,智则英雄归之。御万国,总英雄,以临四海,其谁与争?若夫攻城必拔,野战必克,将帅之事也。羽以小人之器,暗于帝王之教,谓取天下一由攻战,矜勇有力,诈虐无亲,贪啬专利,功勤不赏,有一范增既不能用,又从而疑之,至令愤气伤心,疽发而死;豪杰背叛,谋士违离,以至困穷,身为之虏,然犹不知所以失之,反嗔目溃围,斩将取旗,以明非战之罪,何其谬之甚欤!高祖数其十罪,盖其大略耳。若夫纤介之失,世所不闻,其可数哉?且乱君之未亡也,人不敢谏,及其亡也,人莫能穷,是以至死而不寤,亦何足怪哉!

【校勘记】

〔一〕"乱",龙溪精舍本作"亡"。

亡国第十八

凡亡国之君,其朝未尝无致治之臣也,其府未尝无先王之书也,然而不免乎亡者,何也?其贤不用,其法不行也。苟书法而不行其事，爵贤而不用其道，则法无异乎路说〔一〕，而贤无异乎木主也。昔桀奔南巢，纣踣于京，厉流于彘，幽灭于戏。当是时也，三后之典尚在，良谋之臣犹存也。下及春秋之世，楚有伍举、左史倚相、右尹子革、白公子张，而灵王丧师；卫有太叔仪、公子鱄、蘧伯玉、史鳝，而献公出奔；晋有赵宣孟〔二〕、范武子、太史董狐，而灵公被杀〔三〕；鲁有子家羁、叔孙婼，而昭公野死；齐有晏平仲、南史氏，而庄公不免弑〔四〕；虞、虢有宫之奇、舟之侨，而二公绝祀。由是观之，苟不用贤，虽有无益也。然此数国者，皆先君旧臣，世禄之士，非远求也。乃有远求而不用之者：昔齐桓公立稷下之官〔五〕，设大夫之号，招致贤人而尊宠之，自孟轲之徒皆游于齐；楚春申君亦好宾客，敬待豪杰，四方并集，食客盈馆，且聘荀卿，置诸兰陵，然齐不益强，黄歇遇难，不用故也。夫远求贤而不用之，何哉？贤者之为物也，非若美嫔丽妾之可观于目也，非若端冕带裳之可加于身也〔六〕，非若嘉肴庶羞之可实于口也。将以言策，策不用，虽多亦奚以为？若欲备百僚之名，而不问道德之实，则莫若铸金为人而列于朝也，且无食禄之费矣。然彼亦知有马必待乘之而后致远〔七〕，有医必待使之而后愈疾〔八〕。至于有贤，则不知必待用之而后兴治者，何哉？贤者难知欤？何以远求之易知欤？何以不能用也？岂为寡不足用，欲先益之欤？此又惑之甚也。贤者称于人也，非以力也。力者必须多，而知者不待众也。故王卒七万，而辅佐六卿也。故舜有臣五人而天下治，周有乱臣十人而四海服。此非用寡之验欤？且六国之君，虽不用贤，及其致人也，犹修礼尽意，不敢侮慢也。至于王莽，既不能用，及其致之也〔九〕，尚不能言。莽之为人也，内实奸邪，外慕古义，亦聘求名儒，征命术士，政烦教虐，无以致之，于是胁之以峻刑，威之以重戮，贤者恐惧，莫敢不至，徒张设虚名，以夸海内，莽亦卒以灭亡。且莽之爵人〔一〇〕，其实囚之也。囚人者，非必著之桎梏而置之囹圄之谓也[一一]，拘系之，愁忧之之谓也。使在朝之人，欲进则不得陈其谋，欲退则不得安其身，是则以纶组为绳索，以印佩为钳铁也[一二]。小人虽乐之，君子则以为辱矣[一三]。故明主之得贤也，得其心也，非谓得其躯也。苟得其躯而不论其心也，斯与笼鸟槛兽无以异也[一四]，则贤者之于我也，亦犹怨仇也，岂为我用哉？虽日班万锺之禄[一五]，将何益欤？故苟得其心，万里犹近；苟失其心，同衾为远。今不修所以得贤者之心，而务修所以执贤者之身[一六]，至于社稷颠覆，宗庙废绝，岂不哀哉！荀子曰[一七]："人主之患，不在乎言不用贤，而在乎诚不用贤。言用贤者口也，却贤者行也[一八]。口行相反，而欲贤者之进[一九]，不肖之退，不亦难乎？夫照蝉者[二〇]，务明其火，振其树而已。火不明，虽振其树无益也。人主有能明其德者，则天下其归之[二一]，若蝉之归火也。"善哉言乎[二二]！昔伊尹在田亩之中，以乐尧舜之道，闻成汤作兴，而自夏如商；太公避纣之恶，居于东海之滨，闻文王作兴，亦自商如周；其次则甯戚如齐，百里奚入秦，范蠡如越，乐毅游燕，故人君苟修其道义，昭其德音，慎其威仪，审其教令，刑无颇僻[二三]，狱无放残，仁爱普殷，惠泽流播，百官乐职，万民得所，则贤者仰之如天地，爱之如亲戚[二四]，乐之如埙篪，歆之如兰芳。故其归我也，犹决壅导滞[二五]，注之大壑，何不至之有[二六]？苟粗秽暴虐，馨香不登[二七]；谗邪在侧，佞媚充朝；杀戮不辜，刑罚滥害；宫室崇侈[二八]，妻妾无度；撞钟舞女，淫乐日纵；赋税繁多[二九]，财力匮竭；百姓冻饿，死莩盈野[三〇]；矜己自得，谏者被诛；内外震骇[三一]，远近怨悲，则贤者之视我，容貌也如魍魉，台殿也如狴犴[三二]，采服也如衰绖[三三]，弦歌也如号哭[三四]，酒醴也如滫涤[三五]，肴馔也如粪土，从事举错，每无一善，彼之恶我也如是，其肯至哉？今不务明其义，而徒设其禄，可以获小人，难以得君子。君子者，行不偷合[三六]，立不易方，不以天下枉道，不以乐生害仁，安可以禄诱哉？虽强搏执之而不获已〔三七〕，亦杜口佯愚，苟免不暇。国之安危将何赖焉？故诗曰："威仪卒迷，善人载尸。"此之谓也。

【校勘记】

〔一〕"则法无异乎路说"二句，札记谓二"乎"字治要并作"于"。

〔二〕"孟"，札记谓原讹"子"，据治要改。

〔三〕"杀"，札记谓治要作"弑"。

〔四〕"弑"，札记谓原脱此字，据治要补。

〔五〕"桓公"，札记谓当作"宣公"。

〔六〕"端冕"，龙溪精舍本作"冠冕"。

〔七〕"而后致远"，札记谓治要作"然后远行"。

〔八〕"使"，札记谓原讹"行"，据治要改，与意林合。

〔九〕"致之"，札记谓原脱"之"字，据治要补。

〔一〇〕"人"下，札记谓治要有"也"字。

〔一一〕"著"下治要无"之"字。

〔一二〕"以印佩为钳铁"，汉魏丛书本注：一本作"以印绶为钳铁也"。

〔一三〕"矣"，札记谓原脱此字，据治要补。

〔一四〕"无以"，札记谓治要作"未有"。

〔一五〕"虽日"，札记谓"日"原讹"曰"，据治要改，治要"虽日"倒。

〔一六〕"修"，原作"循"。据治要改。

〔一七〕"荀子"，札记谓治要"荀"作"孙"。

〔一八〕"言用贤者口也"二句，札记谓原脱"用"字，"却"作"知"，并据治要改，与荀子合。

〔一九〕"而欲贤者之进"二句，札记谓原作"而欲贤者进，不肖者退"，据治要改，荀子本作"而欲贤者之至，不肖者之退也"。

〔二〇〕"照"，札记谓荀子作"耀"。

〔二一〕"其归之"，札记谓荀子无"其"字。

〔二二〕“乎”，札记谓治要作“也”。

〔二三〕“僻”，治要作“类”。

〔二四〕“亲戚”，札记谓治要作“其亲”。

〔二五〕“滞”下，札记谓原衍“水”字，据治要删。

〔二六〕“有”下，札记谓治要有“乎”字。

〔二七〕“馨香”，治要作“香馨”。

〔二八〕“宫室”，治要作“宫馆”。

〔二九〕“赋”，札记谓治要作“征”。

〔三〇〕“死莩”，札记谓治要作“怨丧”。

〔三一〕“骇”，札记谓治要作“骚”。

〔三二〕“犴”，札记谓治要作“牢”。

〔三三〕“绖”，札记谓原讹“经”，治要亦误，今正。

〔三四〕“弦歌”，治要作“歌乐”。

〔三五〕“涤”，平议谓疑“浚”字之误，国语晋语“少浚于豕牢而得文王”，韦注：“浚，便也。”滫浚连文，犹言便溺也。

〔三六〕“偷”，札记谓治要作“苟”。

〔三七〕“搏”，札记谓治要作“缚”，义较优。

赏罚第十九

政之大纲有二。二者何也？赏罚之谓也。人君明乎赏罚之道，则治不难矣。夫赏罚者，不在乎必重〔一〕，而在于必行。必行则虽不重而民肃〔二〕，不行则虽重而民怠，故先王务赏罚之必行也〔三〕。书曰：“尔无不信，朕不食言。尔不从誓言〔四〕，予则孥戮汝，罔有攸赦。”天生烝民，其性一也。刻肌亏体，所同恶也；被文垂藻，所同好也。此二者常存，而民不治其身，有由然也：当赏者不赏，当罚者不罚。夫当赏者不赏，则为善者失其本望，而疑其所行；当罚者不罚，则为恶者轻其国法，而怙其所守。苟如是也，虽日用斧钺于市，而民不去恶矣;日锡爵禄于朝,而民不兴善矣。是以圣人不敢以亲戚之恩而废刑罚,不敢以怨仇之忿而废庆赏〔五〕。夫何故哉?将以有救也。故司马法曰:“赏罚不逾时,欲使民速见善恶之报也。”逾时且犹不可,而况废之者乎?赏罚不可以疏,亦不可以数。数则所及者多,疏则所漏者多。赏罚不可以重,亦不可以轻。赏轻则民不劝,罚轻则民亡惧〔六〕,赏重则民傲幸,罚重则民无聊〔七〕。故先王明恕以听之〔八〕,思中以平之,而不失其节也〔九〕。故书曰:“罔非在中,察辞于差。”夫赏罚之于万民,犹辔策之于驷马也。辔策不调〔一○〕,非徒迟速之分也,至于覆车而摧辕。赏罚之不明也,则非徒治乱之分也,至于灭国而丧身,可不慎乎!可不慎乎!故诗云:“执辔如组,两骖如舞。”言善御之可以为国也。

【校勘记】

〔一〕“乎”,札记谓治要作“于”,御览六三六引同。

〔二〕“肃”,龙溪精舍本作“勤”。

〔三〕“也”,札记谓原脱此字,据治要补。

〔四〕“尔”,札记谓御览作“汝”。

〔五〕“废”,札记据治要改作“留”。今按,据下文“逾时且犹不可,而况废之者乎”,则以作“废”为是,因回改。

〔六〕“亡”,札记谓治要作“不”。

〔七〕“则民无聊”,札记谓原注:一作“民不聊生”。

〔八〕“故先王明恕以听之”,札记谓“王”原讹“生”,“恕”原讹“庶”,“听”原讹“德”,并据治要改。

〔九〕“也”,札记谓原脱此字,据治要补。

〔一○〕“不”上,札记谓治要有“之”字。

民数第二十

治平在庶功兴,庶功兴在事役均,事役均在民数周,民数周为国之本也。故先王周知其万民众寡之数,乃分九职焉。九职既分,则劬劳者可见,怠惰者可闻也。然而事役不均者,未之有也。事役既均,故民尽其心[一],而人竭其力,然而庶功不兴者未之有也。庶功既兴,故国家殷富,大小不匮,百姓休和,下无怨疚焉。然而治不平者,未之有也。故曰水有源[二],治有本,道者审乎本而已矣。周礼:"孟冬,司寇献民数于王,王拜而受之,登于天府,内史、司会、冢宰贰之。"其重之如是也。今之为政者,未知恤已矣,譬由无田而欲树艺也,虽有良农,安所措其强力乎?是以先王制六乡、六遂之法,所以维持其民,而为之纲目也。使其邻比相保相受[三],刑罚庆赏相延相及,故出入存亡,臧否顺逆,可得而知矣。如是奸无所窜,罪人斯得。迨及乱君之为政也,户口漏于国版,夫家脱于联伍,避役者有之[四],弃捐者有之,浮食者有之,于是奸心竞生,伪端并作矣。小则盗窃,大则攻劫,严刑峻法不能救也。故民数者,庶事之所自出也,莫不取正焉,以分田里,以令贡赋,以造器用,以制禄食,以起田役,以作军旅,国以之建典,家以之立度。五礼用修,九刑用措者,其惟审民数乎?

【校勘记】

〔一〕"心",原讹作"力",据四部丛刊本、龙溪精舍本改。又"民",通典三作"上"。

〔二〕"源",札记谓原注:一作"泉"。今按,通典三亦作"泉"。

〔三〕"受",原作"爱",札移谓此用礼大司徒及族师职文,"爱",当作"受"。今据改。

〔四〕"避役者有之",札记谓原注:一作"逋逃者有之"。

《中论》逸文

天地之间,含气而生者,莫知乎人。人情之至痛,莫过乎丧亲。

夫创巨者其日久，痛甚者其愈迟。故圣王制三年之服，所以称情而立文[一]，为至痛极也。自天子至于庶人，莫不由之，帝王相传，未有知其所从来者。及孝文皇帝，天姿谦让，务从简易，其将弃万国，乃顾臣子，令弗行久丧，已葬则除之，将以省烦劳而宽群下也。观其诏文，唯欲施乎己而已，非为汉室创制丧礼，而传之于来世也。后人遂奉而行焉，莫之分理。至乎显宗，圣德钦明，深照孝文一时之制[二]，又惟先王之礼之不可以久违，是以世祖徂崩，则斩衰三年。孝明既没，朝之大臣徒以己之私意，忖度嗣君之必贪速除也。检之以太宗遗诏，不惟孝子之心哀慕未歇，故令圣王之迹陵迟而莫遵。短丧之制，遂行而不除，斯诚可悼之甚者也！滕文公小国之君耳，加之生周之末世，礼教不行，犹能改前之失，咨问于孟轲，而服丧三年，岂况大汉配天之主？而废三年之丧，岂不惜哉！且作法于仁，其弊犹薄，道隆于己，历世则废，况以不仁之作，宣之于海内，而望家有慈孝，民德归厚，不亦难乎？诗曰："尔之教矣，民胥效矣。"圣主若以游宴之间，超然远思，览周公之旧章，咨显宗之故事，感蓼莪之笃行，恶素冠之所刺，发复古之德音，改太宗之权令，事行之后，永为典式，传示万代，不刊之道也。案此即复三年丧篇。

昔之圣王制为礼法，贵有常尊，贱有等差，君子小人，各司分职。故下无僭上之愆，"僭"原讹"潜"，今正。而人役财力，能相供足也。往昔海内富民及工商之家，资财巨万，役使奴婢，多者以百数，少者以十数，斯岂先王制礼之意哉？夫国有四民，不相干黩，士者劳心，工农商者劳力。劳心之谓君子，劳力之谓小人。君子者治人，小人者治于人，治于人者食人，治人者食于人，百王之达义也。今夫无德而居富之民，宜治于人，且食人者也。役使奴婢，不劳筋力，目喻颐指，从容垂拱，虽怀忠信之士，读圣哲之书，端委执笏，列在朝位者，何以加之？且今之君子尚多贫匮，家无奴婢，即其有者，“即”原讹“既”，以意改。不足供事，妻子勤劳，躬自爨烹，其故何也？皆由罔利之人与之竞逐，又有纡青拖紫，并兼之门，使之然也。夫物有所盈则有所缩，圣人知其如此，故裒多益寡，称物平施，动为之防，不使过度，是以治可致也。为国而令廉让，君子不足如此，而使贪人有馀如彼，非所以辨尊卑，等贵贱，贱财利，尚道德也。今太守、令、长得称君者，以庆赏刑威咸自己出也。民畜奴婢，或至数百，庆赏刑威，亦自己出，则与郡县长史又何以异？夫奴婢虽贱，俱含五常，本帝王良民，而使编户小人为己役，哀穷失所，犹无告诉，岂不枉哉？今自斗食佐史以上，至诸侯王，皆治民人者也，宜畜奴婢。农工商及给趋走使令者，皆劳力躬作，治于人者也，宜不得畜。昔孝哀皇帝即位，师丹辅政，建议令畜田宅奴婢者有限。时丁、傅用事，董贤贵宠，皆不乐之，事遂废覆。夫师丹之徒，皆前朝知名大臣，患疾并兼之家，建纳忠信，为国设禁，然为邪臣所抑，卒不施行，岂况布衣之士，而欲唱议立制，不亦远乎！案此即制役篇。以上二篇并见群书治要〔三〕。

【校勘记】

〔一〕“所以”，按，礼记三年问此二字在“立文”下。

〔二〕“照”，疑当作“鉴”。

〔三〕按，以上二文今均依四部丛刊本群书治要勘正，不二出校。

毛诗义问　〔魏〕刘桢撰　〔清〕马国翰辑

鄘

蝃蝀在东

夫妻失礼则虹气盛[一],有赤色在上者,阴乘阳气也。虞世南北堂书钞卷一百五十一。

郑

抑释掤忌

掤所以覆矢也,谓箭筒盖也[二]。北堂书钞卷一百二十六。太平御览卷三百五十。

魏

有縣貆兮

貉子曰貆[三]。貆形状与貉类异[四],世人皆名貆。徐坚初学记卷二十九。

唐

蟋蟀在堂

蟋蟀食蝇而化成。太平御览卷九百四十九。

秦

鴥彼晨风

晨风,今之鹞。欧阳询艺文类聚卷九十一。

陈

衡门之下

横一木作门,而上无屋,谓之衡门。艺文类聚卷六十三。

桧

郐在豫州外方之北,北邻于虢,都荥之南[五],左济右洛,居(阳、郑)两水之间,食溱、洧焉。郦道元水经注卷二十二引刘桢。

豳

一之日于貉

狐之类，貉、貒、狸也。初学记卷二十九引连"貉子曰貆"，余萧客古经解钩沈取属此句，从之。貉子似狸。初学记卷二十九。罗愿尔雅翼卷二十二。

六月食郁及薁

郁其树高五六尺，其实大如李，正赤，食之甜〔六〕。诗七月孔颖达正义。

蟏蛸在户

蟏蛸，长脚蜘蛛也。太平御览卷九百四十八。

小雅

弁彼鸒斯

有鹎乌、雅乌、楚乌也。初学记卷三十。

商颂

亦有和羹

铏羹，有菜、盐、豉其中，菜为其形象，可食，因以铏为名。初学记卷二十六。太平御览卷八百六十一。

【校勘记】

〔一〕"妻"，原作"妇"，孔本书钞作"妻"，陈本书钞同，今据改。

〔二〕"也"，原脱此字，据孔本书钞补，并删去小注"太平御览卷三百五十"下"引盖下有也字"六字。

〔三〕"子"，原误作"小"，据中华书局排印本初学记改。

〔四〕"形"，原脱此字，又"与"讹"如"，据排印本初学记补正。

〔五〕"都"，原作"郚"，据王先谦校刊本水经注改。都，谓郚之国都也。

〔六〕按，原本将正义所引本草文，及孔颖达按语，误作毛诗义问佚文采录于此下，今删去。

附录三　建安七子著作考

孔　融

春秋杂议难五卷

隋书经籍志一："梁有春秋杂议难五卷，汉少府孔融撰。亡。"

曾朴补后汉书艺文志并考二："案太山都尉孔宙碑云：'少习家训，治严氏春秋。'孔褒碑云：'治家业春秋。'孔谦碣亦云：'治家业，修春秋。'据此则融祖、父皆治公羊春秋。汉人重家法，融即徙业治左氏，不容反而攻之也。然隋志列于左氏类，未敢臆断。"

旧唐书经籍志上："春秋杂议五卷。"

新唐书艺文志一："杂议难五卷。"

按，两唐志并失书撰人，又旧唐志"议"下脱"难"字。

孔融集十卷

后汉书孔融传："魏文帝深好融文辞，每叹曰：'扬、班俦也。'募天下有上融文章者辄赏以金帛。所著诗、颂、碑文、论议、六言、策文、表、檄、教令、书记凡二十五篇。"

隋书经籍志四："后汉少府孔融集九卷。梁十卷，录一卷。"

按，魏志荀攸传注引荀氏家传曰："（荀）祈与孔融论肉刑，（荀）愔与孔融论圣人优劣，并在融集。"是知晋宋人所见之融集，有他人论难之作附入其间。

旧唐书经籍志下："孔融集十卷。"

新唐书艺文志四："孔融集十卷。"

四库全书总目一四八："孔北海集一卷，汉孔融撰。案魏文帝典论论文称：'孔氏卓卓，信含异气，笔墨之性，殆不可胜。'后汉书融本传亦曰：'魏文帝深好融文辞，叹曰"扬、班俦也"，募天下有上融文章者，辄赏以金帛。所著诗、颂、碑文、论议、六言、策文、表檄、教令、书记凡二十五篇。'隋书经籍志载汉少府孔融集九卷，注曰：'梁十卷，录一卷。'则较本传所记已多增益。新、旧唐志皆作十卷，盖犹梁时之旧本。宋史始不著录，则其集当佚于宋时。此本乃明人所掇拾，凡表一篇、疏一篇、上书三篇、奏事二篇、议一篇、对一篇、教一篇、书十六篇、碑铭一篇、论四篇、诗六篇，共三十七篇。其圣人优劣论盖一文而偶存两条，编次者遂析为两篇，实三十六篇也。张溥百三家集，亦载是集，而较此本少再告高密令教、告高密县僚属二篇。大抵捃拾史传、类书，多断简残章，首尾不具，不但非隋、唐之旧，即苏轼孔北海赞序称'读其所作杨氏四公赞'，今本亦无之，则宋人所及见者，今已不具矣。然人既国器，文亦鸿宝，虽阙佚之馀，弥可珍也。其六言诗之名，见于本传，今所传三章，词多凡近，又皆盛称曹操功德，断以融之生平，可信其义不出此；即使旧本有之，亦必黄初间购求遗文，赝托融作以颂曹操，未可定为真本也。流传既久，姑仍旧本录之，而纠其讹于此。集中诗文，多有笺释本事者，不知何人所作。奏疏之类，皆附缀篇末；书教之类，则夹注篇题之下，体例自相违异。今悉夹注篇题之下，俾画一焉。"

按，"孔氏卓卓"云云，系文心雕龙风骨篇所引刘桢语，馆臣以为出曹丕典论论文，当误。又苏轼尝称"常恨"孔融文"不见其全"，见经进东坡文集事略乐全先生文集叙，则孔融集在北宋时盖已亡佚。又馆臣断今存融之六言诗三章为赝托，其论未确，徐公持同志已加驳正，详见其建安七子诗文系年考证。

冯惟讷诗纪辑存融离合作郡姓名诗一首、杂诗二首、临终诗一首、六言诗三首、失题诗一首，共五篇八首。其失题诗乃截取李白赠刘都使诗中四句而误指融作，实四篇七首。

张溥百三家集辑孔少府集一卷，分表、疏、上书、对、教、书、论、议、碑、诗九类编次，有荐祢衡表、崇国防疏、荐谢该上书、上汉帝书、奏宜准古王畿制书、上三府所辟称故吏事、奏马贤事、东海王祭礼对、告高密县立郑公乡教、修郑公宅教、告昌安县教、下高密恤邓子然教、答王修教、与曹操论盛孝章书、与曹操论酒禁书、嘲曹操讨乌桓书、报曹操书、答虞翻书、与韦休甫书、与王朗书、与张纮书、喻邴原书、与邴原书、与诸卿书、与宗从弟书、与许博士书、汝颍优劣论、圣人优劣论、周武王汉高祖论、马日磾不宜加礼议、肉刑议、卫尉张俭碑、离合作郡姓名字诗、杂诗二首、临终诗、六言诗三首、失题，共四十一篇。其与韦休甫书及圣人优劣论皆一文两存，张氏遂各析为两篇，马贤奏事系马融文而误入，失题诗与诗纪同误，实三十七篇。又奏宜准古王畿制书、上三府所辟故吏事、奏马贤事三篇皆有其目而无其文。

严可均全后汉文辑孔融文一卷，有上书荐谢该、上书请准古王畿制、上书、上三府所辟称故吏事、荐祢衡疏、崇国防疏、马日磾不宜加礼议、肉刑议、南阳王冯东海王祇祭礼对、告高密相立郑公乡教、缮治郑公宅教、教高密令、告昌安县教、答王修举孝廉让邴原教、重答王修、喻邴原举有道书、遣问邴原书、与王朗书、遗张纮书、又遗张纮书、答虞仲翔书、与韦休甫书、与宗从弟书、与诸卿书、与许博士书、与曹公书荐边让、与曹公书论盛孝章、与曹公书、与曹公嘲征乌桓、难曹公表制酒禁书、又书、报曹公书、答路粹书、周武王汉高祖论、圣人优劣论、汝颍优劣论、肉刑论、同岁论、卫尉张俭碑铭。其报曹公书与答路粹书同属一篇，而严氏析之为二,实三十八篇。

陈　琳

陈琳集十卷

隋书经籍志四:"后汉丞相军谋掾陈琳集三卷。梁十卷,录一卷。"

旧唐书经籍志下:"陈琳集十卷。"

新唐书艺文志四:"陈琳集十卷。"

崇文总目五:"陈琳文集九卷。"

吴棫韵补卷首书目:"陈琳魏人,有文集九卷。在建安诸子中,字学最深,大荒赋几三千言,用韵极奇古,尤为难知。"

陈振孙直斋书录解题一六:"陈孔璋集十卷,魏丞相军谋掾、广陵陈琳孔璋撰。案魏志:文帝为五官中郎将,及平原侯植皆好文学,山阳王粲仲宣、北海徐干伟长、广陵陈琳孔璋、陈留阮瑀元瑜、汝南应玚德琏、东平刘桢公干,并见友善。自邯郸淳、繁钦、路粹、丁仪、丁廙、杨修、荀纬等亦有文采,而不在七人之列,世所谓'建安七子'者也。但自王粲而下才六人,意子建亦在其间耶?而文帝典论则又以孔融居其首,并粲、琳等谓之七子,植不与焉。今诸家诗文散见于文选及诸类书,其以集传者,仲宣、子建、孔璋三人而已。余家亦未有仲宣集。"

姚振宗后汉艺文志四云:"按此称'魏丞相军谋掾'殊误,此丞相即曹操也。'魏'当作'汉'。"

宋史艺文志七:"陈琳集十卷。"

文献通考经籍略:"陈孔璋集十卷。"

按,隋志所称梁之十卷本,盖在唐时复出。至宋,琳集转成二本:一为馆阁所藏之九卷本,吴棫所见者即此本也;一为私家所藏之十卷本，疑即唐之传本，其书至南宋时犹存，殆于宋末元初亡佚。

冯惟讷诗纪辑存琳饮马长城窟行一首、游览二首、宴会一首，共三篇四首。

张溥百三家集辑陈记室集一卷，分赋、上书、书、笺、檄、版文、设难、乐府、诗九类编次。有武军赋、神武赋、止欲赋、神女赋、大暑赋、玛瑙勒赋、迷迭赋、柳赋、鹦鹉赋、为袁绍上汉帝书、为袁绍与公孙瓒书、更公孙瓒与子书、为曹洪与世子书、答张纮书、答东阿王笺、为袁绍檄豫州文、檄吴将校部曲文、为袁绍拜乌丸三王为单于版文、应机、饮马长城窟行、游览二首、宴会，共二十二篇。

严可均全后汉文辑陈琳文一卷，有大暑赋、止欲赋、武军赋、神武赋、神女赋、大荒赋、迷迭赋、马脑勒赋、柳赋、鹦鹉赋、谏何进召外兵、答东阿王笺、更公孙瓒与子书、答张纮书、为曹洪与魏太子书、为袁绍檄豫州、檄吴将校部曲文、应机、韦端碑，共十九篇。

王　粲

尚书问二卷

隋书经籍志一："梁有尚书释问四卷，魏侍中王粲撰。"

旧唐书经籍志上："尚书释问四卷，郑玄注。王粲问，田琼、韩益正。"

新唐书艺文志一："释问四卷，王粲问，田琼、韩益正。"

旧唐书元行冲传载行冲所作释疑云："自此之后，惟推郑公（玄）。王粲称伊、洛已东，淮、汉之北，一人而已，莫不宗焉。咸云先儒多阙，郑氏道备。粲窃嗟怪，因求其学，得尚书注，退而思之，以尽其意，意皆尽矣。所疑之者，犹未喻焉。凡有两卷，列于其集。"侯康补三国艺文志一云："案王粲尚书问，盖本载粲集中，不别为书，后田琼、韩益答其义，因成释问四卷，隋志但称王粲撰，似未合。田琼者，康成弟子，见郑志。韩益，魏大长秋，见隋志春秋类。”

汉末英雄记十卷

隋书经籍志二：“汉末英雄记八卷，王粲撰，残缺。梁有十卷。”

旧唐书经籍志上：“汉末英雄记十卷，王粲等撰。”

新唐书艺文志二：“王粲汉书英雄记十卷。”

四库全书总目六一：“汉末英雄记一卷，旧本题王粲撰。……案粲卒于建安中，其时黄星虽兆，王步未更，不应名书以‘汉末’，似后人之所追题。然考粲从军诗中已称曹操为圣君，则俨以魏为新朝，此名不足怪矣。隋志著录作八卷，注云残阙，其本久佚。此本乃王世贞杂钞诸书成之，凡四十四人，大抵取于裴松之三国志注为多。如水经注载白狼山曹操敲马鞍作十片事，本习见之书，乃漏而不载。又如筑易京本公孙瓒事，乃于瓒外别出一张瓒，以此事属之，不知据何误本，尤疏舛之甚矣。”

姚振宗后汉艺文志二云：“按续汉郡国志‘会稽郡’注引英雄交争记，言初平三年事，似即此书本名英雄交争记，后人省‘交争’字，加‘汉末’字；又其中不尽王粲一人之作，故旧唐志题‘王粲等撰’。”按，姚氏谓世传英雄记非粲一人所作，甚是。然史通内篇杂述云：“普天率土，人物弘多，求其行事，罕能周悉，则有独举所知，编为短部，若戴逵竹林名士、王粲汉末英雄、萧世诚怀旧志、卢子行知己传。此谓之小录者也。”是则英雄记为记人之书，与英雄交争记记事者，未必同是一书。又英雄记梁十卷本，盖于唐时复出，至宋亡佚。宛委堂本说郛、汉魏丛书及黄氏逸书考均存有辑本，以黄氏所辑最称精洽。

去伐论集三卷

隋书经籍志三："梁有去伐论集三卷，王粲撰。亡。"

旧唐书经籍志下："去伐论集三卷，王粲撰。"

新唐书艺文志三："王粲去伐论集三卷。"

姚振宗后汉艺文志三云："马国翰曰：'隋、唐志载王粲去伐论集三卷，今佚。考艺文类聚引去伐论一篇，题晋袁宏，书名同而撰人异。按隋、唐志均无宏撰去伐论之目，以题称去伐论集，绎之当是王粲著论，后贤多有拟议，一并附入欤。'按魏志本传'著诗、赋、论、议垂六十篇'，去伐论当在其中。此三卷，不知集他家为此论者凡若干篇。"

书数十篇

太平御览六〇二引金楼子曰："王仲宣昔在荆州，著书数十篇。荆州坏，尽焚其书。今在者一篇，知名之士咸重之，见虎一毛，不知其斑。"

按，王瑶读书笔记十则之八云："魏志本传言粲'著诗、赋、论、议垂六十篇'，历久散佚，至梁时完整者即仅存一篇；梁元帝所见者，盖即登楼赋。故昭明辑选，于擅长辞赋之仲宣，亦仅录登楼一赋也。"姚振宗后汉艺文志三云："此事馀书不概见，梁元帝必有所据，今无由考见矣。又按粲在荆州所作如文学官志、登楼赋、为刘荆州谏袁谭书、为刘荆州与袁尚书之类，梁时所存，实不止一篇，而梁元帝以为今存一篇者，则所作数十篇皆子书，别为一种，非诗文之类可知矣。"姚说近是。书，即书论。曹丕典论论文曰"书论宜理"，是也。梁元帝谓粲书今存一篇者，恐指去伐论。隋志既云梁有去伐论集三卷，则粲此论必当为梁元帝之所见。文心雕龙论说篇又称粲之去伐论"师心独见，锋颖精密，盖人伦（按，当作"论"）之英"，是则岂袁宏等拟论在先，刘勰又赞誉于后，故梁元帝谓其"知名之士咸重之"欤?

王粲集十一卷

魏志王粲传:"著诗、赋、论、议垂六十篇。"

隋书经籍志四:"后汉侍中王粲集十一卷。"

按,此云"后汉侍中",与史实不合,"后汉"当作"魏"。又魏志董卓传裴松之注引三辅决录注曰:"临当就国,粲作诗赠(士孙)萌,萌有答,在粲集中。"是知晋宋人所见之粲集,有他人酬答之作附入其间。

旧唐书经籍志下:"王粲集十卷。"

新唐书艺文志四:"王粲集十卷。"

按,北堂书钞一〇四引王粲集序云:"粲善属文,举笔便成。"是隋本粲集尚有序一篇,盖序与目合一卷,至唐时亡去,故由十一卷而为十卷。

晁公武郡斋读书志一七:"王粲集八卷。右后汉王粲仲宣也,高平人,为魏侍中。粲博学多识,强记善算,属文举笔便成,无所改定,时人以为宿制,正复精意覃思,亦不能加。著诗、赋、论、议垂六十篇。今集有八十一首。按唐艺文志粲集十卷,今亡两卷,其诗文反多于史所记二十馀篇,与曹植集同。"

宋史艺文志七:"王粲集八卷。"

按,颜氏家训勉学篇云:"吾初入邺,与博陵崔文彦交游,尝说王粲集中难郑玄尚书事。崔转为诸儒道之,始将发口,悬见排蹙,云:'文集只有诗赋铭诔,岂当论经书事乎?且先儒之中,未闻有王粲也。'崔笑而退,竟不以粲集示之。"王应麟困学纪闻二云:"颜氏家训云王粲集中难郑玄尚书事,今仅见于唐元行冲释疑。释疑称凡有二卷,列于其集。"是知北朝本及唐本粲集皆载有尚书问二卷,至宋代始从本集中析出,粲集由唐之十卷本而成八卷本，故晁氏有“今亡两卷”云。又其馀八卷，疑亦非隋、唐之旧。古文苑世传得之经龛中唐人所藏，而其所录王粲之大暑、浮淮、羽猎诸赋，实据艺文类聚、初学记凑集而成，皆非完篇。又王粲原有赠杨德祖诗，见古文苑章樵注引挚虞文章流别，颜氏家训文章篇亦引此诗佚文二句，而章氏则云“赠杨修诗今亡”。要之王粲诗文在唐、宋间已多散佚，宋本八卷当是捃摭残賸，辑而为集，而此本盖至宋末亦复亡佚不存矣。

冯惟讷诗纪辑存粲太庙颂三首、俞儿舞歌四首、赠蔡子笃一首、赠士孙文始一首、赠文叔良一首、思亲诗一首、公宴诗一首、从军诗五首、咏史诗一首、杂诗一首、杂诗四首、七哀诗三首，共十二篇二十六首，其太庙颂当入于文，实十一篇二十三首。

张溥百三家集辑王侍中集一卷，分赋、书、檄、七、记、论、连珠、赞、铭、祭文、乐府、诗十二类编次，有游海赋、登楼赋、浮淮赋、初征赋、羽猎赋、思友赋、伤夭赋、出妇赋、寡妇赋、神女赋、闲邪赋、大暑赋、酒赋、马瑙勒赋、车渠椀赋、迷迭赋、柳赋、槐赋、白鹤赋、鹦鹉赋、鶡赋、莺赋、为刘荆州与袁谭书、为刘荆州与袁尚书、为荀彧与孙权檄、七释、荆州文学记、务本论、三辅论、难锺荀太平论、儒吏论、爵论、安身论、务本论略、儒吏论略、连珠四首、正考父赞，反金人赞、刀铭、砚铭、蕤宾钟铭、钟簴铭、吊夷齐文、太庙颂三首、俞儿舞歌四首、赠蔡子笃、赠士孙文始、赠文叔良、思亲诗、杂诗、杂诗四首、七哀诗三首、咏史诗、公宴诗、从军诗五首，共五十六篇，其务本论、儒吏论、爵论皆因残文二存，遂各析为两篇，实五十三篇。

严可均全后汉文辑存王粲文二卷，有大暑赋、游海赋、浮淮赋、闲邪赋、出妇赋、伤夭赋、思友赋、寡妇赋、初征赋、登楼赋、羽猎赋、酒赋、神女赋、投壶赋序、围棋赋序、弹棋赋序、迷迭赋、玛瑙勒赋、车渠椀赋、槐赋、柳赋、白鹤赋、鶡赋、鹦鹉赋、莺赋、为刘荆州谏袁谭书、为刘荆州与袁尚书、为荀彧与孙权檄、七释、显庙颂、灵寿杖颂、正考父赞、反金人赞、难锺荀太平论、爵论、儒吏论、三辅论、安身论、务本论、荆州文学记官志、仿连珠、蕤宾钟铭、无射锺铭、砚铭、刀铭、吊夷齐文,共四十六篇。其荆州文学记官志中羼入御览六〇八所引文心雕龙宗经篇一节文字,宜删;又投壶、围棋、弹棋三赋序当同出于弹棋赋序,严氏因御览引题之误分而为三,实四十四篇。

徐干

中论六卷

隋书经籍志三:"徐氏中论六卷,魏太子文学徐干撰,梁目一卷。"

马总意林五:"中论六卷,徐伟长作,任氏注。"

按,严可均全三国文云:"案中论此序,徐干同时人作,旧无名氏。意林'中论六卷任氏注',任嘏与干同时,多著述,疑此序文及注皆任嘏作,不敢定之。"姚振宗隋书经籍志考证二四云:"案中论旧序末云:'故追述其事,粗举其显露易知之数,沈冥幽微、深奥广远者,遗之精通君子,将自赞明之也。'此数语,则为注其书者之所作,可知也。"

旧唐书经籍志下:"徐氏中论六卷,徐干撰。"

新唐书艺文志三:"徐氏中论六卷,徐干。"

崇文总目三:"中论六卷,徐干撰。"

晁公武郡斋读书志十:"中论二卷。右后汉徐干伟长撰。干,邺下七子之一也。曾子固尝序其书,略曰:'始见馆阁有中论二十篇,以为尽于此,及观贞观政要,太宗称"尝见干中论复三年丧篇”，而今书阙此篇。因考之魏志，见文帝称“干著中论二十馀篇”，于是知馆阁本非全书也。’干笃行体道，不耽世荣，魏太祖特旌命之，辞疾不就，后以为上艾长，又以疾不行。夫汉承秦灭学之后，百氏杂家与圣人之道并传，学者罕能自得于治心养性之方、去就语默之际，况于魏之浊世哉！干独能考论六艺，其所得于内，又能信而充之，逡巡浊世，有去就显晦之大节，可不谓贤乎？今此本亦止二十篇，中分上下两卷。按崇文总目六卷，不知何人合之。李献民云‘别本有复三年、制役二篇’，乃知子固时尚未亡，特不之见尔。”

陈振孙直斋书录解题九：“中论二卷，汉五官将文学北海徐干伟长撰。唐志六卷，今本二十篇，有序而无名氏，盖同时人所作。”

宋史艺文志四：“徐干中论十卷。”

文献通考经籍略：“中论二篇。”

四库全书总目九一：“中论二卷，汉徐干撰。干字伟长，北海剧人。建安中为司空军谋祭酒掾属，五官将文学，事迹附见魏志王粲传，故相沿称为魏人。然干殁后三四年，魏乃受禅，不得遽以帝统予魏。陈寿作史，托始曹操，称为太祖，遂并其僚属均入魏志，非其实也。是书隋、唐志皆作六卷，隋志又注云：‘梁目一卷。’崇文总目亦作六卷，而晁公武读书志、陈振孙书录解题并作二卷，与今本合，则宋人所并矣。书凡二十篇，大都阐发义理，原本经训，而归之于圣贤之道，故前史皆列之儒家。曾巩校书序云：‘始见馆阁中论二十篇，及观贞观政要太宗称“尝见干中论复三年丧篇”，今书独阙，又考之魏志，文帝称“干著中论二十馀篇”，乃知馆阁本非全书。’而晁公武又称‘李献民所见别本，实有复三年、制役二篇’。李献民者，李淑之字，尝撰邯郸书目者也。是其书在宋仁宗时尚未尽残阙，巩特据不全本著之于录，相沿既久，所谓别本者不可复见，于是二篇遂佚不存。又书前有原序一篇，不题名字，陈振孙以为干同时人所作。今验其文，颇类汉人体格，知振孙所言为不诬。惟魏志称干卒于建安二十二年，而序乃作于二十三年二月，与史颇异，传写必有一讹，今亦莫考其孰是矣。”

按，关于徐干之卒年当在建安二十三年，详见七子年谱。中论今有汉魏丛书本、四部丛刊影印明黄省曾本、胡维新两京遗编本、小万卷楼校刊本、郑氏龙溪精舍本。小万卷楼本钱培名据汉魏丛书本校以群书治要、意林及唐、宋类书，作札记二卷，并依治要补复三年丧、制役逸文二篇，最称完善。

徐干集五卷

隋书经籍志四：“魏太子文学徐干集五卷。梁有录一卷，亡。”

按，北堂书钞九八引徐干集序云：“干聪识博闻，操翰成章。”盖隋本干集有序一篇。

旧唐书经籍志下：“徐干集五卷。”

新唐书艺文志四：“徐干集五卷。”

冯惟讷诗纪辑存干答刘公干诗一首、情诗一首、室思一首、杂诗五首、为挽船士与新娶妻别一首，共五篇九首。

严可均全后汉文辑徐干文一卷，有齐都赋、西征赋、序征赋、哀别赋、嘉梦赋序、冠赋、团扇赋、车渠椀赋、七喻及失题文一则共十篇。其冠赋实系齐都赋之佚文而误立，实九篇。

阮　瑀

阮瑀集五卷

隋书经籍志四：“后汉丞相仓曹属阮瑀集五卷。梁有录一卷，亡。”

旧唐书经籍志下:"阮瑀集五卷。"

新唐书艺文志四:"阮瑀集五卷。"

冯惟讷诗纪辑存瑀驾出北郭门行一首、琴歌一首、咏史二首、杂诗二首、七哀诗一首、隐士一首、苦雨一首、失题一首、公宴一首、怨诗一首,共十篇十二首。

张溥百三家集辑阮元瑜集一卷,分赋、论、书、笺、文、诗六类编次,有鹦鹉赋、止欲赋、筝赋、纪征赋、文质论、为曹公作书与孙权、为武帝与刘备书、谢太祖笺、吊伯夷文、驾出北郭门、琴歌、咏史二首、杂诗二首、七哀诗、隐士、苦雨、失题、公宴、怨诗,共十九篇。

严可均全后汉文辑阮瑀文一卷,有纪征赋、止欲赋、筝赋、鹦鹉赋、谢曹公笺、为曹公作书与孙权、为曹公与刘备书、文质论、吊伯夷,共九篇。

应　场

应场集五卷

魏志王粲传:"(场)著文赋数十篇。"

隋书经籍志四:"魏太子文学应场集一卷。梁有五卷,录一卷,亡。"

旧唐书经籍志下:"应场集二卷。"

新唐书艺文志四:"应场集二卷。"

冯惟讷诗纪辑存场报赵淑丽一首、公宴诗一首、五官中郎将建章台集诗一首、别诗二首、斗鸡一首,共五篇六首。

张溥百三家集辑应德琏休琏合集一卷,分赋、书、论、杂文、诗五类编次,场有慜骥赋、迷迭赋、灵河赋、正情赋、征赋、驰射赋、鹦鹉赋、愁霖赋、西狩赋、东渠椀赋、杨柳赋、报庞惠恭书、文质论、弈势、檄文、报赵淑丽、公宴、侍五官中郎将建章台集诗、别诗二首、斗鸡,共二十篇。

严可均全后汉文辑应玚文一卷,有愁霖赋、灵河赋、正情赋、撰征赋、西征赋、西狩赋、驰射赋、校猎赋、神女赋、车渠椀赋、竦迷迭赋、杨柳赋、鹦鹉赋、慜骥赋、表、报庞惠恭书、释宾、文质论、弈势,共十九篇。

刘 桢

毛诗义问十卷

隋书经籍志一:"毛诗义问十卷,魏太子文学刘桢撰。"

按,姚振宗后汉艺文志一云:"按建安二十二年文帝始立为太子,桢于是年卒,此称太子文学,或终于是官,或从后追题。"徐干、应玚二人,隋志皆同称其为太子文学,与桢同。

旧唐书经籍志上:"毛诗义问十卷,刘桢撰。"

新唐书艺文志一:"刘桢义问十卷。"

按,毛诗义问盖亡于宋,马国翰玉函山房辑佚书存有辑本。

刘桢集四卷

魏志王粲传:"(桢)著文赋数十篇。"

隋书经籍志四:"魏太子文学刘桢集四卷。录一卷。"

旧唐书经籍志下:"刘桢集二卷。"

新唐书艺文志四:"刘桢集二卷。"

冯惟讷诗纪辑存桢公宴诗一首、赠五官中郎将四首、赠徐干一首、赠从弟三首、杂诗一首、斗鸡一首、射鸢一首、失题二首,共八篇十四首。

张溥百三家集辑刘公干集一卷,分赋、书、碑、诗四类编次,有鲁都赋、大暑赋、遂志赋、黎阳山赋、瓜赋、清虑赋、谏平原侯植书、又书、答太子书、又书、处士国文甫碑、公宴诗、赠五官中郎将四首、赠徐干、赠从弟三首、杂诗、斗鸡、射鸢、失题二首,共十九篇。严可均全后汉文辑刘桢文一卷,有大暑赋、黎阳山赋、鲁都赋、遂志赋、清虑赋、瓜赋、与曹植书、谏曹植书、答魏太子丕借廓落带书、处士国文甫碑,共十篇。

邺中集　魏太子曹丕撰。

按,文选四二载魏文帝与吴质书曰:"昔年疾疫,亲故多离其灾。徐、陈、应、刘,一时俱逝。……何图数年之间,零落略尽,言之伤心。顷撰其遗文,都为一集,观其姓名,已为鬼录。"下文复就徐干、应玚、陈琳、刘桢、阮瑀、王粲六人之文,依次加以评述。又云:"诸子但为未及古人,自一时之隽也。"是曹丕所撰并总为一集者,乃六人之文耳。答吴质书作于建安二十四年,时曹丕为魏太子。又文选卷三〇有谢灵运拟魏太子邺中集诗八首,分拟曹丕、王粲、陈琳、徐干、刘桢、应玚、阮瑀、曹植八人之诗各一首。其序有云:"岁月不居,零落将尽,撰文怀人,感往增怆。"李善注即以上引与吴质书"撰其遗文,却(都)为一集"实之。是又知曹丕所撰之集,称曰邺中集,除六人外,尚收有曹丕、曹植兄弟之作。又唐释皎然诗式一"邺中集"条下,有"邺中七子,陈王最高。刘桢辞气偏,王(按,指陈王)得其中"云云,然则,此邺中集岂唐人犹见及耶?而其"七子"之称,有曹植而无孔融,与曹丕典论论文异。

附录四　建安七子年谱

汉桓帝永兴元年癸巳(一五三)

孔融生。

后汉书孔融传："下狱弃市。时年五十六。"后汉书献帝纪：建安十三年（二〇八）秋，"八月壬子，曹操杀太中大夫孔融"。由此推之，融当生于是年。又本集载融与曹公论盛孝章书云："五十之年，忽焉已至。公为始满，融又过二。"曹操生于永寿元年（一五五），推融之生年，与后汉书所载正合。

融字文举，鲁国人，孔子二十世孙。

见后汉书孔融传。世说新语言语篇注引续汉书同，惟"二十世"误"二十四世"。按，本集有离合作郡姓名字诗一首，石林诗话卷中谓："此篇离合'鲁国孔融文举'六字。"后汉书郡国志，鲁国属豫州。其地在今山东省曲阜县。

七世祖霸，治尚书，为元帝师，号褒成君。

后汉书孔融传："七世祖霸，为元帝师，位至侍中。"按，霸子光，汉书有孔光传载霸事迹，略云：霸字次儒，世习尚书，宣帝时为太中大夫，以选授太子经，迁詹事，高密相。元帝即位，以师赐爵关内侯，号褒成君，给事中。霸为人谦退，不好权势，上欲致霸相位，霸让。薨，谥曰烈君。

高祖父尚，钜鹿太守。

见魏志崔琰传，又世说新语言语篇注引续汉书。其事迹无考。

父宙，字季将，治严氏春秋，官至泰山都尉。

后汉书孔融传："父宙，泰山都尉。"隶释卷七载泰山都尉孔宙碑："君讳宙，字季将，孔子十九世之孙也。天姿醇嘏，齐圣达道。少习家训，治严氏春秋。"

兄褒，字文礼。治春秋，为豫州从事。

金石萃编卷一四载豫州从事孔褒碑，碑文后引授堂金石题跋云："碑剥缺，文字皆不续属，惟首行载'君讳褒，字文礼，孔子廿世之孙，泰山都尉之元子'。碑内有'业春秋，篇籍靡遗'字，又有'(缺)爵固辞'字。盖文礼少传世学,而不以荣位自系。今考史晨孔庙后碑所云'处士孔褒文礼',是其征也。"

兄谦,字德让,修春秋经,为郡诸曹史。

隶释卷六载孔谦碣:"孔谦字德让者,宣尼公廿世孙,都尉君之子也。幼体兰石自然之姿,长膺清妙孝友之行,祖述家业,修春秋经,升堂讲诵,深究圣指。弱冠而仕,历郡诸曹史。年廿四,永兴二年七月,遭疾不禄。"按,金石萃编卷九载孔谦碣作"年卅四"。

融行第六。

后汉书孔融传注引融家传:"兄弟七人,融第六。"融之兄弟,除褒、谦二人,馀皆无考。

郑玄二十七岁。(据后汉书郑玄传。)

蔡邕二十一岁。(据王先谦后汉书集解。)

张纮二岁。(据卢弼三国志集解。)

永兴二年甲午(一五四)

孔融二岁。兄谦卒。

见隶释卷六孔谦碣。

永寿元年乙未(一五五)

孔融三岁。

曹操生。(据魏志武帝纪。)

永寿二年丙申(一五六)

孔融四岁,有与诸兄分梨事,始为宗族所奇。

后汉书孔融传注引融家传:"幼有自然之性。年四岁时,每与诸兄共食梨,融辄引小者。大人问其故,答曰:'我小儿,法当取小者。'由是宗族奇之。"按,世说新语言语篇注、太平御览卷三八五并引融别传同。事又见艺文类聚卷八六引文士传。

永寿三年丁酉(一五七)

孔融五岁。

陈琳生于是年前后。

陈琳生年无确考。吴志张昭传载:"(昭)少好学,善隶书,从白侯子安受左氏春秋,博览众书,与琅邪赵昱、东海王朗俱发名友善。弱冠察孝廉,不就,与朗共论旧君讳事,州里才士陈琳等皆称善之。"按,张昭卒于吴嘉禾五年(二三六),年八十一,其生年为汉桓帝永寿二年(一五六)。"弱冠察孝廉",在灵帝熹平四年(一七五)。时陈琳既以"州里才士"而"称善"昭,推其生年当不晚于桓帝延熹三年(一六〇)。又后汉书臧洪传载,袁绍兵围臧洪,"使洪邑人陈琳以书譬洪",洪答书曰:"足下当见久围不解,救兵未至,感婚姻之义,推平生之好,以为屈节而守生,胜守义而倾覆也。"又见魏志臧洪传。是陈琳与臧洪系姻亲旧好,二人年齿亦当相若。据后汉书臧洪传,汉灵帝熹平三年(一七四)"洪年十五,以父功拜童子郎",则洪为延熹三年(一六〇)生。参以吴志张昭传记琳之事,琳或生于是年前后。

琳,字孔璋,广陵射阳人。

曹丕典论论文谓"广陵陈琳孔璋",魏志王粲传亦云:"广陵陈琳,字孔璋。"言籍贯但举郡名,而不明邑采。按,魏志臧洪传云:"臧洪字子源,广陵射阳人也。"又云"绍令洪邑人陈琳书与洪"。是知陈琳与臧洪同邑,亦广陵射阳人也。后汉书郡国志,广陵郡射阳属徐州。其地在今江苏省宝应县东南。陈琳家世不详。

延熹元年戊戌(一五八)

孔融六岁。

陈琳约二岁。

延熹二年己亥(一五九)

孔融七岁。

陈琳约三岁。

延熹三年庚子(一六〇)

孔融八岁。

陈琳约四岁。

延熹四年辛丑(一六一)

孔融九岁。

陈琳约五岁。

延熹五年壬寅(一六二)

孔融十岁,随父到洛阳;造访李膺,以言辞敏捷,为膺称叹。

后汉书孔融传:"融幼有异才。年十岁,随父诣京师。时河南尹李膺以简重自居,不妄接士宾客,敕外自非当世名人及与通家,皆不得白。融欲观其人,故造膺门。语门者曰:'我是李君通家子弟。'门者言之。膺请融,问曰:'高明祖父尝与仆有恩旧乎?'融曰:'然。先君孔子与君先人李老君同德比义,而相师友,则融与君累世通家。'众坐莫不叹息。太中大夫陈炜后至,坐中以告炜。炜曰:'夫人小而聪了,大未必奇。'融应声曰:'观君所言,将不早惠乎?'膺大笑曰:'高明必为伟器。'"李贤注:"膺,颍川襄城人。融家传曰:'闻汉中李公清节直亮,意慕之,遂造公门。'李固,汉中人,为太尉,与此传不同也。"按,桓帝纪,建和元年(一四七)前太尉李固下狱死,时融未生,不及见之,当以本传为是。此事亦见世说新语言语篇注引融别传,又魏志崔琰传注引续汉书,袁宏后汉纪卷三〇谓融时"年十馀岁"。

太平御览卷四六三引范晔后汉书曰："李膺为河南尹，恃才倨傲，诫守门者：'非吾通家子孙不得辄通。'融年十二，入洛，欲以观其人。乃谓守门者曰：'吾与李君通家子孙耳。'守门者告膺，膺呼召，问曰：'卿与吾有何所故？'融曰：'臣先君孔子，与公老君同德比义，则臣与公累代通家也。'膺大悦。引坐，谓曰：'卿欲食乎？'融曰：'须食。'膺曰：'教卿为客之礼，主人问食，但让不须。'融曰：'不然。教君为主之礼，但置于食，不须问客。'膺惭，乃叹曰：'吾将老死，不见卿富贵也。'融曰：'公殊未死。'膺曰：'如何？'融曰：'鸟之将死，其鸣也哀；人之将死，其言也善。向来公言未有善也，故知未死。'膺甚奇之。后与膺谈论百家经史，应答如流，膺不能下之。"按，此条较今本范晔后汉书事有增出，疑出他家后汉书。

陈琳约六岁。

延熹六年癸卯（一六三）

孔融十一岁。父宙卒，融哀慕毁瘠，州里称其孝。

后汉书孔融传："年十三，丧父，哀悴过毁，扶而后起，州里归其孝。"又见袁宏后汉纪卷三〇。按，泰山都尉孔宙碑称："宙年六十一，延熹六年正月乙未卒。"是宙卒时融年十一，而传云十三，疑误。今从碑。

陈琳约七岁。

荀彧生。（据魏志荀彧传。）

延熹七年甲辰（一六四）

孔融十二岁，融遇盛宪，结为兄弟。

太平御览卷五四三、北堂书钞卷八五引会稽典录曰："盛宪字孝章，初为台郎，尝出游，逢一童子，容貌非常。宪怪而问之，是鲁国孔融，时年十馀岁。宪下车执融手，载以归舍。与融谈宴，知其不凡，便结为兄弟。因升堂见亲，宪自为寿以贺母。母曰：'何贺？'宪曰：'母昔有宪，宪今有弟，家国所赖，以是贺耳。'融果以英才炜艳冠世。""初为台郎"二句，据御览卷四〇九补。此事暂系于本年。

陈琳约八岁。

延熹八年乙巳（一六五）

孔融十三岁。

陈琳约九岁。

延熹九年丙午（一六六）

党锢事起。司隶校尉李膺等二百馀人受诬为党人，并被捕下狱。（据后汉书桓帝纪、党锢传。）

孔融十四岁。

陈琳约十岁。

永康元年丁未（一六七）

大赦天下，解除党锢，李膺等二百馀人皆归田里，书名三府，禁锢终身。（据后汉书桓帝纪、党锢传。）

孔融十五岁。

陈琳约十一岁。

阮瑀生于是年前后。

阮瑀生年无确考。魏志王粲传谓："瑀少受学于蔡邕。"按，后汉书蔡邕传，光和元年（一七八）邕获罪徙朔方，赦还，旋被诬谤讪朝廷，遂亡命江海，积十二年，于中平六年（一八九）方强应董卓之辟，还署祭酒；未久复遇丧乱，连年播越，初平三年（一九二）死于狱中。自光和元年至初平三年，邕自顾奔命于不暇，谅无收授门徒之事。是阮瑀之就蔡邕学，当在光和元年之前。今推其极，假设在光和元年，时瑀又不小于十岁，则其生年当不晚于建宁二年(一六九)。又王粲传云:"瑀以(建安)十七年(二一二)卒。"瑀卒未久,曹丕作有寡妇赋。文选卷一六潘岳寡妇赋注引曹丕寡妇赋序称"陈留阮元瑜与余有旧,薄命早亡"云,由"早亡",知阮瑀以盛年谢世,卒时年岁盖不超过五十,推其生年当不早于延熹六年(一六三)。要之,阮瑀少于陈琳而略长于徐干。

瑀字元瑜,陈留尉氏人。

晋书阮籍传:"阮籍字嗣宗,陈留尉氏人也。父瑀,魏丞相掾,知名于世。"后汉书郡国志,陈留尉氏属兖州。其地在今河南省尉氏县。阮瑀家世未详。

汉灵帝建宁元年戊申(一六八)

孔融十六岁。

陈琳约十二岁。

阮瑀约二岁。

建宁二年己酉(一六九)

孔融十七岁,救张俭,由是名震远近。

后汉书孔融传:"山阳张俭为中常侍侯览所怨,览为刊章下州郡,以名捕俭。俭与融兄褒有旧,亡抵于褒,不遇。时融年十六,俭少之而不告。融见其有窘色,谓曰:'兄虽在外,吾独不能为君主邪?'因留舍之。后事泄,国相以下,密就掩捕,俭得出走,遂并收褒、融送狱。二人未知所坐。融曰:'保纳舍藏者,融也,当坐之。'褒曰:'彼来求我,非弟之过,请甘其罪。'吏问其母,母曰:'家事任长,妾当其辜。'一门争死,郡县疑不能决,乃上谳之。诏书竟坐褒焉。融由是显名,与平原陶丘洪、陈留边让齐声称。州郡礼命,皆不就。"按,后汉书宦者侯览传:建宁二年,张俭举奏览贪侈奢纵,"览遂诬俭为钩党,及故长乐少府李膺、太仆杜密等，皆夷灭之”。后汉书党锢夏馥传：“（馥）与范滂、张俭等俱被诬陷，诏下州郡，捕为党魁。”又范滂传“建宁二年，遂大诛党人，诏下急捕滂等”，与灵帝纪载建宁二年十月侯览讽有司奏李膺等皆为钩党下狱时间相合。是张俭之被追捕确在本年无疑，时融年十七，而融传云“十六”，误。魏志崔琰传注引续汉书载融救张俭事与融传同，惟“一门争死”作“兄弟争死”，又不言融母与其事。末云：“融由是名震远近，与平原陶丘洪、陈留边让，并以俊秀，为后进冠盖。融持论经理不及让等，而逸才宏博过之。”

陈琳约十三岁。

阮瑀约三岁。

建宁三年庚戌（一七〇）

孔融十八岁。

陈琳约十四岁。

阮瑀约四岁。

建宁四年辛亥（一七一）

孔融十九岁。

陈琳约十五岁。

阮瑀约五岁。

徐干生。

无名氏中论序：“（干）年四十八，建安二十三年春二月，遭厉疾，大命殒颓。”由建安二十三年（二一八）上推四十八年，干当生于是年。按，此序为徐干同时人作，严可均疑其是任嘏。

干字伟长，北海剧人。

中论序：“世有雅达君子者，姓徐名干，字伟长，北海剧人也。其先业以清亮臧否为家，世济其美，不陨其德，至君之身十世矣。"后汉书郡国志,北海国剧县属青州。其地在今山东省昌乐县东。

熹平元年壬子(一七二)

孔融二十岁。

陈琳约十六岁。

阮瑀约六岁。

徐干二岁。

熹平二年癸丑(一七三)

孔融二十一岁。

陈琳约十七岁。

阮瑀约七岁。

徐干三岁。

祢衡生。(据后汉书文苑祢衡传。)

熹平三年甲寅(一七四)

孔融二十二岁。

陈琳约十八岁。

阮瑀约八岁。

徐干四岁。

熹平四年乙卯(一七五)

孔融二十三岁。

陈琳约十九岁。

张昭与王朗共论旧君讳事,琳称善之。

吴志张昭传:张昭字子布,彭城人,"少好学,善隶书,从白侯子安受左氏春秋,博览众书。与琅邪赵昱、东海王朗俱发名友善。弱冠察孝廉,不就,与朗共论旧君讳事,州里才士陈琳等皆称善之"。按,彭城、琅邪、东海与广陵同属于徐州,故称"州里”。昭举孝廉在是年。见永寿三年谱。

阮瑀约九岁。

徐干五岁。

刘桢生于是年前后。

刘桢生年无确考。按,谢灵运拟魏太子邺中集诗八首刘桢诗代叙桢之生平事历云:“贫居晏里闬,少小长东平。河兖当冲要,沦飘薄许京。”许京,献帝迁都于许,乃有此称。是桢之“飘薄许京”,当在建安元年献帝迁许以后。又本集载遂志赋,其云:“幸遇明后,因志东倾。披此丰草,乃命小生。生之小矣,何兹云当? 牧马于路,役车低昂。怆悢恻切,我独西行。去峻溪之鸿洞,观日月于朝阳。释丛棘之馀刺,践槚林之柔芳。”明后,谓曹操。据赋意可知,曹操于东征之际,尝入兖州东平,有招刘桢来归之事。考魏志武帝纪,惟初平三年,操领兖州牧,曾进击黄巾于寿张东,寿张属东平国,此赋所云“因志东倾”,盖谓此也。时桢年在少小,故又有“生之小矣,何兹云当”云。下文“牧马于路”数句,则自叙西行入许事,当是谢诗“沦飘薄许京”之所指,在建安元年之后,与“乃命小生”事相隔已三年以上。今合参桢赋、谢诗,于刘桢早年事迹,大略推测如下:桢少长于乡里,初平三年曹操尝命其来归,以年少小未就;及之献帝东迁后,乃独自西行至许,入于曹操府中。古人二十以下称“小”,今假设初平三年(一九二),刘桢为十八岁,则其生年或在熹平四年(一七五)前后,晚于徐干,而略早于王粲。

桢字公干,东平宁阳人。

世说新语言语篇注引典略:“刘桢字公干,东平宁阳人也。”后汉书郡国志,东平国宁阳县属兖州。其地在今山东省宁阳县南。

父梁,字曼山,汉宗室子孙,有文才,终野王令。

魏志王粲传注引文士传:“桢父名梁,字曼山,一名恭。少有清才,以文学见贵,终野王令。”按,“一名恭”,太平御览卷四八五引作“一名岑”,与后汉书文苑传合。文苑传云:“梁字曼山,一名岑,东平宁阳人也。梁宗室子孙,而少孤贫,卖书于市以自资。”又云:“桓帝时举孝廉,除北新城长。……后为野王令,未行。光和中,病卒。孙桢,亦以文才知名。”此云桢为梁之孙,与文士传谓桢为梁之子不合。今姑从文士传。

应玚或生于是年前后。

应玚生年无确考。按,谢灵运拟魏太子邺中集诗八首应玚诗叙玚之经历云:“天下昔未定,托身早得所。官渡厕一卒,乌林预艰阻。”“官渡”句,谓玚参与建安五年官渡之战。据诗意,前此玚已“托身”于曹操,官渡战时,其年盖不小于二十五岁,则当生于熹平五年(一七六)以前。文选卷四二曹丕与吴质书“仲宣续自善于辞赋”下,李善注曰:“言仲宣最少,续彼众贤。”李善以为在“七子”中王粲最为少小,谅有所据,则应玚当长于王粲。又建安时人言邺下文士,常以应玚与刘桢并称,或曰“应刘”,或曰“刘应”,岂二人非止以名位相侔,亦且年齿相若故邪?然玚之生年别无其他线索可寻,姑暂与刘桢同置于此。

玚字德琏,汝南南顿人。

玚之祖父奉,后汉书有传,谓奉“汝南南顿人”。“元和郡县图志卷八“河南道陈州南顿县”下,云:“高阳丘在县南四十里。应玚,南顿人,兄弟俱有名,自比高阳才子,故号高阳丘也。”后汉书郡国志,汝南郡南顿县属豫州。其地在今河南省项县西。

玚祖父奉,字世叔,官至司隶校尉。

魏志王粲传注引华峤汉书曰:“玚祖奉,字世叔。才敏善讽诵,故世称'应世叔读书，五行俱下'。著后序十馀篇，为世儒者。延熹中，至司隶校尉。"其事迹详见后汉书应奉传。

伯父劭，字仲远，官至泰山太守。父珣，字季瑜，司空掾。

魏志王粲传注引华峤汉书曰："(奉)子劭字仲远，亦博学多识，尤好事。诸所撰述风俗通等，凡百馀篇，辞虽不典，世服其博闻。"又引续汉书曰："劭又著中汉辑叙、汉官仪及礼仪故事，凡十一种，百三十六卷。朝廷制度，百官仪式，所以不亡者，由劭记之。官至泰山太守。劭弟珣，字季瑜，司空掾，即玚之父。"按后汉书应奉传附劭传，建安二年，诏拜劭为袁绍军谋校尉，后卒于邺。珣，事迹不详。

弟璩，字休琏，亦以文才称，官至侍中。

魏志王粲传："玚弟璩，璩子贞，咸以文章显。璩官至侍中。"注引文章叙录曰："璩字休琏，博学好属文，善为书记。文、明帝世，历官散骑常侍。齐王即位，稍迁侍中、大将军长史。曹爽秉政，多违法度，璩为诗以讽焉。其言虽颇谐合，多切时要，世共传之。复为侍中，典著作。嘉平四年卒，追赠卫尉。"魏志方技传朱建平传谓璩卒年六十三。

杨修生。(据魏志陈思王植传注引典略，及后汉书杨震传附修传注引续汉书。)

熹平五年丙辰(一七六)

孔融二十四岁。

陈琳约二十岁。

阮瑀约十岁。尝就学蔡邕，邕叹为"奇才"。

太平御览卷三八五引文士传曰："阮瑀少有俊才，应机捷丽，就蔡邕学，叹曰：'童子奇才，朗朗无双！'"文选卷四二阮瑀为曹公作书与孙权注引魏志曰："阮瑀字元瑜，宏才卓逸，不群于俗。""宏才"二句，不见于今魏志。

徐干六岁。

刘桢约二岁。

应玚约二岁。

熹平六年丁巳(一七七)

孔融二十五岁。

陈琳约二十一岁。

阮瑀约十一岁。

徐干七岁。

刘桢约三岁。

应玚约三岁。

王粲生。

魏志王粲传:"(建安)二十二年春,道病卒,时年四十一。"据此推知,粲在是年生。

粲字仲宣,山阳高平人。

见魏志王粲传。后汉书郡国志,山阳郡高平县属兖州。其地在今山东省邹县西南。

曾祖父龚,字伯宗,有高名于天下,为太尉。

魏志王粲传注引张璠汉纪:"龚字伯宗,有高名于天下。顺帝时为太尉。"后汉书王龚传略云:龚世为豪族。初举孝廉,稍迁青州刺史,历尚书、司隶校尉、南阳太守,征为太仆,转太常,迁司空。拜太尉,深疾宦官专权,上书极言其状,在位五年,以病卒于家。

祖父畅,字叔茂,名在八俊,为司空。

魏志王粲传注引张璠汉纪:"畅字叔茂,名在八俊。灵帝时为司空,以水灾免,而李膺亦免归故郡,二人以直道不容当时。天下以畅、膺为高士,诸危言危行之徒皆推宗之,愿涉其流,惟恐不及。会连有灾异，而言事者皆言三公非其人，宜因其变，以畅、膺代之，则祯祥必至。由是宦竖深怨之，膺诛死而畅遂废，终于家。”后汉书王龚传附畅传略云：畅初举孝廉，四迁尚书令，历齐相、司隶校尉、渔阳太守，所在以严明为称。太尉陈蕃荐畅清方公正，复为尚书，拜南阳太守，奋厉威猛，豪党有衅秽者，莫不纠发。征为长乐卫尉，建宁元年迁司空，免，明年卒于家。

父谦，为大将军何进长史。

王谦，史无传。魏志王粲传但云：“父谦，为大将军何进长史。”亦见于后汉书王龚传附畅传。曹植王仲宣诔叙粲父事迹云：“伊君显考，奕叶佐时。入管机密，朝政以治。出临朔岱，庶绩咸熙。”按，“入管机密”，汉制，尚书令掌机密。又，“出临朔岱”，岱，即岱山，亦称泰山。东汉兖州有泰山郡，岱山在其西北，见后汉书郡国志三，故此称泰山郡为“朔岱”。谦为大将军何进长史，事在中平年间，盖其前曾入尚书省掌机密，又出为泰山郡太守耳。

光和元年戊午（一七八）

孔融二十六岁。

陈琳约二十二岁。

阮瑀约十二岁。

徐干八岁。

刘桢约四岁。

应玚约四岁。

王粲二岁。

吴质生。（据文选卷四〇吴质答魏太子笺。）

光和二年己未（一七九）

孔融二十七岁。

陈琳约二十三岁。

阮瑀约十三岁。

徐干九岁。

刘桢约五岁。

应玚约五岁。

王粲三岁。

光和三年庚申(一八〇)

孔融二十八岁,辟司徒杨赐府。

事见后汉书孔融传。年月不详。按,后汉书灵帝纪,光和二年"十二月,光禄勋杨赐为司徒"。融之辟司徒府,当在杨赐为司徒后,或在是年初。

陈琳约二十四岁。

阮瑀约十四岁。

徐干十岁。

刘桢约六岁。

应玚约六岁。

王粲四岁。

光和四年辛酉(一八一)

孔融二十九岁。

陈琳约二十五岁。

阮瑀约十五岁。

徐干十一岁。

刘桢约七岁。

应玚约七岁。

王粲五岁。

光和五年壬戌(一八二)

孔融三十岁。诏公卿以谣言举刺史与二千石官,时宦官亲属虽贪浊,皆不敢问,惟融多举发之。

后汉书孔融传:"时隐核官僚之贪浊者,将加贬黜,融多举中官亲族。尚书畏迫内宠,召掾属诘责之。融陈对罪恶,言无阿挠。"

后汉书刘陶传:"光和五年,诏公卿以谣言举刺史、二千石为民蠹害者。时太尉许馘、司空张济承望内官,受取货赂,其宦者子弟宾客,虽贪污秽浊,皆不敢问,而虚纠边远小郡清修有惠化者二十六人。吏人诣阙陈诉,(陈)耽与议郎曹操上言:'公卿所举,率党其私,所谓放鸱枭而囚鸾凤。'"按,灵帝纪,陈耽于是年三月免司徒,融等举中官事当在春季。

陈琳约二十六岁。

阮瑀约十六岁。

徐干十二岁。

刘桢约八岁。

应玚约八岁。

王粲六岁。

光和六年癸亥(一八三)

孔融三十一岁。

陈琳约二十七岁。

阮瑀约十七岁。

徐干十三岁。

刘桢约九岁,已能诵论语、诗、论,及篇赋数万言。

太平御览卷三八五引文士传:"刘桢字公干,少以才学知名。年八九岁,能诵论语、诗、论,及篇赋数万言。警悟辩捷,所问应声而答当，其辞气锋烈，莫有折者。”

应玚约九岁。

王粲七岁。

荀纬生。（据魏志王粲传注引荀勖文章叙录。）

中平元年甲子（一八四）

孔融三十二岁。辟豫州刺史王允从事，未就。

后汉书王允传：“王允字子师，太原祁人也。……中平元年，黄巾贼起，特选拜豫州刺史。辟荀爽、孔融等为从事。”唐晋书江统传载东海王越与统书曰：“昔王子师作豫州，未下车辟荀慈明，下车辟孔文举。”又见北堂书钞卷七三引江氏家传。按，事当在是年二月之后。王允为豫州刺史不一月，为中常侍张让所中伤，下狱；会赦，还复刺史，旬日间，复以它罪被捕入狱，是冬十二月大赦。见灵帝纪。而允独不在宥，至明年乃得解释。而王允传谓张让“以事申允。明年，遂传下狱”。“明年”二字，疑是衍文。然则，融虽辟为豫州从事，实因王允下狱而未就。

何进为大将军，融受杨赐遣奉谒贺进；进既拜，辟融为掾。时，融有重名，为世人瞩目。

后汉书孔融传：“河南尹何进当迁为大将，杨赐遣融奉谒贺进，不时通，融即夺谒还府，投劾而去。河南官属耻之，私遣剑客欲追杀融。客有言于进曰：‘孔文举有重名，将军若造怨此人，则四方之士引领而去矣。不如因而礼之，可以示广于天下。’进然之，既拜而辟融。”时融为大将军何进掾，见下引文士传。融传注引融家传：“客言于进曰：‘孔文举于时英雄特杰，譬诸物类，犹众星之有北辰，百谷之有黍稷，天下莫不属目也。’”按，据灵帝纪，何进以河南尹为大将军在是年三月，时杨赐为太尉。

融慕边让才名,与王朗并修刺候之。

世说新语言语篇注引文士传:"边让字文礼,陈留人,才儁辩逸。大将军何进闻其名,召署令史,以礼见之。让占对闲雅,声气如流,坐客皆慕之。让出就曹,时孔融、王朗等并前为掾,共书刺从让,让平衡与交接。"又见后汉书文苑边让传,文字略异。按,边让传载议郎蔡邕荐让于何进书有云:"伏惟幕府初开,博选精英,……窃见令史陈留边让,天授逸才,聪明贤智。"知融等与让交接在是年。

陈琳约二十八岁。

魏志王粲传云:"琳前为何进主簿。"按,其为主簿年月不详,盖于时已与王朗等入于大将军府矣。

阮瑀约十八岁。

徐干十四岁,已诵文数十万言,始读五经。

中论序:"(干)未志乎学,盖已诵文数十万言矣。年十四,始读五经,发愤忘食,下帷专思,以夜继日。父恐其得疾,常禁止之。"

刘桢约十岁。

应玚约十岁。

王粲八岁。

中平二年乙丑(一八五)

孔融三十三岁,举高第,为侍御史。与中丞赵舍不合,托病归家。后辟司空掾。

见后汉书孔融传。按,后汉书集解引惠栋说谓:"百官表云中丞内领侍御史,融为舍属,与舍不合,故归也。"又司空当是杨赐。据灵帝纪,是年九月特进杨赐为司空,十月庚寅赐卒,则融为司空掾仅一月耳。

陈琳约二十九岁。

阮瑀约十九岁。

徐干十五岁。

刘桢约十一岁。

应玚约十一岁。

王粲九岁。

中平三年丙寅(一八六)

孔融三十四岁,拜北军中侯,在职三日,迁虎贲中郎将。

见后汉书孔融传。"北军中侯"原作"中军侯",今从魏志崔琰传注引续汉书。按,杨晨三国会要卷一二引晋范汪曰:"汉、魏名臣为州郡吏者,虽违适不同,多为旧君齐衰三月。"公府掾属当与州郡吏同。融既为杨赐故吏,赐卒,宜服丧三月,始可拜北军中侯,故系此事于是年。

陈琳约三十岁。

阮瑀约二十岁。

徐干十六岁。

刘桢约十二岁。

应玚约十二岁。

王粲十岁。

中平四年丁卯(一八七)

孔融三十五岁。

陈琳约三十一岁。

阮瑀约二十一岁。

徐干十七岁。

刘桢约十三岁。

应玚约十三岁。

王粲十一岁。

曹丕生。（据魏志文帝纪。）

中平五年戊辰（一八八）

孔融三十六岁。

陈琳约三十二岁。

阮瑀约二十一岁。

徐干十八岁。

刘桢约十四岁。

应玚约十四岁。

王粲十二岁。何进欲择王谦二子为婚，谦不许。

魏志王粲传："（粲）父谦，为大将军何进长史。进以谦名公之胄，欲与为婚，见其二子使择焉。谦弗许。"按，粲字仲宣，则其行次可知，二子中似有粲在。此事年月无考，何进以中平元年为大将军，六年为宦官所杀，当在此五六年间，今暂系于是年。是时，粲当随其父在洛阳。

中平六年己巳（一八九）

孔融三十七岁，以忤董卓旨，转为议郎。

后汉书孔融传："会董卓废立，融每因对答，辄有匡正之言。以忤卓旨，转为议郎。"灵帝纪中平六年："九月甲戌，董卓废帝为弘农王。"又献帝纪："九月甲戌，即皇帝位。"

陈琳约三十三岁，劝何进毋召外兵，进以不听取祸。琳避难冀州。

魏志王粲传："琳前为何进主簿。进欲诛诸宦官，太后不听，进乃召四方猛将，并使引兵向京城，欲以劫恐太后。琳谏进曰：'……今将军总皇威，握兵要，龙骧虎步，高下在心；以此行事，无异于鼓洪炉以燎毛发。……大兵合聚，强者为雄，所谓倒持干戈,授人以柄;功必不成,只为乱阶。'进不纳其言,竟以取祸。琳避难冀州。"琳谏召外兵事,又见后汉书何进传。按,通鉴置此于是年七月。琳避难冀州,盖在何进败亡未久。

阮瑀约二十三岁。

徐干十九岁,已博览群籍,能下笔成章;病时俗迷昏,遂闭户不出,以读书自娱。

中论序:"(干)未至弱冠,学五经悉载于口,博览传记,言则成章,操翰成文矣。此时灵帝之末年也。国典隳废,冠族子弟结党权门,交援求名,竞相尚爵号。君病俗迷昏,遂闭户自守,不与之群,以六籍自娱而已。"

刘桢约十五岁。

应玚约十五岁。

王粲十三岁。

汉献帝初平元年庚午(一九〇)

孔融三十八岁,为北海相。迎击黄巾张饶,败保朱虚县。

后汉书孔融传:"时黄巾寇数州,而北海最为贼冲,卓乃讽三府同举融为北海相。"魏志崔琰传注引续汉书谓:融迁"北海相,时年三十八"。袁宏后汉纪卷三〇云:"年二十八,为北海太守。"按,此"二十八"当是"三十八"之误。张角率黄巾军起事,在中平元年,见后汉书灵帝纪。

孔融传又云:"融到郡,收合士民,起兵讲武,驰檄飞翰,引谋州郡。贼张饶等群辈二十万众从冀州还,融逆击,为饶所败,乃收散兵保朱虚县。"又见袁宏后汉纪卷三〇,惟文字略异,"张饶"作"张徐"。

稍后,融招集吏民,复置城邑,立学校,表显儒术,荐举贤士。又特为郑玄立一乡,称"郑公乡"。

后汉书孔融传:“稍复鸠集吏民为黄巾所误者男女四万馀人,更置城邑,立学校,表显儒术,荐举贤良郑玄、彭璆、邴原等。郡人甄子然、临孝存知名早卒,融恨不及之,乃命配食县社。其馀虽一介之善,莫不加礼焉。郡人无后及四方游士有死亡者,皆为棺具而敛葬之。”

袁宏后汉纪卷三〇:“(融)称诏诱使吏民设置城邑,崇学校庠序,举贤贡士,表显耆儒,以彭璆为方正,邴原为有道,王修为孝廉。告高密县为郑玄特立乡,名曰“郑公乡”。又国人无后及四方游士有死亡,皆为棺木而殡葬之;使甄子然临配食县社,其礼贤如此。”又见魏志崔琰传注引续汉书。

后汉书郑玄传:“郑玄字康成,北海高密人也。……国相孔融深敬于玄,屣履造门。告高密县为玄特立一乡,曰:‘……郑君好学,实怀明德。……今郑君乡宜曰“郑公乡”。……可广开门衢,令容高车,号为“通德门”。’”告高密县立郑公乡教已入本集。按,郑玄生于永建二年(一二七),年六十丧父,服满当在初平元年。时董卓迁都长安,举玄为赵相,道断未至,会黄巾入青州,玄乃避地徐州。故融造门立乡事,当在是年玄之徐州前。

魏志邴原传:“邴原字根矩,北海朱虚人也。少与管宁俱以操尚称,州府辟命皆不就。黄巾起,原将家属入海,住郁洲山中。时孔融为北海相,举原有道。”又注引原别传曰:“时鲁国孔融在郡,教选计当任公卿之才,乃以郑玄为计掾,彭璆为计吏,原为计佐。融有所爱一人,常盛嗟叹之。后恚望,欲杀之,朝吏皆请。时其人亦在坐,叩头流血,而融意不解。原独不为请。融谓原曰:‘众皆请而君独不?’原对曰:‘明府于某,本不薄也,常言岁终当举之,此所谓“吾一子”也。如是,朝吏受恩未有在某前者矣，而今乃欲杀之。明府爱之，则引而方之于子，憎之，则推之欲危其身。原愚，不知明府以何爱之，以何恶之？'融曰：'某生于微门，吾成就其兄弟，拔擢而用之；某今孤负恩施。夫善则进之，恶则诛之，固君道也。往者应仲远为泰山太守，举一孝廉，旬月之间而杀之。夫君人者，厚薄何常之有！'原对曰：'仲远举孝廉，杀之，其义焉在？夫孝廉，国之俊选也。举之若是，则杀之非也；若杀之是，则举之非也。诗云："彼已之子，不遂其媾。"盖讥之也。语云："爱之欲其生，恶之欲其死。既欲其生，又欲其死，是惑也。"仲远之惑甚矣。明府奚取焉？'融乃大笑曰：'吾直戏耳！'原又曰：'君子于其言，出乎身，加乎民；言行，君子之枢机也。安有欲杀人而可以为戏者哉？'融无以答。是时汉朝陵迟，政以贿成，原乃将家人入郁洲山中。郡举有道，融书喻原曰……原遂到辽东。……后原欲归乡里，止于三山。孔融书曰……原于是遂复反还。"按，融之二书皆载本集。原后为五官将长史，从曹操征吴，卒。

魏志王修传："王修字叔治，北海营陵人也。……初平中，北海（按，当脱"相"字）孔融召以为主簿，守高密令。……举孝廉，修让邴原，融不听。时天下乱，遂不行。顷之，郡中有反者。修闻融有难，夜往奔融。贼初发，融谓左右曰：'能冒难来，唯王修耳！'言终而修至。复署功曹。时胶东多贼寇，复令修守胶东令。……融每有难，修虽休归在家，无不至。融常赖修以免。"按，融集载答王修二教，据裴松之注，当作于是时。建安十八年，修为大司农郎中令，病卒官。

陈琳约三十四岁。

阮瑀约二十四岁。

徐干二十岁，避乱海表。

中论序:“于时董卓作乱,幼主西迁,奸雄满野,天下无主。圣人之道息,邪伪之事兴,营利之士得誉,守贞之贤不彰,故令君誉闻不振于华夏,玉帛安车不至于门。考其德行文艺,实帝王之佐也。道之不行,岂不惜哉！君避地海表。”按,魏志武帝纪初平元年二月:“(董)卓闻兵起,乃徙天子都长安。”谢灵运拟魏太子邺中集诗八首徐干诗代叙干之生平云:“伊昔家临菑,提携弄齐瑟。置酒饮胶东,淹留憩高密。”文选卷四〇杨修答临菑侯笺李善注亦谓:“伟长淹留高密。”胶东、高密皆近海之地,中论序“海表”即指此。盖徐干旧居临菑,以战乱迭起,临菑牢落,故往避之。黄节谢康乐诗注以为“胶东、高密,谓昔从曹植于临菑时也”,殊误。

刘桢约十六岁。

应玚约十六岁,因世乱而漂泊他乡。

谢灵运拟魏太子邺中集诗八首应玚诗,其序称玚云:“汝颍之士,流离世故,颇有飘薄之叹。”其诗云:“嗷嗷云中雁,举翮自委羽。求凉弱水湄,违寒长沙渚。顾我梁川时,缓步集颍许。一旦逢世难,沦薄恒羁旅。”五臣刘良注曰:“世难,谓汉末遭乱。……言我逢乱漂迫,为客于荆州也。”按,诗中“长沙渚”与“弱水湄”对举,喻南北漂泊,居无定所,似非实指。

王粲十四岁,徙长安。蔡邕见而奇之,称粲有异才,载数车书与粲。

文选卷五六曹植王仲宣诔:“皇家不造,宗室陨颠。宰臣专制,帝用西迁。君乃羁旅,离此阻艰。”即指徙长安事。按,魏志董卓传,是年二月,相国董卓闻山东兵起,乃焚烧洛阳宫室,劫迁献帝都长安。

魏志王粲传:“献帝西迁,粲徙长安,左中郎将蔡邕见而奇之。

时邕才学显著，贵重朝廷，常车骑填巷，宾客盈坐。闻粲在门，倒屣迎之。粲至，年既幼弱，容状短小，一坐尽惊。邕曰：'此王公孙也，有异才，吾不如也。吾家书籍文章，尽当与之。'"按，后汉书蔡邕传，邕于是年拜左中郎将，从献帝至长安。粲登门造邕，当在初至长安时。

魏志锺会传注引博物记："蔡邕有书近万卷，末年载数车书与粲。"按，后汉书列女董祀妻传载蔡琰谓曹操曰："昔亡父赐书四千许卷，流离涂炭，罔有存者。"疑蔡邕万卷藏书，除留予其女四千馀卷，其馀尽入王粲。博物记又云："王粲与族兄凯俱避地荆州，……凯生业。粲亡后，相国掾魏讽谋反，粲子与焉，既被诛，邕所与书悉入业。业字长绪，位至谒者仆射。子宏字正宗，司隶校尉。宏，弼之兄也。"是则王弼为粲之嗣孙。张湛列子序亦谓："正宗、辅嗣（弼）皆好集文籍，先并得仲宣家书，几将万卷。"则蔡邕书展转而归于王弼，卢弼三国志集解云："辅嗣博览闳通，渊源授受，有自来矣。"

应璩生。（据魏志王粲传及方技传。）

初平二年辛未（一九一）

孔融三十九岁，出屯都昌，为管亥所围，遣太史慈求救于刘备。郑玄子益恩为救融遇害。

后汉书孔融传："时黄巾复来侵暴，融乃出屯都昌，为贼管亥所围。融逼急，乃遣东莱太史慈求救于平原相刘备。备惊曰：'孔北海乃复知天下有刘备邪？'即遣兵三千救之，贼乃散走。"

吴志太史慈传略云：太史慈，字子义，东莱黄人也。为郡守劫州章，由是知名，避事辽东。北海相孔融闻而奇之，数遣人讯其母，并致饷遗。时融以黄巾寇暴，出屯都昌，为管亥所围。慈从辽东还，母谓慈曰："汝与孔北海未尝相见，至汝行后，赡恤殷勤，过于故旧，今为贼所围，汝宜赴之。”慈单步见融，因求兵出斫贼。融不听，欲待外救，未有至者，而围日逼。融欲告急平原相刘备，城中无由得出，慈自请求行。融曰：“今贼围甚密，众人皆言不可，卿意虽壮，无乃实难乎？”慈对曰：“昔府君倾意于老母，老母感遇，遣慈赴府君之急，固以慈有可取，而来必有益也。今众人言不可，慈亦言不可，岂府君爱顾之义，老母遣慈之意邪？事已急矣，愿府君无疑。”融乃然之。慈遂突围到平原说备。备敛容答曰：“孔北海知世间有刘备邪！”即遣精兵三千随慈。融既得济，益奇贵慈，曰：“卿，吾之少友也。”事毕，还启其母，母曰：“我喜汝有以报孔北海也。”慈后归孙策，为建昌都尉，孙权统事，委以南方之事，年四十一，建安十一年卒。

太平御览卷三六二引郑玄别传：“玄一子，名益字益思（按，当从后汉书作“益恩”）。年二十三，相国（按，当“国相”之倒）孔府君举孝廉。府君以多寇，屯都昌，为贼管亥所围。乃令从家将兵奔救，遇贼见害，时年二十七也。”按，后汉书郑玄传：“玄唯有一子益恩，孔融在北海，举为孝廉；及融为黄巾所围，益恩赴难陨身。”然玄传又载玄戒子益恩书云：“入此岁来，已七十矣。”玄七十岁，为建安元年，作书戒其子益恩，知其时子益恩犹在。范书记事前后乖迕若此。

陈琳约三十五岁。袁绍使琳典文章。

魏志王粲传：“琳避难冀州，袁绍使典文章。”又见文选卷四〇陈琳答东阿王笺注引文章志，“典文章”作“典密事”。按，魏志武帝纪及袁绍传，绍于是年七月领冀州牧，使琳典文章盖在其时。

阮瑀约二十五岁。

徐干二十一岁。

刘桢约十七岁。

应玚约十七岁。

王粲十五岁。

初平三年壬申(一九二)

孔融四十岁,始与祢衡交友。

后汉书文苑祢衡传:"祢衡字正平,平原般人也。少有才辩,而尚气刚傲,好矫时慢物。……衡始弱冠,而融年四十,遂与为交友。"按,孔融于建安元年(一九六)上书荐祢衡云"处士平原祢衡,年二十四",知是年衡正二十,与传所记年岁合。

世说新语言语篇注引文士传:"衡不知先所出,逸才飙举,少与孔融作尔汝之交。时衡未满二十,融已五十,敬衡才秀,共结殷勤,不能相违。""五十"当作"四十"。又略见初学记卷一八、太平御览卷四〇九引张隐文士传。"共结殷勤"初学记作"忘年殷勤"。

因常遇兵祸,融不能保障四境,弃郡而徙徐州。

魏志崔琰传注引司马彪九州春秋:"幽州精兵乱,至徐州,卒到城下,举国皆恐。融直出说之,令无异志。遂与别校谋夜覆幽州,幽州军败,悉有其众。无几时,还复叛亡。黄巾将至,融大饮醇酒,躬自上马,御之涞水之上。寇令上部与融相拒,两翼径涉水,直到所治城。城溃,融不得入,转至南县,左右稍叛。连年倾覆,事无所济,遂不能保障四境,弃郡而去,后徙徐州。"按,据通鉴,初平三年春,公孙瓒兵三万,其锋甚锐,被袁绍败于界桥,馀众皆散走。此所云"幽州精兵乱",盖指公孙瓒南下之散兵。又同年四月,青州黄巾攻兖州,为曹操战败退走,或其馀部退入北海,而与孔融相拒耳。

徐州刺史陶谦与孔融等守相共奏记于朱儁，推儁为太师，因移檄州郡，欲以同讨李傕等，迎奉献帝，以儁推辞，遂罢。

后汉书朱儁传："及董卓被诛，傕、汜作乱，儁犹在中牟。陶谦以儁名臣，数有战功，可委以大事，乃与诸豪杰共推儁为太师，因移檄牧伯，同讨李傕等，奉迎天子。乃奏记于儁曰：'徐州刺史陶谦、……北海相孔融、沛相袁忠、太山太守应劭、汝南太守徐璆、前九江太守服虔、博士郑玄等，敢言之行车骑将军河南尹莫府：国家既遭董卓，重以李傕、郭汜之祸，……谦等并共谘诹，议消国难。……故相率厉，简选精悍，谌能深入，直指咸阳，多持资粮，足支半岁，谨同心腹，委之元帅。'会李傕用太尉周忠、尚书贾诩策，征儁入朝。……遂辞谦议而就傕征，复为太仆，谦等遂罢。"献帝纪初平三年："夏四月辛巳，诛董卓。"

是年蔡邕下狱死。融与蔡邕素善，邕卒后，常思念其人。

后汉书蔡邕传："及(董)卓被诛，邕在司徒王允坐，殊不意言之而叹，有动于色。允勃然叱之，……即付廷尉治罪。……邕遂死狱中。"

后汉书孔融传："(融)与蔡邕素善，邕卒后，有虎贲士貌类于邕，融每酒酣，引与同坐，曰：'虽无老成人，且有典型。'"

陈琳约三十六岁。

阮瑀约二十六岁，为其师蔡邕立庙。

明嘉靖尉氏县志卷四："蔡相公庙在县西四十里燕子陂，其断碑上截犹存，云：'蔡邕赴洛，其徒阮瑀等饯之于此，缱绻不能别者累日。邕既殁，复相与追慕之，立庙焉。'"按，不知此碑作于何时。后汉书蔡邕传，邕，陈留圉人。(按，圉县旧城在今河南杞县南，与尉氏县比邻。)邕死，"搢绅诸儒莫不流涕。……兖州陈留间皆画像而颂焉"。以此推之，其门徒在乡里为邕立庙，事或不虚。

徐干二十二岁。

刘桢约十八岁。

应玚约十八岁。

王粲十六岁，司徒辟，诏除黄门侍郎，皆不就。

魏志王粲传："年十七，司徒辟，诏除黄门侍郎，以西京扰乱，皆不就。"此"年十七"当是"年十六"之误，说见下。西京，谓长安也。卢弼三国志集解云："时司徒为淳于嘉。"按，后汉书献帝纪，初平三年九月淳于嘉方为司徒，时粲已离长安至荆州，司徒当是王允。

粲与王凯、士孙萌等离长安往荆州襄阳避乱，依刘表。有七哀诗"西京乱无象"。

魏志王粲传："年十七，……以西京扰乱，……乃之荆州依刘表。"魏志锺会传注引博物记："王粲与族兄凯俱避地荆州。"按，本集载初征赋有叙其避乱荆州事云："违世难以回折兮，超遥集乎蛮楚。逢屯否而底滞兮，忽长幼以羁旅。"粲似举家南迁。本集又载赠士孙文始诗云："天降丧乱，靡国不夷。我暨我友，自彼京师。宗守荡失，越用遁违。迁于荆楚，在漳之湄。"可知粲与士孙文始同时由长安之荆州。文选卷二三此诗题下李善注引三辅决录赵岐（当作"挚虞"）注曰："士孙孺子名萌，字文始。少有才学，年十五，能属文。初董卓之诛也，父瑞知王允必败，京师不可居，乃命萌将家属至荆州依刘表。去无几，果为李傕等所杀。"考后汉书献帝纪及王允传，允于初平三年六月甲子被李傕等所杀，王粲、士孙萌离长安必在此之前。又本集载七哀诗，其一："西京乱无象，豺虎方遘患。复弃中国去，远身适荆蛮。亲戚对我悲，朋友相追攀。"叙往荆州避乱,初离长安时事。据后汉书献帝纪及董卓传,傕等于初平三年五月合围长安城,八日城陷,六月戊午傕等入城,放兵虏掠。绎诗意,粲离长安已在城陷之后。是年粲十六岁,而粲传称"年十七,……乃之荆州依刘表",似误。太平御览卷二〇九引魏书叙此事,"年十七"作"年十八","八"当是"六"之败体。士孙萌,史无传,元和姓纂谓:"瑞生萌,字文始,仪郎、灌(按,当作"淡",形近而讹)津亭侯,生贤、颖。"

魏志刘表传:表"山阳高平人"。又注引谢承后汉书曰:"表受学于同郡王畅。"是粲以同里世交故往依之。荆州原治武陵汉寿,表为荆州刺史徙治襄阳。太平御览卷一八〇引襄沔记曰:"繁钦宅、王粲宅并在襄阳,井台犹存。"文选卷五六曹植王仲宣诔李善注引盛弘之荆州记曰:"襄阳城西南有徐元直宅,其西北八里方(万)山,山北际河水,山下有王仲宣宅,故东阿王诔云:'振冠南岳,濯缨清川。'"又杜甫一室诗云:"应同王粲宅,留井岘山前。"师尹注:"昔王粲依刘表,卜居岘山下,后人呼为'王粲宅',宅前有井,呼为'仲宣井'。"此称王粲宅在岘山,与盛弘之所言不同。按岘山在襄阳南,万山则在襄阳西北,核之曹植诔文,似以杜诗说为正。

张华博物志卷六:"初,粲与族兄凯避地荆州依刘表。表有女,表爱粲才,欲以妻之,嫌其形陋用(疑当作通)率,乃谓曰:'君才过人而体貌躁,非女婿才。'凯有风貌,乃妻凯,生叶(当作业),即女所生。"此下魏志锺会传注引博物记有"业,即刘表外孙也"七字。

曹植生。(据魏志陈思王植传。)

初平四年癸酉(一九三)

孔融四十一岁。

陈琳约三十七岁。

阮瑀约二十七岁。

徐干二十三岁。

刘桢约十九岁。

应玚约十九岁。

王粲十七岁。

兴平元年甲戌(一九四)

孔融四十二岁,与徐州牧陶谦谋迎天子还洛阳,未果。劝刘备领徐州牧。

袁宏后汉纪卷二七:"(兴平元年夏四月),徐州牧陶谦、北海相孔融谋迎天子还洛阳,会曹操袭徐州而止。"蜀志先主传:"谦表先主为豫州刺史,屯小沛。谦病笃,谓别驾麋竺曰:'非刘备不能安此州也。'谦死,竺率州人迎先主,先主未敢当。……曰:'袁公路近在寿春,此君四世五公,海内所归,君可以州与之。'……北海相孔融谓先主曰:'袁公路岂忧国忘家者邪?冢中枯骨,何足介意。今日之事,百姓与能,天与不取,悔不可追。'先主遂领徐州。"魏志武帝纪:兴平元年:"陶谦死,刘备代之。"

陈琳约三十八岁。

阮瑀约二十八岁。

徐干二十四岁。

刘桢约二十岁。

应玚约二十岁。

王粲十八岁,作赠文叔良诗。

诗载本集,其云:"翩翩者鸿,率彼江滨。君子于征,爰聘西邻。"文选卷二三李善注此诗曰:"详其诗意,似聘蜀结好刘璋也。"诗又云:"董褐荷名,胡宁不师?"用董褐说晋退军以解国难事,勉文叔良。按,后汉书及蜀志刘焉传,兴平元年刘焉卒,诏刘璋领益州牧,璋以赵韪为征东中郎将,率众击刘表,诗所指盖此。文颖字叔良,南阳人,为荆州从事,事刘表,建安中为甘陵丞,著有汉书注。见颜师古汉书叙例。

兴平二年乙亥(一九五)

孔融四十三岁,自徐州还北海,领青州刺史。时袁绍、曹操强盛,左丞祖劝融有所结纳,融不听而杀之。

魏志崔琰传注引司马彪九州春秋:"(融)后徙徐州,以北海相自还领青州刺史,治郡北陲。欲附山东,外接辽东,得戎马之利,建树根本,孤立一隅,不与共也。于时曹、袁、公孙共相首尾,战士不满数百,谷不至万斛。王子法、刘孔慈凶辩小才,信为腹心。左丞祖、刘义逊清隽之士,备在坐席而已,言此民望,不可失也。丞祖劝融自托强国,融不听而杀之。义逊弃去。"

后汉书孔融传:"时袁、曹方盛,而融无所协附。左丞祖者,称有意谋,劝融有所结纳。融知绍、操终图汉室,不欲与同,故怒而杀之。融负其高气,志在靖难,而才疏意广,迄无成功。在郡六年,刘备表领青州刺史。"按,融自初平元年(一九〇)到郡至今年,首尾实五年,而此云六年,疑融初受命出守北海在中平六年(一八九)末,故虚出一年。

郑玄在徐州,融频请其返郡,作缮治郑公宅教。

太平广记卷一六四引殷芸小说:"郑玄在徐州,孔文举时为北海相,欲其返郡,敦请恳恻,使人继踵。又教曰:'郑公久游南夏,今艰难稍平,傥有归来之思。无寓人于室,毁伤其藩垣林木,必缮治墙宇,以俟还。'"

陈琳约三十九岁。

阮瑀约二十九岁

徐干二十五岁。

刘桢约二十一岁。

应玚约二十一岁。

王粲十九岁。

建安元年丙子(一九六)

孔融四十四岁。郑玄由徐州归里,融告僚属可称玄为郑君。

太平广记卷一六四引殷芸小说:"及(玄)归,融告僚属曰:'昔周人尊师,谓之尚父。今可咸曰郑君,不得称名也。'"后汉书郑玄传:"(玄)建安元年自徐州还高密。"其时,融盖亦回北海。

融为袁谭所攻,城陷,妻子为谭所虏。

后汉书孔融传:"建安元年,为袁谭所攻,自春至夏,战士所馀裁数百人,流矢雨集,戈矛内接。融隐几读书,谈笑自若。城夜陷,乃奔东山,妻子为谭所虏。"又见魏志崔琰传注引司马彪九州春秋,文有小异。

袁宏后汉纪卷三〇:"刘备表融领青州刺史,年馀为群贼所攻,不能自守。"此谓"为群贼所攻",与融传及九州春秋"为袁谭所攻"不同。按,后汉书袁绍传载,兴平二年,谭"出为青州刺史"。魏志袁绍传注引九州春秋曰:"谭始至青州,……其土自河而西,盖不过平原而已。遂北排田楷,东攻孔融,曜兵海隅,……"则当以融传所言为是。魏志崔琰传注引张璠汉纪:"融在郡八年,仅以身免。"按,融在北海郡实七年,而此云八年,盖亦以中平六年末始受命时起算,故虚出一年。

按,今将可确认为融在北海之行事而难定其年者,附志于后:

北堂书钞卷一四四引孔融别传:"汉末天下荒乱,融每食,奉馇一盛,鱼一首以祭。"

艺文类聚卷八五引秦子："孔文举为北海相，有遭父丧，哭泣墓侧，色无憔悴，文举杀之。又有母病瘥，思食新麦，家无，乃盗邻熟麦而进之。文举闻之，特赏曰：'无有来谢，勿复盗也。'盗而不见罪者，以为勤于母饥；哭而见杀者，以为形慈而实否。"又见御览卷四九九引。

吴志是仪传："是仪字子羽，北海营陵人也。本姓氏，初为县吏，后仕郡。郡相孔融嘲仪，言'氏'字'民'无上，可改为'是'，乃遂改焉。"

吴志吴主传注引吴录："（孙）邵字长绪，北海人，长八尺。为孔融功曹，融称曰：'廊庙才也。'"魏志崔琰传注引司马彪九州春秋："融在北海，自以智能优赡，溢才命世，当时豪俊皆不能及。亦自许大志，且欲举军曜甲，与群贤要功，自于海岱结殖根本，不肯碌碌如平居郡守，事方伯、赴期会而已。然其所任用，好奇取异，皆轻剽之才。至于稽古之士，谬为恭敬，礼之虽备，不与论国事也。高密郑玄，称之郑公，执子孙礼。及高谈教令，盈溢官曹，辞气温雅，可玩而诵。论事考实，难可悉行。但能张磔网罗，其自理甚疏。租赋少稽，一朝杀五部督邮。奸民污吏，猾乱朝市，亦不能治。"

融征为将作大匠。作六言诗三首。

后汉书孔融传："及献帝都许，征融为将作大匠。"魏志崔琰传注引续汉书："建安元年，征还为将作大匠。"通鉴卷六二云："曹操与融有旧，征为将作大匠。"按，是年献帝自长安迁洛阳，以洛阳残破，曹操迁献帝都许。

六言诗三首载本集。徐公持建安七子诗文系年考证云："其所咏述，皆中平、初平、兴平间事，盖汉末颠殒播乱史实之回顾也。而其回顾至'从洛到许'为止，可知作此三诗时，汉帝方由洛阳移都于许。”

融荐郗虑，有论郗鸿豫书。

后汉书孔融传载曹操与融书云：“……昔国家东迁，文举盛叹鸿豫名实相副，综达经学，出于郑玄，又明司马法，鸿豫亦称文举奇逸博闻，诚怪今者与始相违。……”又载融答书云：“……融与鸿豫州里比郡，知之最早。虽尝陈其功美，欲以厚于见私，信于为国，……郗为故吏，融所推进。……”细味二书，盖献帝东迁之际，融曾荐引郗虑于曹操。其论郗鸿豫书，见建安七子佚文存目考。郗虑字鸿豫，山阳高平人，少受学于郑玄。建安十三年，由光禄勋迁御史大夫。

融爱祢衡才，上疏荐之；又数称述于曹操，操受衡辱，怒而遣之送刘表。

后汉书文苑祢衡传：“（衡）兴平中，避难荆州。建安初，来游许下。……是时许都新建，贤士大夫四方来集。……唯善鲁国孔融及弘农杨修。常称曰：‘大儿孔文举，小儿杨德祖。馀子碌碌，莫足数也。’融亦深爱其才。……上疏荐之曰：‘……窃见处士平原祢衡，年二十四，字正平，淑质贞亮，英才卓砾。初涉艺文，升堂睹奥，目所一见，辄诵于口，耳所瞥闻，不忘于心。……使衡立朝，必有可观。……’融既爱衡才，数称述于曹操。操欲见之，而衡素相轻疾，自称狂病，不肯往，而数有恣言。操怀忿，而以其才名，不欲杀之。（按，下叙衡击鼓辱操事，略。）孔融退而数之曰：‘正平大雅，固当尔邪？’固宣操区区之意。衡许往。融复见操，说衡狂疾，今求得自谢。操喜，敕门者有客便通，待之极晏。（按，下叙衡营门骂操事，略。）操怒，谓融曰：‘祢衡竖子，孤杀之犹雀鼠耳。顾此人素有虚名，远近将谓孤不能容之，今送与刘表，视当何如。’于是遣人骑送之。”又略见魏志荀彧传注引平原祢衡传、张衡文士传及世说新语言语篇注引文士传，文字各有异同。

世说新语言语篇："祢衡被魏武谪为鼓吏，正月半试鼓，衡扬枹为'渔阳掺挝'，渊渊有金石声，四坐为之改容。孔融曰：'祢衡罪同胥靡，不能发明王之梦。'魏武惭而赦之。"

陈琳约四十岁，受命袁绍作书与臧洪，劝其降绍。

后汉书臧洪传："（洪）徙为东郡太守，都东武阳。时曹操围张超于雍丘，甚危急。……洪始闻超围，乃徒跣号泣，并勒所领，将赴其难。自以众弱，从绍请兵，而绍竟不听之，超城遂陷，张氏族灭。洪由是怨绍，绝不与通。绍兴兵围之，历年不下，使洪邑人陈琳以书譬洪，示其祸福，责以恩义。"又见魏志臧洪传。按，魏志武帝纪，兴平二年十二月，雍丘溃，操灭张氏之族，而此传有"绍兴兵围之历年不下"之语，则陈琳作书劝洪降事，或在是年。

阮瑀约三十岁。

徐干二十六岁，复归临菑，幽居隐迹，不应州郡礼命。

中论序："君避地海表，自归旧都。州郡牧守礼命，踧踖连武，欲致之。君以为纵横之世，乃先圣之所厄困也，岂况吾徒哉？有讥孟轲不度其量，拟圣行道，传食诸侯；深美颜渊、荀卿之行，故绝迹山谷，幽居研几，用思深妙。以发疾疢，潜伏延年。"按，旧都，盖指青州治所临菑。干自海表还旧都，年月不详，今暂置于此。

刘桢约二十二岁。

应玚约二十二岁。

王粲二十岁，仍在荆州襄阳，遇张仲景。

皇甫谧针灸甲乙经序："仲景见侍中王仲宣，时年二十馀，谓曰：'君有病，四十当眉落，眉落半年而死。'令服五石汤可免。仲宣嫌其言忤，受汤勿服。居三日，见仲宣，谓曰：'服汤否？'曰：'已服。'仲景曰：'色候固非服汤之诊。君何轻命也！'仲宣犹不言。后二十年，果眉落，后一百八十七日而死，终如其言。"太平御览卷七二二引何颙别传亦载其事，文稍略，"年二十馀"作"年十七"，"四十当眉落"作"三十当眉落"。按，张仲景名机，南阳人，举孝廉，官至长沙太守，建安中著伤寒论二十一篇，今传。

士孙萌受封淡津亭侯，临当就国，粲作诗以赠。

赠士孙文始诗载本集。魏志董卓传注引三辅决录注："（士孙）瑞字君荣，扶风人，世为学门。……天子都许，追论瑞功，封子萌淡津亭侯。萌字文始，亦有才学，与王粲善。临当就国，粲作诗以赠萌，萌有答，在粲集中。"

建安二年丁丑（一九七）

孔融四十五岁，奉使持节至邺，拜袁绍为大将军。

后汉书袁绍传："（建安）二年，使将作大匠孔融持节拜绍大将军，锡弓矢节钺，虎贲百人，兼督冀、青、幽、并四州。"注引献帝春秋曰："使将作大匠孔融持节之邺，拜太尉绍为大将军，改封邺侯。"

曹操奏收杨彪，融力劝操无杀无辜，操不得已，放之出狱。

后汉书杨震传附彪传："时袁术僭乱，操托彪与术婚姻，诬以欲图废置，奏收下狱，劾以大逆。将作大匠孔融闻之，不及朝服，往见操曰：'杨公四世清德，海内所瞻。周书父子兄弟罪不相及，况以袁氏归罪杨公。……'操曰：'此国家之意。'融曰：'……今横杀无辜，则海内观听，谁不解体！孔融鲁国男子，明日便当拂衣而去，不复朝矣。'操不得已，遂理出彪。"又见魏志崔琰传注引续汉书、太平御览卷四二八引孔融别传、袁宏后汉纪卷二九。后汉书献帝纪建安二年："春，袁术自称天子。"后汉纪置收杨彪事于建安三年，似误。

魏志满宠传：宠为许令，"故太尉杨彪收付县狱，尚书令荀彧、少府孔融等并属宠：'但当受辞，勿加考掠。'宠一无所报，考讯如法。数日，求见太祖，言之曰：'杨彪考讯无他辞语。……此人有名海内，若罪不明，必大失民望。……'太祖即日赦出彪。初，彧、融闻考掠彪，皆怒，及因此得了，更善宠"。

融迁少府。

后汉书孔融传："征为将作大匠，迁少府。每朝会访对，融则引正定议，公卿大夫皆隶名而已。"后汉书荀悦传："献帝颇好文学，悦与彧及少府孔融侍讲禁中，旦夕谈论。"

融议马日磾不宜加礼。

后汉书孔融传："初，太傅马日磾奉使山东，及至淮南，数有意于袁术。术轻侮之，遂夺取其节，求去又不听，因欲逼为军帅。日磾深自恨，遂呕血而毙。及丧还，朝廷议欲加礼。融乃独议曰：'日磾以上公之尊，秉髦节之使，衔命直指，宁辑东夏，而曲媚奸臣，为所牵率，章表署用，辄使首名，附下罔上，奸以事君。……圣上哀矜旧臣，未忍追案，不宜加礼。'朝廷从之。"

袁宏后汉纪卷二九："建安二年秋七月，……于是马日磾丧还京师，将欲加礼，少府孔融议曰……"通鉴则置此事于本年九月至十一月间。

张俭或卒于是年，融作卫尉张俭碑。

本集载卫尉张俭碑铭，其云："（俭）复以卫尉征，明诏严切敕州，乃不得已而就之。惜乎！不登泰阶，以尹天下，致皇代于隆熙。"后汉书党锢张俭传："建安初，征为卫尉，不得已而起。

俭见曹氏世德已萌，乃阖门悬车，不豫政事。岁馀卒于许下。年八十四。”

陈琳约四十一岁。

阮瑀约三十一岁。

徐干二十七岁。

刘桢约二十三岁。

应玚约二十三岁。

王粲二十一岁。

建安三年戊寅（一九八）

孔融四十六岁，上书荐谢该。

后汉书儒林谢该传：“建安中，……（该）仕为公车司马令，以父母老，托疾去官，欲归乡里，会荆州道断不得去。少府孔融上书荐之曰：‘……今尚父鹰扬，方叔翰飞，王师电鸷，群凶破殄，始有櫜弓卧鼓之次，宜得名儒，典综礼纪。……今该实卓然比迹前列，间以父母老疾，弃官欲归，道路险塞，无由自致。……臣愚以为可推录所在，召该令还。……’书奏，诏即征还，拜议郎。”按，魏志武帝纪，建安三年曹操围张绣于穰，五月，刘表救绣，屯安众守险，谢该传“荆州道断”、荐书“道路险塞”，盖谓此也。该字文仪，南阳章陵人，善明春秋左氏，为世名儒，河东乐详条左氏疑滞数十事以问，该皆为通释之，名为谢氏释，行于世。以寿终。

张纮受孙策遣，奉章至许，融亲善之。

吴志张纮传：“建安四年，策遣纮奉章至许宫，留为侍御史。少府孔融等皆与亲善。”按，“四年”当作“三年”，说见通鉴考异。纮字子纲，广陵人，孙策表为正议校尉，后以侍御史出为会稽东部都尉，孙权统事，以纮为长史。纮建计宜出都秣陵，权从之。还吴迎家，道病卒。隋书经籍志著录集一卷。

融作与王朗书。

魏志王朗传："太祖表征之，朗自曲阿展转江海，积年乃至。"裴松之注曰："朗被征未至。孔融与朗书曰：'世路隔塞，情问断绝，感怀增思。……曹公辅政，思贤并立。策书屡下，殷勤款至。……'"又引汉晋春秋曰："建安三年，太祖表征朗，策遣之。"朗字景兴，本名严，东海郯人。徐州刺史陶谦察朗茂才，拜为会稽太守，与孙策战，败归策。曹操征拜谏议大夫。魏国既建，历少府、奉常、大理。文帝代汉，为司空。明帝即位，转为司徒。著易、春秋、孝经、周官传，太和二年卒。隋书经籍志著录集三十四卷。

袁绍欲使曹操诛孔融，操拒绝之。

魏志武帝纪建安三年注引魏书曰："袁绍宿与太尉杨彪、大长秋梁绍、少府孔融有隙，欲使公以他过诛之。公曰：'当今天下土崩瓦解，雄豪并起，……此上下相疑之秋也，虽以无嫌待之，犹惧未信；如有所除，则谁不自危？……'绍以为公外托公议，内实离异，深怀怨望。"

陈琳约四十二岁。

阮瑀约三十二岁，为司空军谋祭酒，管记室，或在是年。

魏志王粲传："建安中都护曹洪欲使掌书记，瑀终不为屈。太祖并以琳、瑀为司空军谋祭酒，管记室。"注："臣松之案鱼氏典略、挚虞文章志并云瑀建安初辞疾避役，不为曹洪屈。得太祖召，即投杖而起。"按，太平御览卷二四九引典略："瑀以才自护。曹洪闻其有才，欲使报答书记，瑀不肯，榜笞瑀，瑀终不屈。洪以语曹公。公知其无病，使人呼瑀。瑀终惶怖，诣门。公见之，谓曰：'卿不肯为洪，且为我作之。'瑀曰：'诺。'遂为记室。”则较裴松之所引为详。又文选卷四二阮瑀为曹公作书与孙权注引魏志曰：“太祖为司空，召为军谋祭酒，又管记室，书檄多为瑀所作。”按，军谋祭酒，即军师祭酒，史避晋讳改，见杨晨三国会要卷九。考魏志武帝纪，建安三年初置军师祭酒，阮瑀召为此职或在是年。本集载谢曹公笺“一得披玄云，望白日，惟力是务，敢有二心”，盖为此时之所作。

徐干二十八岁。

刘桢约二十四岁。

应玚约二十四岁。

王粲二十二岁，作三辅论。

本集载三辅论云：“……（湘潜）先生称曰：‘盖闻戎不可动，兵不可扬。今刘牧建德垂芳，名烈既彰矣，曷乃称兵举众，残我波灵？’（江滨）逸老曰：‘是何言与？天生五材，金作明威。长沙不轨，敢作乱违。我牧睹其然，乃赫尔发愤，且上征下战，去暴举顺。……’”按，后汉书刘表传，建安三年，长沙太守张羡率零陵、桂阳三郡畔表，表遣兵攻围，破羡，平之。论所云“长沙不轨，敢作乱违”，当指长沙太守张羡畔表事，则三辅论为是年所作。

祢衡为黄祖所杀，年二十六。（据后汉书文苑祢衡传。）

建安四年己卯（一九九）

孔融四十七岁，与桓典上书荐赵岐。

后汉书赵岐传：“曹操时为司空，举（岐）以自代。光禄勋桓典、少府孔融上书荐之。于是就拜岐为太常。”后汉纪卷二九：“（建安四年）二月，司空曹操让位于太仆赵岐，不听。”赵岐字邠卿，初名嘉，字台卿，京兆长陵人。延熹初，以忤宦官逃难四方，后擢并州刺史，坐党事免，复拜议郎，迁太仆，拜太常。著孟子章句十四卷、三辅决录七卷。建安六年卒,年九十馀。

融作肉刑议,又作肉刑论。

议与论皆载本集。后汉书孔融传:"时论者多欲复肉刑。融乃建议曰……朝廷善之,卒不改焉。"后汉纪卷三〇:"初,颍川陈纪论复肉刑书曰:'惟敬五刑,以成三德。易著劓刖灭趾之法,所以辅政助教,惩恶息杀也。且杀人偿死,合于古制,至于伤人,或残毁其体,而才剪毛发,非其理也。若用古刑,使淫者下蚕室,盗者刖其足,永无淫放穿窬之奸矣。'融难之曰……曹公将复肉刑,以众议不同,乃止。"晋书刑法志:"汉时天下将乱,百姓有土崩之势,刑罚不足以惩恶,于是名儒大才故辽东太守崔寔、大司农郑玄、大鸿胪陈纪之徒,咸以为宜复行肉刑。汉朝既不议其事,故无所用。及魏武帝匡辅汉室,尚书令荀彧博访百官,复欲申之。"后汉书校补引柳从辰曰:"融因当时百官论多附彧,故特引正定议也。"按,陈纪于献帝西迁长安时出为平原相,此后一直流寓徐州,及至建安三年十二月吕布败亡,曹操方礼用之,拜大鸿胪。见后汉书陈纪传及通鉴。又古文苑卷一九载后汉鸿胪陈君碑云:"(纪)年七十有一,建安四年六月卒。"是孔融与陈纪论难肉刑当在是年六月前。魏志荀攸传注引荀氏家传谓:"祈与孔融论肉刑,并在融集。"论与议盖一时所作。

袁绍攻许,曹操与相拒,融谓荀彧曰绍兵强,殆难胜之。

后汉书荀彧传:"五年,袁绍率大众以攻许,操与相距。绍甲兵甚盛,议者咸怀惶惧。少府孔融谓彧曰:'袁绍地广兵强,田丰、许攸智计之士为其谋,审配、逢纪尽忠之臣任其事,颜良、文丑勇冠三军,统其兵,殆难克乎?'彧曰:'绍兵虽多而法不整,田丰刚而犯上,许攸贪而不正,审配专而无谋,逢纪果而自用，颜良、文丑匹夫之勇，可一战而擒也。'后皆如彧之筹。"又见魏志荀彧传，唯置此事于建安三年与五年之间。袁宏后汉纪卷二九亦载之，谓在四年十二月曹操拒袁绍于官渡，而通鉴则又以为是本年七月事，今从之。

融作崇国防疏。

疏载本集。后汉书孔融传："是时荆州牧刘表不供职贡，多行僭伪，遂乃郊祀天地，拟斥乘舆。诏书班下其事。融上疏曰：'窃闻领荆州牧刘表桀逆放恣，所为不轨，至乃郊祭天地，拟斥社稷。虽昏僭恶极，罪不容诛，至于国体，宜且讳之。……臣愚以为宜隐郊祀之事，以崇国防。'"按，融传叙此事在复议肉刑与"五年，南阳王冯、东海王祗薨"之间，则崇国防疏盖是年之所作。

陈琳约四十三岁。袁绍使更公孙瓒与子书。

后汉书公孙瓒传："建安三年，袁绍复大攻瓒。瓒遣子续请救于黑山诸帅，……四年春，黑山贼帅张燕与续率兵十万，三道来救瓒。未及至，瓒乃密使行人赍书告续曰……"李贤注："献帝春秋'候者得书，绍使陈琳易其词'，即此书。"又见魏志公孙瓒传注引献帝春秋。书载本集。

袁绍攻公孙瓒破易京，琳作武军赋。

魏志公孙瓒传："瓒军数败，乃走还易京固守。为围堑十重，于堑里筑京，皆高五六丈，为楼其上，中堑为京，特高十丈，自居焉。……瓒自知必败，尽杀其妻子，乃自杀。"后汉书献帝纪："建安四年三月，袁绍攻公孙瓒于易京，获之。"

武军赋载本集，其序有云："回天军，震雷霆之威，于易水之阳，以讨瓒焉。"赋云："冲钩竞进，熊虎争先。堕垣百叠，弊楼数千。"又云："于是炎燧四举，元戎齐登，探封蛇于穷穴，枭鲸桀而取巨。"是当作于瓒败之后。

阮瑀约三十三岁。

徐干二十九岁。

刘桢约二十五岁。

应玚约二十五岁。

王粲二十三岁。

建安五年庚辰(二○○)

孔融四十八岁,作南阳王冯东海王祗祭礼对。

祭礼对载本集。后汉书孔融传:"五年,南阳王冯、东海王祗薨,帝伤其早殁,欲为修四时之祭,以访于融。融对曰……"李贤注:"并献帝子。"后汉书集解谓:"以融所对'圣恩敦睦'及'同产兄弟'之说证之,实皆帝之诸弟,而灵帝子耳。"

陈琳约四十四岁,为袁绍作檄豫州书。

檄载本集。按,后汉书袁绍传叙建安五年事节引此檄,其下紧接云"乃先遣颜良攻曹操别将刘延于白马,绍自兵至黎阳"。据魏志武帝纪,绍引兵至黎阳在是年二月。

阮瑀约三十四岁。

徐干三十岁。

刘桢约二十六岁。

应玚约二十六岁,预官渡之役。

谢灵运拟魏太子邺中集诗八首应玚诗叙玚之经历云:"天下苦未定,托身早得所。官渡厕一卒,乌林预艰阻。""官渡"句谓玚预建安五年官渡之役。按,据谢诗"托身早得所",盖玚早于此已归附曹操。究在何时,则无考。

王粲二十四岁,作荆州文学记官志。

官志载本集。其云:"……(刘表)乃命五业从事宋忠新作文学,延朋徒焉。宣德音以赞之,降嘉礼以劝之,五载之间,道化大行。……"魏志刘表传注引英雄记云:"州界群寇既尽,表乃开立学官,博求儒士,使綦毋闿、宋忠等撰五经章句,谓之后定。"后汉书刘表传亦云:"初,荆州人情好扰,加四方骇震,寇贼相扇,处处糜沸。表招诱有方,咸怀兼洽,其奸猾宿贼更为效用,万里肃清,大小咸悦而服之。关西、兖、豫学士归者盖有千数,表安慰赈赡,皆得资全。遂起学校,博求儒术……"通鉴系表开学官事于建安元年,谅必有据。官志既云"五年之间,道化大行",则当作于是年。

郑玄卒。(据后汉书郑玄传。)

建安六年辛巳(二〇一)

孔融四十九岁。

陈琳约四十五岁。

阮瑀约三十五岁。

徐干三十一岁。

刘桢约二十七岁。

应玚约二十七岁。

王粲二十五岁,代潘文则作思亲诗。

诗载本集。徐公持建安七子诗文系年考证谓此诗:"代人立言也。诗中有云:'小子之生,遭世罔宁。……五服荒离,四国分争。祸难斯逼,救死于颈。嗟我怀归,弗克弗逞。'观此,知潘文则其人经历,有似于王粲本人,盖亦同时来荆避乱者也。诗中又有云:'春秋代逝,于兹九龄。缅彼行路,焉托予诚。'是则作诗时潘文则(及粲)在荆州盘桓,已历九载。……是诗当系此无疑。"潘文则生平不详。

建安七年壬午(二〇二)

孔融五十岁。

陈琳约四十六岁，营救崔琰。

魏志崔琰传："及(袁)绍卒，二子交争，争欲得琰。琰称疾固辞，由是获罪，幽于囹圄，赖阴夔、陈琳营救得免。"按，魏志袁绍传，建安七年绍死，其子谭、尚有隙，举兵相攻，陈琳等救崔琰事当在其时。崔琰字季珪，清河东武城人。尝就学郑玄，大将军袁绍辟为骑都尉。后归曹操，迁尚书、中尉，被操所杀。

阮瑀约三十六岁。

徐干三十二岁。

刘桢约二十八岁。是时，从曹操征邺。

谢灵运拟魏太子邺中集诗八首刘桢诗云："广川无逆流，招纳厕群英。北渡黎阳津，南登纪郢城。"按，魏志武帝纪，是年，曹操进军官渡，袁绍病死，其子谭、尚屯黎阳，九月操征之，谭、尚败退。"北渡黎阳津"盖谓此也。又王粲传注引魏略曰："河北(按，即冀州)平定，五官将为世子。(吴)质与刘桢等并在坐席。"操于明年五月进军邺，即冀州州治。此亦是刘桢其时随军在冀州之证。

应玚约二十八岁。

王粲二十六岁。

建安八年癸未(二〇三)

孔融五十一岁，赠书与张纮。

吴志张纮传："曹公欲令纮辅(孙)权内附，出纮为会稽东部都尉。"注引吴书曰："及(权)讨江夏，以东部少事，命纮居守，遥领所职。孔融遗纮书曰：'闻大军西征，足下留镇。……南北并定，世将无事，叔孙投戈，绛、灌俎豆，亦在今日，但用离析，无缘会面，为愁叹耳。道直途清，相见岂复难哉？'"吴志吴主传:“(建安)八年,权西伐黄祖,破其军。”时黄祖为江夏太守。

陈琳约四十七岁。

阮瑀约三十七岁。

徐干三十三岁。

刘桢约二十九岁。

应玚约二十九岁。

王粲二十七岁,为刘表分别作书与袁谭、袁尚及审配。

后汉书袁绍传:“尚围之急,谭奔平原,而遣颍川辛毗诣曹操请救。刘表以书谏谭曰……又与尚书谏之,并不从。”李贤注:“表二书并见王粲集。”二书皆劝谭、尚二人息战和好,共对曹操。考魏志武帝纪,事在是年八九月间。

古文苑卷一〇王粲为刘表与袁尚书“又得贤兄贵弟显雍及审别驾书”下章樵注云:“审配为冀州别驾,有书贻表,粲亦为修书答之。”当与谭、尚二书一时所作。

建安九年甲申(二〇四)

孔融五十二岁,嘲曹操为其子丕纳甄氏。

后汉书孔融传:“初曹操攻屠邺城,袁氏妇子多见侵略,而操子丕私纳袁熙妻甄氏。融乃与操书,称‘武王伐纣,以妲己赐周公’。操不悟,后问出何经典。对曰:‘以今度之,想当然耳。’”又见魏志崔琰传注、世说新语惑溺篇注并引魏氏春秋。魏志甄皇后传:“及冀州平,文帝纳后于邺。”后汉书献帝纪:“(建安)九年八月戊寅,曹操大破袁尚,平冀州,自领冀州牧。”

融上书请准古王畿制,千里寰内不以封建诸侯,曹操疑其论建渐广,忌惮之。

袁宏后汉纪卷二九:“(建安九年)九月,太中大夫孔融上书曰:‘……臣愚以为千里国内,可略从周官六乡、六遂之文,分比北郡，皆令属司隶校尉，以正王赋，以崇帝室。……'帝从之。"按"太中大夫"似当作"少府"。

后汉书孔融传："又尝奏宜准古王畿之制，千里寰内，不以封建诸侯。操疑其所论建渐广，益惮之。然以融名重天下，外相容忍，而潜忌正议，虑鲠大业。"通鉴卷六五胡注："周礼，方千里曰国畿，其外方五百里曰侯畿。千里寰内不以封建，则操不可以居邺矣，故惮之。"

后汉书荀彧传："九年，操拔邺，自领冀州牧。有说操宜复置九州者，以为冀部所统既广，则天下易服。操将从之。彧言曰：'今若依古制，是为冀州所统，悉有河东、冯翊、扶风、西河、幽、并之地也。公前屠邺城，海内震骇，各惧不得保其土宇，守其兵众。今若一处被侵，必谓以次见夺，人心易动，若一旦生变，天下未可图也。……须海内大定，乃议古制，此社稷长久之利也。'操报曰：'微足下之相难，所失多矣！'遂寝九州议。"按，时议欲复置九州，当与孔融上书请准古王畿制为一时前后之事。又观荀彧之言，其反对复置九州之意甚明，与孔融之上书貌异而实同，故此二人皆为曹操所忌而见杀。

魏志崔琰传注引张璠汉纪："帝初都许，融以为宜略依旧制，定王畿，正司隶所部为千里之封，乃引公卿上书言其义。是时天下草创，曹、袁之权未分，融所建明，不识时务。"此谓孔融上书时间在建安初年，与袁宏、范晔所载不同，疑误。

融作与曹公论盛孝章书。

文选卷四一载此书，题下注引虞预会稽典录曰："盛宪字孝章，器量雅伟，举孝廉，补尚书郎，迁吴郡太守，以疾去官。孙策平定吴、会，诛其英豪。宪素有名，策深忌之。初，宪与少府孔融善，忧其不免祸，乃与曹公书，由是征为〔骑〕都尉，诏命未至，果为权所害。”书中有云：“岁月不居，时节如流，五十之年，忽焉已至。公为始满，融又过二。”则决其为是年所作无疑。

陈琳约四十八岁。袁尚遣琳等乞降，曹操拒绝。

魏志武帝纪建安九年：“夏四月，留曹洪攻邺，……秋七月，尚还救邺。……夜遣兵犯围，公逆击破走之，遂围其营。未合，尚惧，遣故豫州刺史阴夔及陈琳乞降，公不许，为围益急。”又见后汉书袁绍传。

阮瑀约三十八岁。

徐干三十四岁。

刘桢约三十岁。

应玚约三十岁。

王粲二十八岁。

建安十年乙酉（二〇五）

是年，曹操平定冀州全境，始居邺。

孔融五十三岁。

陈琳约四十九岁，归曹操，为司空军谋祭酒，管记室。

魏志王粲传：“袁氏败，琳归太祖。太祖谓曰：‘卿昔为本初移书（按，指为袁绍檄豫州），但可罪状孤而已，恶恶止其身，何乃上及父祖邪？’琳谢罪，太祖爱其才而不咎。……太祖并以琳、瑀为司空军谋祭酒，管记室，军国书檄，多琳、瑀所作也。”文选卷四四陈琳为袁绍檄豫州李善注引魏志于“琳谢罪”下有“曰矢在弦上不可不发”九字，北堂书钞一〇三引献帝春秋同，惟“不可”作“不得”。按，后汉书献帝纪，建安九年曹操破袁尚，十年破袁谭。又时为司空军谋祭酒管记室者，除琳、瑀，尚有路粹。见魏志王粲传注引典略。

群书治要卷二六载魏志王粲传，于“琳谢罪”下小注引文士传曰："琳谢曰：'楚、汉未分，蒯通进策于韩信；乾时之战，管仲肆力于子纠。唯欲效计其主，取祸一时。故跖之客，可使刺由；桀之犬，可使吠尧也。今明公必能追贤于忿后，弃愚于爱前，四方革命，而英豪托心矣。唯明公裁之。'太祖爱才而不咎也。"

魏志王粲传注引鱼豢典略："琳作诸书及檄，草成呈太祖。太祖先苦头风，是日疾发，卧读琳所作，翕然而起曰：'此愈我病。'数加厚赐。"

阮瑀约三十九岁。

徐干三十五岁。

刘桢约三十一岁。

应玚约三十一岁，随曹操北征幽州，作撰征赋。

撰征赋载本集，其云："奋皇佐之丰烈，将亲戎乎幽邻。飞龙旗以云曜，披广路而北巡。……辞曰：烈烈征师，寻遐庭兮。悠悠万里，临长城兮。周览郡邑，思既盈兮。嘉想前哲，遗风声兮。"皇佐，指司空曹操。按，此赋所咏，盖为建安十年曹操北征幽州事。魏志武帝纪，是年四月，故安赵犊、霍奴等杀幽州刺史、涿郡太守，三郡乌丸攻鲜于辅于犷平；八月，曹操征之，斩犊等，乃渡潞河救犷平，乌丸奔走出塞。犷平属幽州渔阳郡，渔阳郡紧毗冀州北境，故赋称"幽邻"、"北巡"；又长城横贯其境，赋辞乃有"临长城"之言。末"嘉想前哲"二句，盖用张堪事。后汉书张堪传，堪为渔阳太守，有美政，"视事八年，匈奴不敢犯塞"。盖时因乌桓被逐出塞，而联想张堪其事。是则赋意与时事皆相吻合，当玚从征幽州而有是作。

王粲二十九岁，仍在荆州。

艺文类聚卷八一、太平御览卷五五九引异苑："魏武北征蹋顿，升岭眺瞩，见一岗不生百草。王粲曰：'是古冢。此人在世服矾石死，而石生热，蒸出外，故卉木燋灭。'即令凿看，果得大墓，有矾石满茔。仲宣博识强记，皆此类也。一说，粲在荆州，从刘表登彰山见此异。按，魏武之平乌丸，粲犹在荆南，此言为谲。"今从一说，姑志于此，以广见闻。

曹叡生。（据魏志明帝纪裴松之注。）

建安十一年丙戌（二〇六）

孔融五十四岁。

陈琳约五十岁。

阮瑀约四十岁。

徐干三十六岁。

刘桢约三十二岁。

应玚约三十二岁。

王粲三十岁。

建安十二年丁亥（二〇七）

孔融五十五岁，作书嘲曹操北征乌桓。

后汉书孔融传："后操讨乌桓，又嘲之曰：'大将军远征，萧条海外。昔肃慎不贡楛矢，丁零盗苏武牛羊，可并案也。'"按，北征乌桓事，据魏志武帝纪在建安十二年。

曹操制酒禁，融频书争之，辞多侮慢。操外虽宽宏，内不能平。郗虑希旨，以法免融官。

后汉书孔融传："时年饥兵兴，操表制酒禁，融频书争之，多侮慢之辞。既见操雄诈渐著，数不能堪，故发辞偏宕，多致乖忤。……操疑其所论建渐广，益惮之。然以融名重天下，外相容忍，而潜忌正议，虑鲠大业。山阳郗虑承望风旨，以微法奏免融官。"今存融难曹公禁酒书二篇，载本集。按，"是年饥兵兴"紧承上融嘲曹操征乌桓事,则其难酒禁书当是建安十二年之所作。

魏志崔琰传注引张璠汉纪:"(融)又天性气爽,颇推平生之意,狎侮太祖。太祖制酒禁,而融书嘲之曰:'天有酒旗之星,地列酒泉之郡,人有旨酒之德,故尧不饮千锺,无以成其圣。且桀纣以色亡国,今令不禁婚姻也。'太祖外虽宽容,而内不能平。御史大夫郗虑知旨,以法免融官。"又见北堂书钞卷一四八引孔融别传。按,融以建安十三年拜太中大夫后被杀,则其免少府事亦在本年。

曹操作书与融,劝其与郗虑和好,融作答。

后汉书孔融传:"山阳郗虑承望风旨,以微法奏免融官。因显明雠怨,操故书激厉融曰:'……往闻二君有执法之平,以为小介,当收旧好;而怨毒渐积,志相危害,闻之怃然,中夜而起。……孤与文举既非旧好,又于鸿豫亦无恩纪,然愿人之相美,不乐人之相伤,是以区区思协欢好。又知二君群小所构,孤为人臣,进不能风化海内,退不能建德和人,然抚养战士,杀身为国,破浮华交会之徒,计有馀矣。'融报曰:'……融与鸿豫州里比郡,知之最早。虽尝陈其功美,欲以厚于见私,信于为国,不求其覆过掩恶,有罪望不坐也。前者黜退,欢欣受之。……知同其爱,训诲发中。虽懿伯之忌,犹不得念,况恃旧交,而欲自外于贤吏哉?……'"据融答书"前者黜退,欢欣受之"之语,知操、融二人书信往来时,融已被免官矣。

后汉书孔融传注引虞浦江表传:"献帝尝时见虑及少府孔融。问融曰:'鸿豫何所优长?'融曰:'可与适道,未可与权。'虑举笏曰:'融昔宰北海,政散人流,其权安在?'遂与融互相长短,以至不穆。曹操以书和解之。"

陈琳约五十一岁，从征乌桓，作神武赋。

赋载本集。其序云："建安十二年，大司空武平侯曹公东征乌丸，六军被介，云辎万乘，治兵易水，次于北平。……"赋云："……旆既轶乎白狼，殿未出乎卢龙。……单鼓未伐，虏已溃崩。克俊馘首，枭其魁雄。……"按，魏志武帝纪，曹操于是年五月至无终，七月引军出卢龙塞，八月登白狼山，斩蹋顿名王以下。此赋所叙与史相合，当作于平定乌桓之后。

阮瑀约四十一岁，从征乌桓，曹操命瑀议立齐桓公祠。

北堂书钞卷六九引魏武褒赏令："别部司马付（当作"侍"）其衙（当作"衡"）请立齐桓公神堂，令使记室阮瑀议之。"水经注卷二六淄水注云："桓公冢东山下女水原有桓公祠，侍其衡奏魏武王所立，曰：'近日路次齐郊，瞻望桓公坟垄，在南山之阿，请为主祀（一作"祠"），为块然之主。'"此亦见北堂书钞卷九四，文字稍略。按，汉制，大将军营五部，部军司马一人，其别营领属为别部司马，出征时置，事讫而罢。是则侍其衡之请立齐桓公祠当随曹操大军出征，途次青州齐国之际。检魏志武帝纪，曹操于建安中并无出征青州之记载，惟邴原传注引原别传云"太祖北伐三郡单于，还住昌国"，昌国属青州齐国，在临菑西南约一百里，与齐桓公墓相近。盖曹操战败乌桓，由柳城还住昌国，其别部司马道次临菑，有请立齐桓公祠事，乃命阮瑀议之，则瑀亦当随征乌桓。

徐干三十七岁，应命归曹操，为司空军谋祭酒，或在是年。

中论序："（干）以发疾疢，潜伏延年。会上公拨乱，王路始辟，遂力疾应命，从戍征行。"按，上公，谓司空曹操。据本年阮瑀谱，知时曹操曾入青州，干之应命从征或始于此。又魏志王粲传："干为司空军谋祭酒掾属，五官将文学。"盖干一归曹操，即辟为司空军谋祭酒。魏志此文"掾属"上当脱"丞相"二字。干为丞相掾属为下年事。

刘桢约三十三岁。

应玚约三十三岁。

王粲三十一岁。

曹操遣使者用金璧赎回蔡文姬。(据江耦曹操年表引郭沫若说。)

建安十三年戊子(二〇八)

是年,曹操为丞相。

孔融五十六岁,复拜太中大夫,作上章谢大中大夫。融虽居家失势,宾客日满其门。

后汉书孔融传:"岁馀,复拜太中大夫。……及退闲职,宾客日盈其门。常叹曰:'坐上客恒满,尊中酒不空,吾无忧矣。'"魏志崔琰传注引张璠汉纪"及退闲职"作"居家失势","常叹曰"上有"爱才乐酒"一句,馀同。

融上章谢大中大夫,见建安七子佚文存目考。

融终为曹操所杀,作临终诗。妻子皆被诛。

后汉书孔融传:"曹操既积嫌忌,而郗虑复构成其罪,遂令丞相军谋祭酒路粹枉状奏融曰:'少府孔融,昔在北海,见王室不静,而招合徒众,欲规不轨,云"我大圣之后,而见灭于宋,有天下者,何必卯金刀"。及与孙权使语,谤讪朝廷。又融为九列,不遵朝仪,秃巾微行,唐突宫掖。又前与白衣祢衡跌荡放言,云"父之于子,当有何亲?论其本意,实为情欲发耳。子之于母,亦复奚为?譬如寄物缻中,出则离矣"。既而与衡更相赞扬。衡谓融曰:"仲尼不死。"融答曰:"颜回复生。"大逆不道,宜极重诛。'书奏,下狱弃市。时年五十六。妻子皆被诛。"献帝纪:建安十三年,"八月壬子,曹操杀太中大夫孔融,夷其族。”按，后汉书札记曰：“融有女，适羊续子上党太守衜，即晋太傅羊祜之父。晋书祜传云：‘祜前母孔融女，生兄发，官至都督淮北护军。’”据此，知孔融血脉未绝。本集载临终诗一首。

袁宏后汉纪卷三〇：“初，操以谷少禁酒，太中大夫孔融以为不可，与操相覆疏，因以不合意。时中州略平，惟有吴、蜀。融曰：‘文德以来之。’操闻之怒，以为怨诽浮华，乃令军谋祭酒路粹傅致其罪。”

世说新语言语篇注引魏氏春秋：“融对孙权使有讪谤之言，坐弃市。”又引世语：“魏太祖以岁俭禁酒，融谓‘酒以成礼，不宜禁’。由是惑众，太祖收置法焉。”

魏志崔琰传：“初，太祖性忌，有所不堪者，鲁国孔融、南阳许攸、娄圭，皆以恃旧不虔见诛。”

魏志王修传注引魏略：“太祖为司空，威德日盛，而融故以旧意，书疏倨傲。(脂)习常责融，欲令改节，融不从。会融被诛，当时许中百官先与融亲善者，莫敢收恤，而习独往抚而哭之曰：‘文举，卿舍我死，我当复与谁语者？’哀叹无已。太祖闻之，收习，寻以其事直见原。”

魏志崔琰传注引魏氏春秋：“融有高名清才，世多哀之。太祖惧远近之议也，乃令曰：‘太中大夫孔融既伏其罪矣，然世人多采其虚名，少于核实，见融浮艳，好作变异，眩其诳诈，不复察其乱俗也。此州（按，当指荆州）人说平原祢衡受传融论，以为父母与人无亲，譬若缻器，寄盛其中，又言若遭饥馑，而父不肖，宁赡治馀人。融违天反道，败伦乱理，虽肆市朝，犹恨其晚。更以此事列上，宣示诸军将校掾属，皆使闻见。’”

太平寰宇记卷一二二“扬州江都县”下：“孔融墓在高士场西北，去州九里。”又卷三“河南道河南府”引戴延之西征记谓，邙山有孔融冢。

后汉书孔融传云：融"性好学，博涉多该览"。又云："性宽容少忌，好士，喜诱益后进。……融闻人之善，若出诸己，言有可采，必演而成之，面告其短，而退称所长，荐达贤士，多所奖进，知而未言，以为己过，故海内英俊皆信服之。"

意林卷四引姚信士纬："孔文举金性太多，木性不足，背阴向阳，雄倬孤立。"

抱朴子外篇清鉴："孔融、边让，文学邈俗，而并不达事务，所在败绩。"

陈琳约五十二岁。是年，曹操南征刘表，琳从征，预赤壁之役。

本集载神女赋有云："汉三七之建安，荆野蠢而作仇。赞皇师以南假，济汉川之清流。"谓琳随曹操南征刘表。按，魏志武帝纪，是年七月曹操南征刘表，九月进军江陵，至赤壁，与孙权、刘备战，年末败还。陈琳既随军南征，自当预赤壁之役。又按，此赋之"汉三七"，乃术数家之言，即所谓"汉有三七之厄"者也，不可据以定南征之年。

阮瑀约四十二岁，为曹操作书与刘备。

魏志王粲传裴松之注："典略载太祖初征荆州，使瑀作书与刘备。"按，典略所载之书，疑即本集中为魏武与刘备书。

太平御览卷六〇〇引金楼子："刘备叛走，曹操使阮瑀为书与刘备，马上立成。"按，刘备叛曹操出走，事在建安四年，见魏志武帝纪。又据典略，瑀马上具草，事在十六年西征韩遂之时，见该年谱。萧绎所言皆与典略未合，不知其所本，姑录以备考。

瑀从征刘表，预赤壁之役。

本集载纪征赋有云："惟荆蛮之作雠，将治兵而济河。遂临河而就济，瞻禹迹之茫茫。”按，此次南征，由邺而之荆州，须过黄河，故赋有此云。阮瑀预赤壁之役，当与陈琳同。

徐干三十八岁，辟为丞相掾属，从征刘表，预赤壁之役。

干辟为丞相掾属，盖与刘桢、应玚同时，详下。

本集载序征赋有云：“余因兹以从迈兮，聊畅目乎所经。……沿江浦以左转，涉云梦之无陂。……揽循环其万艘，亘千里之长湄。行兼时而易节，迄玄气之消微。”按，北堂书钞卷一五一引英雄记有“曹公赤壁之败，至云梦大泽”之语，赋之所叙当是赤壁事；又赤壁之败在是年冬末，故赋有“迄玄气之消微”云，时令亦合，知时干征从在军。

刘桢约三十四岁，辟为丞相掾属，从征刘表，预赤壁之役。

魏志王粲传：“玚、桢各被太祖辟为丞相掾属。”按，武帝纪，建安十三年夏六月曹操以司空为丞相。此二人辟为丞相掾属，盖在其时。

本集载赠五官中郎将诗四首其一云：“昔我从元后，整驾至南乡。”文选卷二三李善注此诗曰：“元后，谓曹操也。至南乡，谓征刘表也。”又遂志赋自叙其经历云：“捎吴夷于东隅，掣叛臣乎南荆。”捎吴夷，谓征孙权，此盖指赤壁之战。掣叛臣，谓征刘表。又谢灵运拟魏太子邺中集诗八首刘桢诗亦云：“北渡黎阳津，南登纪郢城。”上句当指建安五年攻邺事，下句则谓是年从征刘表之所经。

应玚约三十四岁，辟为丞相掾属，从征刘表，预赤壁之役。

谢灵运拟魏太子邺中集诗八首应玚诗代叙玚之生平云：“天下苦未定，托身早得所。官渡厕一卒，乌林预艰阻。”乌林，在长江北岸，与赤壁相对，曹军溃败于此，知玚亦预其役。

是年，曹丕亦从征荆州，有述征赋。曹植或亦同行。

艺文类聚卷五九引曹丕述征赋云："建安之十三年，荆楚傲而弗臣。命元司以简旅，予愿奋武乎南鄀。"则丕时从征，当无可疑。又云："□（四库本作"经"）南野之旧都，聊弭节而容与。遵往初之旧迹，顺归风以长迈。"南野旧都，指荆州之江陵。则此次返师时，又曾在江陵逗留。曹植求自试表云："臣昔从先武皇帝，南极（一作"至"）赤岸，……伏见所以行军用兵之势，可谓神妙矣。"赵一清三国志补注曰："赤岸，赤壁也。谓征刘表。赤壁作赤圻，则岸字或圻之误。"

王粲三十二岁，劝说刘琮归降曹操。

魏志王粲传："表卒。粲劝表子琮，令归太祖。"裴注：文士传载粲说琮曰："仆有愚计，愿进之于将军，可乎？"琮曰："吾所愿闻也。"粲曰："天下大乱，豪杰并起，在仓卒之际，强弱未分，故人各各有心耳。当此之时，家家欲为帝王，人人欲为公侯。观古今之成败，能先见事机者，则恒受其福。今将军自度，何如曹公邪？"琮不能对。粲复曰："如粲所闻，曹公故人杰也。雄略冠时，智谋出世，摧袁氏于官渡，驱孙权于江外，逐刘备于陇右，破乌丸于白登，其馀枭夷荡定者，往往如神，不可胜计。今日之事，去就可知也。将军能听粲计，卷甲倒戈，应天顺命，以归曹公，曹公必重德将军。保己全宗，长亨福祚，垂之后嗣，此万全之策也。粲遭乱流离，托命此州，蒙将军父子重顾，敢不尽言！"琮纳其言。魏志武帝纪，建安十三年"九月曹操到新野，琮遂降"。按，文士传所载，多有夸饰不实之言，未可全信，然曹植王仲宣诔云："我公奋钺，耀威南楚。荆人或违，陈戎讲武。君乃义发，算我师旅。高尚霸功，投身帝宇。斯言既发，谋夫是与。是与伊何？响我明德。投戈编、鄀，稽颡汉北。"则其劝说综降操事则为真。又魏志裴潜传："裴潜避乱荆州，刘表待以宾礼。潜私谓所亲王粲、司马芝曰：'刘牧非霸王之才，乃欲西伯自处，其败无日矣。'遂南适长沙。"事当在劝降之前。江陵受封后，粲尝奉觞贺曹操云："刘表雍容荆楚，坐观时变，自以为西伯可规。士之避乱荆州者，皆海内之俊杰也；表不知所任，故国危而无辅。"与裴潜所见略同，又粲不为刘表所重，对表早不满于心，劝降之事不可谓无因。

粲归降曹操后，随军往江陵，道经当阳，登麦城城楼而作登楼赋。又有七哀诗"荆蛮非我乡"一首。

登楼赋载本集。按，粲所登之楼，文选卷一一李善注此赋引盛弘之荆州记曰："当阳城楼，王仲宣登之而作赋。"谓在当阳。五臣刘良注曰："仲宣避难荆州，依刘表，遂登江陵城楼，因怀归而有此作。"则以为在江陵。二说均非。水经沮水注云："沮水又南径楚昭王墓，东对麦城，故王仲宣之赋登楼云'西接昭丘'是也。"已隐然指所登为麦城之楼。同书漳水注又云："漳水又南径当阳县，又南径麦城东，王仲宣登其东南隅，临漳水而赋之曰：'夹清漳之通浦，倚曲沮之长洲。'是也。"则确然明言粲之所登为麦城城楼。检太平寰宇记卷一四六"荆门军当阳县"下曰："麦城，荆州图副云：故老相传云是楚昭王所筑，王仲宣登其东南隅，故其赋云'挟清漳之通浦，倚曲沮之长洲'。"郦说盖本荆州图副，且与粲赋所叙楼之地望相符，今从之。又庾信哀江南赋述江陵陷落，于西魏长安遇见被俘之梁朝士人，有云："逢赴洛之陆机，见离家之王粲。"陆机，吴亡赴洛阳归晋，作有赴洛道中诗，是为降臣。"离家"，据倪璠注，指登楼赋。然则，粲之作登楼赋应与陆机作赴洛诗时身份相同，均属降臣，不然庾赋以此二人喻梁朝被俘士人，便有拟人不伦之病。登楼赋中粲又以锺仪、庄舄自况，一为降俘，一为去国易主之臣，则粲其时之身份更不言自明矣。查粲生平，符合此种身份者，唯在建安十三年归降曹操之时。考史，是年九月刘琮降，曹操以江陵有军实，恐刘备居之，乃将精骑急追之，及于当阳长坂，大获其人众辎重，遂进军江陵。时粲既降操，必当随军从行，至长坂军事行动已基本结束，故得暇于道中登麦城之楼，从容作赋。赋言"向北风而开襟"、"风萧瑟而并兴"，明在秋冬之际，时令正合。曹操至江陵，方依韩嵩品条，擢用荆州名士，而前此，粲以降俘之身，未有授任，前途未卜，既有希求，亦有忧虑，"惧匏瓜之徒悬兮，畏井渫之莫食"，此之谓也。粲自来荆州，首尾迄十六年，与赋"遭纷浊而迁逝兮，漫逾纪以迄今"，亦相符。登楼赋盖作于是年。又本集载七哀诗"荆蛮非我乡"一首。其内容与此赋相近，或为同时之作。

军至江陵，粲以说刘琮功，辟为丞相掾，赐爵关内侯。后预赤壁之役。

魏志王粲传："太祖辟为丞相掾，赐爵关内侯。"武帝纪：建安十三年九月"进军江陵，下令荆州吏民与之更始，乃论荆州服从之功，侯者十五人"。粲之受封盖在其时。又曹植王仲宣诔云："我公实嘉，表扬京国。金龟紫绶，以彰勋则。"曹操自新野轻军追刘备，到襄阳即过，未作稽留。据曹诔，封侯之事曾表奏许京，公文往复须待时日，故粲之受封必在江陵无疑。其后粲随军预赤壁之役。

按，粲在荆州十六年，刘表虽爱其才，但不甚重用，故曹植王仲宣诔云："身穷志达，居鄙行鲜。……潜处蓬室，不干势权。"然在此时期，粲著述颇丰，除上谱所列诸篇，可考之者尚有赠蔡子笃诗，又太平御览卷六〇二引金楼子谓粲昔在荆州"著书数十篇"，此数十篇疑是子书，详见建安七子著作考。又海录碎事卷一九云："王仲宣流落荆南，多有名士入问诗律，故杜诗云'诗律群公问'。"其所本盖自杜诗所谓苏轼注，见分门集注杜工部诗卷二二承沈八丈东美诗，未足可信，姑录以存考。

建安十四年己丑（二〇九）

陈琳约五十三岁，随军由赤壁经江陵，还至襄阳，作有神女赋。

说详本年王粲谱。

阮瑀约四十三岁。

徐干三十九岁。

刘桢约三十五岁。

十二月，军由合肥还谯。曹丕夜宴众宾，桢赠五官中郎将诗四首其一记其事。

桢集载赠五官中郎将诗四首，其一云："昔我从元后，整驾至南乡。过彼丰沛都，与君共翱翔。四节相推斥，季冬风且凉。众宾会广坐，明镫熺炎光。……"文选卷二三李善注此诗曰："丰沛，汉高祖所居，以喻谯也。君，谓五官也。"按，据魏志武帝纪，是年三月军至谯，七月出肥水军合肥，十二月由合肥还谯。由"季冬风且凉"句，知在十二月，与军还谯时相符。

全三国诗卷一载曹丕于谯作诗云："清夜延贵客，明烛发高光。……穆穆众君子，和合同乐康。"其所咏与桢诗同。"众君子"中，疑包括琳、瑀、干、粲、桢、玚六人，或亦有曹植在焉。

应玚约三十五岁，亦由赤壁经江陵还至襄阳，作有神女赋。

说见本年王粲谱。

王粲三十三岁，由赤壁随军还，至襄阳，曹操置酒汉滨，粲奉觞贺操，称其能引用贤俊。

魏志王粲传："太祖辟为丞相掾，赐爵关内侯。太祖置酒汉滨，粲奉觞贺曰：'……明公定冀州之日，下车即缮其甲卒，收其豪杰而用之,以横行天下;及平江、汉,引其贤俊而置之列位,使海内回心,望风而愿治,文武并用,英雄毕力,此三王之举也。'"按,据"及平江、汉"二句,可知粲之奉觞贺操,当在江陵论功封荆州名士之后无疑。又据史及徐干序征、曹丕述征等赋,赤壁败后,操引军出云梦泽,走华容道,至南郡江陵,又北上襄阳,于十四年三月乃还谯。是则置酒汉滨当是回军途次襄阳之所为,盖在是年正月。通鉴考异谓"操恐刘备据江陵,至襄阳即过,日行三百里,引用名士,皆至江陵后所为,不得更置酒汉滨",以疑粲传记事有误,其不知此为回师途中事,未深考耳。

二月,粲与陈琳、应玚等各作神女赋。

粲诸人神女赋皆各载其本集。陈琳神女赋云:"汉三七之建安,荆野蠢而作仇。赞皇师以南假,济汉川之清流。感诗人之悠叹,想神女之来游。"按,赋以随征荆州起首,点明来汉水因由。神女故事见文选张衡南都赋李善注引韩诗内传。水经注卷二八沔水注:"沔(汉)水东迳万山北……山下水曲之隈,云汉女昔日游处也。"则是王粲故居所在之处。盖粲等游汉水,有感游女之事,乃各拟宋玉神女赋而有是作。琳赋又云:"感仲春之和节,叹鸣雁之噰噰。"知在二月,亦与曹操还襄阳时间相合。又,杨修亦有神女赋,或同时所作。

三月,曹操引军至谯。粲初征赋有叙其途中事。

魏志武帝纪:"十四年春三月,军至谯。"盖由襄阳还。谯,为曹操故里,后汉属豫州。

粲集载初征赋,首自言避难荆州,其下云:"赖皇华之茂功,清四海之疆宇。超南荆之北境,践周、豫之末畿。野萧条而骋望,路周达而平夷。春风穆其和畅兮,庶卉焕以敷蕤。行中国之旧壤，实吾愿之所依。”皇华，指曹操。荆州之北境，为南阳郡。周，指东、西二周之地。秦始皇灭二周，置三川郡，后汉为司州。周、豫之末畿，指豫州与司州接壤之处。是粲此行与曹操自襄阳北还谯之路线相符。又“春风穆其和畅”云云，时令亦合。知赋之所叙当是途中情景。至于此赋下文“当短景之炎阳”云云，疑是叙入谯以后之事，惜赋遭删残，难悉其详。

按，瑀之纪征、干之序征、粲之初征及丕之述征诸赋，皆叙南征荆州事。诸赋已遭删节，非完篇，然合而观之，此行往返路线历历可辨，或回谯后一时唱和之作。邺下文人集团以诗赋酬酢、同题唱和为重要特征，盖形成于此时。

七月，曹操引军自涡入淮。曹丕命粲同作浮淮赋。

魏志武帝纪建安十四年：“三月，军至谯。作轻舟，治水军。秋七月，自涡入淮，出肥水，军合肥。”曹丕浮淮赋序云：“建安十四年，王师自谯东征，大兴水运，泛舟万艘。时余从行，始入淮口，行泊东山，睹师徒，观旌帆，赫哉盛矣！……乃作斯赋云。命王粲同作。”粲赋已载本集。

建安十五年庚寅（二一〇）

陈琳约五十四岁。

阮瑀约四十四岁。

徐干四十岁。

刘桢约三十六岁。

应玚约三十六岁。

王粲三十四岁。

阮籍生。（据晋书阮籍传。）

是年冬，作铜雀台。

建安十六年辛卯（二一一）

是年，曹丕为五官中郎将，丞相副。曹植为平原侯。

陈琳约五十五岁，预南皮及邺中游宴事，作宴会诗。又作止欲赋。

说见本年阮瑀谱。按，据魏志王粲传，琳以司空军谋祭酒徙门下督，其始徙之年未详，要当在建安十三年曹操为丞相之后。

阮瑀约四十五岁，五月，与吴质等随曹丕游南皮。

魏志王粲传注引魏略："（吴）质出为朝歌长，又迁元城令。其后大军西征（按，当指建安二十年，西征张鲁），太子南在孟津小城，与（吴）质书曰：'……每念昔日南皮之游，诚不可忘。既妙思六经，逍遥百氏，弹棋间设，终以博弈，高谈娱心，哀筝顺耳。驰骛北场，旅食南馆，浮甘瓜于清泉，沈朱李于寒水。皦日既没，继以朗月，同乘并载，以游后园，舆轮徐动，宾从无声，清风夜起，悲笳微吟，乐往哀来，凄然伤怀。……今果分别，各在一方。元瑜长逝，化为异物，每一念至，何时可言？方今蕤宾纪辰，景风扇物，天气和暖，众果具繁。……节同时异，物是人非，我劳如何！……'"按，太平寰宇记卷六五"沧州南皮县"下曰："宴友台在县东二十五里。魏志云文帝为五官中郎将与吴质重游南皮，筑此台宴友。"筑宴友台当是丕书所谓"南皮之游"时所为。据魏志，建安十六年曹丕为五官中郎将，十七年阮瑀卒，又据丕书"方今蕤宾纪辰"、"节同时异"等语，知南皮之重游，当在是年仲夏五月。其时瑀或已为丞相仓曹掾属。

又王粲传裴松之注："太子即王位（按，当在建安二十五年），又与质书曰：'南皮之游，存者三人，烈祖龙飞，或将或侯。今惟吾子，栖迟下仕，……'"按，"烈祖龙飞"当"烈、丹龙飞"之误，由文选卷二五傅咸赠何劭王济诗注引质答文帝笺"曹烈、曹丹，……其龙飞凤翔，实其分也"可证。曹烈，即曹休字文烈；

曹丹，即曹真字子丹。又，南皮，属渤海郡。曹操于建安十年攻袁谭于南皮，斩之。又"尝于南皮一日射雉获六十三头"，见魏志武帝纪及裴松之注引魏书。是此所谓"南皮之游"有曹休、曹真参与者，乃建安十年事，与上建安十六年"南皮之游"，词同而义别，故太平寰宇记卷六五引魏志谓彼为"重游"是也，二者不可混同为一。宋书谢灵运传论云："降及元康，潘、陆特秀，……缀平台之逸响，采南皮之高韵。遗风馀烈，事极江右。"盖此游南皮，及回邺后又继续行乐，当此之际，诸文士多有诗文之作，故沈约统称之"南皮高韵"耳。然则，除曹丕、阮瑀外，陈琳、徐干、王粲、刘桢、应玚及曹植等人亦预其事，参见下条谱文。

六月，瑀等六子又陪侍曹丕、曹植兄弟在邺中宴游，各有诗作。

初学记卷一〇引魏文帝集曰："为太子时，北园及东阁、讲堂并赋诗，命王粲、刘桢、阮瑀、应玚等同作。"按，此当后人编魏文帝集时所加之诗叙。曹丕于建安二十二年为太子，阮瑀亡于建安十七年，此既云同作者有瑀，则"太子"二字当编集人所追书。今据此诗叙所言，细按诸集，将可定为此次宴游所作之篇什，叙列于后：

全三国诗卷一载曹丕善哉行"朝日乐相乐"，题下丁福保注云："初学记（卷一四）载第一解，题云'于讲堂作'。"黄节魏文帝诗注谓"'于讲堂作'四字，当指全篇言，不得独指第一解也"。其一解云："朝日乐相乐，酣饮不知醉。悲弦激新声，长笛吐清气。弦歌感人肠，四坐皆欢悦。寥寥高堂上，凉风入我室。"写宴饮。又其四解云："慊慊下白屋，吐握不可失。众宾饱满归，主人苦不悉。"丕以周公自况。曹丕又作有东阁诗，仅存"高山吐庆云"一句，见文选江淹杂体诗颜特进侍宴诗注引，馀无考。

粲集载公宴诗,其云:“昊天降丰泽,百卉挺葳蕤。凉风撤蒸暑,清云却炎晖。高会君子堂,并座荫华榱。……常闻诗人语,不醉且无归。……愿我贤主人,与天享巍巍。克符周公业,奕世不可追。”文选卷二〇李善注此诗曰:“主人,谓太祖也。”又曰:“此诗侍曹操宴。”误。由上引曹丕诗可知,此处周公当喻丕也。又曹植文中亦有以周公喻丕者,其娱宾赋云:“欣公子之高义,得芬芳其若兰。扬仁恩于白屋兮,逾周公之弃餐。”公子指丕,即是其证。然则,粲此诗当侍曹丕宴也。又由诗中“昊天”、“蒸暑”、“炎晖”等词可知,时在夏六月。琳集载宴会诗:“凯风飘阴云,白日扬素晖。良友招我游,高会宴中闱。玄鹤浮清泉,绮树焕青蕤。”此“凯风”与粲诗“昊天”时令相合。

玚集载侍五官中郎将建章台集诗,其云:“……公子敬爱客,乐饮不知疲。……为且极欢情,不醉其无归。凡百敬尔位,以副饥渴怀。”其意趣与粲诗略同。题所云建章台,疑即铜雀台。艺文类聚卷六二载繁钦建章凤阙赋,其叙建章凤阙之地理、形制与左思魏都赋说铜雀台相符,岂建章台或为铜雀台之初名邪?

玚集又载公宴诗云:“巍巍主人德,嘉会被四方。开馆延群士,置酒于新堂。”此“新堂”,指丕集诗叙所谓讲堂,盖与铜雀台皆新城,故称。

全三国诗卷二载曹植侍太子坐,其云:“白日曜青春,时雨静飞尘。寒冰辟炎景,凉风飘我身。清醴盈金觞,肴馔纵横陈。齐人进奇乐,歌者出西秦。翩翩我公子,机巧忽若神。”题“太子”当是后来追改,由诗中称“公子”可证。

瑀集载公宴诗云:“阳春和气动,贤主以崇仁。布惠绥人物,降爱常所亲。上堂相娱乐，中外奉时珍。五味风雨集，杯酌若浮云。”此“阳春”即上引曹植侍太子坐之“青春”，喻贤主温暖如春，非实指。

按，以上诸篇均写宴饮，作于东阁或讲堂。东阁、讲堂似在铜雀台左近。魏志武帝纪，建安十五年冬作铜雀台。

又全三国诗卷一载曹丕善哉行“朝游高台观”，丁福保于题下注云：“艺文类聚（卷二八）作‘铜雀园诗’。”其诗云：“朝游高台观，夕宴华池阴。大酋奉甘醪，狩人献嘉禽。”所云“高台观”，当指铜雀台；华池，即园中芙蓉池也。

丕又有芙蓉池作诗，其云：“乘辇夜行游，逍遥步西园。……丹霞夹明月，华星出云间。……”文选卷四魏都赋张载注：“文昌殿西有铜雀园，园中有鱼池。”此诗所云之“西园”即铜雀园，盖亦魏文帝集诗叙所称之“北园”，以在邺城西北故也。

桢集载公宴诗，其云：“永日行游戏，欢乐犹未央。遗思在玄夜，相与复翱翔。辇车飞素盖，从者盈路傍。月出照园中，珍木郁苍苍。……芙蓉散其华，菡萏溢金塘。……”

全三国诗卷二载曹植公宴诗云：“公子敬爱客，终宴不知疲。清夜游西园，飞盖相追随。明月澄清影，列宿正参差。秋兰被长坡，朱华冒绿池。……”黄节曹子建诗注曰：“此诗盖和魏文帝芙蓉池作。”

按，以上诸篇均作于北园（按，亦即西园），与东阁、讲堂作诗并在同时。据谢灵运拟魏太子邺中集诗八首，预宴而作诗者尚有徐干，今不见干有公宴诗，盖其诗已亡佚不存。

魏志王粲传：“始文帝为五官将，及平原侯植皆好文学。粲与北海徐干字伟长、广陵陈琳字孔璋、陈留阮瑀字元瑜、汝南应玚字德琏、东平刘桢字公干并见友善。”又注引魏略载曹丕与吴质书，其中追忆邺中游宴云："昔日游处，行则同舆，止则接席，何尝须臾相失！每至觞酌流行，丝竹并奏，酒酣耳热，仰而赋诗。当此之时，忽然不自知乐也。"可见曹氏兄弟与此六人常行止相随，诗赋唱和，交往深矣。

是时，曹丕等人又有玄武陂之游，并以斗鸡骑射取乐。全三国诗卷一有丕于玄武陂作，其云："兄弟共行游，驱车出西城。"兄弟，谓丕、植。又云："菱芡覆绿水，芙蓉发丹荣。"知时亦在盛夏。王粲本集有杂诗五首，其二云："吉日简清时，从君出西园。方轨策良马，并驱厉中原。北临清漳水，西看柏杨山。回翔游广囿，逍遥波水间。"又其三云："列车自众驾，相伴绿水湄。幽兰吐芳烈，芙蓉发红晖。百鸟何缤翻，振翼群相追。投网引潜鲤，强弩下高飞。白日已西迈，叹乐忽忘归。"盖与丕诗同时所作。按，玄武陂，即玄武池，在邺西玄武苑内。邺中记曰："漳水南有玄武池，次东北五里有斗鸡台。曹植诗曰：'斗鸡东郊道，走马长楸间。'"（见顾炎武历代宅京记卷一二，所引植诗见名都篇。）曹植及应玚、刘桢皆作有斗鸡诗。植诗云："游目极妙伎，清听厌宫商。主人寂无为，众宾进药方。长筵坐戏客，斗鸡间观房。"玚诗云："戚戚怀不乐，无以释劳勤。兄弟游戏场，命驾迎众宾。二部分曹伍，群鸡焕以陈。"又太平御览卷三五三引曹丕诗"行行游且猎，且猎路南隅"云云，则写游猎事。曹植有白马篇、名都篇，或写骑射之精，或写游宴之欢，盖亦同时所作。凡此，恐皆为南皮及邺中游宴期间之事。庾信杨柳歌写曹氏兄弟云："昔日公子游南皮，何处相寻玄武陂。骏马翩翩西北驰，左右弯弓仰月氏。"隋陈良游侠篇云："东郊斗鸡罢，南皮射雉归。"此之谓也。

按，邺中诸文士，自南皮之游至邺都游宴，其间不足两月，于时所作诗歌，以群体性唱和为主，数量众多，且极具特色，遂将建安文学创作推向高潮。文心雕龙明诗篇云："建安之初，五言腾踊，文帝、陈思，纵辔以骋节；王、徐、应、刘，望路而争驱；并怜风月，狎池苑，述恩荣，叙酣宴，慷慨以任气，磊落以使才；造怀指事，不求纤密之巧；驱辞逐貌，惟取昭晢之能，此其所同也。"刘勰所论，正由此一时期诗歌创作切入，以概括建安诗歌总体特征，借此亦可明了沈约所谓"南皮高韵"之内涵。

受曹丕命，阮瑀与陈琳各作止欲赋，王粲作闲邪赋，应玚作正情赋，刘桢作清虑赋。

诸赋各载本集，皆经删节，较其体式，颇类陶渊明之闲情赋。陶靖节集载闲情赋序云："初张衡作定情赋，蔡邕作静情赋，检逸辞而宗淡泊，始则荡以思虑，而终归闲正。将以抑流宕之邪心，谅有助于讽谏。缀文之士，奕代继作，并因触类，广其辞义。"何公焕注："赋情始楚宋玉，汉司马相如、平子、伯喈继之为定、静之辞。而魏则陈琳、阮瑀作止欲赋，王粲作闲邪赋，应旸（玚）作正情赋，曹植作静思赋，晋张华作永怀赋，此靖节所谓奕世继作，并因触类，广其辞义者也。"然则，诸赋之面目由陶渊明闲情赋序而得以概见。艺文类聚卷二三载曹丕戒盈赋，其序云："避暑东阁，延宾高会，酒酣乐作，怅然怀盈满之戒，乃作斯赋。"其赋有云："何今日之延宾，君子纷其集庭。信临高而增惧，独处满而怀愁。愿群士之箴规，博纳我以良谋。"盖丕既有此言，诸人应命而有其作。时阮瑀既预其事，又丕赋序中有"避暑东阁"句，知与上条之事同在是年夏天。

按，刘桢有清虑赋，载本集。据题意似亦属止欲、正情一类。又繁钦有抑检赋，其残文云："翳炎夏之白日，救隆暑之赫曦。"见文选卷二六潘岳在怀县作诗李善注，当同时所作。

琳为曹操作书与孙权。

书载本集。张可礼三曹年谱谓:“书中有‘离绝以来,于今三年……昔赤壁之役,烧舡自还,以避恶地’等句。赤壁之战在建安十三年,至本年为三年,知书当作于是年。”

七月,随军西征马超,为曹操作书与韩遂。

魏志王粲传裴松之注:“又典略载太祖……及征马超,又使琳作书与韩遂。”按,武帝纪建安十六年:“是时关中诸将疑繇欲自袭,马超遂与韩遂、杨秋、李堪、成宜等叛。……秋七月,公西征。”王粲传注引典略又曰:“太祖尝使琳作书与韩遂,时太祖适近出,琳随从,因于马上具草,书成呈之。太祖揽笔欲有所定,而竟不能增损。”按,时曹植亦随军西征,见其离思赋序。

道过首阳山,与王粲各作文遥吊伯夷、叔齐。

琳有吊伯夷文,载本集,其云:“余以王事,适彼洛师。瞻望首阳,敬吊伯夷。”又粲集亦载吊夷齐文,云:“岁旻秋之仲月,从王师以南征。济河津而长驱,逾芒阜之峥嵘。览首阳于东隅,见孤竹之遗灵。……望坛宇而遥吊,抑悲古之幽情。”琳、粲二文内容相同,盖一时所作。按,太平御览卷四〇引戴延之西征记:“洛东北去首阳山二十里,山上有伯夷、叔齐祠。”殆此行由邺而西,道过首阳山而作此二文。卢弼三国志集解谓吊夷齐文作于建安二十年东征孙权时,恐误。

军自安定还长安,琳与王粲各作咏史诗。

琳、粲二集各有咏史诗二首。其一皆咏三良殉葬秦穆公事,其二为咏荆轲赴秦庭刺秦王事。据魏志武帝纪,曹操于是年十二月自安定还长安,粲、琳二人盖因入秦故地,有感于三良、荆轲事而同咏之。又全三国诗卷二载曹植三良诗一首,余冠英三曹诗选注此诗云:“建安十六年曹植从征马超曾到关中,这篇诗或许是过秦穆公墓吊古之作。”是唱和者尚有曹植。据粲、瑀所作推之,疑植诗已亡去咏荆轲一篇。

徐干四十一岁,为五官将文学,有预邺中游宴事。

魏志王粲传:“干为司空军谋祭酒掾属,五官将文学。”按,司空军谋祭酒无掾属,此传“掾属”上疑脱去“丞相”二字。魏志武帝纪:“(建安)十六年春正月,天子命公世子丕为五官中郎将,置官属。”晋书阎缵传:“昔魏文帝之在东宫,徐干、刘桢为友,文学相接之道并如气类。”

干预邺中游宴事,详本年阮瑀谱。

干作答刘桢诗。

诗载本集。说见本年刘桢谱。锺嵘诗品卷下评徐干诗云:“伟长与公干往复,虽曰以莛扣钟,亦能闲雅矣。”盖指此诗。

后从征马超,有西征赋。

赋载本集,其云:“奉明辟之渥德,与游轸而西伐。过京邑以释驾,观帝居之旧制。伊吾侪之挺劣,获载笔而从师。”京邑、帝居,并指洛阳。按,徐干亡殁以前,凡有西征二次:一在建安十六年西征马超,一在二十年西征张鲁。二十年时干侍曹植于邺,未从征,故其随军西至洛阳当在是年。

刘桢约三十七岁,为五官将文学,预邺中游宴,作公宴诗,又作斗鸡诗。

后汉书文苑传刘梁传注引魏志曰:桢“为司空军谋祭酒,五官将文学,与徐干、陈琳、阮瑀、应玚俱以文章知名”。此不见于今魏志。

世说新语言语篇注引典略曰:“建安十六年,世子为五官中郎将,妙选文学,使桢随侍太子。”知时桢与干同为五官将文学。其预邺中游宴,作公宴诗及斗鸡诗事,详本年阮瑀谱。

桢因失敬被刑，刑竟复为文学。

魏志王粲传："桢以不敬被刑，刑竟署吏。"注引典略曰："文帝尝赐桢廓落带，其后师死，欲借取以为像，因书嘲桢云：'夫物因人为贵。故在贱者之手，不御至尊之侧。今虽取之，勿嫌其不反也。'桢答（按，文载本集，此略）。桢辞旨巧妙皆如是，由是特为诸公子所亲爱。其后太子尝请诸文学，酒酣坐欢，命夫人甄氏出拜。坐中众人咸伏，而桢独平视。太祖闻之，乃收桢，减死输作。"世说新语言语篇注引典略谓，桢平视甄氏事在建安十六年。

水经注卷一六谷水注："……（听讼观）西北华林隶簿，昔刘桢磨石处也。文士传曰：'文帝之在东宫也，宴诸文学，酒酣，命甄后出拜，坐者咸伏，惟桢平视之。太祖以为不敬，送徒隶簿。后太祖乘步牵车乘城降，阅簿作，诸徒咸敬，而桢拒，坐磨石，不动。太祖曰："此非刘桢也！石如何性？"桢曰："石出荆山玄岩之下，外炳五色之章，内秉坚贞之志，雕之不增文，磨之不加莹，禀气贞正，禀性自然。"太祖曰："名岂虚哉！"复为文学。'"按，据郦氏所言，则桢在洛阳受刑，而非邺城。此说存疑。按，桢本集赠五官中郎将诗四首，其二云："余婴沈痼疾，窜身清漳滨。"尚书舜典"窜三苗于三危"，孔安国传曰："殛、窜、放、流，皆诛也。"据此，则窜身，受刑之谓也。因讳言受刑，故诗"余婴沈痼疾"，为假托之辞也。清漳滨在邺城北，似即桢受刑之处。

世说新语言语篇注引文士传："桢性辩捷，所问应声而答。坐平视甄夫人，配输作部，使磨石。武帝至尚方观作者，见桢匡坐正色磨石，武帝问：'石何如？'桢因得喻己自理，跪而对曰：'石出荆山悬岩之巅，外有五色之章，内含卞氏之珍，磨之不加莹，雕之不增文，禀气坚贞，受之自然。顾其理枉屈纡绕，而不得申。'帝顾左右大笑,即日赦之。"此所引文士传桢磨石事,亦见书钞卷一六〇、类聚卷八三、御览卷四六四,与水经注引文士传,文互有异同,当是钞变。

桢与徐干互有诗歌赠答。

时,桢有赠徐干诗二首,载本集。义门读书记文选二评刘桢诗其一云:"魏志云桢以不敬被刑,刑竟署吏。此诗有'仰视白日'之语,疑此时作也。'步出北寺门',或桢方输作于北寺耳。"按,北寺,盖指邺城御史台。参文选魏都赋刘逵注。此言桢收其于北寺,而非输作时事也。何说稍误。干集载答刘桢诗有云:"陶陶朱夏别,草木昌且繁。"知在夏秋之交。

应玚约三十七岁,为平原侯庶子。预邺中游宴,作公宴诗、侍五官中郎将建章台集诗及斗鸡诗。又作正情赋。

魏志王粲传:"玚、桢各被太祖辟为丞相掾属。玚转为平原侯庶子。"据魏志武帝纪注引魏书,是年正月庚辰,曹植封平原侯,盖玚为平原侯庶子亦在其时。

玚预邺中游宴,作公宴诗、侍五官中郎将建章台集诗、斗鸡诗,又作正情赋事,详本年阮瑀谱。

玚从征马超,至洛阳,北还邺,曹植作诗送之。转为五官将文学。

全三国诗卷二载曹植送应氏二首。黄节曹子建诗注谓此诗盖是年从征马超,道过洛阳时所作。魏志王粲传云:"玚转为平原侯庶子,后为五官将文学。"送应氏其二有"我友之朔方"之语,朔方当指冀州邺,时曹丕守邺。盖应玚先以平原侯庶子随军西征,至洛阳,被命转为五官将文学,乃与曹植作别,北上回邺。应玚此行,或与五官将文学刘桢受刑有关。

王粲三十五岁。

是年春,粲与曹植游铜雀园,各作诗互为唱和。

粲本集载杂诗五首，其一云："日暮游西园，冀写忧思情。曲池扬素波，列树敷丹荣。上有特栖鸟，怀春向我鸣。褰衽欲从之，路险不得征。徘徊不能去，伫立望尔形。风飚扬尘起，白日忽已冥。回身入空房，托梦通精诚。人欲天不违，何惧不合并。"文选卷二四曹植赠王粲诗云："端坐苦愁思，揽衣起西游。树木发春华，清池激长流。中有孤鸳鸯，哀鸣求匹俦。我愿执此鸟，惜哉无轻舟。欲归忘故道，顾望但怀愁。悲风鸣我侧，羲和逝不留。重阴润万物，何惧泽不周。谁令君多念，自使怀百忧。"黄节曹子建诗注曰："粲诗或为植而发，植此诗盖拟粲诗作也。"黄说甚是。按，此二诗皆以鸟喻指对方，共诉愿比翼齐飞，携手为伴之情，并对此充满期待。曹植王仲宣诔云："吾与天子，义贯丹青。好和琴瑟，分过友生。庶几遐年，携手同征。"正近此二诗之意。建安十六年正月，植封为平原侯，同年七月，与粲一同从曹操西征马超，则如愿以偿矣。据上所述，系此事于是年春。又疑植诗原亦无题，今作赠王粲诗者，恐为昭明太子所拟。

粲预邺中游宴作公宴诗，又作闲邪赋。说见本年阮瑀谱。

粲为丞相军谋祭酒，从征马超。道中作吊夷齐文。又作咏史诗二首。

魏志王粲传："后迁军谋祭酒。"曹植王仲宣诔云："勋则伊何？劳谦靡已。忧世忘家，殊略卓异。乃署祭酒，与君行止。"皆未详此事年月。按，建安十六年曹植亦从征马超，因与王粲同在军中，故诔文云"与君行止"，则粲署祭酒当在从征之初。又"君"一作"军"，是"乃署祭酒"二句意谓粲始为祭酒，即随军征行，亦通。

征行途中粲作吊夷齐文，又作咏史诗二首，说见本年阮瑀谱中。

粲有征思赋，叙此西征事。

本集载征思赋残句云："在建安之二八，星次步于箕维。"按，箕在析木，汉书律历志："析木……中箕七度，小雪，于夏为十月。"建安十六年十月，曹操军自长安北征杨秋，围安定，秋降。此赋当叙其事。

建安十七年壬辰(二一二)

陈琳约五十六岁。

阮瑀约四十六岁，卒。

魏志王粲传："瑀以(建安)十七年卒。"据魏志武帝纪，曹操于是年正月引军还邺，瑀当卒于邺。

太平御览卷七四二引搜神记曰："阮瑀伤于虺嗅其疮，而双虺出鼻中。"

徐干四十二岁。

刘桢约三十八岁。

应玚约三十八岁。

王粲三十六岁，作阮元瑜诔。又奉曹丕命作寡妇赋。

阮元瑜诔残文载本集。

文选卷一六潘岳寡妇赋序："昔阮瑀既殁，魏文悼之，并命知旧作寡妇之赋。"李善注引曹丕寡妇赋序曰："陈留阮元瑜，与余有旧，薄命早亡。故作斯赋，以叙其妻子悲苦之情，命王粲等并作之。"今存曹丕、王粲及丁廙妻寡妇赋各一首，见艺文类聚卷三四。核之诸赋文意，似作于阮瑀亡年之冬。又粲赋云"指孤孩兮出户"，丁廙妻赋亦谓"抱弱子以自慰"，孤孩弱子，盖谓阮籍，时年三岁。又粲集有思友赋，其所思之友或即阮瑀，亦为此时作。

粲从征孙权，至谯为荀彧作与孙权檄。

后汉书荀彧传："十七年，……会（操）南征孙权，表请彧劳军于谯，因表留彧曰：'……臣今当济江，奉辞伐罪。……使持节侍中守尚书令万岁亭侯彧，国之重臣，德洽华夏，既停军所次，便宜与臣俱进，宣示国命，威怀丑虏。军礼尚速，不及先请，臣辄留彧，依以为重。'书奏，帝从之，遂以彧为侍中、光禄大夫，持节，参丞相军事。"魏志荀彧传同。粲为荀彧与孙权檄残文载本集，此檄盖即曹操表所称"宣示国命，威怀丑虏"者，当作于荀彧来谯劳军之后。据魏志武帝纪，曹操征孙权在是年十月。按，其时曹丕、曹植兄弟皆随军从征，见张可礼三曹年谱。

建安十八年癸巳（二一三）

是年，曹操封为魏公，建社稷宗庙。

陈琳约五十七岁，作武猎赋。

说见本年王粲谱。

徐干四十三岁，作七喻。

说见本年王粲谱。

刘桢约三十九岁，作大阅赋。

说见本年王粲谱。

应玚约三十九岁，随军征吴还，由谯至邺，道中作愁霖赋、喜霁赋。又作西狩赋。

说见本年王粲谱。

王粲三十七岁，随军征吴还，由谯至邺，道中作愁霖赋、喜霁赋。

魏志武帝纪："十八年春正月，进军濡须口，攻破权江西营，获权都督公孙阳，乃引军还。……夏四月，至邺。"按，全三国文卷四载曹丕临涡赋序云："上建安十八年至谯，余兄弟从上拜坟墓。"其赋有"春木繁兮发春华"句，知曹操破孙权营后复引军还谯，四月乃由谯至邺。又曹丕、曹植、王粲、应玚四人各有愁霖、雨霁二赋，见建安七子佚文存目考，盖自谯返邺，道中所作。

粲与荀攸等劝曹操进魏公，加九锡。

时荀攸等前后两次上劝进笺，见魏志武帝纪注引魏书，粲以军谋祭酒、关内侯领衔联名。按，武帝纪，建安十八年五月丙申，天子策命曹操为魏公，加九锡，曹操前后三让，于是荀攸等劝进，至七月乃建社稷宗庙，则劝进之事当在五六月间。

粲作显庙颂、俞儿舞歌四篇及登歌安世歌。

古文苑卷一二载王粲太庙颂，按，当作"显庙颂"，盖唐人避中宗讳而改。章樵注曰："魏志建安十八年汉天子以十郡封操为魏公，加九锡，始建社稷宗庙。盖建庙之始令粲作颂以献。"

宋书乐志二："魏俞儿舞歌四篇，魏国初建所用。王粲造。"又晋书乐志上："阆中有渝水，因其所居，故名曰巴渝舞。舞曲有矛渝本歌曲、安弩渝本歌曲、安台本歌曲、行辞本歌曲，总四篇。其辞既古，莫能晓其句度。魏初，乃使军谋祭酒王粲改创其词。粲问巴渝帅李管、种玉歌曲意，试使歌，听之，以考校歌曲，而为之改为予渝新福歌曲、弩渝新福歌曲、安台新福歌曲、行辞新福歌曲，行辞以述魏德。"

宋书乐志一："侍中缪袭又奏：'……自魏国初建，故侍中王粲所作登歌安世诗，专以思咏神灵及说神灵鉴享之意。……'王粲所造安世诗，今亡。"以上诸篇当作于七月前。

曹丕从曹操出猎，作校猎赋，命陈琳、王粲、应玚、刘桢并作。

曹丕校猎赋，见艺文类聚卷六六、初学记卷二二引。

古文苑卷七王粲羽猎赋章樵注引文章流别论曰："建安中，魏文帝从武帝出猎，赋，命陈琳、王粲、应玚、刘桢并作。琳为武猎,粲为羽猎,玚为西狩,桢为大阅。凡此各有所长,粲其最也。"诸人之赋,今仅存粲之羽猎、玚之西狩二篇残文,馀皆亡佚。按,玚在西狩赋中已称曹操为"魏公",又云"开九土之旧迹",当指建安十八年正月诏复禹贡九州事,见后汉书献帝纪及魏志武帝纪,曹操出猎盖亦是此年之事。魏承汉制,于十月讲武,故西狩赋又有"时霜凄而淹野,寒风肃而川逝"云。

粲拜侍中,与卫觊并典制度,草创朝仪。

魏志王粲传:"魏国既建,拜侍中。博物多识,问无不对。"魏志武帝纪建安十八年:"十一月,初置尚书、侍中、六卿。"注引魏氏春秋曰:"王粲、杜袭、卫觊、和洽为侍中。"

魏志杜袭传:"魏国既建,为侍中,与王粲、和洽并用。粲强识博闻,故太祖游观出入,多得骖乘,至其见敬,不及洽、袭。袭尝独见,至于夜半。粲性躁竞,起坐曰:'不知公对杜袭道何等也?'洽笑答曰:'天下事岂有尽邪?卿昼侍可矣,悒悒于此,欲兼之乎!'"据初学记卷一二引齐职仪,魏侍中掌傧仪,大驾出则次直侍中护驾,正直侍中负玺陪乘,则粲当是正直侍中。

曹植王仲宣诔云:"我王建国,百司俊乂。君以显举,秉机省闼。戴蝉珥貂,朱衣皓带。入侍帷幄,出拥华盖。荣曜当世,芳风晻蔼。"即叙粲拜侍中时所受之荣宠。

魏志王粲传:"时旧仪废弛,兴造制度,粲恒典之。"陈寿评曰:"粲特处常伯之官,兴一代之制。"卫觊传:"魏国既建,拜侍中,与王粲并典制度。"晋书礼志上:"魏氏承汉末大乱,旧章殄灭,命侍中王粲、尚书卫觊草创朝仪。"

魏志王粲传注引挚虞决疑要注曰:"汉末丧乱,绝无玉佩。魏侍中王粲识旧佩,始复作之。今之玉佩,受法于粲也。"

作难锺荀太平论。

论载本集。其意以为“三圣”能致太平,而未尝废刑罚,故刑不可弃置不用也。按,魏志陈群传,魏国既建,曹操议复古肉刑,陈群、锺繇持此议,王朗及议者多以为未可行,以军事未罢,暂寝,时在建安十八年。又见锺繇传。王粲此论似与时议复肉刑有关。

魏志司马朗传:“锺繇、王粲著论曰:‘非圣人不能致太平。’朗以为‘伊、颜之徒虽非圣人,使得数世相承,太平可致’。”是知锺繇、王粲持论相同,则与粲论题目不合,疑题中“太平”二字为欧阳询撰类聚时所加。荀为何人,亦无考。

奉曹植命,作七释八首。

七释八首载本集。文选卷三四曹植七启序云:“昔枚乘作七发,傅毅作七激,张衡作七辩,崔骃作七依,辞各美丽,余有慕之焉。遂作七启,并命王粲作焉。”文馆词林所载七启序末句作“并命王粲等并作焉。”唐钞文选集注陆善经注此序云:“时王粲作七释,徐干作七谕、杨修作七训。”按,由七启末章载玄微子谓“至闻天下穆清,明君莅国”推之,时曹操已为魏公,则七启等似作于是年,或稍后。

建安十九年甲午(二一四)

陈琳约五十八岁。

徐干四十四岁,为临菑侯文学。

此事不见魏志王粲传。晋书郑袤传云:“魏武帝初封诸子为侯,精选宾友,袤与徐干俱为临菑侯文学。”又魏志郑浑传注引晋阳秋亦谓袤“初为临菑侯文学”,事当可信。魏志陈思王植传:“十九年,徙封临菑侯。”

刘桢约四十岁,为临菑侯庶子,作书劝曹植不宜于桢礼遇殊特,而疏简邢颙。

魏志邢颙传："是时，太祖诸子高选官属，令曰：'侯家吏，宜得渊深法度如邢颙辈。'遂以为平原侯植家丞。颙防闲以礼，无所屈挠，由是不合。庶子刘桢书谏植曰：'……桢诚不足同贯斯人，并列左右。而桢礼遇殊特，颙反疏简，……采庶子之春华，忘家丞之秋实。为上招谤，其罪不小，以此反侧。'"按，晋书琅邪王焕传载尚书令刁协奏"昔魏临菑侯以邢颙为家丞，刘桢为庶子"，谓曹植时为临菑侯，与魏志"平原侯植"不同。通鉴置此事于建安十九年，亦谓"临菑侯曹植"。考魏志所叙邢颙之事历，似以通鉴所载为是，今从之。

应玚约四十岁。

王粲三十八岁，奉曹丕命作槐赋。

赋载本集。艺文类聚卷八八引曹丕槐赋，其序云："文昌殿中槐树，盛暑之时，余数游其下，美而赋之。王粲直登贤门，小阁外亦有槐树，乃就使赋焉。"按，杨晨三国会要卷七，登贤门在听政门外，近内朝。则粲必以侍中直登贤门。考粲于建安十八年十一月为侍中，二十年三月西征张鲁，二十一年二月还邺，二十二年春卒，盛暑之时在邺者唯十九、二十一两年。今暂系此事于是年。又曹植有槐赋、繁钦有槐树诗，并见初学记卷二八引，似亦同时所作。

建安二十年乙未（二一五）

陈琳约五十九岁，从征张鲁，至汉中，代曹洪作书与曹丕。

文选卷四一载陈琳为曹洪与魏文帝书，题下李善注引文帝集序曰："上平定汉中，族父都护还书与余，盛称彼方土地形势，观其辞，如（知）陈琳所叙为也。"其书云："十一月五日，洪白：前初破贼，情侈意奢，说事颇过其实。得九月二十日书，读之喜笑，把玩无厌，亦欲令陈琳作报，……"按，陈琳代曹洪作书与曹丕，前后有二：其一即所谓“前初破贼，……说事颇过其实”者，亦文帝集序所云“盛称彼方土地形势”者也；其二即为此书，为十一月五日作。魏志武帝纪，是年三月曹操西征张鲁，七月至阳平，入南郑，十一月张鲁降，十二月自南郑还，陈琳既代作二书，知其从征在军。

徐干四十五岁，与刘桢等奉命各作行女哀辞、仲雍哀辞。

太平御览卷五九六引挚虞文章流别论：“建安中，文帝、临菑侯各失稚子，命徐干、刘桢等为之哀辞。”徐干、刘桢各作有行女哀辞及仲雍哀辞，见建安七子佚文存目考。考艺文类聚卷三四引曹植行女哀辞曰：“行女生于季秋，而终于首夏。”同书又引其仲雍哀辞曰：“曹喈字仲雍，魏太子之中子也。三月生而五月亡。”是知行女为曹植之子，仲雍为曹丕之子，盖皆亡殁于同年之夏。又文选卷三〇谢灵运拟魏太子邺中集诗八首魏太子诗注引曹植行女哀辞中有“家王征蜀汉”之语。“征蜀汉”盖指是年入巴、汉地区征张鲁事。哀辞之作暂系于是年。

刘桢约四十一岁，作行女哀辞、仲雍哀辞。

说见本年徐干谱。

应玚约四十一岁。

王粲三十九岁，作柳赋。

本集载柳赋有云：“昔我君之定武，致天届而徂征。元子从而抚军，植佳木于兹庭。历春秋以逾纪，行复出于斯乡。”元子，指曹丕。古文苑卷七章樵注此赋引曹丕柳赋序曰：“昔建安五年，上与袁绍战于官渡，时余从行，始植斯柳。自彼迄今十五载矣。感物伤怀，乃作斯赋。”按，魏志武帝纪，官渡之战在建安五年，至此时正十五年。粲赋当奉教和作。又初学记卷二七引曹丕柳赋有“于是曜灵次乎鹑首”之语，知在五月。

按，陈琳、应玚并作有柳赋，各载本集，惟其文皆不完具，是否与曹丕、王粲同时所作，殊难臆断，存疑待考。

粲作爵论。

本集载爵论云："依律有夺爵之法。……今爵事废矣，民不知爵者何也。……今诚循爵，则上下不失实，而功劳者劝，得古之道，合汉之法。……"按，魏志武帝纪，建安二十年"冬十月，始置名号侯至五大夫，与旧列侯、关内侯凡六等，以赏军功"。粲爵论或与时置爵位事有关，今暂置于此。

路粹卒。（据魏志王粲传注引典略。）

潘勖卒。（据魏志王粲传注引文章注。）

建安二十一年丙申（二一六）

是年，曹操进封魏王。

陈琳约六十岁，与王粲、刘桢等奉命各作大暑赋。

艺文类聚卷五载繁钦暑赋，又载曹植、刘桢、王粲等大暑赋各一首，初学记卷三引有陈琳大暑赋，据诸赋文意，盖一时唱和之作。文选卷四〇杨修答临菑侯笺云："又尝亲见执事，握牍持笔，有所造作，若成诵在心，借书于手，曾不斯须，少留思虑，仲尼日月，无得逾焉。修之仰望，殆如此矣。是以对鹖而辞，作暑赋弥日不献。"李善注："植为鹖鸟赋，亦命修为之，而修辞让；植又作大暑赋，而修亦作之，竟日不敢献。"按，张可礼三曹年谱，杨修答临菑侯笺作于建安二十一年，又玉烛宝典卷六引曹植大暑赋序云："季夏三伏。"（按，传本曹植集失收）繁钦暑赋亦曰："暑景未徂，时维六月。"则大暑赋当作于本年六月。

琳从征吴，作檄吴将校部曲文。

檄文载本集，其首云："年月朔日子，尚书令彧告江东诸将校部曲及孙权宗亲中外。"赵铭琴鹤山房遗稿卷五书文选后略云：

"此檄年月地理皆多讹缪。以荀彧之名告江东诸将部曲,彧死于建安十七年,而檄举群氐率服、张鲁还降、夏侯渊拜征西将军等,皆二十、二十一年事。"因断其为赝作。徐公持建安七子诗文系年考证谓"观檄文所云,皆与史实相合不妄,文选、类聚并以为琳作,当有所据",并定此檄作于建安二十一年征吴之际。其说可从。然徐文又疑"(守)尚书令彧"句为后世羼入,证据稍嫌不足。梁章钜文选旁证卷三六引姜氏皋说,则谓"彧"当是"攸"之讹,梁氏复旁搜史料证成其说,疑亦非是。据史,荀彧为汉尚书令,而荀攸则为魏尚书令,二者不可混同。细玩此檄,其口气与魏尚书令不类,当出之于汉尚书令。建安十七年,荀彧死后,汉尚书令为华歆,魏志华歆传载歆"代荀彧为尚书令"即是。华歆传又云:"太祖东征,表歆为军师。魏国既建,为御史大夫。"据后汉书献帝纪及魏志武帝纪,歆以军师为御史大夫在建安二十二年六月,即在曹操东征孙权还军之后。然则东征孙权时,歆以尚书令兼摄军师,自当随军东赴,故乃有以尚书令之名檄吴将校事。疑檄中"尚书令彧"初作"尚书令华歆",因"华歆"连读而讹"或",后又改为"彧"耳。

徐干四十六岁,称疾避事,著中论。曹植有诗作赠。

魏志王粲传注引先贤行状:"干清玄体道,六行修备,聪识洽闻,操翰成章,轻官忽禄,不耽世荣。建安中,太祖特加旌命,以疾休息。后除上艾长,又以疾不行。"

中论序:"(干)从戍征行,历载五六。疾稍沈笃,不堪王事,潜身穷巷,颐志保真,淡泊无为,惟存正道。环堵之墙,以庇妻子,并日而食,不以为戚。养浩然之气,习羡门之术。时人或有闻其如此,而往观之。或有颇识其真而从之者,君无不容而见之。厉以声色,度其情志,倡其言论,知可以道长者,则微而诱之,令益者不自觉,而大化阴行。其所匡济,亦已多矣。君之交也,则不以其短,各取其长,而善之取。故少显尽己之交,亦无孜孜和爱之好。统圣人中和之业,蹈贤哲守度之行,渊默难测,诚宝伟之器也。君之性,常欲损世之有馀,益俗之不足,见辞人美丽之文,并时而作,曾无阐弘大义,敷散道教,上求圣人之中,下救流俗之昏者,故废诗赋颂铭赞之文,著中论之书二十二篇。"

文选卷四二曹丕与吴质书:"而伟长独怀文抱质,恬淡寡欲,有箕山之志,可谓彬彬君子者矣。著中论二十馀篇,成一家之言,辞义典雅,足传于后,此子为不朽矣。"又卷四〇吴质答魏太子笺:"至于司马长卿称疾避事,以著书为务,则徐生庶几矣。"按,中论序有"从戍征行,历载五六,疾稍沈笃,不堪王事"云云,五六相加为十一年,而干于建安十二年始归附曹操从军征行,则其托病著书事盖在二十二年。

文选卷二四载曹植赠徐干诗有云:"顾念蓬室士,贫贱诚足怜。薇藿弗充虚,皮褐犹不全。忼慨有悲心,兴文自成篇。"李善注:"蓬室士,谓徐干也。"朱绪曾曹集考异卷四云:"兴文自成篇,指中论也。"曹植所咏当在徐干称疾避事之后。

刘桢约四十二岁,作大暑赋。

说见本年陈琳谱。

应玚约四十二岁。

王粲四十岁,作从军诗其一以赞美曹操西征张鲁事。又作鹖赋。

魏志武帝纪,建安二十年三月西征张鲁,十二月自南郑还,二十一年春二月还邺。裴松之注曰:"是行也,侍中王粲作五言诗以美其事曰:'从军有苦乐,但问所从谁。……'"其节引之诗,即是本集所载从军诗其一。由诗中"歌舞入邺城,所愿获无违。昼日处大朝，日暮薄言归。外参时明政，内不废家私”等语，知其为还邺后所作。

鹖赋载本集，与曹植同作。说参本年陈琳谱。

粲作蕤宾钟铭及无射钟铭。

二铭皆载本集。文选卷六左思魏都赋刘逵注：“文昌殿前有钟簴，其铭曰：‘惟魏四年，岁在丙申，龙次大火，五月丙寅作蕤宾钟，又作无射钟。’”按，魏四年即建安二十一年。粲集所载二铭并谓二钟作于建安二十一年九月十七日，日月与钟簴铭有出入。考魏志方技传杜夔传，建安中，夔令种玉铸钟，多不如法，数毁改作，钟簴与钟铭所记日月不一，岂此之故欤？

六月，作大暑赋。

说见本年陈琳谱。

又奉命作刀铭。

本集载刀铭云：“侍中、关内侯臣粲言：奉命作刀铭。”曹操集载百辟刀令云：“往岁作百辟刀五枚，适成，先以一与五官将，其馀四，吾诸子中有不好武而好文学，将以次与之。”太平御览卷三四六引曹植宝刀赋序云：“建安中，家父魏王乃命有司造宝刀五枚，三年乃就，以龙、虎、熊、马、雀为识。太子得一，余及余弟饶阳侯各得一焉，其馀二枚家王自杖之。”按，魏志武帝纪，建安二十一年“夏五月，天子进公爵为魏王”。植赋序既称曹操为魏王，则赋当作于建安二十一年后。粲铭盖与植赋同时作。粲卒于明年正月，知其铭当作于是年。参张可礼三曹年谱。

粲从征吴，作从军诗其二、三、四、五共四首。

魏志王粲传：“建安二十一年，从征吴。”曹植王仲宣诔云：“嗟彼东夷，凭江阻湖。骚扰边境，劳我师徒。……君侍华毂，辉辉王涂。”即指从征东吴事。

本集载从军诗“凉风厉秋节”、“从军征遐路”、“朝发邺都桥”、“悠悠涉荒路”四首,文选卷二七李善注从军诗曰:“建安二十一年,粲从征吴,作此四篇。”

是年,曹植作书与杨修,其言“今世作者”,但举王粲、陈琳、徐干、刘桢、应玚、杨修等六人。

文选卷四二曹植与杨德祖书:“仆少小好为文章,迄至于今二十有五年矣。然今世作者,可略而言也。昔仲宣独步于汉南,孔璋鹰扬于河朔,伟长擅名于青土,公干振藻于海隅,德琏发迹于此魏,足下高视于上京。当此之时,人人自谓握灵蛇之珠,家家自谓抱荆山之玉。吾王于是设天网以该之,顿八纮以掩之,今悉集兹国矣。然此数子,犹复不能飞轩绝迹,一举千里。以孔璋之才,不闲于辞赋,而多自谓能与司马长卿同风,譬画虎不成,反为狗也。前书嘲之,反作论盛道仆赞其文。”此书未言阮瑀,盖时瑀已亡殁,故不及之。

文选卷四〇杨修答临菑侯笺:“若仲宣之擅汉表,陈氏之跨冀域,徐、刘之显青、豫,应生之发魏国,斯皆然矣。至于修者,听采风声,仰德不暇,自周章于省览,何遑高视哉?”

建安二十二年丁酉(二一七)

王粲四十一岁,卒。

魏志王粲传:“二十二年春,道病卒,时年四十一。”武帝纪:“二十二年春正月,王军居巢。”按魏志司马朗传,朗于是年到居巢,“军士大疫,朗躬巡视,致医药,遇疾卒”,似粲亦死于此疫疠。

曹植作王仲宣诔,其序云:“建安二十二年正月二十四日戊申,魏故侍中、关内侯王君卒。”诔云:“翩翩孤嗣,号恸崩摧。发轸北魏，远迄南淮。……丧柩既臻，将反魏京。灵輀回轨，白骥悲鸣。"知粲之灵柩由其子扶回邺都。

世说新语伤逝篇："王仲宣好驴鸣，既葬，文帝临其丧，顾语同游曰：'王好驴鸣，可各作一声以送之。'赴客皆一作驴鸣。"

元和郡县图志卷一〇"兖州任城县"下："魏王粲墓在县南五十二里。"

曹植王仲宣诔称粲曰："既有令德，材技广宣。强记洽闻，幽赞微言。文若春华，思若涌泉。发言可咏，下笔成篇。何道不洽，何艺不闲。棋局逞巧，博弈惟贤。"

魏志王粲传："（粲）博物多识，问无不对。……粲与人共行，读道边碑，人问曰：'卿能暗诵乎？'曰：'能。'因使背而诵之，不失一字。观人围棋，局坏，粲为覆之。棋者不信，以帊盖局，使更以他局为之。用相比校，不误一道。其强记默识如此。性善算，作算术，略尽其理。善属文，举笔便成，无所改定，时人常以为宿构；然正复精意覃思，亦不能加也。"注引典略云："粲才既高，辩论应机。锺繇、王朗等虽名为魏卿相，至于朝廷奏议，皆阁笔不能措手。"

粲有二子，以预魏讽谋反，被曹丕所杀。

魏志王粲传："粲二子，为魏讽所引，诛。后绝。"注引文章志曰："太祖时在汉中，闻粲子死，叹曰：'孤若在，不使仲宣无后。'"按，时宋忠之子宗亦预魏讽谋反，伏诛，见蜀志尹默传注引魏略。又锺会传注引魏氏春秋曰："文帝既诛粲二子，以业嗣粲。"按，王业为粲族兄凯之子。

陈琳约六十一岁、刘桢约四十三岁、应玚约四十三岁，皆卒。

魏志王粲传："干、琳、玚、桢二十二年卒。"按，此云徐干卒于二十二年，误。说见下年徐干谱。

又王粲传注引魏略曰:“二十三年,太子又与(吴)质书曰:‘……昔年疾疫,亲故多离其灾,徐、陈、应、刘,一时俱逝,……’”按,魏略所云“二十三年”当作“二十四年”,说见沈玉成、傅璇琮中古文学丛考。魏志文帝纪注引魏书:“帝初在东宫,疫疠大起。时人雕伤,帝深感叹,与素所敬者大理王朗书曰:‘……疫疠数起,士人雕落,余独何人,能全其寿?’”“初在东宫”,谓曹丕始立为太子,时在今年十月。又武帝纪建安二十三年四月注引魏书载曹操令曰“去冬天降疫疠,民有凋伤”,足证疫疠之起在今年之冬,陈、刘、应三人殆卒于此时或稍后。曹丕所谓“士人雕落”之“士人”,当有此三人在内。

邳州有陈琳墓。明曾益温飞卿诗集笺注卷四过陈琳墓,注:“南畿志:墓在淮安邳州。”邺城有应玚、刘桢墓。全唐诗卷一五七孟云卿邺城怀古云:“崔嵬长河北,尚见应刘墓。古树藏龙蛇,荒茅伏孤兔。”

是年十月,以五官中郎将曹丕为魏太子。丕作典论论文,评孔融等七人之文,“七子”之称自此始。

文选卷五二曹丕典论论文:“今之文人,鲁国孔融文举、广陵陈琳孔璋、山阳王粲仲宣、北海徐干伟长、陈留阮瑀元瑜、汝南应玚德琏、东平刘桢公干,斯七子者,于学无所遗,于辞无所假,咸以自骋骥𫘧于千里,仰齐足而并驰,以此相服,亦良难矣。盖君子审己以度人,故能免于斯累,而作论文。王粲长于辞赋,徐干时有齐气,然粲之匹也。如粲之初征、登楼、槐赋、征思,干之玄猿、漏卮、圆扇、橘赋,虽张、蔡不过也。然于他文,未能称是。琳、瑀之章表书记,今之隽也。应玚和而不壮,刘桢壮而不密。孔融体气高妙,有过人者,然不能持论,理不胜词,以至乎杂以嘲戏,及其所善,扬、班俦也。……融等已逝,唯干著论，成一家言。”按，据艺文类聚卷一六下兰赞述太子表，知典论作于曹丕为太子时，魏志文帝纪“初，帝好文学，以著述为务，自所勒成垂百篇”，注引魏书曰：“帝初在东宫，疫疠大起，时人雕伤，帝深感叹，与素所敬者大理王朗书曰：‘生有七尺之形，死唯一棺之土，唯立德扬名，可以不朽，其次莫如著篇籍。疫疠数起，士人雕落，余独何人，能全其寿？’故论撰所著典论、诗赋，盖百馀篇。”可知建安二十二年冬，典论盖已撰勒成书。此文评论“七子”之文，其末云：“融等已逝，唯干著论，成一家言。”意谓作此文时，“七子”中孔融等六人已过世，唯有徐干尚在，其所著之论（按，即指中论，盖时书名未定，故但称其为“论”），成一家之言。徐干卒于下年春，则曹丕典论明其为建安二十二年陈、刘、应三人卒后未久之所作，与魏志所载相合，其于黄初间或续有增订。

按，七子之称，当始于曹丕。魏志王粲传叙粲与干、琳、瑀、玚、桢六人事迹，陈寿评曰：“昔文帝、陈王以公子之尊，博好文采，同声相应，才士并出，惟粲等六人最见名目。”独无孔融。后世或有据粲传，以曹植取代孔融而定七子之名者，如唐释皎然诗式“邺中集”条下云：“邺中七子，陈王最高。”是也。明杨德周编建安七子集亦与皎然同。今人称建安七子，则多从曹丕说。

建安二十三年戊戌（二一八）

徐干四十八岁，卒。

中论序：“（干）年四十八，建安二十三年春二月遭疠疾，大命陨颓。”钱培名中论题识云：“案，原序前言‘未至弱冠，言则成章，操翰成文，此灵帝末年也’。据此，汉灵帝末年为中平六年，干年盖十九，是干生于灵帝建宁四年，至献帝建安二十三年，年四十八，前后适符。陈振孙谓原序为同时人作，盖得其真，可订陈寿之误。”

太平寰宇记卷一八“潍州北海”下云：“徐干坟在州东五十一里，俗呼博士冢。魏志云：‘徐干，北海剧人，卒葬于此。’”

繁钦卒。（据魏志王粲传注引典略。）

明年，曹丕作书与吴质，追念王粲、陈琳、徐干、阮瑀、应玚、刘桢等六人；并将六人遗文结为一集。

文选卷四二曹丕与吴质书：“……昔年疾疫，亲故多离其灾，徐、陈、应、刘，一时俱逝，痛可言邪！昔日游处，行则连舆，止则接席，何曾须臾相失？每至觞酌流行，丝竹并奏，酒酣耳热，仰而赋诗。当此之时，忽然不自知乐也。谓百年已分，可长共相保，何图数年之间，零落略尽，言之伤心。顷撰其遗文，都为一集，观其姓名，已为鬼录。追思昔游，犹在心目，而此诸子，化为粪壤，可复道哉！观古今文人，类不护细行，鲜能以名节自立。而伟长独怀文抱质，恬淡寡欲，有箕山之志，可谓彬彬君子者矣；著中论二十馀篇，成一家之言，辞义典雅，足传于后，此子为不朽矣。德琏常斐然有述作之意，其才学足以著书，美志不遂，良可痛惜。间者历览诸子之文，对之抆泪，既痛逝者，行自念也。孔璋章表殊健，微为繁富。公干有逸气，但未遒耳；其五言诗之善者，妙绝时人。元瑜书记翩翩，致足乐也。仲宣续自善于辞赋，惜其体弱，不足起其文，至于所善，古人无以远过。昔伯牙绝弦于锺期，仲尼覆醢于子路，痛知音之难遇，伤门人之莫逮。诸子但为未及古人，自一时之隽也。今之存者，已不逮矣，后生可畏，来者难诬，然恐吾与足下不及见也。”按，所谓“都为一集”，盖邺中集也。据谢灵运拟魏太子邺中集诗，除粲等六人外，有曹丕、曹植，亦入于集中。

再版后记

一九八〇年，我在旧辑本的基础上整理成新校点本王粲集，交由中华书局出版。此书问世后，曾引起学术界的注意，文学遗产一九八二年第四期刊发吴云、唐绍忠先生略评新校点本王粲集一文，肯定该书校点工作取得的成绩，认为“是近年来我国古籍整理工作的可喜成果之一”，同时也指出了书中存在的一些问题。这对于初次从事古籍整理工作的人来说，自感意外，又颇受鼓舞。不久，中华书局又来函，嘱我继续整理建安七子集，觉得这是弥补王粲集的缺失，进一步提高整理质量的极好机会，便欣然应命，接受了任务。

我在着手这项工作时，发现旧辑本失收的七子佚文甚多，为了使七子集更为详备，必须突破旧本，重新进行辑集。通过广泛搜寻，辑得旧本失收的佚文达一百四十多则，约六千馀字，从而使七子集的面貌大为改观。其中如陈琳的大荒赋，是陆云曾为仿作的名篇，旧本依初学记仅辑存两句，而今从宋人吴棫韵补中则寻获八十六句，又据该书卷首书目所言，可知此赋为三千言的大赋，这对于全面了解建安时期辞赋的创作不无参考价值。又如与曹植七启齐名的王粲七释，在旧本中只见到少量残文，而适园丛书本文馆词林却保存着首尾完具的全篇，将其辑入王粲集，真可说是“完璧归赵”，物得其所了。他如孔融的上书荐赵台卿，陈琳的车渠椀赋、悼龟赋、答客难，王粲的咏史诗咏荆轲等，这些埋没已久、前所未闻的篇什被重新发现，也给建安文学研究提供了新资料。在采集七子佚文过程中，当然要花费大量的时间和精力，但我乐此不疲，所憾的是当时未见及逯钦立先生编的先秦汉魏晋南北朝诗，不然，可以省却不少翻检之劳。

建安七子集书末的四种附录，其中建安七子佚文存目考将七子诗文作品有目可考而亡其文者，一一加以钩稽，共得二十四篇，意在补充本集，尽可能揭示出七子的创作全貌。建安七子年谱则是用力最多的一个项目。它广泛搜集了文献记载的七子生平事迹资料，经过考订，按年分人编列，对诸如王粲登楼赋楼址所在与写作时间，徐干的卒年、陈琳檄吴将校部曲文是否伪作等有争议的问题，都提出了一得之见。另外，通过编年反映出，从建安十四年起，曹氏兄弟和建安文士开始诗赋酬酢，或同题唱和，邺下文人集团由此而形成，将建安文学创作推向高潮。这关系到建安文学的分期，是值得引起注意，进行深入探讨的。总之，附录所列各项，力图为读者提供经过审核、比较翔实的七子资料，希望对研究建安文学会有帮助。

岁月不居，自建安七子集着手整理迄今，已经有二十多年了。此书在出版过程中曾得到中华书局的热情支持，时任文编室主任的许逸民先生鼓励和帮助尤多。书出版后，又蒙曹道衡、沈玉成二先生不弃，专为撰写书评（书品一九八九年第三期），奖饰有加。傅璇琮先生也在文章中推许该书，称其“特别是辑佚工作，更取得优异成绩”（书品一九九〇年第二期）。此外，戴燕、徐正英二先生也曾先后发表过相关评论，予以充分肯定。对于师友们的垂爱和奖勉，我始终铭感在心。然而，此书仍然存在着勘理欠精、辑录未备，以及引书有误等不少问题，为此而常感不安。希望有朝一日重版时再加修订，便成了我最大的心愿。如今，中华书局决定将其重印，并允许作较大幅度的修改，对我来说，这确实是一件值得高兴的好事。

今次再版，除订正文字、标点、引书等方面的错误，又增辑了若干则佚文，还补充了一些必要的校注，对于年谱中的事迹系年也进行了局部调整。在修订过程中曾参考了同仁的意见及新出的研究成果，又蒙李忠良先生大力协助，促成此书顺利付印，在此一并表示感谢。

俞绍初

二〇〇四年四月

重订附记

此书幸承读者垂爱，近年来得以多次再版重印。我年在望八，且一目几近失明，但仍乐于接受马婧女史的提议，决定对全书再作一次修订，也可借以答谢读者的厚意。此次修订，除改正一些文字上的误植和内容上的错断，还在校记中增出不少异文，并将本人平素研习建安文学所得之若干见解，分别采入校记和年谱之中，聊供读者参考。马婧女史认真审读了修订稿，在规范文字标点和改进目录编排等方面做了大量工作，使全书质量有所提高，谨深表谢忱！

俞绍初

二〇一六年二月